EL
LEGADO
BLANCA MIOSI

En El Legado. La hija de Hitler aparecen algunos personajes históricos así como situaciones basadas en acontecimientos reales. Sin embargo, se trata de una novela y, como tal, es una obra de ficción.

ISBN-13:9781505394870
ISBN-10:1505394872

Impreso en Estados Unidos de América

ÍNDICE

PREÁMBULO

Nueva York, 1988

Después de pasar casi dos horas inclinado sobre el plano del museo precolombino, Oliver sintió la necesidad de enderezar la espalda. Se estiró con placer, entrelazó las manos en alto y fue hacia su escritorio. Entre la correspondencia que su secretaria había dejado sobre el escritorio llamó su atención el fino material de uno de los sobres: su nombre y dirección aparecían escritos con pluma estilográfica. El sello provenía de Suiza. El remitente era un banco, el emblema, un león dentro de un círculo. Rasgó con creciente interés la solapa y extrajo un papel estilo pergamino no más grande que una esquela.

Estimado señor Oliver Adams:

En vista de no haber recibido respuesta a nuestra correspondencia anterior, nos permitimos remitirle la presente carta a su dirección de trabajo. Es imprescindible que se comunique con nosotros con la mayor brevedad posible, para ponerle al corriente de la herencia dejada a usted por su difunto bisabuelo, el señor Conrad Strauss.

Los números de teléfono y dirección son los que aparecen en la tarjeta.

Esperando su pronta respuesta,
Quedamos a su entera disposición,
Muy atentamente,
Philip Thoman

I - Praga, 1919

Hermann Steinschneider no podía saber de qué forma cambiaría su vida a partir de aquella noche. Sentado en un pequeño barril trataba de concentrarse mientras esperaba su turno, pero el desasosiego que lo había acompañado a lo largo del día seguía allí, a su lado, murmurándole al oído con voz casi tangible que partir de esa noche todo en su vida sería diferente. Aspiró hondo y se dio ánimos, se había preparado suficientemente y estaba listo para dar la sorpresa.

La música indicó que el número que le antecedía había finalizado. Se abrieron las cortinas y Hércules el Forzudo entró y pasó frente a él. Tres ayudantes arrastraban a duras penas unos juegos de discos, las pesas y una barra, adminículos que Hércules tomó con una sola mano; lo miró, hizo un guiño y se perdió tras la tramoya. Hermann sonrió al verlo, le parecía patético. Como él mismo.

En pocos instantes saldría a la pista; se puso de pie y, con gesto maquinal, alisó sus cabellos, pues había renunciado al sombrero de copa. No quería ser visto como un mago del montón, aunque sus trucos no eran nada extraordinarios. Consciente de que su encanto personal atraía al público más que cualquier malabarismo ejecutado con técnica refinada, lo desplegaba como lo haría un actor de teatro. Sabía jugar con las emociones, y cada ademán suyo era ejecutado casi con la misma gracia que un bailarín de ballet. Acomodó su capa negra, un accesorio circunstancial que le servía para cubrir sus ropas abrillantadas por el uso, y se preparó para salir.

—¡Damas y caballeros! Con ustedes: ¡Hermann... el Magnífico! —voceó Lothar.

Escuchó la aclamación; sabía que gran parte de los que aplaudían y vitoreaban habían ido a verlo a él, la estrella del circo. Esperó a que dos muchachas vestidas con brillantes mallas recogieran las cortinas para hacer su aparición con el efectismo que le gustaba. La banda tocó un redoble; dio un par de pasos y se quedó de pie mirando al público, junto a las chicas. Su agradable sonrisa contrastaba con su mirada de ave rapaz al acecho de su presa. Después de unos segundos, caminó iluminado por un haz de luz, mientras un aparejo rodante parecía avanzar solo, detrás de él. Se detuvo en el centro de la pista, se inclinó con elegancia saludando a la audiencia y empezó su actuación.

Extendió el brazo izquierdo hacia el pequeño carro que se había situado a su lado, y una vara con un extremo encendido apareció en sus manos. Mientras recorría el público con una mirada que se parecía más a un reto, sus ojos tropezaron con los de un hombre sentado en primera fila que lo observaba con fijeza. Como todos. Pero resaltaba entre los demás. Fueron sólo unos segundos que a Hermann se le antojaron minutos. Regresó la sensación que le había invadido durante el día, hizo un esfuerzo y logró centrar la atención en su rutina. Era su gran noche. No podía permitir que algo saliese mal, y pese a que sabía que estaba siendo escudriñado por el extraño individuo, fingió ignorarlo.

La sustancia que utilizaba para lanzar llamas por la boca era un líquido altamente inflamable a muy bajas temperaturas, pero de manera inexplicable se quemó los labios mientras hacía el número de tragafuegos. Disimuló el dolor y prosiguió con su actuación como si nada hubiera pasado. Luego siguió con el de los naipes que desaparecían y aparecían como por encanto, monedas, dados, esferas brillantes y uno de los trucos que encantaba a la gradería: el de la cuerda que cortaba en varios trozos y después aparecía intacta. Manipulaba con habilidad y estilo toda suerte de objetos, y aunque eran trucos vulgares, la elegancia de sus movimientos proporcionaba la magia necesaria para hacer parecer que, en efecto, era Hermann el Magnífico.

Justo antes de empezar la última parte de su actuación, notó con alivio que el individuo de la primera fila se había retirado. Estaba seguro de que su presencia hubiera impedido su buena ejecución en el acto final; sería la primera vez que lo haría y sabía que de ello dependería su futuro.

—Damas... caballeros... —dijo con voz grave, mientras la banda de músicos dejaba de tocar el redoble final que había iniciado. Se miraban entre ellos, confundidos, pues no habían ensayado esa parte; sin embargo, el desconcierto reinante duró pocos segundos, el hombre que manejaba las luces tomó control de la situación y proyectó un círculo luminoso donde el mago estaba de pie.

Hermann miró al público más allá del halo que lo rodeaba, como si los observase con atención uno a uno; los asistentes le devolvieron la mirada fijando la vista de manera inconsciente en el centro de sus tupidas cejas, mientras las voces se fueron apagando gradualmente.

—¿Alguno de ustedes podría decirme qué hora es? —preguntó, poniendo fin al silencio.

Un murmullo de extrañeza recorrió la gradería. Miraron sus relojes, pero nadie se atrevió a hablar.

—Usted, caballero, ¿puede decirme qué hora marca su reloj? —preguntó a un hombre gordo que tenía un reloj de cadena en la mano.

—Las siete y treinta —dijo, observando su reloj.

—¿Podría decirlo en voz alta?

—¡Las siete y treinta! —se atrevió a gritar el gordo.

—¡Sí, son las siete y treinta! —gritaron varios.

—¿Están seguros? —insistió Hermann.

—¡Claro que sí! —gritó con voz aguda una mujer desde la cuarta fila—. ¡Mi esposo no miente!

—No. Ustedes están equivocados —afirmó Hermann, inmutable. Señaló el pequeño reloj esférico que colgaba de su mano y paseó su mirada por la audiencia, que había enmudecido—. Son las ocho en punto, por tanto: mi función ha terminado. Hizo una venia, dio la vuelta y se alejó del centro de la pista desapareciendo tras los bastidores, seguido por su ayudante liliputiense, que empujaba el carro con todos los artilugios. La luz volvió a iluminar el circo, la banda tocó un redoble a rabiar, para finalizar con los acordes circenses que indicaban el cierre de la actuación de esa noche, mientras varios payasos pedaleaban sus monociclos alrededor de la pista, despidiendo el espectáculo con toda suerte de piruetas y desaparecían tras las cortinas. El hombre gordo del público miraba su reloj sin poder creer lo que veía: las ocho en punto. Igual sucedió con los demás, que se consultaban unos a otros. La estupefacción se fue transformando en asombro, y la gente, entusiasmada, ovacionó durante largo rato, pero Hermann no regresó a la pista; caminaba rumbo a su carromato reprimiendo la agitación que le recorría el cuerpo.

Abrió la puerta y empujó el pequeño armazón con ruedas hacia el interior por una angosta rampa de madera. Su ayudante enano retiró la rampa y se fue. Entró y pasó la llave; una vez a solas, inspiró hondo y ya sin ningún testigo dio rienda suelta a sus emociones.

—¡Lo logré! —gritó con fuerza, apretando un puño triunfal.

Un ligero ardor en los labios le recordó al individuo de la primera fila, al tiempo que trajo con malhumor a su memoria el único detalle que había empañado la noche. Quemarse era imposible y, supersticioso como era, lo consideró una señal. Tal vez era el comienzo de una nueva etapa, quizás ya no necesitase ser más un tragafuegos, ni ejercer de prestidigitador... Se quitó la ropa de trabajo y, después de doblarla cuidadosamente para la función del día siguiente, se puso una camiseta y el viejo pantalón que acostumbraba. Se sentó en su camastro y encendió la lámpara de queroseno, situada sobre un cajón de madera dispuesto a modo de mesilla. La llama iluminó varios libros manoseados hasta la saciedad: tratados de ocultismo, adivinación, astrología, y su lectura preferida: hipnotismo. Pasaba horas estudiando la manera de convertirse en el mago más importante de Europa, deseaba con fervor llegar a poseer dones especiales que algún día lo sacasen de aquel tugurio y ahora estaba seguro de haberlo logrado. Sólo tenía que perfeccionar su técnica y dar variedad al espectáculo; esa noche sólo había sido el principio, después dejaría el circo y trabajaría por su cuenta. Lo que había hecho le rebasaba, iba mucho más allá de su comprensión; fue en esos instantes, al tratar de tomar un libro de encima del cajón, cuando notó que sus manos temblaban.

El sonido seco de tres golpes en la puerta interrumpió su abstracción. Esperaba que no fuese Lothar. No tenía ánimos para discusiones; la última vez se había negado a pagarle aduciendo que no hubo suficiente taquilla. Tampoco tenía deseos de darle explicaciones sobre su actuación. Quería estar a solas y regodearse recordando los intensos momentos vividos en la pista.

—¿Quién es? —preguntó con sequedad. No hubo respuesta. Alzó los hombros; no abriría.

Los tres toques se volvieron a repetir. Parecían dados con algún objeto, tal vez un bastón. Si fuese Lothar usaría los puños. Fue a la puerta y la abrió con brusquedad.

—¿Quién demonios...? —dejó la pregunta en el aire al ver al hombre frente a él.

—Buenas noches, Hermann —dijo con una ligera sonrisa el mismo individuo de la primera fila—. ¿Me permites? —agregó, mientras subía al carromato como si se tratase de su casa. Sus ropajes lucían insólitos en el modesto ambiente. Vestía un impecable abrigo negro, largo y cerrado; en el cuello de su camisa de seda, que resaltaba por su blancura, refulgía un broche que a primera vista se asemejaba a una perla negra rodeada de brillantes. No parecía prestar importancia a la sencillez del carromato, que rayaba en la miseria; aparentaba sentirse tan cómodo como si estuviese en un aposento regio. Hermann de pie, aún junto a la puerta abierta, lo miraba estupefacto.

—Caballero, ¿lo conozco?

—Soy el señor de Welldone.

—¿A qué debo el honor de su visita?

Dejó la puerta abierta y se acercó al hombre.

—Tienes razón al decir que mi visita es un honor para ti. Son muy pocos a los que he visitado.

Movido por la curiosidad, le siguió el juego.

—Perdón, señor, por mi falta de cortesía, sírvase tomar asiento—le invitó, mientras indicaba el único taburete que había en el cuartucho.

Welldone se sentó, cruzó las piernas y apoyó con actitud

mundana una mano en su pulido bastón, en cuyo mango había incrustado un enorme cabujón de rubí. Hermann hizo lo propio en su camastro y esperó a que el insólito visitante siguiera hablando. Se sentía incómodo y al mismo tiempo, intrigado.

—¿Qué es lo que más deseas en la vida? —preguntó Welldone.

—¿Yo?

—¿Acaso hay alguien más aquí? Sí, me refiero a ti, por supuesto.

—¿Y qué sentido tiene que le confíe qué es lo que más anhelo? —indagó Hermann con impaciencia.

—Tienes la oportunidad de hacer realidad tus más íntimos deseos, ¿y sólo se te ocurre preguntar eso?

—Dinero —dijo, sin dudarlo. Nunca se sabía cuándo podría surgir un buen negocio.

—Dinero... ¿es todo?

—¿Existe acaso algo mejor que el dinero? Con él se puede comprar todo. —Fue hacia la puerta y la cerró. Volvió a sentarse en la cama.

—¿No te interesaría conocer el futuro, por ejemplo? ¿O lees esos libros como pasatiempo?

Welldone transformó su sonrisa en una mueca imperceptible señalando con el bastón los volúmenes que estaban junto a la lámpara.

—¿Éstos? Son un medio para obtener dinero. Algún día seré famoso y cobraré mucho por mis conocimientos —comentó Hermann acariciando la tapa de uno de ellos.

—Me temo que los conocimientos que obtendrás de esas patrañas no te ayudarán —alegó Welldone, lanzando a los libros una mirada de desprecio—. Sólo existe una manera de aprender la verdadera magia.

—¿Cuál?

A Hermann la conversación le empezaba a resultar atractiva.

—Deseándolo. Si lo deseas podré ayudarte. Obtendrás poderes que te servirán más que el dinero.

—¿Por qué un caballero como usted querría enseñar a alguien como yo a obtener poderes?

—Tienes cualidades. Te he observado. Con un poquito más de concentración... tal vez evites prender fuego a la carpa —comentó Welldone con ironía.

—¡Vaya! Ya veo... —dijo Hermann, sintiéndose incómodo—. Nunca había ocurrido. Lástima que no presenciase mi último número.

—Lo hice —dijo Welldone— y dudo mucho que lo hubieras llevado a cabo con éxito de no estar yo presente.

Era demasiado para Hermann. Guardó silencio y examinó a Welldone con seriedad. Su noble cabellera de visos plateados que le llegaba casi a los hombros le daba un aire majestuoso. Su rostro había dejado de mostrarse amable.

—No. No le creo —arguyó Hermann, sin dejarse intimidar—. Estuve estudiando mucho tiempo, pasé largas horas con estos libros —golpeó con la palma el lomo de uno de ellos— y lo logré, finalmente lo logré. No será usted quien me robe mi primera noche de triunfo.

—Y la última —dijo Welldone.

Su indignación se transformó en inseguridad. Hermann volvió a sentir el desasosiego que le había acompañado a lo largo del día, y que él había atribuido a lo que haría aquella noche. Miró con atención al hombre y vio que sus ojos parecían dos rayos que podrían traspasarlo. Welldone paseó su vista por el cuarto y se fijó en dos cajas de cartón montadas una sobre otra en una esquina. Señaló con su bastón la de abajo.

—¿Son ésos todos tus ahorros? Son una miseria. No vale la pena tenerlos tan escondidos.

Hermann lo miró con desconfianza.

—Puedo decirte la cantidad exacta que guardas en la bolsa de tela verde. —Y se la dijo.

—¡Oh, por Dios, me ha espiado!

—¿Te parece que necesito hacerlo?

Hermann contuvo los deseos de abalanzarse sobre la caja para ver si aún estaba su bolso con el dinero.

—¿Qué clase de truco es ése? —preguntó, recuperando la compostura.

—Yo hago magia, no hago trucos de prestidigitación, ni ilusionismo —acentuó Welldone con desdén—. Puedo enseñarte mucho, hacer que tu actuación de hoy se repita siempre, mostrarte los secretos para obtener poder. ¿Te han dicho esos libros qué es el ocultismo? Yo sí puedo hacerlo. Puedo leer tu mente. Estás empezando a creer que lo que digo es cierto, pero tienes miedo, pues sabes que todo tiene un precio. También te estás preguntando qué interés puedo tener en ello.

—Es cierto, pero son preguntas lógicas. No se necesita leer la mente para imaginarlas.

—Tienes razón, pero era lo que pensabas. El sentido común tiene mucho que ver con lo fantástico, aunque parezca paradójico.

—Usted desea enseñarme a obtener poderes que me harán rico, ¿puedo preguntar por qué a mí?

—Muy simple. Tienes madera, necesitas aprender y eres ambicioso. Además, está en tu destino —dijo Welldone, enigmático.

Hermann guardó silencio y bajó la mirada. Pensó que estaba delirando. Últimamente había tenido sueños muy raros. Levantó la vista y el hombre seguía allí. No era un sueño, ni una visión.

—¿Podría decirme exactamente quién es usted y qué pretende de mí?

—Yo provengo del tiempo, he sido testigo de la historia. Di poder a Napoleón para una noble causa y no se le ocurrió otra cosa que coronarse emperador.

—Eso sucedió hace mucho; además, ¿qué tiene que ver conmigo?

—Grígori Yefímovich fue el último al que otorgué poderes,

y no supo utilizarlos. Y no fue hace mucho —prosiguió Welldone, inalterable.

—¿Usted otorgó poderes a Rasputín? —preguntó Hermann estupefacto.

—Y desencadenó una serie de desaciertos; fue el responsable del descontento que terminó provocando el estallido de la Revolución rusa y que desembocó en el fin de la dinastía Romanov.

—¿Y para qué querría usted que un ser como aquél obtuviese poderes?

—Era necesario. Sólo tenía que haber aconsejado a Nicolás II y Rusia se hubiera salvado de los bolcheviques. ¡Era una tarea tan sencilla!

—Parece conocer mucho del futuro, pero no comprendo de qué sirve, si sabe que el destino es inalterable. ¿Por qué es tan importante para usted modificarlo?

—Eres un hombre inteligente, Hermann. Sé que el destino podría cambiar. ¡Ah, claro que sí! Sólo tengo que encontrar al hombre que esté dispuesto a hacerlo —contestó Welldone, evasivo.

Hermann empezó a mirarlo con desconfianza. El hombre le inspiraba temor.

—Señor... creo que se ha equivocado de persona. No soy el que busca —se dirigió resueltamente a la puerta haciendo ademán de abrirla.

—¿No eres tú Hermann Steinschneider, el que desenterraba cadáveres de soldados para entregarlos a sus parientes alemanes? ¿Tu mujer no se llama Ida Popper?

Hermann detuvo su mano antes de alcanzar el cerrojo y se volvió hacia él.

—Sí... así es, pero no entiendo... Usted acaba de mencionar a personajes famosos que forman parte de la Historia, no comprendo qué tendría que decirme a mí.

—¡Ah! Eso... discúlpame, vivo en el pasado tanto como en el presente, pero no es el tema que nos ocupa —dijo Welldone, y prosiguió sin dar explicaciones—; tienes mucho que aprender,

Hermann, todos formamos parte de la Historia, de una forma o de otra. Te propongo ser el mejor mago del mundo. Pondré en tus manos el verdadero conocimiento, el que te hará rico y poderoso. ¿Acaso no es lo que deseas?

—¿A cambio de qué? —preguntó Hermann a bocajarro.

—No te preocupes por ello. Llegado el momento lo sabrás, pero te adelanto que es algo que podrás cumplir.

El germen de la ambición empezaba a hacer estragos en Hermann. Su determinación de alejar al personaje se suavizó. Si era algo que podría cumplir, a cambio de ser rico y poderoso, la propuesta empezaba a parecerle bastante más que conveniente, aunque sabía que lo que se obtenía de manera fácil no siempre era lo más apropiado. Su temor se transformó en intriga.

—No sé... todo me parece tan extraño —arguyó Hermann, sin mucha convicción.

—En fin, como dicen los irlandeses, ¿qué es el mundo para un hombre cuando su esposa es viuda? Has de tomar una decisión —exclamó Welldone, poniendo las dos manos sobre el bastón.

Hermann sintió que la habitación estaba gélida. El rostro de Welldone se volvió sombrío, parecía haber envejecido aunque no se le notaban los signos de la edad. Su sonrisa había desaparecido. Se puso de pie y se le acercó. Tocó ligeramente la frente de Hermann con un dedo.

—Deliberando saepe perit occasio... ¿Ves qué hermoso es tu palacio?

—preguntó. Hermann miró en derredor y contempló con asombro que estaba en medio de un lujoso salón, rodeado de candelabros, cuadros que adornaban las paredes y muebles tapizados con materiales nunca vistos por él—. Así es como podrás vivir si vienes conmigo. —Welldone hizo un ligero gesto con la mano y todo desapareció; luego volvió a tomar asiento con tranquilidad.

—¿Cómo pudo? —atinó a preguntar Hermann, con voz apenas audible.

—Siempre puedo. Hice que sucediera esta noche. Tu noche. ¿Comprendes? —enfatizó—. Espero que tomes una decisión.

Riqueza y poder a cambio de algo que podría cumplir y que, según él, no parecía ser tan difícil, pensó Hermann.

—Sólo quiero saber qué es lo que pide a cambio.

—Querido Hermann, es algo muy sencillo, pero no puedo darte detalles. Llegado el momento tendrás que decidir, ésa es la condición.

—Debe de ser muy importante para usted —comentó Hermann con suspicacia.

Welldone sonrió. A Hermann le pareció ver una sombra de tristeza en su mirada.

—No te imaginas cuánto, querido amigo —dijo Welldone con un tono de voz diferente al que había estado usando; bajó la mirada y pareció concentrarse en el rubí de su bastón.

Su actitud conmovió a Hermann. No parecía ser un mal hombre, y pensó que no tenía nada que perder.

—Acepto —dijo por toda respuesta. Dejó caer sus barreras: su ambición había vencido.

—Déjalo todo y ven conmigo. —Invitó Welldone poniéndose de pie. Sabía que había dado en el blanco. Le obsequió con una inclinación de su hermosa cabeza, e hizo un ademán indicando el camino.

—Espere un segundo —alegó Hermann. Fue directamente a la caja del rincón y, bajo la mirada comprensiva de Welldone, sacó la bolsa verde donde guardaba sus ahorros y apagó la lámpara de queroseno. Dio una última ojeada a sus libros, su traje negro, sus utensilios de magia y cerró la puerta, dejándolos en la oscuridad. Se volvió hacia Welldone—. Ya podemos irnos —dijo.

II - Praga, 1923

Después de despedir al último cliente Hermann se sentó en su sillón favorito. Acariciaba pensativo el anillo de oro que Welldone le había entregado antes de desaparecer de su vida. Acostumbraba a llevarlo en el dedo índice de su mano izquierda. Cuando deseaba relajarse, sólo rozaba el intaglio con la yema de los dedos: la cabeza de un león dentro de un círculo. Welldone le había enseñado el poder de los rituales utilizados, según él, por todas las religiones para acrecentar la fe. Al mismo tiempo, no pudo evitar traer a la memoria la última conversación que tuvieron. Prefirió dejar de pensar en ello. No para olvidar, pues sabía que sería imposible; lo hacía por su tranquilidad.

Fueron cuatro años de aprendizaje intenso: la magia, el ocultismo, los secretos que con tanto afán había buscado en los libros los había encontrado de una fuente inagotable de saber: Welldone le había enseñado que la magia es un instrumento de poder otorgado a unos cuantos. No sólo había puesto en sus manos los secretos vedados a la mayoría de los hombres; también había hecho énfasis en cultivar su intelecto, sus modales y hasta su manera de comer. Ponía especial interés en que estudiase latín, porque «cualquier cosa dicha en latín, suena inteligente», le dijo un día, y lo había mirado sonriente, como solía hacerlo. «Te he dado los instrumentos que harán que tus deseos se hagan realidad, no necesitas más», había dicho Welldone al despedirlo. Le entregó el anillo como recordatorio y se encontró de regreso en Praga, dejando atrás el monte Tatra en Europa central, donde transcurrieron esos cuatro años, en una casona de piedra en medio de un bosque de coníferas, de aspecto tan misterioso como el mismo Welldone. Cuando llegó a Praga, contaba treinta y cuatro años y los pocos ahorros de su bolsa de tela verde. ¿Habría valido la pena? ¿Sería verdad que podría llegar a ser tan rico y poderoso como Welldone había predicho? Llevaba menos de un año en la vieja ciudad y había logrado acumular una suma nada despreciable, pero de ahí a ser un potentado... Por fortuna, en 1923, la gente estaba predispuesta a creer en asuntos esotéricos, en especial si provenían de alguien con verdaderos conocimientos como él, pensó, dándose ánimo.

Los cambios en Hermann eran notorios; ya no era el mago que, tras una máscara de conocimiento nigromante, lo que en realidad poseía era habilidad para efectuar trucos de ilusionista. No obstante, los años dedicados al espectáculo y a las representaciones públicas fueron útiles; aprendió a captar la atención del auditorio y a conocer el comportamiento humano. Ahora, gracias a Welldone, se habían acrecentado, y junto a sus nuevas capacidades, su apariencia y maneras eran otras. Sus cabellos, prolijamente alisados, hacían resaltar sus ojos de color verde aceituna, tan oscuros que a veces parecían negros. Sus manos de largos dedos lucían finas, pulcras, indicativas de alguien que se dedica a trabajar con la mente. Hermann estaba seguro de que todo ello, unido a los exquisitos modales adquiridos con Welldone, le abriría las puertas del mundo que siempre había ambicionado.

Pero no era tan fácil tener acceso a los círculos sociales que le interesaban. En su pequeño gabinete sólo había logrado reunir a un grupo de discípulos de clase trabajadora, que en su mayoría carecían de los medios económicos que le permitiesen cobrar altas sumas a cambio de sus conocimientos, de manera que debía incrementar sus ingresos atendiendo a toda clase de personas con problemas de cualquier tipo. Su estudio, situado cerca de una antiquísima abadía premostratense en el barrio antiguo de Praga, se veía atiborrado cada vez de más personas que acudían llevadas por la fama que empezaba a correr en el medio, y a las que él sacaba el mayor provecho posible, pero no era la clase de clientela que le interesaba. Hasta que cierto día, como todo lo que empezaba a ocurrirle, llegó su oportunidad.

Una noche en la que se disponía a retirarse, escuchó unos toques en la puerta. Supuso que se trataría de algún cliente rezagado o en situación de «emergencia». Nunca se sabía cuándo a alguien se le ocurriría presentarse con una urgente petición nocturna, como recuperar el amor de un ser querido, convencer a una hija de casarse con un anciano adinerado o vengarse de un vecino que le había matado al perro. Hermann nunca rechazaba clientes, por extraños que fuesen sus requerimientos o por lo tardío de la hora, y aunque no siempre la solución de los problemas demandaba más conocimientos que los del sentido común, él los consideraba como una manera de poner en práctica lo aprendido con Welldone. La mayoría de las veces solucionaba los problemas con una pequeña dosis de sugestión o hipnotismo que, si bien no remediaba la raíz del problema, hacía que la gente se sintiera satisfecha.

Un rostro conocido apareció tras la puerta. Era Hans Ewers, ni más ni menos. Si lo hubiese llamado no habría acudido con tanta precisión.

—¿Hermann? —inquirió la cara conocida.

—¿Hans Ewers? —preguntó Hermann como respuesta—. ¡Qué sorpresa! Adelante, por favor.

Con un gesto elegante, lo invitó a sentarse, mientras él hacía lo propio.

—Disculpa la hora tardía, Hermann, pero mi intención era hablarte a solas. Sé que tienes mucha clientela durante el día.

—Mi «corte de los milagros» —indicó Hermann en tono de chanza.

—Me han llegado rumores favorables acerca de tu buen hacer. Tú mismo pareces otro, ¿dejaste el circo?

—Sí, hace años. Y usted, ¿sigue escribiendo? —preguntó Hermann, sin dar explicaciones.

—Por favor, Hermann, no es necesario que seas tan ceremonioso, sólo llámame Hans.

—Claro, Hans, es la costumbre. Recuerdo que dabas conferencias en las que hablabas de ocultismo y fuiste mi inspiración.

—Es bueno saberlo. ¿Qué clase de «trabajos» haces? Me dijeron que eres un gran hipnotizador.

—Sólo aconsejo, Hans, no es gran cosa. A veces a la gente le gusta que la escuchen.

Hans notó que Hermann no le diría nada de importancia. Era obvio que sabía mucho, tanto, que no hablaba al respecto. Hermann supo al mirarlo que Hans de ocultismo o magia sabía poco o no nada. Por eso hablaba tanto.

—¿En qué puedo serte útil, Hans? —preguntó mirándolo a los ojos con suavidad.

—¿Te gustaría trabajar conmigo en Berlín?

—Me gustaría trabajar en Berlín, pero no sé qué podría hacer para ti.

—Me refiero a una sociedad —aclaró Hans, incómodo—. Yo sigo dando conferencias, ahora está muy en boga hablar de geopolítica y de asuntos raciales; tú podrías hablar de ocultismo y magia, y juntos podríamos hacer mucho dinero.

—De ocultismo no se habla. De magia... ¿qué podría decir? Ya sabes la clase de mago de circo que soy —dijo Hermann sonriendo abiertamente.

—Tengo conexiones de alto nivel en Alemania; creo que te podría interesar. En las conferencias puedes hablar de lo que quieras —sugirió Hans, que de pronto sentía la necesidad de complacer a Hermann.

—Justamente estaba pensando en ir a Alemania, llegas en el momento preciso.

—Entonces lo doy por hecho. Viajaré mañana y estaremos en contacto. —Escribió en una libreta que llevaba consigo los datos de una dirección, arrancó la hoja y se la entregó—. Búscame apenas llegues. No te arrepentirás.

Hans se retiró y a Hermann le dio la sensación de que nunca estuvo allí, tan corta y extraña había sido su visita. Supo que iba por el buen camino, era justo lo que necesitaba, alguien que lo presentara, que lo acercara al mundo que él quería. Se sentó en su viejo sillón y rememoró parte de su pasado, seguro de haber roto los lazos que lo ataban a su antigua vida en el barrio pobre de Ottakring, en Viena, donde creció como hijo de un judío hasídico apodado Tallador de piedra. Hermann veía muy lejanos los días en los que se dedicaba a recuperar cadáveres de soldados muertos para entregarlos a sus parientes.

Nunca preguntó a Welldone cómo lo supo. Y ya no importaba. Reconocía que había sido un negocio macabro, pero él no tenía reparos en los medios para obtener dinero. Ahora sus planes eran diferentes, y esperaba llevarlos a cabo con éxito en cuanto llegase a Alemania.

Cuando faltaba poco para su viaje, tuvo lugar un acontecimiento que marcaría un hito en su vida. Recibió la inesperada visita de Lothar. Su presencia le recordó parte de su desagradable pasado, pero había aprendido a disimular sus contratiempos.

—Buenos días, Hermann. No me ha sido difícil encontrarte, te has vuelto célebre por estos rumbos —dijo Lothar como saludo—. Un día desapareciste sin decir nada... pero ése no es el motivo de mi visita.

Venía preparado para recibir un portazo en la cara; sin embargo, notó que Hermann parecía complacido. Observó el cambio operado en el que fuera su empleado; su intimidatoria presencia se había acentuado, pese a sus modales amables, y tras su aparente satisfacción, asomaba un don de gentes del que carecía cuando trabajaba en el circo. Parecía un caballero.

—Buenos días, Lothar, ¿qué te trae por aquí? —preguntó Hermann, con leve afectación, sin dar importancia al comentario.

—Vengo con una triste noticia. ¿Recuerdas a Ida?

—Por supuesto —respondió Hermann con brevedad. Jamás pensó que volvería a saber de ella.

—Falleció hace unas semanas. Su madre está tan enferma que creo que pronto le seguirá a la tumba.

—Es una lástima... —empezó a decir Hermann, pero se quedó en silencio, cuando vio asomarse por la puerta a una niña que lo miraba fijamente.

—Ella es Alicia, tu hija. Su abuela me la dejó con la confianza de que yo podría encontrarte. Casualmente, pasé con mi circo por aquí y escuché hablar de ti.

—Pero yo no sé nada de niños, y mucho menos, de niñas —se resistió Hermann.

—Es tu hija y cumplo con los deseos de su abuela —reiteró Lothar, con decisión. Tomó de la mano a la niña y se la entregó. La pequeña llevaba una raída maleta en la otra mano—. Alicia —le dijo—: es tu padre, él cuidará de ti.

—Lothar, te pagaré por cuidar de ella. Yo no puedo tenerla, justamente estoy a punto de partir para Berlín; además, el tipo de trabajo que tengo no me permite...

—Yo también estoy de pasada —le interrumpió Lothar—. Tú sabes cómo es el circo, viajamos todo el tiempo; será mejor que veas qué haces con ella. Yo he cumplido al entregártela.

El primero de los acontecimientos que había dejado entrever Welldone, y que Hermann pensaba que no ocurriría, empezaba a cumplirse.

Lothar se despidió brevemente de la chiquilla con una caricia en la mejilla y partió dejando a Hermann de pie, con el brazo adelantado como el de una estatua. Lo bajó lentamente y observó a la niña. A pesar de lo sucia que estaba, podía adivinar la belleza de su rostro. Tenía enormes ojos azules y el cabello rubio igual al de su madre. Pero... ¿Sería su hija? Cuando dejó a Ida, la pequeña contaba cuatro años. No recordaba mucho de ella.

—¿Qué edad tienes? —preguntó, después de tomar asiento para estar a su altura.

—Doce años.

—¿Me recuerdas?

—Un poco —respondió Alicia, mirándolo con sus grandes ojos.

Hermann no sabía qué más decir.

—¿Sabes leer? —se le ocurrió preguntar.

—No, señor —respondió Alicia bajando la mirada, avergonzada.

Pese a ser un individuo calculador y bastante cínico, Hermann se sintió conmovido. A partir de ese momento se hizo cargo de Alicia. Empezó a tratarla como la hija que a fin de cuentas era.

Le ordenó asearse y le compró ropa adecuada: la que cargaba en su gastada maleta no era sino una colección de trapos viejos, y prosiguió con sus planes de viajar a Berlín. Después de considerar el asunto, pensó que la suerte lo acompañaba; si algún acreedor daba sus señas, jamás buscarían un hombre con una niña. La cuantiosa deuda adquirida para montar su gabinete quedaría sin pagar; viejos resabios del Hermann malabarista. Pero primero debía hacer algo indispensable; tenía que obtener documentos «legales» con su nuevo nombre: Erik Hanussen. Sonaba mejor y era más fácil de recordar. Además, en los tiempos que corrían en Alemania, tener nombre judío era correr un enorme riesgo. Hizo lo propio con su hija y ella pasó a llamarse Alicia Hanussen. Tratando de desechar sus presentimientos iniciales, Hermann se convenció de que aquella niña era su amuleto de buena suerte y pensó que tal vez Welldone hubiese estado un poco desencaminado.

De todas las ciudades de Alemania, Berlín era la más abigarrada, un enorme conglomerado de cemento con edificios grises, cuya población sobrepasaba los cuatro millones de habitantes, que se movían como si siempre tuviesen prisa, tratando de demostrar un inexplicable ajetreo. Una ciudad que tenía los teatros más hermosos del mundo y los placeres más variados, en los que toda perversidad era posible. Así fue cómo vio Hanussen Berlín cuando salió de la estación de tren. Tomó a Alicia fuertemente de la mano, y cada uno aferrado a su maleta, caminaron entre el gentío y treparon a la plataforma de un autobús sin saber exactamente adónde iban. Hanussen sólo quería alejarse del alboroto. Horas después se hospedaron en un hotel de mala muerte saturado de olor a tabaco, para pasar la noche. Al día siguiente, temprano, con la mente más despejada, abrió la ventana del cuarto y vio un mar de edificios cuya fealdad era equiparable a su monocromía, frente a él. «¿Así que eso es Berlín?» se preguntó. «Entonces los berlineses conocerán a Erik Hanussen» se respondió. Le agradaban los retos. Y la fortuna, su aliada indiscutible, acudió una vez más en su ayuda.

El dinero que logró reunir durante su estancia en Praga le sirvió para instalarse. Alquiló un piso que le serviría de vivienda y, al mismo tiempo, como lugar de consultas esotéricas. Contrató a una institutriz para Alicia, que se encargó de enseñarle a leer, a escribir y a comportarse como una pequeña dama. Hermann Steinschneider, para entonces Erik Hanussen, repasaba con ella por las noches las lecciones aprendidas, y se regocijaba con sus avances. Un sentimiento crecía en su interior, la pequeña había dado un nuevo significado a su vida, y Alicia empezó a familiarizarse con el extraño personaje que tenía por padre.

La madre de Alicia, una bella judía conocida en el barrio por su debilidad por los hombres, tenía su propia historia. Mientras Hermann se ausentaba debido a su trabajo en el circo, ella le era infiel. Fue el motivo de la separación. Y Alicia, a pesar de haber vivido con su madre hasta el día de su muerte, no la extrañaba en absoluto, pues nunca se había preocupado por proporcionarle una vida cómoda; mucho menos por su educación, amén de los muchos pesares que hubo de vivir a su lado. Su padre, en cambio, casi un extraño, la trataba con cariño y fue ganando su confianza poco a poco, y con el paso de los días, su respeto y admiración. Hanussen encontraba en Alicia una oyente ávida; solía ensayar sus discursos frente a ella, mientras la niña lo escuchaba con devoción religiosa, una reciprocidad que con el tiempo creó en ellos un fuerte lazo emocional.

Como había prometido, Hans Ewers introdujo a Hanussen en el medio esotérico y artístico berlinés y le presentó al dueño del teatro La Scala. Fue así como empezó por la puerta grande. Su fama alcanzó con rapidez proporciones inesperadas. Hans quiso aprovechar la buena racha y sugirió que editasen revistas esotéricas: Die Hanussen Zeitung —El diario de Hanussen—, que tuvo una mediana aceptación, y Die Andere Welt —El mundo del más allá—, que recogió entre sus lectores a la mayoría de personas ávidas de sensacionalismo, interesadas vivamente por el mundo de lo oculto que estaba tan en boga. Hans Ewers y Erik Hanussen se complementaban; uno reunía gran cantidad de personas en sus conferencias sobre temas geopolíticos y raciales, y el otro disertaba sobre esoterismo. Ewers tenía numerosos contactos en la sociedad berlinesa y un gran olfato para los negocios. Estaba relacionado con altos dirigentes políticos tanto del gobierno como de la oposición, y creía con firmeza en los poderes especiales de Hanussen, porque había visto actuar a magos en La Scala, y lo que hacía Hanussen era magia pura, aunque él jamás lo admitiera. Nadie que hubiera conocido antes podía leer la mente con tal precisión sin tener un cómplice entre el auditorio, ni ejecutar hipnosis colectiva con la misma gracia y facilidad con la que cualquier otro efectuaría un acto de malabarismo. No. Erik Hanussen había obtenido poderes de algún modo misterioso, y aunque estaba seguro de que jamás se lo diría, pensaba que podría aprovechar su cercanía para incrementar su propia importancia. Estaba convencido, eso sí, de su insaciable ambición, y ése era un punto que él podría manejar, pero debía convencerlo para un cambio radical.

—Erik, sería conveniente que buscases un lugar más apropiado para vivir. Un sitio acorde con tu persona y el lugar que empiezas a ocupar en la sociedad —le dijo Hans antes de un año de su llegada a Berlín.

—¿Una casa? —preguntó Hanussen—. Sabes que no tendría cómo pagarla. La inflación en este país ha llegado a límites insospechados.

—Una mansión —recalcó Hans—. No debes preocuparte por el gasto. Yo podría conseguir magníficos clientes, pero no los puedo traer a este lugar. Y no es que no sea decente —aclaró—, pero es necesario que piensen que eres un potentado y que no necesitas de ellos más de lo que ellos necesitan de ti. ¿Comprendes?

—Sí, comprendo, pero una casa es muy costosa.

—Una mansión —repitió Hans—. Deja de pensar en pequeño. ¿Deseas ser grande? Piensa en grande. Tienes las ganancias de las revistas y los ingresos de La Scala. Debes haber ahorrado algo, ¿o me equivoco? Por la inflación... no te preocupes. Sacaremos provecho de ella. Tengo amigos en la banca.

—¿Cómo? La banca ha dejado de otorgar préstamos, no es negocio para ellos.

—¿No has oído hablar de las deudas compradas? Hay muchas maneras de hacer transacciones, ya me haré cargo de «comprar» alguna deuda antigua —dijo Hans con picardía—. Si necesitas ayuda, yo te la daré. Despreocúpate, empecemos a buscar un lugar conveniente. Debemos pensar también en la decoración, que debe ser lujosa, de buen gusto. Un palacio: «El palacio del famoso astrólogo y vidente Erik Hanussen». Sólo de esa manera podrás tener acceso al poder.

Hanussen admitió que Hans tenía razón. Siguió su consejo y juntos empezaron a buscar un lugar apropiado. Consiguieron una hermosa casa rodeada de un frondoso parque en el número dieciséis de la Lietzenburgerstrasse. Ewers insistió en que era muy importante un espacio amplio donde aparcar los grandes coches de los personajes que irían a visitarlo. La mansión que habían encontrado tenía un enorme jardín con árboles centenarios y pertenecía a una aristocrática familia que se había trasladado a Suiza. Por primera vez, Hanussen tenía acceso a un lugar tan suntuoso. Un ancho camino adoquinado conducía a través de jardines muy bien cuidados hasta la entrada principal, una plaza circular grande, donde podían estacionar los coches con comodidad.

La decoración estaba casi intacta. Gruesos tapices y gobelinos genuinos adornaban las paredes, y las cortinas de terciopelo y raso ocultarían con elegancia cualquier evento que se llevase a cabo dentro de la mansión. Los cuadros y los muebles tapizados en brocado trasladaron a Hanussen a un momento crucial en su vida, años atrás. Un déjà vu fugaz vino a su mente. Por un instante perdió la noción del presente, y mientras la voz de Hans se hacía más distante, Hanussen pensaba en lo ajeno que su amigo era a todo aquello. A pesar de enfatizar con disimulada jactancia los pormenores de la residencia, haciendo alusión al autor de un cuadro, a una antigüedad, o a la autenticidad de alguno de los objetos que los anteriores propietarios habían dejado en la mansión, Hans no podría saber que antes de conseguir esa casa él ya la había visitado y sabía que era suya, pues Welldone se la había mostrado.

Se adaptó con facilidad a su nueva vida y se familiarizó con el lujo y con la presencia de los criados, accesorios indispensables para crear el ambiente adecuado. La mansión fue conocida como «El Palacio del Ocultismo».

Hanussen sentía acrecentar día a día sus facultades clarividentes. La magia que había aprendido de Welldone le proporcionaba admiración ilimitada de parte de sus seguidores, pero más que eso, sus consejos empezaban a tener un peso importante. Había aprendido a evaluar a la gente, a observar, a recordar los detalles que otros ni siquiera sabían que existían. Sabía jugar con la vanidad de sus semejantes, conocer sus secretos, intuir sus miedos y valerse de ellos. Pensaba que su enigmático maestro estaba cumpliendo su parte con creces pues el dinero llegaba a manos llenas, y más rápido de lo que creyó en un principio. «Encontrarás quien te ayu de, pero nunca pienses que la ayuda es gratuita», había dicho y, en efecto, sabía que Hans lo ayudaba porque le convenía. Y como en todo convenio, tenía que cumplir con su parte.

Alicia fue ubicada en el ala opuesta de la casa, alejada de donde su padre acostumbraba a recibir a clientes, visitantes y discípulos. Ella en contadas ocasiones visitaba los salones principales, no porque lo tuviera prohibido; prefería ver a su padre como siempre, fuera de la máscara con la que se cubría para actuar ante los demás. La vida de Alicia había dado un giro notable. Bajo la tutela de una rigurosa institutriz francesa, su formación consistía ahora en lecciones de piano, clases de historia, geografía, francés, inglés, pues los berlineses consideraban su ciudad, «la más americana del continente», y empezó a cultivar el hábito de la lectura. Su profesor de música la sumergía en autores tan densos como Richard Wagner y Gustav Mahler. De la chiquilla asustada y sucia que pisó por primera vez el lejano gabinete en el barrio antiguo de Praga no quedaba sino una rubia cabellera que acostumbraba a llevar recogida y prolijamente cuidada.

Pero Alemania atravesaba por un período político convulso. Había hecho aparición el extremismo, por un lado, encabezado por el Partido Comunista, que predicaba la eliminación de toda propiedad privada en bien de la comunidad como fórmula para solucionar los problemas que había dejado la posguerra en Alemania; por el otro, se encontraba el Partido Nacionalsocialista, cuya prédica era claramente antisemita, y anticomunista; según sus adeptos, si se eliminaban aquellos dos flagelos, Alemania podría repuntar y ser un país próspero, pero tenía que utilizar métodos drásticos, que incluían una fuerza uniformada, llamada las SA, encargada de causar estragos entre la población judía y los demás partidos. Eran tiempos en los que existía un gran descontento entre la población debido al Tratado de Versalles, y el gobierno conservador, presidido por el anciano Paul von Hindenburg, nada podía hacer para poner orden al caos. Hanussen había aprendido a moverse con la facilidad de un pez en el agua entre todos los sectores, en una época en la que tirios y troyanos recurrían a la ayuda esotérica como única oportunidad de consejo y salvación.

Cierto día, Hans se presentó a la mansión con dos personajes bastante conocidos en la política.

—Señor Hanussen, le presento al señor Adolf Hitler y al señor

28

Hanussen, le presento al señor Adolf Hitler y al señor Rudolf Hess

Hanussen se quedó observando a ambos hombres. Uno de ellos sobresalía, a pesar de que su apariencia física no era imponente. Aparentaba la misma edad que él. Al estrechar su mano lo miró a los ojos.

—Usted posee una extraordinaria fuerza psíquica. Conseguirá todo lo que se proponga—dijo en tono firme.

—¡Magnífica noticia! —exclamó Hitler, sin dar importancia a las palabras de Hanussen—. ¿Y sabe usted cuándo sucederá?

Hanussen sabía que a pesar de la aparente trivialidad con la que Hitler reaccionaba, había despertado su interés. Miró fijamente los ojos de su interlocutor.

—Eso depende de usted, señor Hitler. Tiene que encontrar el modo de proyectar esa fuerza, no sólo sobre los que le rodean, sino también sobre las multitudes. Cuando lo consiga, triunfará —contestó sin titubeos.

La expresión del rostro de Hitler le indicó que había dado en el blanco. Un incómodo silencio, que Hanussen no interrumpió, se prolongó por largos segundos.

—¿Hace mucho tiempo que está usted en Alemania? —preguntó Rudolf Hess rompiendo su mutismo.

Hanussen escrutó con la mirada a Hess antes de contestar. Pudo captar desconfianza, sospecha, temor. No contestó a su pregunta, sino a sus pensamientos.

—¿Cree que soy un charlatán, señor Hess? ¿Qué interés podría tener yo en engañarles? Hasta hace cinco minutos no conocía del señor Hitler más de lo que todo el mundo sabe. Si dudan de mí, no comprendo el motivo de su visita.

Hans carraspeó nervioso. Pensaba que Hanussen estaba yendo demasiado lejos para ser la primera entrevista. Él conocía a Hitler y también a Hess. Y sabía que eran hombres de cuidado.

—Me gustan las personas que dicen lo que piensan. Es usted, señor Hanussen, un hombre franco y directo, además de un Landsmann —interrumpió Hitler en tono amable, pero al mismo tiempo evidenciando que lo había investigado—. Sobre lo que dijo antes, ¿qué más sabe?

Hanussen se relajó. Sonrió con levedad al saberse aceptado. Una vez más había dado en el clavo; no se había equivocado al observar a aquel hombre delgado, de mirada penetrante, en el que había podido entrever el fuego que se ocultaba detrás del azul glacial de sus ojos. Por supuesto que sí sabía de él. Conocía bastante bien sus pensamientos, leía el periódico Völkischer Beobachter que editaba su partido, así como también había leído su recién publicado Mein Kampf, pero no tenía pensado admitirlo. Simplemente, aquello formaba parte de su trabajo.

—Mucho, señor Hitler —entornó los ojos y prosiguió—: le espera un gran futuro. Uno muy importante. Sólo debe hacer lo correcto para llegar a él —terminó diciendo en un tono que a Hans se le antojó sombrío.

La conversación siguió por ese rumbo; la visita estaba sirviendo para que ambos, Hitler y Hanussen, se estudiasen, y mientras uno sopesaba al otro, cada cual delimitaba sus aspiraciones.

Después de despedirse de sus nuevos clientes, Hanussen se retiró al estudio privado que había instalado en la mansión, seguido por Hans.

—Erik, el señor Hitler es un hombre que tiene un partido que está creciendo. Ten cuidado con él —reiteró.

Hanussen se le quedó mirando, quiso confiarle sus inquietudes, pero calló, y sólo dijo:

—Lo sé.

El hombre llamado Adolf Hitler lo había impresionado. Pensó que él y Hitler eran hombres parecidos, ambos necesitaban tener dominio sobre los demás. Pero el recuerdo de Welldone oscurecía su ánimo. «¿Sería Hitler el hombre al que se había referido?», se preguntó.

No lo parecía. Su aspecto no encajaba, por lo menos no con la idea que él se había formado. Lo cierto es que había entrado en un círculo de poder que difícilmente podría evadir.

Rudolf Hess, Hermann Goering y Heinrich Himmler se convirtieron en asiduos visitantes de Hanussen, hasta el punto de no ejecutar ningún plan antes de consultarle. Pero el que más creía en él era Adolf Hitler.

III - Berlín, 1926

Estimado señor Hitler, en primer lugar, usted debe aprovechar al máximo sus dotes de orador, pero ahora no sólo habrá de dirigirse al pueblo, sino formar parte de él; hacer que cada uno de ellos sienta que usted conoce sus más recónditos deseos. Ése será su principal poder. Debe hipnotizar a su audiencia con emociones; no es tan importante lo que diga, sino cómo lo diga —dijo Hanussen en una de las primeras sesiones que llevaba a cabo con Hitler.

—Comprendo, señor Hanussen, pero yo siempre he tenido muy buena comunicación con el pueblo. Dígame a qué se refiere exactamente.

—Debe rodearse de símbolos. No deben faltar en su estrategia. Únicamente con la violencia de sus camisas pardas no logrará ganarse al pueblo. Debe encantarlos, decirles lo que ellos esperan escuchar, pero con la suficiente capacidad comunicativa, y por qué no, histriónica, como para que ellos se involucren emocionalmente con usted. Los símbolos son usados por las religiones para obtener poder, su prédica ha de parecerse a la de una doctrina donde cada gesto y cada imagen queden grabados en el subconsciente de los que le siguen.

—¿Símbolos? Mi símbolo es mi bandera —dijo Hitler con orgullo. El partido por iniciativa suya había adoptado una bandera roja con un círculo blanco, en cuyo centro había una esvástica negra—. Es mi mayor símbolo —dijo Hitler, mientras recordaba al monje Joseph Lang de la abadía de Lamback, donde había estudiado. Había sido su más fiel oyente cuando era niño, y las cruces gamadas que existían en el monasterio habían dejado una huella indeleble en su memoria. También recordó la lanza de Longino. Era su símbolo secreto.

—Los símbolos no son únicamente banderas. También lo son las antorchas, la música; los himnos, especialmente —prosiguió

31

Hanussen, sin evidenciar la momentánea distracción de Hitler—. El podio donde usted vaya a dar su discurso debe situarse a una determinada altura, precedido por marchas rítmicas; las marchas suelen contagiar el optimismo; luego, un himno solemne, una postura convincente con ademanes estudiados, la inflexión de la voz con la adecuada entonación para captar la atención del más distraído... en fin, hablar al pueblo, como usted lo llama, es un arte.

—¿Por ejemplo?

—Empecemos por darle a usted un título —prosiguió Hanussen como si estuviera en trance—, un gran nombre aparte del que ya tiene, que será recordado eternamente por todo el mundo. ¿Qué le parece... «El Führer»?

—El Führer... Sí. Me gusta —afirmó Hitler—, ¡El Führer! —repitió en voz alta levantando la barbilla.

Él siempre había pensado en la importancia de un líder para instaurar su revolución. Una que removiera los cimientos del estado decadente en el que se había convertido Alemania. Pero de ahí a que le llamasen El Führer (El líder) había una clara diferencia; no sería un líder más, sería el Führer, el único, el que llevaría a Alemania a la gloria. Inspiró profundamente y se sintió totalmente compenetrado con Hanussen.

—También debe instaurar un saludo, específico para su persona y su partido. Los romanos acostumbraban a saludar al César con un «Ave César» y un ademán muy reconocible: el brazo en dirección a su persona. Algo así como esto.

Hanussen se situó delante de Hitler y, después de juntar los talones de sus zapatos produciendo un ruido seco, levantó el brazo hacia él y dijo en voz alta:

—Heil Hitler! —Retomó su postura anterior y preguntó, sabiendo que lo había impresionado—: ¿Qué le parece?

—Me gusta. Es usted un genio. Heil Hitler! —exclamó con excitación—. ¡Ése será el saludo!

—Y deben hacerlo todos, no sólo al dirigirse a usted, sino entre ellos. Y cuando la multitud que lo aclame se reúna frente a usted, ¿se imagina cómo se verán esos millones de brazos levantados en su dirección? No es sólo un saludo, no. —Enfatizó Hanussen—. Arrastra una fuerza detrás, y toda la energía proveniente de cada uno de esos fervorosos brazos lo transformarán en el Führer que tanto desea ser para su patria. Usted contestará al saludo con un movimiento del brazo muy ligero y algo echado hacia atrás, como atrapando la fuerza. No debe otorgar ese poder a nadie.

—Comprendo perfectamente. En cuanto a cómo hacer para captar la atención de la gente, lo puedo aprender.

—Ensaye usted frente a un espejo. Es importante saber actuar y que cada uno de sus gestos se vea tan convincente que parezca real.

—Señor Hanussen, yo amo a Alemania. No hago ni digo cosas por decir, todo lo que digo lo siento desde lo más profundo —dijo Hitler tocándose el corazón con el puño derecho.

—Le repito que no sólo es importante lo que se dice, sino cómo se dice.

—Ya. Por supuesto. Seguiré sus consejos. Pero deseo que esto que acabamos de hablar quede entre nosotros. Yo seré quien se lo diga a mis más allegados. ¿Comprende?

—Absolutamente —respondió Hanussen con una sonrisa de complicidad, admirando los conocimientos de Hitler. Sabía que el poder del ocultismo radicaba justamente en eso, en mantenerlo oculto. Los conocimientos debían darse sólo a las personas iniciadas, y estaba seguro de que él también lo sabía—. Tan pronto como usted se apodere de la voluntad de aquella masa que le otorgue su voluntad de manera incondicional —prosiguió—, empezará la transmutación de los sentimientos.

Los ojos de Hitler brillaban de impaciencia, deseaba conocer a fondo todos los secretos que vislumbraba en Hanussen.

—¿Transmutación? —preguntó exaltado.

—Es exactamente lo que quiero decir. Usted generará muchos sentimientos, no solamente el éxtasis por quienes lo siguen, también generará odio, envidia, y el más poderoso de todos los sentimientos: el miedo.

—Prosiga usted... —dijo Hitler con un ligero temblor en la voz.

—El miedo es un sentimiento oscuro, muy fácil de producir pero difícil de erradicar. Una vez que alguien lo experimenta, se aloja en lo profundo del subconsciente y le hace actuar por reflejo. Se puede hacer mucho con él, es fácil de condicionar.

Hitler esperaba ansioso cada una de las palabras que brotaban de los labios de Hanussen. Cuando lo escuchaba sentía un calor inusitado en el cuerpo; era tal su concentración que su respiración se entrecortaba.

—Usted aprenderá a convertir los sentimientos de miedo, terror y envidia en... poder —prosiguió Hanussen. Luego guardó silencio.

Un aire enrarecido invadió la habitación. Hitler, pendiente de cada palabra, esperaba que continuase. Hanussen sintió algo extraño.

—Prosiga... prosiga usted —acució Hitler.

—Señor Hitler, usted ha de aprender a trabajar mentalmente con todo lo que le estoy enseñando. Debe saber visualizar el terror y el odio para transformarlo en poder. Pero recuerde: nada en este mundo se obtiene de manera gratuita. —Hanussen dijo las últimas palabras casi arrastrándolas. Sentía que empezaba a traspasar terrenos vedados.

—Si es por dinero, no se preocupe. Puedo pagarle lo que me...

—No me malinterprete. Me refiero estrictamente a las leyes espirituales, primigenias y sagradas. El valor del poder no tiene precio en oro. Es otro el precio que se debe pagar.

—Creo que le comprendo —Hitler temblaba de emoción y trémulo, esperaba impaciente las explicaciones de Hanussen.

Éste guardó silencio. Bajó los ojos como acostumbraba a hacer para ordenar sus ideas. Hitler esperaba ansioso sin atreverse a interrumpir su aparente concentración. Hanussen sintió que era el momento de elegir. ¿Sería Hitler de quien habría de cuidarse? No parecía ser demasiado peligroso. Y si lo fuera, estaba seguro de poder manejarlo. Retomó con ánimo su disertación.

—Para obtener el poder, es necesario que sepa que debe pagarlo sacrificando lo que más ame —prosiguió, pensando al mismo tiempo que él así lo había hecho—. Por ejemplo, puede ser una mujer, o su propia descendencia, que es lo único propio que se tiene. El amor obnubila la mente, pero aparte de eso, alimenta el fuego del deseo por la persona amada. Su sacrificio será evitarlo. ¿Comprende? —calló y lo observó. Vio que sus palabras eran literalmente absorbidas por Hitler—. Por ese motivo, existen pocas personas en el mundo, por no decir ninguna, que obtuviera el poder total absoluto, sostenido en el tiempo. Aun Jesucristo, el gran líder de los judíos, cuando fue tocado por el amor, diluyó su poder como el agua entre los dedos. Amare et sapere vix deu conceditur —recalcó Hanussen.

—Incluso un dios encuentra difícil amar y ser sabio a la vez —tradujo Hitler—. ¿Me está usted diciendo que Jesucristo se enamoró alguna vez? —preguntó con suspicacia.

—Creo que usted sabe, al igual que yo, que la Iglesia oculta verdades; en eso son unos maestros —respondió Hanussen con ambigüedad—. Su poder se basa en verdades ocultas o mentiras no desveladas, como desee verlo. Pero usted no necesita creer en dogmas cristianos, lo importante es que utilice los métodos de la religión para sus fines políticos. Creará su propia doctrina, de la que usted será la cabeza.

—Lo comprendo —recalcó Hitler—, pero mi amor por Alemania no tiene que ver con un deseo egoísta. Me dedicaré a la grandeza de mi patria. Creo que usted sabe cuáles son mis planes, no los oculto. Pero para ello necesito obtener el poder —replicó vivamente Hitler. Era un hombre apasionado, impetuoso y vehemente. Y en ese momento, delirante.

—Veo que usted tiene buenas intenciones, Herr Führer. Por otro lado, correría peligro la persona objeto de su amor —prosiguió Hanussen—, pues si llegase a suceder que usted se involucrase sentimentalmente con alguien, ella podría morir. Es así como usted conservará el poder. De no ser así, entonces, será usted quien perderá. Pero tenga en cuenta algo: lo más preciado es la descendencia. Piénselo.

—Creo que estoy preparado para todo. No me enamoraré. Mi amor es Alemania, los hijos de la patria serán mis hijos —repitió con más énfasis esta vez.

—¿Nunca se le ha pasado por la cabeza la idea de ser padre? —insistió Hanussen.

—No. No tengo tiempo para tener una familia. Le repito que deseo servir a mi pueblo, aun a costa de mi sacrificio —dijo estoicamente Hitler—. Deseo prosperidad para Alemania. ¿Sabe usted que en 1923 un dólar valía cuatro billones de marcos alemanes? Y la cabeza del actual gobierno fue uno de los firmantes del infame tratado de Versalles... No, señor Hanussen, tener familia e hijos no está entre mis prioridades.

—Bien pensado —asintió Hanussen.

—Pero dígame algo: ¿qué me depara el futuro?

—Mi estimado amigo, un futuro muy brillante. Pocas personas en el mundo tienen una estrella como la suya, llegará lejos, muy lejos. Alemania será suya y gran parte del mundo.

—¿Triunfaré? ¿Llegaré a la cancillería? —preguntó Hitler, ansioso.

—Mucho más que eso —afirmó Hanussen. No pudo evitar un sentimiento de pesadumbre al pronunciar las últimas palabras.

Quedó en silencio de improviso. Sintió como si una nube negra se paseara delante de sus ojos, un oscuro presentimiento casi le impedía seguir hablando. Welldone apareció en su mente y sin poder evitarlo sintió un escalofrío. Fue algo fugaz, casi imperceptible, pero que caló hondo en su ánimo. Miró a Hitler, quiso creer que no era peligroso, pero sabía que sí lo era, y mucho.

—¿Más que canciller de Alemania? —interrumpió Hitler—. ¡Ah, señor Hanussen, si eso ocurriera, usted sería mi mano derecha!

Era el empujón que Hanussen necesitaba para vencer sus escrúpulos. Se vio a sí mismo como el poder detrás del trono y desechó el peligro. Una vez más, su ambición ganó.

—Por supuesto, señor Hitler. Está escrito que usted será el hombre que instaurará el nuevo orden en el mundo —replicó Hanussen—. Con respecto a sus próximos movimientos políticos:

debe usted organizar mejor sus fuerzas partidistas. Utilice a las SA únicamente para el trabajo sucio. Los camisas pardas le prestan un gran servicio, pero sus componentes son personas de baja ralea. Usted necesita rodearse de la excelencia. Un cuerpo de fuerzas de choque; me parece que serían ideales unos militantes con uniformes característicos, con símbolos, símbolos por todos los lados, nunca olvide los símbolos.

Ernst Röhm, su antiguo compañero del ejército, había creado las Sturm Abteilung, conocidas como las SA, o los camisas pardas. Para Hitler fue una de las ideas más brillantes; su función principal era crear caos, generar insatisfacción, y sobre todo, hacerse notar. Y era lo que le interesaba.

—Sí... —respondió entusiasmado Hitler—. Me gustan los símbolos. Sig: la runa del poder, el rayo del dios de las tempestades será el símbolo de las SS, dos eses en forma de rayos. Las llevarán mis más fieles soldados. Controlarán y vigilarán a todos los miembros del partido, y a las mismas SA. Serán las Schutz Staffel.

Hitler tomaba nota mental, debía hablar con Julius Schreck. Él se haría cargo de crearlas.

—Es una época muy propicia. Pronto le llegará a usted el momento para proclamarse como la mejor opción que tendrá Alemania para salir de la crisis. Porque si de algo estoy seguro, es que se acerca una gran crisis económica a escala mundial. Y ésa será su hora.

—Sí... mi hora... Pero dígame, señor Hanussen, algo más específico.

—¿Más específico? Bien, se lo diré a su tiempo, señor Hitler, Mein Führer —respondió Hanussen con una sonrisa.

IV - Munich, 1926

Sentado tras su escritorio, Adolf Hitler recordaba su primera visita a Hanussen. «Usted posee una extraordinaria fuerza psíquica. Conseguirá lo que se proponga», había dicho. Aquellas palabras le quedaron grabadas. Necesitaba hombres como él, que lo rodearan con un halo de magia, que le hicieran parecer sobrenatural. Sonrió, pensativo. «Le espera un gran futuro», recordó, deleitándose. Suspiró y miró a su alrededor satisfecho. La vida había cambiado mucho a su favor. Tan sólo hacía dos años estuvo en prisión por un intento de golpe de estado. Hasta eso le había favorecido; aprovechó el tiempo de reclusión para escribir Mein Kampf, y aunque la condena había sido de cinco años salió en libertad antes del año, pero encontró su partido prácticamente disuelto. Hombres de poca fe... cavilaba.

Para empeorar las cosas, las mejoras en las condiciones económicas en el país, en comparación con las que reinaban antes de su detención, generaron una atmósfera más propicia para los partidos políticos moderados, de manera que reorganizar el suyo le llevó un esfuerzo mayor del que en un principio había calculado. «El problema con la gente es que es hipócrita. Tiene miedo de decir lo que piensa», especulaba con desprecio. Estaba convencido de que para alcanzar sus fines era necesaria la violencia. Alemania estaba anarquizada, los partidos de izquierda deseaban sacar provecho de los desastrosos resultados de la firma del tratado; los comerciantes judíos especulaban con el hambre del pueblo. Pero él se había fijado una meta: sería quien salvaría a Alemania del caos y de la pobreza. A costa de lo que fuera.

Hitler presentía que Hanussen lo ayudaría en la consecución de sus planes; sabía que era un hombre conocido en los círculos empresariales, y había captado su ambición desmedida. Lo utilizaría mientras fuese necesario, después vería qué hacer con él. Miró el calendario sobre su escritorio, un círculo rojo marcaba el día. Era su cita para ir a Berlín, una ciudad que le había sido bastante esquiva. «Berlineses...» pensó con desdén. Se encontraba ante un dilema, le hacía falta un hombre que se hiciera cargo de reunir las fuerzas suficientes para el partido nazi en Berlín, corrompido por aquella Babilonia pecadora. ¿A quién poner en lugar de Heinz Hauenstein? Necesitaba un hombre que supiera combatir a los socialdemócratas y comunistas que en esa plaza eran mayoría, que utilizara el cerebro, no como el salvaje de Hauenstein, que lo único que hacía era aterrorizar a los demás miembros del partido sacándoles dinero.

Suspiró y se preparó para el largo viaje. Acudiría al Palacio del Ocultismo. Sonrió con desprecio al recordar el nombre rimbombante. Llegaría el tiempo en que él le enseñaría a utilizar los nombres. Mientras, aprovecharía sus conocimientos; era evidente que los tenía, y sabía que no debía menospreciarlo. Hanussen era un hombre de cuidado.

Un Mercedes enorme, negro, aparcó frente a la residencia de Hanussen. De inmediato, el chófer bajó y abrió la puerta trasera para dar paso a Hitler y a su fiel acompañante, Hess. Un mayordomo abrió la puerta y los condujo al salón principal, donde esperaron a que apareciera

Hanussen, que no tardó en presentarse.

—Buenas tardes, señor Hanussen, hoy quisiera hablar con usted de política —adelantó Hitler—. Tal vez tenga ideas renovadoras y pueda ayudarme a tomar una decisión.

—Usted sabe, señor Hitler, que puede contar conmigo.

—No es necesario que estés presente, Rudolf —dijo, dirigiéndose a Hess.

Hess volvió a sentarse tras haberse incorporado. Estaba acostumbrado a las decisiones inesperadas de Hitler, cogió una revista y se dispuso a esperar. De todos modos, al final se enteraría.

Hanussen y Hitler pasaron a una estancia contigua.

—Señor Hanussen, mi visita a esta ciudad obedece a dos razones: una es nuestra cita, naturalmente. Pero la segunda es la existencia de un puñado de miembros del partido nazi en esta ciudad, comandados por Heinz Hauenstein, un antiguo jefe de las secciones de asalto. Es un hombre que fue expulsado pero sigue actuando como si nada. He venido, pues, a poner orden.

—No me parece adecuado que sea usted quien tome decisiones de esa índole. Debe tomarlas un subordinado. A usted no le conviene ser desobedecido; en el caso de que Hauenstein no se diese por aludido, cuando usted regrese a Munich volverá a hacer de las suyas.

—Pero no tengo una persona apropiada, de confianza, en esta ciudad. ¿Qué haría usted en mi lugar?

—Buscaría a la persona que me haya demostrado más fidelidad y la traería para hacerse cargo. Dejaría en sus manos la responsabilidad del éxito o del fracaso de la misión.

Hitler bajó los ojos y se acarició la barbilla. Dio unos cuantos pasos y lo miró.

—Tengo muchos en mente, todos me son fieles, creen en mí.

—¿Y usted cree en ellos?

—¡Ah, querido amigo! Yo no creo en nadie. Y usted lo sabe.

—Hay un hombre que podría ser idóneo para el cargo...

—¿Quién? —preguntó Hitler con curiosidad.

—Joseph Goebbels.

—Había pensado dejarlo en Munich como jefe de propaganda del partido.

—Es un hombre inteligente, astuto, y le admira más que a nadie en el mundo. Puede nombrar a Gregor Strasser jefe de propaganda, tal vez más adelante ese puesto pueda ocuparlo Goebbels. Pero ahora, nómbrelo Gauleiter de Berlín.

—Habrá problemas. Strasser ha estado siempre en contra de Goebbels...

—Eso es conveniente para usted. Cuanta más envidia se tengan unos a otros, menos probabilidades habrá de que se unan en su contra.

—No le falta razón, señor Hanussen. Creo que es lo que haré. Espero que no se equivoque.

—Joseph Goebbels será su más fiel aliado —aseveró Hanussen cerrando los ojos.

De manera inexplicable vinieron a su mente imágenes extrañas. Vio a Goebbels extendiendo la mano. Vio a Hitler avejentado. Un cuadro lejano, fúnebre.

Hitler miró las facciones relajadas de Hanussen. Cuando estaba en estado de trance, sabía que no debía interrumpirlo; era la parte que más admiraba de él; siempre parecía estar seguro de lo que afirmaba, y hasta ese momento no se había equivocado.

Hess los vio acercarse. La sesión había durado menos que otras veces y tenía una enorme curiosidad por saberlo todo.

—Salgamos de Berlín —dijo Hitler.

—¿No iremos a la Potsdamerstrasse? —preguntó, refiriéndose al cuartel general.

—Es preferible que nadie sepa que estamos aquí. Ya te explicaré.

A finales de octubre de 1926, Joseph Goebbels fue transferido a Berlín, con poderes extraordinarios. Las SA estarían bajo sus órdenes, y sólo sería responsable ante el Führer. De todas las ciudades de Alemania, era el lugar en el que a un nazi había de costarle más triunfar, pero Hanussen no se había equivocado; ese pequeño y delgado hombrecillo con una cojera que decía haber contraído en una guerra en la que nunca participó asumió la misión encomendada, sin nada que pudiera servirle de asidero para empezar aparte de un maloliente sótano de un edificio en la Potsdamerstrasse.

De vez en cuando visitaba a Hanussen, siempre en horas nocturnas, y salía de allí con renovados ánimos. Para Goebbels su Biblia era Mein Kampf, donde Hitler había expuesto con claridad los pasos a seguir para inculcar ideas: «[...] Cuando la propaganda ya le ha inculcado a todo un pueblo una idea, la organización, con ayuda de un puñado de hombres, puede recoger sus frutos». Únicamente los más capacitados... Un puñado de hombres... Goebbels tenía un largo trabajo por delante. Y lo logró. Expulsó a cuatrocientos miembros de los mil que formaban el partido, y empezó desde abajo con los seiscientos restantes.

Hitler dejó de ir a Berlín por sus múltiples ocupaciones, ahora era Hanussen quien viajaba a Munich y las reuniones se celebraban en su apartamento. Pasaban muchas horas conversando, estudiando los signos, los movimientos de los astros, y sobre todo, hablando de ocultismo. Fue en una de aquellas charlas cuando Hanussen se enteró que la lanza de Longino era su más preciado deseo secreto.

—Sé que cuando la lanza me pertenezca obtendré un poder ilimitado.

—La lanza es un símbolo. Si para usted es un símbolo de poder, la obtendrá. Se lo aseguro.

Sabía que Hitler lograría obtenerla, y decírselo le brindó una confianza ilimitada de parte del Führer. Sus pronósticos eran muy acertados y, tal como dijera acerca de la economía alemana tiempo atrás, todos los vaticinios fueron cumpliéndose. Hanussen influía en las decisiones de Hitler; tanto en asuntos políticos como económicos, sus tentáculos abarcaban todos los niveles del poder. Utilizaba el dinero como arma al ejercer de prestamista de hombres importantes. La economía alemana tenía una gran brecha entre ricos y pobres. Los pobres tenían poco que perder y, en el otro extremo, los ricos tenían medios para obtener ganancias por medio de métodos que la inflación no afectaba. Compraban a tiempo moneda extranjera, así como hacían inversiones en el exterior, o compraban bienes raíces como fue su caso; terminó de pagar su Palacio del Ocultismo a unas cuotas risibles debido a que la hipoteca tenía tasa fija. Valía más el papel en el que estaban impresos los billetes que el valor que tenían. La gran sacrificada era la clase media. Y muchos de ellos empezaron a formar parte de las filas del nazismo.

A principios de 1929, cuando la economía parecía estabilizarse, Alemania dejó de recibir el flujo de capital extranjero. Al disminuir el volumen del comercio con el exterior aumentó a gran escala el desempleo, que había bajado después de la salida de prisión de Adolf Hitler. La industria se paralizó, y a medida que se agravaba la depresión mundial, la situación se mostraba cada vez más propicia para una revolución. Fue entonces cuando Hanussen intervino.

—Hable con empresarios que tengan poder, ellos colaborarán con su causa.

—Hemos tratado de hacerlo, pero siempre se han mostrado reacios.

—Según los astros, en estos días estarán receptivos a sus ideas políticas. Debe convencerlos personalmente. Le doy un nombre: Fritz Thyssen.

Hitler miró a Hanussen pensando que se había vuelto loco.

—Thyssen es el presidente del sector del acero. ¿Cómo cree que lo voy a convencer?

—Utilice los métodos que hemos ensayado largamente. Cuando se presente ante él, previo aviso ostentoso de su representante, por supuesto, hágalo con toda la seguridad y fe que siente por su causa. Él le ayudará, y no sólo él. Muchos como él. ¿Sabe a lo que más le temen? Al comunismo, y ellos están aprovechando la situación para generar simpatizantes, ellos ofrecen todo lo que ya sabemos que no funciona.

—Hablaré con Thyssen —dijo Hitler convencido.

—No se arrepentirá —replicó Hanussen con absoluta seguridad.

Él ya había mencionado a Thyssen la posibilidad de ayudar a Hitler, indicándole que era lo más conveniente. Fritz Thyssen era un asiduo visitante de su «palacio».

El Partido Nacionalsocialista no sólo logró la ayuda de los empresarios del acero, sino también de todos los miembros descontentos de la comunidad; ganó el apoyo de miles de empleados públicos despedidos, de los comerciantes y pequeños empresarios arruinados, también de agricultores empobrecidos y trabajadores decepcionados de los partidos de izquierda. Cientos de jóvenes desencantados de la generación de la posguerra se convirtieron en sus más recalcitrantes defensores. Lo apoyaron, asimismo, los banqueros y algunos dueños de periódicos. Hanussen tenía razón, y Hitler cada día confiaba más en él, escuchaba sus consejos atentamente, y decidió lanzarse una vez más a las elecciones del Reichstag en 1930. Obtuvo seis millones y medio de votos y logró que su partido se convirtiera en el segundo más importante de la Cámara Baja del Parlamento alemán, el Reichstag.

Para Hanussen, Hitler era un hombre con ideas claras que tenía un objetivo en la vida e iba tras él: hacer de Alemania una patria poderosa y, aunque sus métodos le resultaban demasiado radicales, comprendía que la infiltración bolchevique en las filas de los sindicatos creaba malestar y desordenaba la política alemana. Y a ello se le sumaba la gran cantidad de judíos que, según Hitler, pertenecían a una raza a la que lo único que le interesaba era la acumulación de riqueza a costa de los trabajadores alemanes. En parte, Hanussen le daba la razón. Los judíos dominaban la economía; estaban en la banca, en la prensa, en los comercios, en la ciencia, y hasta en el mercado prestamista. Y muchos de ellos en las filas del marxismo.

En una de las conversaciones en las que salió a relucir el tema judío, Hanussen le dio su parecer con sutileza.

—Señor Hitler, los judíos también son ciudadanos alemanes; su religión es judía, pero pertenecen a esta patria. Estoy de acuerdo en que algunos son avaros, y que no desean contribuir con su causa, pero una nación se conforma de la diversidad de religiones, razas y tendencias políticas.

Hitler, impaciente, tomó el Mein Kampf que tenía sobre el escritorio. Lo abrió en una página y leyó en voz alta:

—«El estado judío no estuvo jamás circunscrito a fronteras materiales; sus límites abarcan el universo, pero conciernen a una sola raza. Por eso, el pueblo judío formó siempre un estado dentro de otro estado. Constituye uno de los artificios más ingeniosos de cuantos se han urdido, hacer aparecer a ese estado como una religión y asegurarle de este modo la tolerancia que el elemento ario está en todo momento dispuesto a conceder a un dogma religioso. En realidad, la religión de Moisés no es más que una doctrina de la conservación de la raza judía. De ahí que englobe todas las ramas del saber humano convenientes a su objetivo, sean éstas de orden sociológico, político o económico.»

Cerró el libro y lo miró desafiante.

—¿Me dirá usted, señor Hanussen que lo que está escrito en este libro no es verdad? El judaísmo es una plaga que hay que erradicar. Ellos no se sienten parte de una nación: viven de ella. Sólo eso.

—¿Y de llegar a la cancillería qué piensa hacer con ellos?

—Darles una lección de patriotismo.

Y como acostumbraba a hacer cuando no deseaba hablar más de un tema, cruzó los brazos y miró por la ventana.

Hanussen deseaba creer que Hitler era el hombre indicado para Alemania. No obstante, las dudas corroían su alma. Lo que alimentaba su incertidumbre era el odio irracional que sentía por los judíos, aunque también hablaba de manera despectiva de los comunistas, lo que llevaba sus pensamientos a la Rusia soviética manejada por la ascensión al poder de Stalin, un hombre al que había que temer por las barbaridades y matanzas cometidas en contra de miles de kulaks, que se vieron obligados a abandonar sus tierras para dar paso a su programa de colectivización, y al asesinato y envío a campos de trabajo de sus adversarios políticos. El ruso era un hombre sin escrúpulos, a quien no le temblaba el pulso a la hora de cometer genocidio. ¡Ah!, si tuviera que escoger cuál de los dos era peor, Stalin o Hitler, él escogería sin duda al primero.

V - Munich, 1931

En 1931 Hitler gozaba de una holgada situación económica proporcionada por el partido, las ventas de su libro Mein Kampf y la ayuda de muchos capitalistas de Alemania. Su cuartel general estaba ubicado en la Brienner Strasse en Munich, una de las calles más distinguidas de la ciudad, en el antiguo palacio Barlow, la antigua sede de la embajada de Cerdeña. Justamente enfrente se alzaba el palacio del Nuncio Apostólico. Había pagado quinientos mil marcos por el palacio y otra cantidad igual para reconstruirlo.

Recibía a políticos nacionales y extranjeros. En realidad, a toda clase de personajes excepto a los periodistas. Con ellos siempre se mostraba desagradable, él reclamaba respeto y sumisión de cualquiera que tuviese enfrente; los periodistas escribían columnas en las que lo satirizaban y daban una imagen equivocada tanto de su personalidad, como de su capacidad de liderazgo. Así, los que no le conocían en persona daban poco valor a sus logros, y los que llegaban a conversar con él superficialmente creían poder manejarlo a su antojo.

Hanussen había logrado cultivar amistades en el mundo editorial, algunas por intervención de Hans y otras gracias a sus consultas. En una de las visitas que Hitler le hiciera en Berlín, propuso un cambio en su línea.

—Es importante que empiece usted, señor Hitler, a tender puentes hacia el grupo editorial que lo ha apoyado en su nacionalización; el Leipziger Neuesten Nachrichten fue el único diario que se opuso a la orden que le impedía a usted hablar en público y también se ha opuesto a la disolución de las SA. Tenemos a la persona indicada para lograr el contacto —sugirió Hanussen, previendo un acercamiento con los dueños de las demás editoriales.

—¿En qué podría beneficiarme una entrevista? —inquirió Hitler con desdén.

46

—En mucho. Podríamos captarlos, convertirlos en «conspiradores». Si concede una entrevista, será con la condición de que no se publique.

—¿Para qué podría servir una entrevista que no sea expuesta al público? —preguntó extrañado.

—El pueblo sabe cómo piensa usted. O mejor dicho: cree que lo sabe. Pero nosotros sabemos que no todo lo que usted les dice es verdad; usted necesita que un periodista influyente escuche sus verdaderos pensamientos, porque estoy seguro de que lo que se diga en esa reunión será comentado, aunque no se divulgue en su periódico. Al conceder la entrevista bajo un pacto de silencio, el señor Richard Breiting que es el redactor jefe, cumplirá su palabra de caballero, pero al mismo tiempo se enterará de que sus planes para Alemania no son simples promesas socialistas. Usted apoya a la empresa privada, los capitalistas le son necesarios, entre la gente de la prensa siempre hay intercambio de comentarios —se explayó Hanussen.

—Espero que usted me acompañe.

—Si así lo desea estaré presente, pero no a la vista. No es conveniente que algunas personas sepan que acostumbro a tener tanta familiaridad con el partido —aclaró Hanussen—. El señor Breiting será invitado por el señor Otto Dietrich. Ambos sabemos quién es.

Dietrich trabajaba como corresponsal del diario en Munich, al mismo tiempo que tenía fuertes vínculos con el nacionalsocialismo.

Bajo el pálido sol primaveral de un 4 de mayo, el Mercedes negro de seis ruedas, regalo de Hitler, aparcaba frente al palacio de la Brienner Strasse. Sobre el techo de la edificación ondeaba una bandera con la cruz gamada que se divisaba a gran distancia. Era la primera vez que Hanussen visitaba la sede del Partido de los Trabajadores. Frente a la fachada hacían guardia varios centinelas, haciendo gala de una disciplina castrense extremadamente rigurosa. Apreció las figuras altas y marciales de los soldados con rostros de apariencia granítica que, saltaba a la vista, podrían ser capaces de sacrificarse por su Führer. Uno de ellos comprobó su identidad como hacía con cada visitante y de inmediato le abrió paso. «Para ser la sede de un partido llamado de los trabajadores, no era precisamente algo representativo de éstos, pues el lujo externo e interno estaba muy lejos de corresponder a la clase trabajadora», observó Hanussen. Vino a su encuentro Rudolf Hess y lo condujo por el vestíbulo de paredes marmóreas del palacio. El lugar le produjo una sensación de sombría dignidad. Había esvásticas por todos lados, incluidas las valiosas vidrieras alabastrinas del recinto. «Símbolos, símbolos...», recordó Hanussen.

El Führer se lo había tomado al pie de la letra. «Bien.» Pasaron por la sala senatorial, cuya artística decoración le causó una impresión imborrable con sus sesenta y un sillones de cuero de color rojo vivo. Ante una mesa semicircular se alzaba el sillón del primer magistrado, con una esvástica dorada enfrente, y una gran imagen de Cristo encima. En la siguiente puerta estaba la oficina de Hitler. Era un gran despacho. Poseía un inmenso escritorio de diplomático. A un lado, una fotografía de Mussolini y, en la pared, un gran óleo de Federico el Grande. Su oficina era un centro de ebullición; se recibían sin cesar llamadas telefónicas desde Berlín, Dortmund, Colonia, Oldenburg. Los mensajeros no dejaban de entrar y salir. Hanussen observó la intensa actividad que rodeaba a Hitler, era la primera vez que visitaba su lugar de trabajo.

El motivo principal por el que Hitler odiaba a los periodistas se debía a que gran parte de ellos eran detractores de las ideas autoritarias que él predicaba en sus discursos. Reclamaba la necesidad de un gobierno dictatorial para poner orden al caos político y económico de Alemania. De manera invariable se refería al pésimo gobierno que regía el país. Pasaba por alto los esfuerzos del ministro de Relaciones Exteriores fallecido dos años antes, Gustav Stresemann; gracias a él Alemania había podido vencer la hiperinflación surgida tras el final de la guerra. Muerto Stresemann, el Partido Popular se había debilitado y Hitler sabía sacar provecho de los débiles.

A Hanussen no le agradaba ser el foco de atención en la política, dado que jugaba para varios bandos. Insistió en quedar fuera del alcance de la vista de Breiting durante la entrevista, pero se mantuvo atento al transcurso de ésta, oculto en un estrecho gabinete aledaño cuyo delgado tabique permitía escuchar con claridad, y la mirilla, disimulada por un adorno en la pared, le servía de visor.

—Su libro es sin duda, señor Hitler, una obra simbólica. Una guía para su movimiento, y por desgracia, sus enemigos no lo toman con la seriedad necesaria. Yo he aprendido mucho de Mein Kampf, y ésa es la razón de que le haya hecho esta visita —empezó diciendo Breiting en la entrevista.

—Señor Breiting —afirmó Hitler—, usted ha acentuado lo de mi movimiento. Yo diría que Mein Kampf tiene trascendencia histórica para Alemania y para toda la raza aria. Tanto el francés Gobineau, como el inglés Chamberlain se han interesado vivamente por nuestras ideas ordenadoras. Se lo repito: ideas ordenadoras. O si lo prefiere: visión ideológica de la historia según el principio fundamental de la sangre: un Nuevo Orden —recalcó elevando la voz—; quiero erigir un Reich milenario, de una singular creación ideológica... yo diría casi divina —dijo en un susurro mirándolo fijamente—. Nosotros no necesitamos la administración de un jurista recto, sino el valor cívico y político de toda una generación. El derecho debe acomodarse a nuestros dictados —prosiguió elevando cada vez más la voz y gesticulando con el puño de su mano derecha—. ¡Para capitanear un pueblo y encaminarlo hacia acontecimientos grandiosos se requieren hombres inspirados por el destino y la providencia!

En este punto, Hitler se tomó un respiro. Miró a Breiting desde el otro lado del enorme escritorio mientras estudiaba su reacción. Breiting, acostumbrado a escuchar sus peroratas públicas, sólo mostraba una mesurada atención. Hanussen, tras el tabique, sonreía satisfecho. Eran pocas las veces que tenía ocasión de verlo actuar.

—Creo que comprendo perfectamente lo que usted quiere decir, señor Hitler. ¿Pero no cree que manipular las leyes en beneficio de sus políticas podría resultar a la larga, en algún aspecto, contraproducente para usted mismo?

—Los ingleses glorifican a Shakespeare y juran sobre la Biblia, pero dominan los océanos con buques de guerra —contestó Hitler eludiendo directamente la pregunta—, los decadentes «Derechos del Hombre» que nos legó la Revolución francesa son pura hipocresía. Nosotros los alemanes decidiremos si queremos golpear o recibir los golpes.

—Súbitamente Hitler vociferó iracundo—: ¡Pero el conservador alemán y los policías internacionales deben desembarazarse definitivamente de sus instigadores! ¡Porque usted sabe tan bien como yo, señor Breiting, que si nos hostigan es porque tras ellos se esconden los judíos! ¡Y ellos quieren pescar en aguas turbias! Pero no hay en el mundo mejores soldados que los alemanes, eso lo saben sobradamente los caballeros de París y Londres. ¿Acaso opina lo contrario, señor Breiting? —Hitler hablaba con gran aplomo, como si poseyera el mayor ejército del mundo. Y ni siquiera había llegado a la cancillería.

A Breiting no se le ocurrió contradecirle, a pesar de oír tales barbaridades dichas de manera tan franca y sin miramientos. Hablar con Hitler era entrar en un terreno de arenas movedizas; nunca contestaba directamente las preguntas, divagaba, hacía mención a algún que otro filósofo repitiendo de memoria sus palabras: era él quien llevaba el ritmo y el sentido de la conversación, que en la mayoría de los casos era un monólogo.

Después de casi tres horas durante las cuales Hitler denostó de los judíos, del parlamento, de los comunistas, del presidente Hindenburg, y en las que insinuó deliberadamente que cuando él fuese canciller acabaría con toda la arquitectura decadente y perniciosa de Alemania y apodó al edificio del Reichstag como «casino de zoquetes» y «chamizo tabernario» y lo describió como un conglomerado donde se combinaban cuatro grupos de columnas copiadas del Partenón, una basílica romana y una fortaleza morisca, finalmente acentuó:

—Créame, señor Breiting, esa mezcla acaba dando la impresión de ser una inmensa sinagoga. El Reichstag es un edificio excepcionalmente aborrecible, un centro de reunión, un casino para los representantes de la putrefacta burguesía; tanto el edificio como la institución que alberga son un oprobio para el pueblo alemán.

Tras el tabique, Hanussen escuchaba y tomaba nota de cada una de las palabras pronunciadas por Hitler. Sabía que cuando hablaba de esa forma lo hacía casi en estado de trance. Después, ni él mismo recordaría haberlas dicho. Pero era cuando se trataba el asunto judío cuando Hitler más se enfurecía y su alocución cobraba visos casi diabólicos.

—Pero, señor Hitler, no es razonable ver maquinaciones judías por todas partes. La gente debe terminar entendiéndose. No creo que logre nada atizando el antisemitismo en Alemania —se atrevió a razonar Breiting con él.

—¿Cómo nos enfrentaremos entonces al judaísmo internacional? ¡Dígamelo usted! ¡Con esa canalla, esa jauría procedente del Este, capaz de cualquier delito! ¡Esos Scheisse fresser...! —gritó Hitler enfurecido—. Yo estoy muy bien informado sobre los manejos contra nuestro movimiento en París, Londres y Nueva York. Ésos sólo se proponen dividir, comprar y sobornar, para finalmente hacernos matar por los comunistas. Necesito expresar claramente lo que pienso de ellos. Los masones, las logias en general, se han convertido en instrumentos de los judíos.

Cuando Hitler tocaba el asunto judío, sus palabras eran como proyectiles dirigidos a causar una muerte segura. Hanussen pudo captar en toda su magnitud el odio que sentía por ellos y comprendió que ese odio estaba cimentado en bases completamente racionales para el propio Hitler. Sin embargo, al percibir el gran poder que parecía cernirse sobre su principal discípulo, esperaba pacientemente el día en el que él, Hanussen, también detentase el mismo poder, si no mayor, al ser en gran medida su propulsor y consejero, a pesar de ser él mismo judío.

—Estoy de parte de los capitalistas, de los fabricantes y los industriales que traerán grandeza a la patria. Pero nuestro movimiento necesita a los medios de comunicación para propagar nuestras ideas sociales; no se equivoque, pues, señor Breiting, cuando me escuche hablar al pueblo; sólo digo lo que ellos quieren escuchar, porque los necesito para llegar a la cancillería.

A pesar de no estar de acuerdo con muchas de sus ideas, Breiting, sin embargo, apoyó su movimiento desde el periódico que dirigía. Años después, fue acusado por el propio Hitler de ser lacayo de los judíos. Aquella era su forma de actuar. Apelaba a Cristo, la legalidad o la traición a la patria, según su conveniencia. Adolf Hitler no tenía escrúpulos. Sus simples y efectivas reglas eran: jamás admitir un fallo o un error, no reconocer algo bueno en el enemigo, no dejar lugar a alternativas, nunca aceptar culpas, concentrarse en un solo enemigo cada vez y culparlo de todo lo que estaba mal, y, finalmente, no amilanarse ante el grosor de las falsedades o infundios que levantaba contra sus enemigos. «El pueblo —afirmaba Hitler—, creerá con más facilidad una gran mentira que una pequeña; si uno se la repite con bastante frecuencia, tarde o temprano el pueblo la creerá.»

Para entonces, Hitler irradiaba en torno a él una fuerza sugestiva, tenía una personalidad de primera magnitud, con una carga temperamental gigantesca y temible. Cuando se encolerizaba, recorría la Casa Parda como llamaban al palacio de la Brienner Strasse, como un demente, gesticulando con los brazos. Sus acusadas facciones, sus ojos azul grises relucientes y el negro mostacho plantado bajo la nariz le conferían una expresión hermética, su sobresaliente mentón revelaba una excepcional energía. Cuando discutía, a menudo contorsionaba el rostro con feroces espasmos como si quisiera destruir al adversario a dentelladas. Nadie podría decir que era un hombre ignorante.

Era bastante culto y tenía una memoria impresionante. No requería apuntes o alguna clase de ayuda para recordar fechas, eventos, nombres y cifras; apabullaba con andanadas de palabras que salían despedidas de sus labios como una ametralladora, y cuando el giro de la discusión empezaba a impacientarle, golpeaba el piso con sus botas, o daba puñetazos al escritorio. No sentía el más mínimo respeto por quien tuviera enfrente. Los que lo conocían le temían, los que no sabían con quién trataban cometían el grave error de menospreciarlo. Un desaire no era olvidado por Hitler, aunque en apariencia no prestase atención.

Una vez finalizada la entrevista, Hanussen entró a la oficina de Hitler. Sabía que él deseaba conocer su impresión.

—¿Cree que su periódico apoyará nuestra causa? —preguntó, mientras trataba de recomponer su imagen. Aún conservaba el rostro arrebolado por la pasión de hacía segundos.

—Pienso que sí lo hará. Aunque me parece, señor Hitler, que usted debería contener por lo menos por ahora sus demostraciones de odio hacia los judíos. ¿En serio piensa hacer lo que dijo? —preguntó Hanussen refiriéndose a la destrucción del Reichstag.

—Pienso hacer todo eso y más —respondió Hitler refiriéndose a la conversación en general. Parecía haber olvidadolo dicho acerca del Reichstag. O no le había dado la importancia adecuada. Aparentemente.

De regreso a Berlín, Hanussen pensaba en las coincidencias. Welldone había insistido en que no existían las casualidades. Comprobaba que una vez más había tenido razón. Tenía vagos presentimientos acerca de grandes sucesos oscuros en un futuro no muy lejano, y esa entrevista había servido para confirmarlos.

VI - El poder

Mientras observaba los Alpes bávaros desde la terraza del Berghof, su residencia de montaña, en Obersalzberg, Adolf Hitler rememoraba su juventud en Viena, aquellos lejanos días de 1913, cuando vagabundeaba por las calles tratando de subsistir en medio del hambre y el frío. Había sido en una de esas tardes heladas en la que no tenía dónde cobijarse, cuando el destino lo condujo por los corredores del museo del palacio de los Habsburgo; fue así como dio con el descubrimiento más importante de su vida: la lanza de Longino, también conocida como la Santa Lanza. La reliquia se exhibía sobre terciopelo negro dentro de una caja de cuero. Recordaba que cuando la vio, sintió como si ella hubiese estado esperándole. La estudió con detalle: descubrió que medía treinta centímetros y que terminaba en una punta en forma de hoja. Lo que se exhibía en el cofre era sólo la hoja de la lanza. A lo largo del tiempo, aquella hoja se había partido en el centro y estaba unida por un forro de plata; tenía dos cruces de oro incrustadas en la base, cerca del puño.

A partir de entonces se dedicó a estudiar todo lo concerniente a la lanza. Se mencionaba en muchos libros esotéricos, se le otorgaban poderes sobrenaturales, y se enteró de que había pertenecido a Carlomagno y Federico I alias Barbarroja, ambos, personajes sobresalientes de la historia alemana; se decía que mientras la tuvieron en su poder habían salido victoriosos de todas sus guerras. La lanza de Longino, la que había acabado con la vida de Jesús en la cruz, era considerada por Hitler el objeto que había tenido el poder de matar al mayor símbolo del cristianismo. Debido a la mentalidad ocultista que en aquella época albergaba consideró plausible lo que se decía de ella: otorgaba poderes ilimitados y sobrenaturales a quien la poseyera. Se convirtió a partir de entonces en su obsesión. Hitler sonrió al traer a la memoria recuerdos que entonces parecían quiméricos. Sabía que muy pronto, más de lo que muchos creían, él lograría hacerse con la lanza y con el mundo. Recordó a Hanussen. El mago le había prometido que sería suya. Suspiró profundamente y trató de concentrarse en sus planes.

Era en Obersalzberg donde pasaba el tiempo planeando sus próximos movimientos. Había aprendido de Hanussen que debía estar a solas para escuchar su voz interior. Del joven Adolf que merodeaba medio perdido por las calles de Viena, no quedaba ni rastro.

Adolf Hitler había llegado a su cumpleaños número cuarenta y uno cuando uno de sus principales bastiones se vino abajo: se enamoró perdidamente. Había dado trabajo de ama de llaves en Berghof a Ángela, una hermana de parte de padre. El día en el que ella se presentó, lo hizo acompañada de su hija Angélica María, a quien por cariño llamaban Geli. Era una joven de veinte años y él, hasta entonces inmune al atractivo femenino, cayó rendido ante su sobrina. Fueron amantes y fungió como su tutor, hasta el punto de llevársela a vivir a Munich, a su apartamento de la Prinzregentenstrasse. A pesar de ser consciente del peligro que corría, el amor que sentía por primera vez era tan enervante, que se dejó arrastrar aun a sabiendas de que podría perder mucho, o tal vez todo lo que había logrado. Pero Hitler pensaba que tal vez lograría superarlo, o que con el tiempo dejaría de sentir aquella atracción por su sobrina.

Geli, por su parte, lo tenía todo bien calculado. Ella era una joven de cabello castaño oscuro, pero, enterada de los gustos de su tío, se había presentado ante él con el cabello teñido de rubio. Deslumbrada por el poder que él ostentaba, disfrutaba al sentirse privilegiada por su tío y recibir los costosos regalos que le hacía, además de las muestras de respeto que recibía de parte de las personas que lo rodeaban. Pero, en realidad, no estaba enamorada. Sólo aceptaba ser amada por él, y aun en los momentos de mayor intimidad, aceptaba el amor de su tío como tributo a su juventud y a su belleza. Hitler, que en el fondo percibía que no era correspondido, sufría sabiéndose utilizado, pero soportaba la situación al saber que la tenía a su lado y, en la práctica, bajo su poder.

—Adolf, deseo ir a Viena —le dijo Geli.

—¿A Viena? Y eso, ¿para qué? —preguntó él, intrigado.

—Quiero estudiar canto, deseo ser cantante de opereta.

—No. Deseo que te quedes conmigo, aquí no te hace falta nada. ¿Por qué deseas ser cantante? Eres la mujer de uno de los hombres más importantes de Alemania.

—Me siento enclaustrada. Déjame ir un tiempo a Viena.

—No estás encerrada, Geli. Tienes libertad de ir y venir por donde quieras...

—Lo sé, pero nunca voy sola.

—No comprendo. Sólo te brindo seguridad.

—No es seguridad. Estoy rodeada de espías, iré a Viena.

—Geli, quédate... te lo suplico.

—Yo quiero ir a Viena —dijo Geli, con terquedad.

En el fondo no era más que una niña mimada. Hitler le había dado no sólo su amor sino todas las comodidades que ella había querido.

—Tengo una reunión en Hamburgo, espero que pienses bien en lo que he dicho. A mi regreso, hablaremos.

—¿Cuándo volverás? —preguntó Geli.

—Posiblemente mañana. Si las circunstancias lo permiten —acotó él. Por lo único que abandonaba a Geli era por su amada política.

—Entonces no me encontrarás.

Adolf se quedó mirándola con aquella mirada con la que pocas veces lo hacía. Geli sintió miedo. Él cerró la puerta tras de sí y bajó a la calle. De pronto, escuchó su voz desde la ventana del apartamento:

—¿Así que no quieres que vaya a Viena?

—¡No! —respondió Adolf, furioso.

Por respuesta únicamente sintió el golpe de la ventana al cerrarse.

Geli quedó desolada. Estaba harta de tener que permanecer secuestrada. Ella tenía poder sobre él, y podía manejarlo, pero únicamente cuando lo tenía en la cama él le prometía el mundo. Sabía que afuera, en la puerta de entrada, había gente de su tío resguardándola. No tenía libertad para vivir. No soportaba más la vida a su lado por más importante que fuese y de los lujos con los que la rodeaba. En cierta forma, vivir al lado de un hombre que no amaba, era de por sí un castigo.

Al día siguiente encontraron a Geli muerta de un tiro en el pecho. Un extraño suicidio. Fue un duro golpe para Hitler, se sentía culpable; siempre supo que Geli corría peligro, pero era ella, o el poder. Estuvo un tiempo profundamente abatido; a la pérdida de Geli se unía la percepción de que ella había preferido la muerte que seguir a su lado. Un antiguo sentimiento de inferioridad salía a la superficie, más aún cuando todos sabían lo sucedido. No le agradaba verse como un ser humano común y corriente. El Führer, el futuro salvador de Alemania, rechazado por una jovencita como Geli. Fue entonces cuando Erik Hanussen lo invitó a pasar unos días en su mansión, para brindarle un tratamiento de apoyo y mantenerlo en constante vigilancia. Corroboraba lo que en su oportunidad había predicho. La muerte de Geli también fue un aviso de alerta para Hanussen al comprobar que todo lo que Welldone le había enseñado era cierto.

Adolf Hitler fue sometido por Hanussen a sesiones hipnóticas para apaciguar sus sentimientos de culpa y de pérdida por la muerte de su sobrina; también para curar su maltrecha autoestima. Poco a poco fue despertando del hundimiento moral en el que se hallaba. Una mañana apacible, mientras paseaba rodeado por la tranquilidad del parque que resguardaban los altos muros de la propiedad que ocupaba Hanussen, se topó con Alicia. Sorprendido por la intempestiva aparición, se quedó de una pieza, al ver a aquella joven espigada que tenía los ojos del azul más intenso que él hubiese contemplado y el cabello tan rubio como el de su querida Geli.

—Buenos días, señor...

—Adolf, Adolf Hitler, señorita —se presentó él—. ¿Con quién tengo el placer? —preguntó.

—Alicia Hanussen.

—De manera que es usted pariente de mi gran amigo Hanussen. Qué sorpresa —comentó Adolf.

Alicia lo observó con curiosidad. Se parecía mucho a las fotos que había visto de él, pero creía que en persona era más frágil que en la propaganda que constantemente repartían sus adeptos. Sus pensamientos fueron interrumpidos por su padre, que se acercaba visiblemente contrariado por el encuentro. Para él, nada era fortuito.

—Señor Hitler, ella es mi hija Alicia —dijo Hanussen.

Hitler había aprendido a conocerlo. Intuyó el motivo de su incomodidad.

—Una agradable sorpresa. Ya nos hemos presentado; lo felicito, tiene usted una hija muy hermosa —dijo Adolf, mientras hacía una ligera venia a Alicia en señal de despedida y se dirigía a la casa flanqueado por Hanussen.

Hanussen contuvo un suspiro de alivio mientras lo acompañaba, en tanto que el rostro de Hitler se volvía impenetrable. Había aprendido durante esos años que el mago tenía especial cuidado en resguardar su vida personal. Mientras caminaba a su lado, cavilaba acerca de las habladurías originadas por los mismos discípulos que acostumbraban a frecuentarlo. Le habían referido que Hanussen estuvo casado con una judía: Ida Popper. Decían que su verdadero apellido no era Hanussen sino Steinschneider. Pero él prefería obviar el tema. Lo había adjudicado a ciertos celos por parte de los que lo rodeaban; Hitler reconocía que sin Hanussen tal vez no hubiese dado los pasos adecuados para llegar donde se encontraba, y por otro lado, después de conocer a Alicia, le parecían menos creíbles aquellas habladurías acerca de sus orígenes judíos. Para él, que ella era una aria saltaba a la vista.

Corría el año 1932 y empezaban las campañas electorales de los diferentes partidos políticos. En el salón donde solían reunirse, Hanussen se dirigió a Hitler.

—Señor Hitler, ha llegado el momento de presentar su candidatura para las elecciones al Reichstag. Aunque no creo que gane —terminó diciendo Hanussen con aire filosófico.

—¿Por qué dice usted eso? Yo no acostumbro a aceptar mi derrota antes de presentarme a una batalla —respondió Hitler desconcertado.

—Usted obtendrá una gran ventaja sobre los demás, pero no la mayoría absoluta. Si el presidente Hindenburg le ofrece ingresar en un gobierno de coalición, usted no debe aceptar. Es muy importante que su partido, o en ese caso usted, gobierne en solitario; de otra forma, no logrará sus propósitos. Los astros le favorecen a partir de julio.

—¿Está seguro?

—Por supuesto —contestó Hanussen, enfático—; además, creo que ya es momento de que deje su duelo y empiece la lucha política, y perdone si me inmiscuyo demasiado en sus asuntos, pero no hay intereses personales en las metas que se ha fijado. ¿O me equivoco? Recuerde: el amor le restará poder.

—No se equivoca. Tiene razón, a partir de hoy daré por terminado aquel asunto —replicó Hitler, refiriéndose a la muerte de Geli.

Adolf Hitler era carismático y disciplinado. Vegetariano desde muy joven, no fumaba, a pesar de haber sido expulsado del monasterio por hacerlo cuando niño, pero aquella fue la primera vez y la última. A los cuarenta y dos años, se había convertido, gracias a Hanussen y a la eficiencia de los hombres que lo rodeaban, en una de las personas más importantes y poderosas de Alemania. No acumulaba fortuna, aunque hacía buen uso de ella; su entorno más próximo, en cambio, sí había logrado obtener grandes prebendas, comisiones y una serie de maneras de hacerse de inmensas fortunas. Incluido Hanussen. Este último tenía un olfato especial para la obtención y la acumulación de riqueza, mantenía ingentes cuentas bancarias en Suiza y en algunos de sus misteriosos viajes había hecho adquisiciones importantes de bienes inmuebles. Prestaba dinero a muchos nazis cobrando intereses jugosos en unos casos y en otros, favores. Su economía estaba boyante, pero su preocupación principal era la inesperada atracción que había captado en su hija por Hitler.

—Alicia, creo que deberías evitar al señor Hitler. Preferiría que no estuvieras presente cuando él esté aquí.

—Padre, me parece un hombre bondadoso, ¿por qué no puedo tratarlo? ¿Está casado? —se atrevió a preguntar.

—No, por desgracia. Pero es un hombre casado con una «misión», como él la llama. Y no creo que sienta atracción por mujer alguna, hace poco falleció la que él amaba.

Las palabras de su padre sólo le sirvieron de acicate. Se esmeró en su arreglo personal y, utilizando cualquier pretexto, se presentaba ante Hitler. Él empezó a sentirse atraído por ella porque le recordaba a Geli, y nació entre ellos una amistad que se convirtió en un tórrido romance. Hitler se mostraba encantado con Alicia, percibía que la joven sentía por él admiración y ternura, sentimientos que nunca obtuvo de Geli. Inexplicablemente, Hanussen no se enteró del asunto. Sus encuentros tenían lugar en un piso en Berlín, al que Hitler se trasladaba cada vez que sus ocupaciones en Munich se lo permitían.

Hitler desechó el aviso de Joseph Goebbels. No creyó que fuese judía; la consideraba aria. Pensaba que no había nadie mejor que él para saberlo, la había visto desnuda y además de poseer el cuerpo perfecto, había logrado envolverlo con una pasión antes desconocida. Alicia había heredado la sensualidad de su madre, situación novedosa para Hitler, quien pese a todo el poder que tenía, no conocía las verdaderas delicias amorosas. Geli siempre había sido pasiva, nunca le había demostrado su amor como lo hacía Alicia, a pesar de ser su primer hombre. Para ella, Adolf era la representación del hombre perfecto: apasionado y tierno al mismo tiempo, cualidades que se sumaban a la de ser para entonces el hombre más importante de Alemania, el que deseaba convertir a su país en un lugar lleno de oportunidades para todos. Lo admiraba profundamente. Hitler empezó a preparar su campaña para las próximas elecciones y los encuentros amorosos con Alicia empezaron a escasear; aun así, de vez en cuando se daba tiempo para pasar unas horas inolvidables con la mujer a la que había llegado a amar de manera insospechada. Pero temía por ella, deseaba resguardarla de cualquier daño que pudiera ocasionarle. Estaba convencido de que Geli había perdido la vida para no servir de estorbo en su carrera hacia el poder.

Hitler se presentó a las siguientes elecciones y recibió trece millones setecientos mil votos. Consiguió doscientos treinta escaños de un total de seiscientos setenta. Pero no era suficiente; tal como había previsto Hanussen, su partido era el más fuerte, pero no contaba con la mayoría absoluta. Una vez más, el mago no se había equivocado. El presidente Hindenburg le ofreció gobernar en coalición, pero Hitler no aceptó. Reclamó gobernar en solitario. El Reichstag entonces fue disuelto y se convocaron nuevas elecciones.

—Aparentemente no llegaré a obtener la mayoría... —dijo cabizbajo Hitler, después de aquellos acontecimientos—; no creo que los comunistas o los partidarios de la derecha cambien sus votos a mi favor.

—Ya la obtuvo, porque los votos de los otros partidos están repartidos. Usted es quien controla la mayoría. Es necesario que inicie una campaña dura, que sus discursos sean más eficientes, que llegue a lo más profundo de los corazones y de las mentes de sus seguidores, especialmente de los que todavía se resisten a usted —aconsejó Hanussen.

Hitler se había convertido en un maestro de la oratoria. En sus presentaciones públicas, la gente lo miraba con adoración; sus mítines aglomeraban enormes cantidades de adeptos de todas las clases sociales que lo vitoreaban incansables, mientras partidarios uniformados portando estandartes con la esvástica y bandas de músicos lo precedían.

Emprendió su campaña con renovada energía. Era tal el poder de fascinación que ejercía sobre las masas, que cuando él hablaba se podía oír el roce de la ropa de la gente. Empezaba en tono calmado, como midiendo a su público. Luego con movimientos teatrales previamente ensayados que con la práctica llegaron a formar parte de sí mismo, acentuaba una palabra, dejaba en suspenso la terminación de una frase, para luego vociferar, con las venas del cuello a punto de estallar, las palabras que él sabía que la gente deseaba escuchar: «¡Somos una gran nación! ¡Tantos millones no podemos equivocarnos! ¡Nuestra raza prevalecerá en el mundo sobre todas las demás!». Llegaba a un punto en que empezaba a balancearse de un lado a otro y la multitud también lo hacía , y cuando él se inclinaba hacia delante, ellos también lo hacían, pendientes de cada una de sus palabras, que no eran precisamente planes prácticos de gobierno sobre cómo solucionar los problemas, sino sentencias y eslóganes cargados degran poder emotivo, que hacían que la multitud delirante comulgara con él con cualquier gesto o deseo que propusiera. Al terminar sus discursos, una masa emocionalmente exhausta, con los brazos levantados hacia el frente, vociferaba sin cansancio visible:

Sieg Heil! Sieg Heil! Heil Hitler! Y Hitler atrapaba el poder.

Satisfecho, daba como cierta una de sus teorías expuestas en Mein Kampf: La gran mayoría del pueblo es por naturaleza y criterio de índole tan femenina, que su modo de pensar y obrar se subordina más a la sensibilidad anímica que a la reflexión. Esa sensibilidad no es complicada; por el contrario, es simple y rotunda. Por desgracia, a pesar de todos sus esfuerzos, obtuvo menos votos que en las anteriores elecciones: once millones setecientos mil votos. Lo que le daba ciento noventa y seis escaños. Las SA no eran vistas con simpatía por la mayoría de los alemanes. Muchos empezaban a tener miedo de los nazis y del terrorismo que ellos representaban. Además, aquel grupo de hombres uniformados con camisas pardas estaba conformado por gente que dejaba mucho que desear; muchos eran ex presidiarios y matones. Los otros partidos, el SPD y el KPD, obtuvieron en total algo más de trece millones de votos, lo que les reportaba doscientos veintiún escaños, pero al ser rivales entre sí, los nazis continuaron siendo la fuerza mayoritaria en el Reichstag. No obstante, Hitler ansiaba el poder absoluto.

Después de una intensa lucha interna y con todo el dolor que ello le ocasionaba, tomó la decisión de no ver más a Alicia. Una decisión que le hizo comprender el enorme sacrificio que significaba llegar al poder en Alemania y después... del mundo. Realmente la amaba, más de lo que amó a Geli. Nunca había experimentado un sentimiento tan profundo y absorbente, pero supo que por el bien de ella, el suyo y el de Alemania, no debían verse más.

Alicia, ajena a todo, esperaba paciente a que él encontrase un alto en su congestionada agenda para reunirse con ella. Adolf, por su parte, también deseaba verla, pero sería la última vez. La despedida. Él no pudo impedir que asomaran unas lágrimas al contemplarla, y ella creyó firmemente que eran de amor y lloró abrazada al hombre de su vida. Jamás cruzó por su mente que no volvería a verlo después de que él traspasara el umbral de la puerta. Sus pensamientos volaban, quería decírselo a su padre, pero esperaba que Adolf lo hiciera cuando lo creyese oportuno.

Veía sólo la parte positiva de él, se cerraba a las habladurías que decían que lo único que ansiaba era gobernar Alemania a su antojo. No deseaba tomar en cuenta las barbaridades cometidas por los camisas pardas, ni el odio racial que dominaba el sentimiento alemán; Alicia vivía muy apartada de las necesidades que sufría la gente común y corriente. La vida la había colocado en una posición ventajosa y se había acostumbrado a las comodidades que su padre le brindaba.

Sólo había algo que oscurecía su felicidad: cada vez que Adolf hacía alusión a los judíos, la expresión de su rostro cambiaba, no disimulaba el asco y la repugnancia que sentía al mencionarlos. Les acusaba de crímenes que iban desde haber vendido al hijo de Dios hasta amasar fortunas a costa de lo que fuera sin prejuicios de ninguna clase. Los culpaba de todo, en especial de no contribuir con sus fortunas a sacar a Alemania de la depresión, y llevarse sus capitales al exterior. Alicia no había pasado por alto la dureza con la que se refería a ellos de cuando él vivía en Viena y había visto cómo los judíos se dedicaban a la trata de blancas —un negocio rentable—, decía, en el que no sólo prostituían a mujeres de su propia raza, sino también a cristianas y a cuanta desdichada tuviese la mala fortuna de caer en sus manos. Era tal su odio y desprecio al contarlo, que sentía verdadero terror de que él se enterase algún día de que ella era judía y que su madre había sido una mujer de vida ligera. «¿Qué sucedería si aquello llegase a ocurrir?», se preguntaba. Lo que Alicia no sabía era que para Adolf aquello ya era una certeza. Goebbels le había mostrado los documentos de su nacimiento, indicios irrefutables de sus orígenes. Pero no era aquello lo que hizo que Hitler se alejase de Alicia; las pruebas sólo servían de argumento para fortalecer su decisión o para evitar que le ocurriese lo mismo que le había sucedido a Geli; había una razón más importante que rebasaba cualquier sentimiento: la obtención del poder.

Hanussen aconsejó a Hitler que se negara una vez más a participar en un gobierno de coalición, y la asamblea legislativa alemana se disolvió por segunda vez. Él le aseguró que muy pronto sería el único que detentaría todo el poder. Y exactamente así fue. Los contactos de Hanussen con el hijo del presidente Hindenburg, con el secretario de estado Meissner y con Von Papen lo lograron. Franz Von Papen, dirigente del Partido Católico del Centro, aconsejó al presidente Hindenburg que nombrara a Hitler cancillerde Alemania. La idea era manejarlo con facilidad, al haber facilitado su ascenso.

Finalmente, Adolf Hitler fue nombrado canciller el mediodía del 30 de enero de 1933.

El viejo prusiano Paul Von Hindenburg, de ochenta y siete años, una gloria viviente de la historia alemana que cuando hablaba de Hitler se refería a él despectivamente como «el cabo» y lo consideraba un sujeto insignificante, ese día lo mandó llamar a su despacho para informarle de su decisión.

—Señor Hitler, acordamos en una reunión con mis consejeros nombrarlo a usted canciller.

—Creo que ha sido la decisión correcta —respondió Hitler—. Alemania volverá a ser grande, el pueblo se lo agradecerá. —Hitler le miraba directamente a los ojos, sin pestañear, y la gran humanidad que era Hindenburg se sintió sobrecogida por un sentimiento de humildad ante aquel hombre que tenía tal seguridad en sí mismo.

—Espero haber tomado la decisión correcta... —murmuró para sí el anciano.

Hitler únicamente sonrió.

VII - Berlín, 1933

Hanussen advertía con preocupación que Hitler cada día se alejaba más de él. A pesar de estar en la misma ciudad, siempre encontraba motivos para evitarle y, de hecho, no se equivocaba. Hitler veía en él a alguien que representaba peligro. Sabía demasiado, calculó que era hora de quitarlo del camino. Por otro lado, tenía planes que llevar a cabo de inmediato y ya no necesitaba las palabras, ni mucho menos los contactos de Hanussen. Cinco horas después de haber asumido la cancillería, convocó al primer consejo de ministros dejando claro desde el principio sus nuevos planteamientos.

A medida que los días transcurrían, Hanussen esperaba que Hitler lo mandase llamar para ocupar el lugar que siempre había ambicionado, pero no sucedía nada. Por el contrario, Hitler parecía haber interpuesto un muro entre ellos. Ni siquiera contestaba el teléfono: siempre había un pretexto para no hacerlo. Fueron días de confusión y de arrepentimiento para Hanussen. La sospecha se fue convirtiendo en certeza y con ella sintió derrumbarse el mundo que su ambición había creado.

Le acometieron sueños extraños y pesadillas. En una de ellas, Hanussen despertó sobrecogido con el rostro de Welldone y su dedo acusador aún grabados en la retina. Se pasó una mano por el cabello y notó el temblor que emanaba de todo su cuerpo; había estado en un infierno de rostros cadavéricos, fuego, banderas nazis, bombas, ruido infernal y el grito incesante: Heil Hitler!, perforando sus tímpanos.

Había ayudado al hombre equivocado, ¿cómo creyó poder manejarlo? Él no había dado poder a Hitler. Él había sido usado por Hitler para llegar al poder. Todo había sido una ilusión; su magia, su fuerza, su sabiduría habían sido utilizadas por el hombre que tuvo la astucia de manejarlo a su antojo. De cazador se convertía en cazado. Al igual que otros, había caído bajo su influencia

64

sin darse cuenta. Y de sus dudas. «No, había sido su ambición, él también deseaba el poder —reconoció apesadumbrado—. ¿Qué clase de hombre era Hitler? ¿Y qué pasaría con él? ¿Sería uno más de los cadáveres que había visto?» De pronto se incorporó en la cama. ¿Qué sería de Alicia? Debía sacarla de Alemania antes de que fuese demasiado tarde. Y él... se quedaría para enfrentarse a Hitler. Lo haría a su manera, sería su expiación, y tal vez de esa forma conjuraría la profecía de Welldone.

Anudándose con dificultad el albornoz, se dirigió al dormitorio de Alicia. Abrió la puerta despacio, aún no estaba seguro de querer despertarla. Su hija parecía una figura producto de algún efecto de iluminación ilusionista; las cortinas descorridas dejaban pasar la luz de la luna, dando a su rostro una palidez que la hacía parecer etérea. No permitiría que Hitler le hiciera daño. Si alguna vez guardó un sentimiento puro fue el que le tenía a Alicia; era todo lo contrario de lo que él significaba. Aún recordaba cuando asomó su carita sucia aquel día en su viejo gabinete en Praga... su amuleto de la buena suerte.

Alicia entreabrió los ojos como si presintiera su presencia y lo vio a través de la penumbra. Mientras se incorporaba en el lecho, dijo casi en un susurro:

—Padre... —Encendió la lámpara y la luz amarillenta iluminó la habitación. Pudo observar mejor su rostro desencajado—. ¿Qué sucede? —preguntó.

—Hija, perdona si te he asustado. Sé que es muy tarde, pero es preciso que hable contigo.

Dos profundas arrugas en la frente de Hanussen dejaban adivinar que pasaba por momentos angustiosos. Trataba de mantener juntas las manos, para que no se notase su temblor convulsivo, mientras intentaba evitar el parpadeo involuntario de su ojo izquierdo.

—¿Sucede algo? ¿Estás enfermo? —preguntó Alicia, tomando sus manos. Notó que estaban temblorosas y heladas.

Hanussen se sentó en el borde de la cama.

—Mañana haré los arreglos para que partas a Suiza. Es imperativo que lo hagas y cuanto antes, mejor —dijo por toda respuesta.

—¿Mañana? ¿Y eso, por qué? Padre, yo no deseo irme de Alemania.

—Hijita —dijo Hanussen—, pequeña, deseo que estés lejos de todo esto. Sólo escúchame, yo deseo lo mejor para ti. Eres todo lo que tengo.

—Padre, no... yo deseo quedarme aquí, a tu lado. Si algo malo ha de suceder, quiero estar contigo.

—No comprendes... —Después de unos instantes de vacilación, decidió hablar con claridad—. Alicia, tú sabes cuál es mi profesión; sabes cómo me gano la vida, ¿no es verdad? Gran parte de ella la he dedicado a las ciencias ocultas, para ti no es un secreto, siempre he tenido premoniciones, muchas de las cuales se han cumplido cabalmente. No sólo soy un mago o un gran negociador de factores de poder...

—Padre, yo creo en tus poderes, no me debes explicaciones —interrumpió Alicia.

—Eso facilita lo que tengo que decirte. Hace unos minutos he tenido visiones funestas. Más bien debería decir: espeluznantes. Esta Alemania que hemos escogido como lugar donde vivir será transformada en otra, donde un solo individuo detentará tal poder que no habrá lugar para gente como nosotros. Adolf Hitler se adueñará de Alemania y no sólo de este país, sino de gran parte de Europa. Millones de personas perecerán encerradas como animales, las que no deseen estar de su lado serán sacrificadas; Hitler se unirá a la Unión Soviética, gobernada por el monstruo de Stalin y juntos empezarán una guerra cruenta. Vi el rostro de la bestia mezclarse con el de Hitler, que a cambio de una economía engañosamente próspera para Alemania, traerá penuria y destrucción. Los judíos y los eslavos son considerados por Hitler razas inferiores, y todos ellos, especialmente los judíos, es decir, nosotros, seremos exterminados.

—Pero ellos no saben quiénes somos... el Führer me trata como una aria, no creo que sospeche que somos judíos.

—¿«Te trata», has dicho? —Hanussen dejó de lado su profunda pesadumbre trastocándola por el asombro que aquella revelación implicaba.

—Sí... yo te lo iba a decir, mejor dicho, él te pensaba informar, pero no sé por qué motivos se ha ido aplazando la noticia.

—¿De qué demonios estás hablando? ¿Me quieres decir que el bastardo de Hitler te hizo su mujer? ¿Es eso? —preguntó Hanussen, con fiereza.

—Papá, perdóname por haberlo ocultado. Pero no quise decirte nada por temor a que te opusieras; él y yo nos amamos.

—¡Ese hombre no es capaz de amar a nadie! ¿Cómo pudiste ser tan ingenua? Alicia, ¡a él no le importará saber si tú lo amas! Él te enviará a las jaulas que he visto en mis premoniciones. ¡Ahora más que nunca es necesario que salgas de aquí!

—Yo le amo, padre... —Alicia estaba llorando, y a la vista de sus lágrimas, Hanussen se enardeció aún más.

—Quieras o no, te irás. Alicia, él no te ama, te usó para olvidar a su sobrina Geli, de quien sí estaba enamorado; perdóname si te hiero al decirlo, pero debo ser sincero. ¿Cómo es posible que tú, que eres hija del más famoso astrólogo de Alemania, a quien el propio Führer escucha y sigue sus consejos, no me creas? —dijo iracundo Hanussen.

—Perdón padre, yo te creo, es sólo que yo...

—Siempre deseé lo mejor para ti. Incluso te previne de él y no me escuchaste; antes de que sea tarde, Alicia, debemos partir de Alemania. ¡Ah, cómo me arrepiento de haber sido el instrumento de su gloria! ¿Cómo pude engañarme tanto? Y yo que pensaba que lo sabía todo. Él me utilizó y te usó a ti para atarme de manos, a mí me usó para llegar al poder... después me desechará... si no lo ha hecho ya. Pero habrá de enfrentarse conmigo, no me iré sin presentar batalla. Por eso debes estar fuera, en Suiza. Después veré hacia dónde iremos.

—¿Por qué Suiza?

—Ese país es neutral, no habrá forma legal de que extraditen si se diera el caso.

—Podríamos ir a Inglaterra, está más lejos —arguyó Alicia, pensando que su padre tenía razón; él sabía demasiado, era peligroso para Hitler, por tanto, ella también corría peligro. ¿Qué sería exactamente lo que querría decir su padre con «atarlo de manos»?

Para Alicia era imposible suponer que el amor de Adolf por ella fuese calculado. No podía creer que se valiera de ella.

—Inglaterra será atacada. —Fue la corta respuesta de Hanussen, pero la mente de Alicia estaba lejos—. No te preocupes, tengo muy buenos contactos en Suiza, ellos nos ayudarán. ¡Alicia! ¡Escucha, es importante! —gritó desesperado Hanussen.

—Sí padre, te escucho —respondió ella, tratando de concentrarse en las palabras de su padre.

—Una vez allá te proveerán de documentación nueva, serás otra persona y yo te daré alcance, pero no debes quedarte más tiempo aquí; pronto esto se convertirá en un infierno. Hay una importante familia que viajará mañana; te irás con ellos, son de mi absoluta confianza. En Altdorf esperarás mis instrucciones, mañana temprano te diré exactamente dónde y con quién te hospedarás. No debes anotar nada, todo lo tendrás que memorizar porque los papeles siempre dejan rastros. Mientras tanto, yo veré cómo puedo torcer el futuro antes de que sea demasiado tarde —acotó Hanussen, en tono lúgubre.

—Padre, yo lo amo, no creo poder vivir lejos de él...

—Lo harás... no permitiré que te destruya. —La voz de su padre esta vez fue una orden.

Alicia preparó las maletas esa misma noche. Lo hizo sin ayuda de la doncella; según su padre, cuantas menos personas estuviesen enteradas de sus planes, mejor. Apenas amaneció, Hanussen la llevó hasta la casa de la familia que partiría a Suiza y se despidió de ella no sin antes darle indicaciones muy específicas. Su habilidad innata para hacer inversiones y su excelente olfato para los negocios aprovechando sus contactos en la banca le habían posibilitado acumular una considerable fortuna en un tiempo relativamente corto. Al mismo tiempo, tenía la suficiente astucia para hacer de prestamista de gran cantidad de nazis, entre ellos el conde Helldorf, que llegó a ser jefe supremo de las SA de Berlín, y prefecto de la policía en Potsdam, así como de Wimmer, comisario general de Administración y Justicia, un hombre de comprobada reputación sanguinaria.

Moviéndose en el bajo y en el alto mundo guardaba sus espaldas, y podía enterarse de secretos bien guardados. Sin embargo, como hombre previsor, la mayor parte de su fortuna la conservaba en Suiza. De ahí su deseo de enviar a Alicia a Altdorf; saberla fuera de Alemania le tranquilizaba y le permitía hacer lo que había planeado sin que ella corriera riesgos.

Hanussen veía cómo sus sospechas iban tomando forma. Hitler se había apartado ostensiblemente de él, pretextando numerosos compromisos oficiales. Asunto que a su vez agradeció Hanussen; pensaba que, debido a que el Führer estaba tan ocupado, no había echado en falta a su hija, sin saber que él ya había tomado la decisión de no verla más. Por otro lado, corrían rumores de que empezaba a frecuentar a una mujer llamada Eva Braun.

En el Palacio del Ocultismo, Hanussen continuó con su vida aparentando normalidad. Siguió con sus planes de inaugurar un nuevo salón y quiso aprovechar el evento para torcer el fatídico futuro que había visto. El día del acontecimiento, la flor y nata de la sociedad berlinesa acudió al lugar; unos para conocerlo, y otros, invitados consuetudinarios de Hanussen, muchos de los cuales eran aristócratas y militares de alto rango. Hanussen se sentía eufórico, su fiesta estaba teniendo más éxito del que había esperado para sus planes, y en medio de aquella vorágine de poder, euforia y protagonismo, decidió que era el momento.

—Señores —empezó diciendo, mientras se acallaban las últimas voces en el salón principal—, hoy me autohipnotizaré. Lo haré en su honor, mis distinguidos invitados —anunció con teatralidad.

Un murmullo corrió entre los asistentes, mientras Hanussen, maestro de la oratoria y del suspense, esperaba que volviera el silencio.

Se situó en el centro del gran círculo formado por los invitados y cerró los ojos. Una palidez mortal cubrió su rostro y se sostuvo inerme, como si el alma hubiera salido de su cuerpo.

—Veo quemarse una enorme casa. Hay una multitud caminando por las calles, y el fuego, el fuego se mueve como un remolino... —dijo en tono extraño, sobresaltando a los presentes.

»Es una noche donde veo antorchas encendidas, hogueras, cruces gamadas se mueven por doquier; sin lugar a dudas, son el principal símbolo de la fuerza alemana... lenguas de fuego salen por las ventanas de la gran casa, una cúpula se viene abajo, pronto se hundirá todo el edificio, sí... es el Reichstag, ¡es la cúpula del Reichstag la que está envuelta en llamas!

»¡Ah! Veo correr a mujeres y niños perseguidos por las ciudades de Europa, gente cadavérica encerrada y maltratada. ¡Qué futuro nos depara! —exclamó—. Debemos parar esto.» —Pálido y con la voz convertida en un murmullo, desfalleció, cayendo al suelo.

Izmet Dzino, su ayudante, se apresuró a recogerlo. Con la ayuda de algunos de los asistentes lo llevaron a su despacho personal, y lo recostaron en un amplio diván. Hanussen lucía cadavérico a la luz de los dos globos terráqueos que hacían de lámparas, situados a ambos lados del escritorio. Su respiración era casi imperceptible. Para Hanussen, un maestro en controlar su mente y su cuerpo, aquello era rutinario.

Después de unos quince minutos fingió recuperarse y su pulso se normalizó; un médico que formaba parte de los invitados y que lo había estado asistiendo le recomendó descanso, pues lo notaba demasiado ansioso. Todo había resultado según lo planeado. Hanussen sabía que lo ocurrido aquella noche quedaría grabado en la memoria de los que habían asistido, y que pronto se correría la voz.

Goebbles no simpatizaba con Hanussen, aunque respetaba sus conocimientos. Los primeros tiempos en los que necesitó su apoyo habían quedado atrás. Las revelaciones llegaron a sus oídos; precisamente hacía poco que habían empezado a construir el primer campo de concentración, y era un plan que conocían muy pocos. En cuanto a ventilar lo del incendio del Reichstag, enfureció a Goebbels. Deseaba acabar de una vez por todas con el mago judío que se interponía entre él y Hitler. Hablaría con el Führer, que a pesar de tener las pruebas de los orígenes de Hanussen en las manos, no se decidía a actuar en su contra.

Cuarenta y ocho horas después del vaticinio, a las nueve en punto de la noche, la mole del parlamento alemán, el Reichstag, estaba en llamas; de la gran cúpula salían lenguas de fuego tal como Hanussen había predicho, y los nacionalsocialistas culparon a los comunistas.

Aquello sirvió de excusa para declarar al Partido Comunista ilegal, una manera eficaz de erradicar a gran parte de la oposición en el Parlamento. Pocos días después, Hitler conseguía por medio de una ley, poderes absolutos por unanimidad. A partir de ahí, se inició la creación del estado nacionalsocialista instituido bajo un sistema de partido único, al que Hitler llamó el Tercer Reich.

De manera sorprendente, Hanussen empezó a escribir en contra de Hitler. Una posición que muchos compartían, pero que no se atrevían a demostrar. Publicó en una de las revistas de su propiedad, llamada Hanussen Wochenschau, en el número de marzo de 1933, un artículo en el que aclaraba que él había predicho el incendio gracias a sus poderes, y relató su versión, es decir, que la culpa había sido de los propios nazis para a su vez acusar a los comunistas y quedarse con el poder absoluto en el Parlamento. Aquello fue la gota que colmó el vaso. El Palacio del Ocultismo fue clausurado y Hanussen tuvo que ocultarse en una oscura pensión. La policía secreta lo atrapó y lo llevaron arrestado para interrogarlo; a Hanussen le favorecía que la gente le temiera, y en los interrogatorios nadie se atrevió tocarle un cabello, a pesar de que afirmaban que lo habían sometido a torturas. Aun así, él se limitó a repetir que nadie le había revelado nada, ni las SA —quienes también estaban bajo sospecha— ni los altos mandos.

Consiguió de esa manera ganarse el agradecimiento de un alto dirigente de los camisas pardas, y quedó libre. Un mes después, encontraron en un bosque, en las afueras de Berlín, el cuerpo de un hombre con el rostro destrozado, cuyas características coincidían con las de Hanussen. Su asistente, Izmet Dzino, fue llevado al lugar para identificar el cadáver y confirmó que se trataba de Erik Hanussen. En ese momento, él ya se había reunido con Alicia en las montañas de San Gotardo en Suiza.

Hitler se encontraba cabizbajo, cuando Martin Bormann entró a su oficina.

—Todo está consumado, Mein Führer.

—¿Lo vio usted con sus propios ojos? —pregunto Hitler. Él jamás tuteaba a sus allegados, a excepción de Rudolf Hess, a quien consideraba su amigo.

—Lo vi. No cabe duda, es él; además, su sirviente Izmet lo reconoció.

—No es su sirviente.

—Bueno, su asistente, y usted sabe Mein Führer, cuánto puede hacer el miedo. Si no hubiese sido Hanussen, Izmet no se hubiera atrevido a confirmarlo. Tenía la marca en un hombro, un círculo azimutal; recuerdo bien que él se había referido varias veces a aquella señal como el único Santo Grial que existía; según él eran las figuras geométricas que componían el universo, lo recuerdo bien; reconocí, además, su mismo cabello, su compostura, su vestimenta, en fin, estoy seguro de que está muerto.

—¿Le vio usted el rostro? —inquirió Hitler, impaciente.

—No. Su rostro estaba bastante destrozado, parece que los lobos...

—¿No le vio usted el rostro? —volvió a preguntar el Führer.

—No, Mein Führer... pero estoy seguro de que era él.

—No me interesa su opinión, señor Bormann. Conozco a ese mago judío. Sé de lo que es capaz. ¿Logró encontrar a su hija? —preguntó Hitler, de improviso.

—Por lo que nos dijo Izmet Dzino ella salió de Alemania hace un mes. Mucho antes del incendio del Parlamento.

—¿Y el anillo? ¿Encontraron su anillo?

—No, señor, pensamos que después de tantos días en el bosque, alguien pudo haberlo robado.

—Unos ladrones que dejaron su cuerpo con ropa, zapatos, como para que reconociéramos al muerto... Hanussen sabía que todo esto sucedería... —murmuró Hitler—. Necesito que le siga la pista a su hija. Si Hanussen está con vida con seguridad se encontrará con ella.

—Pero Hanussen murió... yo mismo lo...

—No desconfío de usted. Desconfío de Hanussen. Ese mago es capaz de cualquier cosa —cortó Hitler—. Es necesario que averigüe el paradero de Alicia.

—¿También debemos acabar con ella? —preguntó Bormann, con cautela.

—No. Únicamente nos servirá para guiarnos hacia su padre. Después veremos.

VIII - San Gotardo, Suiza

Un vetusto castillo situado en un sector meridional de los Alpes Lepontinos, adquirido a un arruinado miembro de la realeza europea años antes, servía de refugio a Hanussen. Era uno de los motivos de sus continuos viajes a Suiza. Tomó tiempo y dinero acomodarlo a sus necesidades, aunque la parte en la que más se había trabajado no pudiese ser apreciada a simple vista. Lejos del valle del Ródano, el camino escarpado que conducía al remoto lugar donde se hallaba enclavada la propiedad limitaba casi con las nieves perpetuas. En su parte externa, no lucía demasiado llamativo, y cuando la nieve se derretía y los bosques se cubrían de vegetación, era apenas visible a simple vista. Rodeado de abetos, arces, robles y pinos, su estructura de bloques de piedra cubierta de hiedra se perdía en el paisaje.

Después de unas semanas en Altdorf junto a las personas con quienes había salido de Alemania, finalmente Alicia se había reunido con su padre. El viaje hacia el castillo había sido agradable hasta que el camino se había tornado difícil. Tuvo que proseguir a lomo de caballo, porque para un coche era imposible transitar por aquellos estrechos senderos. Llegó al castillo avanzada la noche y estaba exhausta.

Se fue directamente a dormir. Tras una noche de sueño profundo, Alicia observaba el paisaje desde la ventana de la habitación que le había asignado su padre, añorando con nostalgia momentos que sabía que no regresarían. El cielo azul profundo de los Alpes, ajeno a su tristeza, acentuaba su dolor y le hacía recordar a Adolf cuando decía: «El color de tus ojos no es comparable con el azul de los cielos». Era imposible creer que él no la amase; se debatía entre el respeto que sentía por su padre y el amor por Adolf. Desde pequeña había sabido amoldarse a las circunstancias que la vida le deparaba, pero Alicia sentía que esta vez la vida no había sido muy justa con ella, a pesar de haberle dado un padre como el suyo.

Le costaba trabajo creer que un ser tan tierno, amoroso y tan ávido de cariño como Adolf pudiera ser como su padre decía. Por momentos se arrepentía de haberse dejado convencer de huir de Berlín.

Después de contemplar los alrededores desde la ventana de su alcoba, Alicia bajó por una de las dos escaleras de cedro tallado que se separaban al bajar en una elegante curva. Al final de cada una, había una armadura medieval. Abajo, entre ellas, el regio juego de muebles de estilo imperio, con incrustaciones de lapislázuli y tapicería de gruesas rayas doradas y azules sobre una tupida alfombra azul, enmarcada en arabescos dorados y marrones, daba un toque majestuoso y rompía la austeridad del viejo castillo. El resto del salón no tenía alfombra, por lo que se podía apreciar el antiguo piso de loza con extraños dibujos, muy propios de un ambiente como aquél. Aparentemente no había nadie más en el lugar, excepto ellos dos. A Alicia le parecía extraño que en una casa tan inmensa no hubiese sirvientes. No los vio al llegar, ni los veía a esa hora temprana. Sintió un ruido en lo alto, y momentos después vio a su padre bajar las escaleras.

—Querida Alicia, ¿has dormido bien?

—Sí padre, muy bien, gracias.

—Es porque aquí respiras salud; en este ambiente hay energía —dijo Hanussen, sonriendo.

Hacía tiempo que no lo veía sonreír.

—¿Estamos aquí únicamente los dos?

—No, hija, ni aunque nos lo propusiéramos lograríamos conservar entre los dos este lugar en las condiciones en que se encuentra —dijo Hanussen lanzando una mirada a su alrededor.

Cayó en la cuenta de que había sido eso lo que le había llamado la atención cuando entró en su alcoba la noche anterior. Todo estaba inmaculado. Se fijó en las sábanas limpias y perfectamente planchadas, todo sin una pizca de polvo, pero no había visto a ningún sirviente.

—Un matrimonio se hace cargo del castillo, pero ellos ocupan una estancia aparte. Di órdenes de que no vinieran hasta que fueran llamados. Y es mejor que sea así, porque todavía no les tengo la suficiente confianza como para tenerlos rondando cerca. Debes tener hambre, vayamos a la cocina, debe haber algo que podamos comer. A decir verdad, yo también tengo apetito.

Hanussen se encaminó hacia la izquierda de una de las escaleras y, después de recorrer un largo pasillo en el cual había puertas a uno y otro lado, llegaron a la cocina. Era enorme. Como todo lo que había en aquella casa. Las relucientes cacerolas de cobre colgadas parecían más de exhibición que de uso cotidiano. Una amplia mesa de madera tallada con sillas también del mismo estilo, pesadas y gruesas, con cuero en el respaldo y el asiento, ocupaba el centro de la estancia.

—Alicia, yo aquí me llamo Conrad. Recuérdalo. Soy Conrad Strauss, y tú eres Alice Stevenson. Sería bueno que hicieras uso de los libros de inglés que tienes en tu alcoba, porque pronto partirás para América —dijo Hanussen, mientras intentaba infructuosamente encender el fuego en la antigua estufa de carbón.

—Deja que yo lo haga, padre —sugirió Alicia y, con habilidad, se dispuso a hacer algo que para ella había sido familiar en casa de su madre.

Sobre la mesa había una canasta con hogazas de pan envueltas en gruesas servilletas de lino. Al poco rato, la estancia adquirió un clima más agradable por el calor que despedía el fogón. Abriendo y cerrando gavetas, buscó los cubiertos y demás utensilios. Tras concluir, tomó asiento al lado de su padre.

—¿América, dijiste? —preguntó, retomando la conversación. Aquello no estaba ni remotamente en su mente.

—Así es, hija. No puedes quedarte aquí; encontraron mi cuerpo y fui dado por muerto, pero Hitler sabe que tú debes estar en algún sitio. Si permaneces aquí, darán conmigo también, y eso es justamente lo que quiero evitar. No puedes permanecer oculta ni encerrada todo el tiempo; alguien te seguiría la pista y llegaría a mí.

—¿Y por qué no vas a América conmigo?

—No por ahora, no deben vernos juntos; por fortuna, tú no tienes aspecto de judía, eso te facilitará las cosas. Un matrimonio norteamericano partirá para Estados Unidos en tres días, son amigos míos, me deben muchos favores, y están dispuestos a hacerse pasar por tus padres. Ellos vinieron a los funerales de los suyos, o sea, supuestamente tus abuelos. Son los señores Stevenson. Además, conozco gente importante en la embajada americana.

—Ahora me explico el motivo de que te apellides Strauss. No debemos figurar como padre e hija.

—Tengo todos tus documentos legalmente preparados, pronto recibiré el aviso para que seas llevada con los Stevenson, y de ahí en adelante dejarás de ser mi hija.

—Padre, yo no creo que Adolf me busque para matarme. Yo creo que él me ama.

Hanussen se quedó mirando a Alicia. Su rostro reflejaba incredulidad por lo que acababa de escuchar. Aunque se negara a admitirlo, su hija realmente amaba a ese bastardo.

—Querida Alicia, sé que para un corazón enamorado es difícil creer que el objeto de su amor sea alguien perverso. ¿Sabías que el amuleto más fuerte que existe es justamente el amor? Pero el amor puro, de entrega total. El amor redime, acaba con todo lo malo que te puedan desear, tal vez eso te salve temporalmente. Pero hay un punto que es importante, y es necesario que lo sepas: Adolf Hitler es muy poderoso. Y no me refiero únicamente al poder que detenta como canciller de Alemania. Me refiero a su sabiduría. Admito que yo influí para que él perfeccionara sus conocimientos, pero ya los tenía cuando lo conocí, sólo que no sabía cómo utilizarlos de manera eficaz. Sí, Alicia, me siento responsable por haber hecho posible que un hombre como él llegara al poder. Ahora que es canciller, sé exactamente cuáles serán sus próximos movimientos, y por lo que me he enterado, se están cumpliendo punto por punto. Ya tiene a Alemania en sus manos, después se apoderará de toda Europa. Por las buenas o por las malas, conseguirá lo que desea, y uno de sus objetivos primordiales es hacer desaparecer de la faz de la Tierra a todos los judíos. Siente un odio irracional hacia ellos, o sea, nosotros. No debes pensar que él te ama, por desgracia, hija, no es así. ¿Podría yo mentirte? Yo sé la verdad, sé cuál es el futuro que le depara a Alemania, y también sé el horror que se avecina.

Es el momento para que inicies una vida nueva en América; no temas por falta de dinero, tengo algunos ahorros... nos mantendremos en contacto.

—Padre, yo sé que estoy enamorada de la persona equivocada, pero no lo puedo evitar... ¿Por qué me odia tanto? Yo no le hice ningún daño. Es injusto. —Se cubrió el rostro con ambas manos tratando de evitar un sollozo, pero fue inútil.

Hanussen no tenía palabras para consolar a su hija; comprendía su dolor, pero se sentía impotente. Se puso en pie y la abrazó con cariño; no deseaba verla sufrir y, al mismo tiempo, en su corazón crecía cada vez más el profundo odio que sentía por Hitler. Sabía que no debía sentir odio, eso alimentaba su poder, pero era imposible evitarlo. No obstante, se había propuesto hacer lo posible para enfrentarse a las fuerzas ocultas que le daban poder y sabía cómo hacerlo. De nada le valdrían sus actuales y posteriores victorias, no permitiría que su reino del mal gobernase por «mil años», como él decía constantemente en sus arengas populares. Pero debía estar solo, la permanencia de Alicia a su lado no sólo significaría un peligro; el amor que ella tenía por Hitler actuaría como una barrera de protección para él. Por supuesto, ella no debía saberlo, porque de lo contrario sería capaz de sacrificarse por él. Y no es que estando ella lejos sus sentimientos se esfumasen, pero sí le daría más libertad de acción.

—Alicia, escucha lo que tengo que decirte —dijo Hanussen acariciando su mano.

—Te escucho, padre —Alicia reprimió un suspiro. Levantó los ojos y trató de prestar atención a lo que decía su padre.

—Recuerda que a partir de ahora ya no te seguiré llamando Alicia. Serás Alice. Dentro de unos momentos llamaré a los servidores de esta casa —señaló un cordón que colgaba al lado de una puerta—, y espero que ellos crean que soy tu tío —prosiguió—, por tanto, es vital que me llames tío Conrad. No muestres tristeza o algún sentimiento ante ellos que indique tu estado de ánimo; cuanto menos sepan lo que sientes, mejor. Son buenas personas, en apariencia, pero no debemos confiar en nadie. ¡Ah!, y lo más importante: nosotros no somos judíos. Somos católicos. ¿Comprendes?

—Comprendo. —¿Qué importancia podía tener todo aquello? Su vida se derrumbaba, y su padre hablaba de religiones, pensó Alicia, escuchando la voz de su padre como si estuviese en sueños. Todo le parecía tan absurdo.

—Alicia, escucha, mi vida depende de ti, no debes cometer errores —apremió Hanussen.

—Lo sé padre —reaccionó Alicia—; de todos modos, nunca hemos seguido los ritos judíos, no veo cómo podrían identificarnos.

—Tienes una Biblia en tu habitación y yo otra en la mía —prosiguió Hanussen, aparentando no prestar importancia a su indiferencia—, sería bueno que de vez en cuando la hojeases y leyeses el Nuevo Testamento para que aprendas algo que tal vez te pueda ser útil. Llamaré a los señores Bechman —tiró de la cuerda de seda—; cuando los necesites los llamas así, ellos en su estancia tienen varias campanillas. Desde tu habitación puedes hacer lo mismo, y la señora Bechman te atenderá —señaló otras de diferentes tamaños al lado de la cuerda.

Poco después, se presentaron dos personas de aspecto bonachón. El hombre era flaco y cojeaba ligeramente; la mujer era baja y regordeta. Ella hizo una pequeña venia de saludo y se acercó con una sonrisa tímida.

—Señor y señora Bechman, ella es mi querida sobrina Alice. Estará de visita con nosotros unos días; luego partirá para Austria —mintió Hanussen.

—Mucho gusto, señorita Alice —dijo la mujer dirigiéndose a Alicia, mirándola embelesada.

Alicia le sonrió y desvió la mirada hacia la estufa, el agua estaba hirviendo.

—Prepararé el desayuno, debe tener usted hambre. Le serviré leche y unos pastelillos que preparé ayer. También tenemos pan y cerdo ahumado —dijo la mujer.

—Lo que usted disponga estará bien, señora Bechman —respondió Alice con amabilidad—. Por favor, avíseme cuando esté todo preparado. Iré a conocer los jardines.

Alicia y su padre se encaminaron a una salida que daba al amplio jardín posterior. El sol primaveral no lograba entibiar el ambiente; un viento suave traía el gélido hálito de las montañas. Dieron la vuelta caminando por un sendero de grava, hasta llegar a una entrada lateral del castillo. La hiedra, que se adhería a sus reconstruidas paredes de piedra, rompía su reciedumbre dándole un aspecto acogedor. Hanussen sacó de uno de sus bolsillos un manojo de llaves, escogió una y abrió la puerta. Era muy alta, con un intrincado enrejado de vitrales. El techo abovedado, cubierto por grandes vigas de madera arqueada, cuyas tallas y pinturas causaron la admiración de Alicia, eran reminiscencias románicas medievales cuidadosamente restauradas. Se dirigieron a una esquina del gran salón, donde había un rincón rodeado por amplios ventanales de vitrales que reflejaban luces de colores al interior. Los muebles mullidos hacían de aquél un lugar confortable; una pequeña mesa redonda con dos asientos de largo respaldo situada junto a una de las ventanas, y muchas plantas en enormes tiestos armonizaban bellamente, y hacían contraste con las enormes y antiguas arquetas de madera oscura y hierro forjado a cada extremo del mobiliario, demarcando el ambiente.

La señora Bechman les sirvió el desayuno allí mismo. A pesar de su abatimiento, Alicia saboreó con deleite las ricas rebanadas de pan con cremosa mantequilla, la leche espesa y humeante, el jamón y los pastelillos que la gobernanta había preparado. Hanussen observó pensativo el inusitado apetito de su hija y lo atribuyó al clima de montaña.

Una vez concluido el desayuno, dieron un paseo por los alrededores de la finca, para evitar ser escuchados por los sirvientes.

—Alice, es imprescindible que me llames tío. No lo olvides.

—Lo sé, tío Conrad —replicó Alice, acostumbrada, a esas alturas, a los cambios de nombre de su padre.

—Eso es. No debemos descuidar los detalles —dijo Hanussen suspirando. Luego prosiguió—: Debes saber que en estos tiempos es muy difícil conseguir un visado para Estados Unidos, pero con alguna ayuda lo pude lograr. La mayoría de los países de Occidente tienen restricciones para la inmigración; tú no irás como inmigrante, sino como hija de unos acaudalados norteamericanos.

Te llevarán con ellos después de que vivieses con tus supuestos abuelos durante varios años. No puedes imaginarte lo afortunada que eres al poder entrar de esa manera en Estados Unidos, que mantienen una política muy cerrada y no desean intervenir en los conflictos de Europa después de la Gran Guerra. Llevarás contigo una valija especial con doble fondo, donde pondré el dinero en efectivo para los gastos que requieras para tu instalación.

—Tío Conrad, no sé si podré acostumbrarme a América. El idioma...

—Alice —Hanussen endureció la voz—, tienes que ser fuerte. Debes serlo, de ello depende nuestras vidas, y no hay marcha atrás. Residirás sola en un país extraño, pero segura, y también yo lo estaré. Has estudiado inglés, espero que sepas hablarlo.

Alicia miró al suelo mientras caminaba, como si prestase extremada atención a la hierba que crecía entre los guijarros. No deseaba llorar, quería ser fuerte y que su padre se sintiera orgulloso de ella.

—Una vez hayas llegado a Williamstown, una pequeña ciudad en el estado de Massachusetts, deberás velar por ti misma —Hanussen se detuvo y miró a su hija a los ojos—. Recuerda que aunque tengas dinero suficiente, no debes mostrar opulencia. Nunca hagas nada que llame la atención de los demás; con el tiempo, como suele suceder, te volverás familiar para los que te rodean y formarás parte de la ciudad. En el puerto de Ródano, aquí en San Gotardo, existe una pequeña farmacia que es de mi propiedad; memoriza la dirección para que no lleves nada escrito. A esa farmacia es donde enviarás tu correspondencia, y apenas llegues a Williamstown, debes ir al correo y abrir un apartado de correo para recibir noticias mías. En esa ciudad se encuentra el Fleet Bank. Los Stevenson te ayudarán en el proceso de abrir una cuenta a tu nombre. Las transferencias de dinero las recibirás allí, las cuales debes administrar con mesura. Por otro lado, sería beneficioso si consigues un trabajo o alguna ocupación y, por supuesto, trata de hablar el idioma correctamente desde ahora. Haré un ingreso en tu cuenta apenas reciba tu carta.

—¿Cuándo irás tú a América? —preguntó Alice.

—Aún no. Es peligroso.

—Pero dijiste que te habían dado por muerto.

—Es lo que dijeron, pero no estoy seguro de que se lo creyeran.

—Tu asistente Izmet lo confirmó.

—Sí. Pero él era mi asistente, por tanto, poco fiable para ellos. Por otro lado, yo mismo no confío en él. Izmet no sabe dónde estoy, y es mejor así. Es posible que lo hayan torturado para sacarle información. No sé cuánto tiempo transcurrirá hasta que se enfríen las cosas, pero por los vientos que soplan, Hitler está más furibundo que nunca. Declaró ilegales todos los negocios dedicados a la astrología y ciencias de la adivinación; está efectuando ahora mismo una cacería de brujas con todos los que tengan que ver con conocimientos esotéricos y elimina a todos aquellos a los que considera una amenaza mágica para su régimen. Sabe que una vez en el poder, cualquiera de nosotros podría adivinar sus planes, especialmente después de lo que sucedió aquella noche en el Palacio del Ocultismo.

—No comprendo tío, ¿por qué lo hiciste? La noticia llegó hasta Altdorf.

Hanussen miró a Alicia. Deseaba encontrar las palabras apropiadas. A veces pensaba que Alicia era demasiado ingenua para vivir sola en un mundo tan convulsionado.

—Después de los horrores que vi aquella noche... ¿recuerdas?, reconsideré mi posición. Había ayudado al hombre equivocado. Su odio no tiene límites. Entonces pensé que si delataba lo que había planeado, es decir, culpar falsamente a un comunista por el incendio del Parlamento, la gente empezaría a dudar de Hitler. Pero no logré sino quitarle la careta, pero se sabe tan poderoso que no le importa lo que los demás piensen; él ve a sus adversarios políticos como enemigos, y el terrorismo que ejerce desde el poder los tiene a todos paralizados. Cuando se den cuenta, será demasiado tarde. Por lo pronto, le otorgaron poderes especiales y lo primero que hizo fue declarar ilegal a cualquier partido que no sea el suyo. Se adueñó de Alemania, tal como él deseaba.

—Pero, ¿qué puedes hacer tú en contra de él? —inquirió con curiosidad Alicia.

—Aún no lo sé. Pero algo tengo que hacer —dijo Hanussen con parquedad. No pensaba contarle sus planes.

Al igual que ella no pensaba bajo ningún concepto contarle a su padre que estaba esperando un hijo de Adolf. Estaba segura de que él encontraría la manera de truncar el embarazo. Hanussen, como si le leyera el pensamiento, dijo:

—Es una suerte que no estés embarazada. Hubiera sido una tragedia.

Ella se sobresaltó imperceptiblemente.

—¿Una tragedia? —preguntó con aire ingenuo.

—Porque mi sangre no debe mezclarse con la de un ser satánico como Hitler. Me advirtieron. Traería nefastas consecuencias en una tercera generación. Ni él mismo lo sabe, o tal vez sí lo sepa...

—De pronto, detuvo el paso y se quedó mirando fijamente a Alicia con su mirada penetrante, hipnótica, hasta llegar a lo más recóndito de su cerebro. Ella dejó de escuchar el espacio circundante, de ver el cielo azul y las flores del campo que los rodeaban. Sólo veía los ojos de su padre, que cada vez se volvían más y más oscuros, como un túnel que la iba absorbiendo.

—¿Estás embarazada? —preguntó con voz impersonal, lejana, que retumbaba en los oídos de Alicia como si viniera de su propio cerebro.

—No. —Fue la contestación de ella. Le había costado trabajo decirlo, pero cuando iba a pronunciar «sí», la imagen de Adolf apareció en su memoria y una ola de profundo amor por él la invadió. La reacción instantánea que tuvo fue la de preservar el fruto de ese amor.

—Perdóname Alicia, pero era necesario —adujo Hanussen, retomando su habitual forma de ser—, de lo contrario, expondrías innecesariamente a tus descendientes, y también a la humanidad —agregó más tranquilo. Por un instante creyó que Alicia esperaba un hijo. Lo había intuido, y nunca se equivocaba, pero después del ejercicio de hipnosis llevado a cabo hacía unos momentos, concluyó que tal suposición se debía a sus sentimientos protectores. Aliviado, siguió andando al lado de su hija, con la certeza de que no volvería a fallar a Welldone.

Alicia caminaba cabizbaja. Se debatía entre su amor por Adolf y el temor que las palabras de su padre le habían producido. ¿Cuánto de verdad habría en aquella afirmación? Y no es que desconfiara de él, pero los sentimientos que aún guardaba en su corazón por Adolf no le permitían pensar con claridad. Después de todo, una tercera generación le parecía tan lejana...

—¿Un tercera generación? ¿Tuya o de él?

Hanussen se detuvo. Se quedó un rato pensativo. Él mismo se había hecho esa pregunta muchas veces y la respuesta siempre le había parecido obvia. La de Hitler, naturalmente. Welldone había sido muy ambiguo al respecto.

—¿Y qué más da si la descendencia fuese suya o mía? Lo que debía evitarse a toda costa era la mezcla de nuestra sangre. Por fortuna, no sucedió, así que no tenemos nada que temer —concluyó, convencido.

Alicia quería cambiar a toda costa el rumbo de la conversación.

—Una pregunta, tío —se detuvo a mitad de camino hacia la entrada principal—, ¿cómo hiciste para que te dieran por muerto? ¿De quién fue el cuerpo encontrado? ¿Tuviste que matar a alguien?

Hanussen se giró hacia ella y la miró.

—No tuve que matar a nadie, Alicia. Yo estuve oculto en el bosque y no podía moverme libremente. Izmet se encargó de robar un cadáver de la morgue; en esos días los había a montones. Lo llevó al lugar donde me escondía y tatuamos al muerto con mi marca, lo vestimos con mis ropas y desfiguramos su rostro. Sabes que Izmet era un hombre muy eficiente, consiguió el cadáver que más se asemejaba a mí.

—¿Cómo pudo? Me imagino que lo tendrían vigilado.

—Por gente de las SA, así que ni siquiera lo siguieron. Recuerda que muchos me deben favores. El dinero ayuda —añadió Hanussen.

IX - Williamstown, Massachusetts

Días después de su llegada, Alicia, para entonces Alice Stevenson, aún seguía alojada en el Hotel Greylock en la esquina de Main Street. Ocupaba una habitación en el segundo piso, desde donde podía ver un árbol que llegaba a la altura de su cuarto. Un pequeño jardín bordeando el hotel hacía esquina con la Ruta Siete. El lugar era sencillo y confortable. Los Stevenson no vivían en Williamstown, sino en Boston. Para Alicia era mejor que fuera así, porque se sentía menos presionada por una relación artificial, y por otro lado deseaba evitar explicaciones de su estado de gravidez. Siguiendo las instrucciones de su padre, envió una carta a la farmacia del puerto del Ródano en San Gotardo y esperaba respuesta. No había querido contarle aún su estado porque no estaba segura de que la comprendiese. Prefirió guardar el secreto y decírselo más adelante. Mientras tanto, iba conociendo la ciudad, las tiendas, y especialmente las iglesias, características de aquel pueblo, pequeñas y blancas, con campanarios en punta, que se encontraban por todos lados. Más que una ciudad, era un pueblo grande. Empezaban a construir zonas urbanas aledañas al centro; todas uniformes, de una o dos plantas con jardines al frente. Temprano, Alicia había recibido un aviso del banco. Supuso que era la transferencia de la que su padre había hablado.

Con la nota en la mano se dirigió a una de las ventanillas. Con prontitud la condujeron con el gerente, un hombre inmenso, de mediana edad, vestido con un traje de rayas diplomáticas, de espeso bigote entrecano y pequeños anteojos. Se puso de pie al verla y le dio la mano dándole la bienvenida.

—Muy buenos días, señorita Stevenson. Me da mucho gusto verla de nuevo por aquí. Por favor, tome asiento —la invitó, señalando una butaca frente a su escritorio—; recibió usted una transferencia —le alargó un recibo.

—Muchas gracias, señor Garrett.

Alice miró el recibo y la cantidad. Veinte mil dólares. Una cantidad extremadamente alta para una mujer tan joven como ella. Entendía la amabilidad del señor Garrett, era una magnífica clienta. Trató de utilizar las palabras apropiadas ayudándose con el francés, debido a que su inglés no era perfecto.

—Señor Garrett, ¿podría usted recomendarme un médico?

—¿Se siente usted mal de salud?

—No... Sólo deseo hacerme un chequeo.

—¡Ah!, creo poder ayudarla. —Escribió algo en una pequeña nota que tenía el membrete del banco y se la extendió.

—¿Es un pariente suyo? —preguntó Alice, después de leer la tarjeta.

—Es mi hijo; verá usted, ésta es una ciudad pequeña, está creciendo, pero el médico más cercano, aparte de mi hijo, se encuentra en North Adams. Un poco lejos de aquí. Claro que si lo prefiere, también le podría dar su dirección —dijo él, como disculpándose.

—No. Está bien.

—Comprendo su aprensión, pero le garantizo que es un buen médico, no porque sea mi hijo... —dijo con orgullo mal reprimido Peter Garrett.

—Señor Garrett, mis padres, como usted sabe, viven en Boston —aclaró Alice cambiando el tema—. Yo he llegado hace poco de Suiza donde vivía con mis abuelos y me gustó este lugar. Tengo en mente adquirir una vivienda y, posteriormente, tal vez abrir algún negocio, ¿qué me recomendaría?

—Señorita Stevenson, actualmente hay muchas construcciones de viviendas nuevas; el gobierno ha puesto en marcha obras en asociación con los capitales privados, en un plan que se llama New Deal. El presidente Roosevelt está levantando la economía y ha creado muchos puestos de trabajo. Es una buena oportunidad para adquirir una vivienda y también para abrir un negocio, porque la situación del país ha mejorado, estamos venciendo la depresión. —Después de la explicación, en un desusado hablar lento y claro, se quedó mirando el rostro de Alice para saber si había entendido.

—Son buenas noticias... supongo —dijo Alice.

—Excelentes. ¿Qué tipo de casa busca usted?

—Una no muy grande, pero con ciertas comodidades; es importante que tenga privacidad y un jardín —explicó, pensando en su hijo.

—Creo que me puedo hacer cargo. En cuanto al negocio... ¿Tiene usted idea de lo que le gustaría hacer?

—No estoy muy segura... pero quisiera tener una tienda de modas, de ropa muy fina, exclusiva.

—Creo que entiendo lo que usted desea —observó el hombre, mientras miraba con disimulo la que traía puesta Alice.

Llevaba un traje francés, aunque el gerente únicamente advirtió que parecía ser de muy buena calidad.

—No sé si sería posible traer ropa de París, ¿usted cree que resultaría muy complicado?

—A decir verdad, en una ciudad pequeña como ésta, creo que lo más conveniente sería crear un estilo propio o copiar la moda francesa. Los costes de importación podrían resultar muy onerosos. En esta ciudad no creo que encuentre la clientela adecuada. Si estuviéramos en Nueva York, por ejemplo, sería diferente, pero ya que ha decidido escoger este lugar es mi deber, como su banquero, ser franco con usted.

—Entonces, creo que lo dejaré para más adelante. Por ahora, mi principal interés es conseguir una casa.

—Pierda cuidado, en cuanto tenga noticias se las comunicaré de inmediato.

—Muchas gracias, señor Garrett.

Alice se puso de pie. El gerente la acompañó hasta la puerta de su oficina.

Tan pronto dejó el banco, se encaminó a la dirección escrita en la nota. Era un edificio de dos pisos, de regulares proporciones, situado en la calle principal. En la parte exterior podía leerse en una placa de bronce: «Dr. Albert Garrett - Médico Cirujano». La puerta cedió sin necesidad de llamar. En una esquina de la sala, una joven sentada detrás de un escritorio se encontraba clasificando unas tarjetas. Al sentir la presencia de Alice, levantó la vista y saludó cordialmente, reconociendo a la forastera europea.

—Buenos días, ¿la puedo ayudar en algo? —preguntó la empleada, mientras masticaba una goma de mascar con fruición.

—Deseo ver al doctor Garrett.

—En este momento se encuentra atendiendo a una paciente. Si lo desea, puede esperar, aunque creo que tardará un poco.

—Entonces volveré por la tarde.

—Con gusto la anotaré. —La joven abrió el cuaderno que tenía al lado y se dispuso a tomar nota—. ¿Cuál es su nombre?

—Alice Stevenson.

—¿Motivo de la visita?

—Un chequeo general —respondió, evasiva.

—Ya está. Puede usted regresar a las tres —respondió la secretaria, después de anotar la cita en la libreta.

—Gracias. Regresaré a esa hora —se despidió Alice.

—Hasta luego, señorita Stevenson —respondió la secretaria con una sonrisa.

Dio la vuelta a su pequeño escritorio y la acompañó hasta la puerta. Una vez que Alice salió, se quedó mirándola hasta que la perdió de vista.

Alice pensaba que hubiera preferido vivir en una gran ciudad, donde pudiera ser una persona anónima. En Williamstown tenía la sensación de ser conocida por todos; su estado de gravidez pronto se notaría, y sería la habladuría del pueblo. Comprendía que su padre no había escogido Williamstown; fueron las circunstancias las que hicieron que ella fuera a dar a ese lugar. Era un pueblo pequeño, más que cualquier pueblo de Europa. Y todo lo que allí había le transmitía la sensación de ser nuevo o reciente. Nada comparable a las ciudades donde ella había vivido, en las que se respiraba un mundo de rancia cultura y costumbres arraigadas. Alice veía a todos como pueblerinos, tanto en el hablar, a pesar de no pronunciar ella perfectamente el idioma, como en la manera de comportarse. De la institutriz francesa que su padre había puesto a su servicio en Berlín, había aprendido modales exquisitos y también el gusto por la ropa de buena calidad. Su francés era fluido, y muchas veces, cuando debía hablar en inglés, se ayudaba con un poco de francés, lo cual le daba un aire distinguido, un charme

87

que conjugaba con su persona y la diferenciaba de la gente del pueblo.

Almorzó y durmió la siesta.

Cuando faltaba un cuarto de hora para que dieran las tres, se retocó el ligero maquillaje y se puso un pequeño sombrero. Después de echar un vistazo a su persona en el espejo del vestíbulo, salió en dirección al consultorio. Fue atendida nuevamente por la secretaria o recepcionista; esta vez la joven la saludó dando muestras de gran familiaridad.

—Buenas tardes, señorita Stevenson, encantada de tenerla nuevamente por aquí. Tome asiento.

La chica se puso de pie y caminó de manera desgarbada, con un pronunciado movimiento de hombros, hasta desaparecer tras una puerta. Al cabo de un rato regresó con una gran sonrisa, sin dejar de masticar la goma de mascar que parecía formar parte de su persona.

—El doctor la recibirá, puede pasar.

—Gracias —repuso Alice. Empezó a sentirse nerviosa. No estaba habituada a visitar médicos y menos en aquellas circunstancias.

—Buenas tardes, señorita Stevenson —saludó el médico, sentado detrás de un escritorio de medianas proporciones. Tenía un aspecto muy diferente a como Alice se lo había imaginado.

—Buenas tardes, doctor Garrett.

—Me dijo Grace que desea usted realizarse un chequeo general.

—Doctor, estoy embarazada —dijo Alice.

El médico se la quedó mirando.

—¿Está segura? ¿Algún médico ha confirmado el embarazo?

—No. Pero sé que lo estoy, y debo ir para los tres meses.

—¿Siente algún malestar en particular?

—No, sólo que preferiría llevar un control médico desde ahora, para que cuando dé a luz tenga a la persona apropiada que me atienda. Es usted ginecólogo... supongo.

—Pues verá... soy ginecólogo, obstetra, entiendo de medicina general, realizo operaciones quirúrgicas; también soy pediatra, y algunos casos, veterinario —terminó diciendo con buen humor mientras observaba el rostro cambiante de Alice—. En Williamstown no tenemos muchos médicos.

—Comprendo.

—De manera que si hay alguien que atenderá su parto, ése seré yo. No tiene otra alternativa —prosiguió diciendo el hombre con una sonrisa.

—Comprendo perfectamente —atinó a repetir Alice. No se sentía muy cómoda.

—Señorita Stevenson, debo auscultarla para saber si el feto está en buenas condiciones; la señorita Grace la preparará. Es muy sencillo, no se preocupe. ¡Señorita Grace! —llamó.

Grace se presentó al instante. Con el chicle a un lado de la boca, le dijo a Alice que se quitase la ropa, indicándole una mampara de metal gris. Le entregó una bata y se mantuvo dentro del consultorio mientras el doctor Garrett efectuaba el examen.

Una vez vestida, Alice se encontró otra vez mirando al doctor Garrett al otro lado del escritorio. Era un hombre joven, de complexión delgada. No tenía demasiado parecido con su padre, el banquero.

—Señorita Stevenson, ¿o debo decir señora Stevenson? —preguntó.

—No. Señorita, está bien —dijo un poco avergonzada Alice.

—No tiene que mortificarse por ese detalle. Perdóneme si le ha molestado la pregunta —se disculpó él.

—No me ha molestado. El padre de mi hijo se quedó en Suiza. Probablemente venga en un futuro; no estamos casados y él no sabe nada de este embarazo...

—No me debe explicaciones: soy su médico, no su confesor —la interrumpió el médico sonriendo.

—Gracias —dijo Alice, con la mirada baja.

Albert Garrett empezó a sentir simpatía por aquella joven que deseaba ser una mujer con aplomo y, sin embargo, era tan... inexperta o inocente. Había algo en ella que le producía afinidad. Sintió pena por la joven. Anotó las indicaciones dietéticas que debía seguir en una hoja membretada, y se la entregó.

—Está usted muy delgada; debe seguir una dieta adecuada para que el niño o niña nazca fuerte y saludable. Puede venir a verme en un mes. O si lo requiere, antes. Estoy a su completa disposición.

—Gracias, doctor Garrett. Ha sido muy amable. ¿Cuánto le debo?

—¡Ah! Las cuentas las lleva Grace. Ella es la cajera, secretaria, asistente y enfermera en algunos casos... y también le gustan los animales —agregó Albert, riendo.

Alicia se alejó pensando que había hecho bien en acudir a un médico. En especial a uno como el doctor Garrett, un hombre agradable, que le inspiró la confianza que necesitaba. Era la primera vez que le decía a alguien que esperaba un hijo y había sido menos penoso de lo que imaginó. Respiró una bocanada de aire y tocó su vientre; una felicidad inexplicable la invadió al saber que una parte del hombre que amaba vivía dentro de ella. ¿Qué sería de él? En Williamstown ningún diario lo mencionaba; era como si Hitler no existiese. Al principio le produjo asombro; estaba acostumbrada a considerarlo el personaje más importante del mundo. En Europa no había día en el que no fuera noticia.

Una semana después, recibió una llamada del banquero Garrett. Dijo que pasaría por ella para mostrarle algunas casas que estaban en venta. Alice sólo las miró superficialmente desde la ventanilla del coche. Era una de las zonas recientemente urbanizadas; todas se parecían mucho, casas de una planta, situadas una al lado de la otra con jardín enfrente. No era lo que ella quería, necesitaba privacidad. Entonces, Garrett enfiló hacia el otro extremo del pueblo; después de pasar un curvo sendero bordeado de altas acacias, se apreciaba una casa. Apenas la vio Alice quedó prendada de ella. Tenía una extraña arquitectura; por dentro era una estancia de varios niveles, el salón principal era amplio y de techos altos. La ubicación no podía estar mejor.

—Pronto formará parte de la mejor zona de Williamstown — predijo John Garrett—. No muy lejos está el Colegio Williams, la casa tiene espacios verdes y la zona es magnífica. Y tiene nombre: «Rivulet House», figura así en los documentos. El precio es bueno y las facilidades de pago son excelentes.

—Me gusta. Quisiera comprarla y, si no es molestia para usted, desearía que se haga cargo de todos los trámites.

—¿Le gusta? —preguntó Garrett.

—Sí, mucho.

—Tengo otras para mostrarle...

—Me gusta esta casa. Parece una obra de arte. Además, la cascada es espectacular.

—Bueno... si usted la prefiere. Fue diseñada por un famoso arquitecto. En efecto, creo que su arte quedó reflejado en la casa —comentó Garrett, pensando que la suerte lo había acompañado. Creía que nadie iba a comprar jamás aquella casa.

Alice tenía puesta su atención en otros asuntos.

—Perdone si le pido otro favor, pero no conozco todavía a muchas personas, ¿cómo podría conseguir una doncella de servicio permanente? Me refiero a una sirvienta.

—Señorita Stevenson, aquí es muy difícil conseguir esa clase de servicio. Normalmente se contrata al personal por horas, o cuando específicamente se le necesite. Pero lo averiguaré de todos modos, tal vez logre conseguir a alguien permanente.

—Discúlpeme, sé que no es su obligación...

—No hablemos más de eso. No se preocupe.

X - Rivulet House

Ese mismo día, Alice escribió a su padre. Le contó la adquisición de la casa, de lo feliz que estaba por haber hallado un lugar tan hermoso. Le habló de la tranquilidad de Williamstown y sutilmente le pidió noticias de lo que acontecía en Alemania. Después de pensarlo un poco, reunió el valor suficiente para explicarle su embarazo:

Querido tío, no sé cómo empezar a contarte lo que voy a decir, pero creo que a medida que lo escriba, podré hacerlo. Estoy embarazada de cuatro meses. Sí, ya sé que no te lo dije antes, pero era por temor, y también por vergüenza. Por supuesto que ya sabes de quién es el hijo, pero pretendo llevar aquí una vida nueva, así que mi hijo nunca sabrá quién fue su padre, si eso es lo que te preocupa. Comprenderé si tomas la decisión de no saber más de mí, pero tenía que decírtelo. Por otro lado, me siento muy feliz; conseguí una casa hermosa y pienso iniciar algún negocio para poder mantenerme, y creo que con la ayuda del señor Garrett, el gerente del banco, lograré hacerlo; no te preocupes por mí, este es un país maravilloso; mi hijo crecerá lejos de los horrores y persecuciones de Alemania.

Después de enviarle su amor y preguntarle si algún día iría a América a encontrarse con ella, Alicia besó la carta, la introdujo en el sobre y la envió a la dirección de la farmacia convenida, en el Ródano.

Hanussen tenía ante sí la carta de Alicia y no podía creer lo que estaba leyendo. ¿Cómo era posible tal aberración? Cuando la hipnotizó y le preguntó si estaba embarazada, ella respondió que no lo estaba. ¿Cómo fue posible que Alicia resultase inmune a la hipnosis? No había sucedido antes. Pero a esas alturas pensarlo era inútil y, por supuesto, ella estaba dispuesta a tener el hijo. Hanussen elevó los ojos al cielo y, a pesar de no creer en Dios, suplicó ser perdonado. La maldición de Welldone le retumbaba en la cabeza:

«Si no cumples tu palabra, su tercera generación, que tendrá tu sangre, traerá un ser igual o peor que el que ayudes a llegar al poder». Comprendía la magnitud de lo que había querido decir Welldone; sabía que él ayudaría a Hitler, así como que su hija tendría un descendiente de la bestia, como él lo había llamado. ¿Por qué había sido tan obtuso? Debió imaginarlo cuando se cumplió la primera profecía: «una niña empezará el cambio en tu vida». ¿Qué hacer? se preguntaba Hanussen. Los vaticinios se estaban cumpliendo. Empezaba a creer que el destino era inexorable aunque se conociese el futuro con certeza.

Las enseñanzas de Welldone vinieron a su mente. La transmutación de los sentimientos, la impersonalidad y la hipnosis. La transmutación de los sentimientos, como él la llamaba, una especie de alquimia en la que los sentimientos tomaban el lugar de los elementos que se deseaban transmutar. Era el poder que le había enseñado a Hitler, sin pensar que lo utilizaría para fines tan horrendos. Al igual que muchos en Alemania, Hanussen pensaba que Hitler quería a toda costa llegar al poder para hacer un país pujante y encaminarlo por la ruta de la modernidad y del progreso, pero si bien algo de eso debía existir en el cerebro maquiavélico de Hitler, llegó al punto en que le interesaba más el poder per se.

Ya había mucha gente que le temía y lo odiaba, y otros tantos que le envidiaban, y todos esos sentimientos él los transmutaba en poder. Cuanto más odio y terror, él obtenía más y más poder. La impersonalidad era otra fuerza. Sentir lástima por alguien restaba poder al sacrificio. Se debía ser capaz de cometer cualquier atrocidad tomando como cierto que se hacía por una causa mayor. Hitler también había aprendido aquella lección, pues para él, asesinar a judíos, eslavos, o a quienes él consideraba enemigos significaba un sacrificio. Especialmente exterminar la raza judía con el objetivo de limpiar Alemania de una etnia que la contaminaba. Y aquello aumentaba su fuerza. Por último, el poder de la hipnosis era absolutamente necesario.

Era imprescindible tener un control total ante uno o cien mil hombres, y en efecto, así lo hacía Adolf Hitler; había muy pocas personas que se sustraían al dominio que él ejercía. Hanussen había podido captar en Alicia el tipo de sentimiento que Hitler ejercía sobre ella; no era el mismo que desplegaba ante otras personas. O por lo menos ella no lo captaba así. Parecía que Hitler hubiera desnudado sus sentimientos ante Alicia, porque sus palabras para explicar ese amorío siempre habían sido: «él es dulce, cariñoso, me trata con delicadeza, sé que me ama»; nunca se refirió a él como alguien apasionado, inteligente, poderoso; ni siquiera mencionaba su mal humor e impaciencia tan conocidos por todos. De manera que con ella él no había podido ser impersonal, ni pudo practicar su hipnosis, porque no era necesario, y mucho menos haber hecho uso de la transmutación de los sentimientos, puesto que Alicia lo amaba profundamente, y él se alimentaba del odio. Tal vez exista alguna pequeña rendija por donde se pudiese atacar el poder ilimitado de Hitler; quizás el amor que sienta aún por Alicia sea la clave, dedujo Hanussen.

Un intenso dolor de cabeza se apoderó de él, mientras sentía que las sienes le latían con la fuerza acompasada de las marchas de las juventudes hitlerianas. En medio de la soledad de las montañas que formaban el macizo de San Gotardo, Hanussen, antes rodeado de fama y discípulos, vivía un retiro voluntario. Apartado del ruido mundano del que hasta hacía poco formaba parte, se sentía más cercano a su yo interior, como cuando de joven había empezado la larga y penosa ruta del conocimiento, camino que lo llevó a alejarse de la búsqueda espiritual, al descubrir que poseía más poderes que cualquiera. Encontraba en la soledad de la vida ermitaña una satisfacción íntima pocas veces sentida, perturbada sólo por las noticias del exterior que, de manera ocasional, le llegaban y que invariablemente eran malas. Era entonces cuando sentía que debía hacer algo para impedir que el monstruo que había ayudado a crear llevara a cabo sus planes macabros. Welldone había utilizado siempre un lenguaje ambiguo, sus enunciados eran tan precisos como incomprensibles.

«Recuerda el número doce —había dicho— no lo olvides. Es un número mágico». Aún no comprendía exactamente a qué se refería; era probable que a los discípulos de Cristo.

Hanussen se debatía entre el amor filial y el deber con la humanidad, pero las cartas estaban echadas y sólo quedaba esperar. La pauta la había dado la misma Alicia: su nieto, y al mismo tiempo, hijo de Hitler, nacería. Ella ya había tomado la decisión. Y mientras Alicia siguiera amando al Führer, éste estaría protegido. Así eran las cosas en ese mundo oscuro y nigromántico; eran leyes inexorables que él no podía transgredir. ¿Sería que Hitler lo había planeado de ese modo para evitar cualquier maleficio en su contra? «Viniendo. de él, todo era posible. El discípulo había superado al maestro», conjeturaba Hanussen. Esperaría. Lo importante era no abandonar a Alicia; esperaba que se enamorase de alguien en América, y le dejase el camino libre para actuar. Y... que su nieto no tuviese descendencia.

Redactó una carta y la envió a la farmacia del Ródano. Su sirviente, el señor Bechman, fue el encargado de llevarla. Una vez recibida, el administrador de la farmacia la entregaría personalmente a un banco en Zurich. En la carta, Hanussen ordenaba una transferencia equivalente a doscientos mil dólares a la cuenta del Fleet Bank en Williamstown. Deseaba que su hija siguiera adelante con la idea de comprar una vivienda y montar un negocio. «Después de todo —pensaba—, ¿de qué servía el dinero si no era para gastarlo?» Tenía mucho, y lo más probable era que no le alcanzara lo que le restaba de vida para disfrutarlo. A pesar de todo, ella había demostrado sus deseos de valerse por sí misma, y la compra de la casa había sido idea suya. Erik Hanussen se sentía orgulloso de Alicia y al mismo tiempo, responsable de su destino.

Poco tiempo después Alice recibía una misiva de su padre y también la transferencia.

Mi querida Alice:

Sabes que eres la persona que más amo en este mundo. Deseo que prosigas con tu vida pero al mismo tiempo que seas consciente de que en tus manos está el destino de la humanidad. Es duro decirlo, pero por desgracia es así. Cuida de la niña que llegará, y en su debido momento, dile la verdad. Es lo único que te pido.

Siempre contarás con mi ayuda, hagas lo que hagas. Confío en ti.

Te ama,

Tío Conrad

Alice leyó la carta y no pudo evitar un estremecimiento. Su padre estaba depositando sobre sus espaldas un fardo demasiado pesado. ¿Cómo podría tener en sus manos el destino de la humanidad? No terminaba de creerlo. Según su padre tendría una niña. «Confío en ti», había dicho. ¡Oh, Dios del cielo! ¿Por qué le sucedía todo esto? Apretó el papel hasta convertirlo en una pequeña esfera arrugada. ¿Qué verdad? ¿Cómo se le puede decir a una hija que no deberá tener descendencia? ¿Cómo saber cuál era el «debido momento»? Sintió un fuerte golpe en el vientre, como si el ser que llevaba dentro estuviera al tanto de todo. Prendió fuego a la carta como hacía con todas y se quedó inmóvil viendo cómo las llamas devoraban el pequeño bollo de papel hasta dejarlo convertido en miserables cenizas. Si pudiera hacer lo mismo con el maldito destino...

Alice Stevenson se había convertido en la mejor cliente del banquero Garrett. Y junto con el dinero que era transferido a su banco, crecía su curiosidad por una usuaria tan misteriosa. Le parecía extraño no haber vuelto a tener contacto con sus padres desde el día en que abrieron la cuenta, a pesar de su evidente estado de gravidez. Y Peter Garrett lo sabía todo. Era inevitable, era una pequeña ciudad, conocía a su gente, y podía con seguridad reconocer a un forastero. No obstante, le regocijaba saber que su hijo parecía haber cultivado amistad con la joven, tal vez él finalmente... dejó el pensamiento en el aire y, de camino a su casa, pasó a visitar a su hijo. Peter Garrett lo vio descansando en el jardín, recostado en una poltrona reclinable, aprovechando los últimos rayos de sol.

—Hola, Albert, pasaba por aquí y entré a visitarte. Aún tienes la costumbre de dejar la puerta abierta.

—Hola, papá —saludó Albert, que sin moverse de la poltrona miraba a su padre a través de sus gafas oscuras mientras se preguntaba por el motivo de su visita.

—¿Sabías que la señorita Alice Stevenson está a punto de adquirir Rivulet House?

—Ah... ¿Sí?

—Llegué a pensar que jamás la comprarían. Tiene buen gusto.

—Es un poco extraña, pero indudablemente es hermosa.

—Me alegro que te dieras cuenta de ello. Es una mujer sola, joven y con dinero.

—Me refería a la casa —aclaró Albert. Le molestaba que su padre siguiera tratando de interferir en su vida.

Al verlo incorporarse, Peter Garrett supo que su hijo se ponía a la defensiva.

—¿No te parece extraño que una joven extranjera viva sola estando embarazada, teniendo padres? —preguntó como si no le hubiese escuchado.

—¿Y por qué había de parecérmelo? —Albert sospechaba el cariz que su padre empezaba a dar al asunto.

—Pues... por nada, sólo que me parece raro que alguien que está en su estado no tenga marido, no viva al lado de sus padres, reciba dinero del exterior, y además, sea educada y muy bonita. Para cualquiera, sería la mujer ideal.

—Papá, no empieces otra vez. Tú sabes que no tengo interés en...

—Hijo, algún día tendrás que casarte. Eso afianzaría tu carrera y tu posición social en el pueblo.

—Y económica, ¿no es cierto? Padre, tengo lo que necesito para vivir, no necesito casarme, no deseo hacerlo y mucho menos por esos motivos.

—No te estoy obligando a nada... dejé de hacerlo hace mucho tiempo. Es sólo una sugerencia. Sé que sois amigos.

—¿Estás sugiriéndome que corteje a la señorita Stevenson?

—Sí —respondió Garrett, conteniendo una imprecación.

—No creo que ella tenga interés en mí. Y yo no tengo interés en ella, ni en ninguna otra. Lo sabes.

—Lo sé, lo sé... pero su situación es un poco delicada. Además, tiene un aspecto tan frágil... Tal vez necesite alguien que la proteja. No es fácil para una mujer cargar con un hijo siendo soltera. La sociedad...

—No creo que le interese lo que piense la sociedad, y por cierto, a mí tampoco.

—Eso ya lo sé, sólo creo que tu vida y la de ella podrían juntarse; ambos os haríais un gran favor.

—Supongamos que yo le demostrase mi interés. ¿Qué pasaría si ella no me acepta? Lo único que haría sería perder una paciente.

—Creo que no hay otro médico cerca.

—Eso suena a chantaje.

—Está bien... haz como prefieras. —Terminó diciendo Garrett con un suspiro, dándose por vencido. Dejó a Albert contemplando el crepúsculo y se fue.

Albert pensó en Alice. Hablaba poco de sí misma y evitaba hacer preguntas. Tampoco él acostumbraba a meterse en la vida de nadie, del mismo modo que no aceptaba que alguien se inmiscuyera en la suya. A pesar de bordear los veinticinco no se había casado; las pocas veces que tuvo algún tipo de relación con alguna chica había terminado en fracaso. Finalmente aceptó que sus tendencias eran otras. A las mujeres las veía con indiferencia. Reconocía que Alice era hermosa, pero aquello no significaba que le atrajese; además, casarse no entraba en sus planes. Ella no era una mujer que diera la impresión de estar desvalida, aunque su apariencia fuese de fragilidad; en ese sentido, su padre tenía razón, pero de ahí a... Sacudió la cabeza para espantar las ideas que le empezaban a poblar la mente y se puso en pie dirigiéndose al interior de la casa, mientras la penumbra terminaba de adueñarse del jardín.

No bien concretada la compra de la casa, Alice quiso encargarse de decorarla al estilo europeo al que estaba acostumbrada, pero era una tarea más ardua de lo que había imaginado. Decidió entonces terminar primero con la habitación que había escogido, y se mudó del hotel. Ese mismo día, como si estuviesen sincronizados, recibió una llamada del gerente del banco anunciándole que había encontrado una mujer joven que podría hacerse cargo de la casa.

—No sabe cuánto agradezco todas las molestias que se ha tomado, señor Garrett. La noticia no puede ser más oportuna

—Señorita Stevenson, no es ninguna molestia, estoy a su disposición con mucho gusto. Tómelo usted como parte de mis servicios, si eso la hace sentir mejor.

Alice no pudo evitar sentir aprensión al escuchar tanta solicitud de parte de Garrett. Su padre siempre decía que era el dinero el que abría las puertas y pensó que la disposición que decía sentir Garrett se debía a que ella, estaba segura, era una de sus mejores clientas. Si no había algo más detrás.

—Gracias, señor Garrett. ¿Cuándo podría conversar con ella? —preguntó Alice, acentuando su acento francés.

—Va de camino a su casa, madame —recalcó Garrett.

«Nunca digas palabras que puedan comprometerte, como: "le debo un favor" o "no sé cómo hacer para pagarle", pues las palabras dichas a la persona inapropiada cobran fuerzas inusitadas», recordó Alice, y casi se muerde la lengua al agradecérselo de manera efusiva a Garrett. «Las emociones suelen jugarmelas pasadas», decía su padre, y ella trataba de aprovechar todas sus enseñanzas. Estaba aprendiendo a enfrentarse a la vida. Y especialmente a personas como Garrett, con las que su instinto le decía que debía mantener cierta distancia; algo paradójico, pues era quien más sabía de ella.

Ser el único banquero en un pueblo como Williamstown tenía muchas ventajas, además de las económicas. Garrett estaba enterado de los movimientos de casi todos sus habitantes, hasta el punto de que cuando recibía una invitación, sabía de antemano de quiénes sería la boda y en qué condiciones. Pese a ello, jamás pudo conocer demasiado de la vida privada de Alice. Sabía que recibía remesas de dinero de Suiza, pero el banco remitente siempre era diferente; cuando quiso seguir alguna pista, recibió una llamada de la casa matriz, tan sutil, que una alarma se encendió en su cerebro. «Alice Stevenson no está tan desvalida como aparenta», se dijo. Sospechó algo oscuro. Y se alegró por su hijo; por fortuna él no parecía interesado en ella.

Más que en médico, Albert se había convertido en amigo de Alice. Ambos coincidían en el gusto por la decoración. Fueron juntos a Nueva York para conseguir algunas piezas diferentes a las que se podían obtener en Williamstown y juntos habían escogido los muebles para el dormitorio del bebé, los utensilios de cocina, el juego de porcelana de Limoges y hasta los finos cubiertos de plata. Mejor compañero de compras no hubiera podido conseguir Alice ni aunque se lo hubiese propuesto. El resultado de esa cooperación se veía reflejado en Rivulet House. Estaba decorada con un exquisito estilo europeo y equipada con los últimos avances de la tecnología norteamericana.

Albert no sentía la presión de comportarse como un galán con Alice, que era lo que parecía que esperaban todas las mujeres; con ella se sentía libre. Lo atribuía a que la situación de Alice tampoco era usual. Sus peculiares circunstancias habían alimentado entre ellos una fuerte amistad.

—Alice, ¿has pensado en conseguir un padre para tu hijo? —preguntó repentinamente Albert una noche, mientras cenaban en su casa.

—No. ¿Por qué lo preguntas? —Pensaba que criar un hijo no debe ser una tarea muy fácil estando sola. Menos en un pueblo como éste. Creo que un hombre a tu lado haría las cosas más... respetables.

—Lo sé. Acaso... ¿me estás proponiendo algo? —Alice lo miró haciendo un gesto peculiar. Si Albert hubiese conocido a Hanussen diría que era exactamente igual al de su padre.

—Alice, somos buenos amigos, sabes cómo soy, y no pretendo ocultártelo. Tú, obviamente, necesitas a un hombre que le dé sus apellidos a tu hijo; algún día debe ser bautizado... Ir al colegio, en un pueblo como éste, o en cualquier otro lugar, podría ser problemático, ¿no crees que podríamos hacer una buena pareja? A no ser, por supuesto, que esperes que venga el padre de la criatura.

Alice bajó los ojos. Aún sentía un nudo en el pecho cuando pensaba en Adolf. Dudaba que alguna vez lo volviese a ver, pero esperaba que su hijo tuviese la mejor vida posible. Si se casaba con Albert, podría llevar una vida bastante normal sin tener que cumplir con los deberes maritales que aparentemente a él era lo que menos le interesaban. La idea no era mala del todo. Además, Albert era la persona menos inquisitiva que había conocido. A él nunca pareció importarle su pasado. ¡Y era tan diferente de Peter Garrett!

—Acepto —dijo.

—Hecho. ¿Cuándo nos casamos? —inquirió Albert, como si preguntase la hora.

—Cuanto antes —respondió Alice, y sonrió tocando su vientre, bastante pequeño para sus meses de gestación.

—Querida —dijo Albert, acercándose a ella—, te prometo ser un padre amoroso para tu hijo, y un marido respetable. Me encantan los niños —le acarició con suavidad el vientre. Retiró la mano al sentir una fuerte patada.

—Parece que quiere decirnos algo. Tal vez esté dando su consentimiento —adujo ella riendo.

—Vayamos a visitar a mi padre, debemos darle la noticia.

—¿A esta hora?

—¿Encuentras mejor hora? Sé que mi padre se pondrá feliz. Él te aprecia, serás una hija para él. —Albert pensó que por primera vez en la vida, complacería a su padre.

Peter Garrett dio muestras de extrema satisfacción, pero Albert sabía que fingía. ¿Cómo diablos podría complacerlo algún día?, se preguntó.

XI - Sofía, la hija de Hitler

Hanussen se enteró del matrimonio de Alice y del nacimiento de Sofía varios meses después. Corría el año 1934 y las noticias en Europa eran más inquietantes que nunca. Los miembros del partido nazi monopolizaron los poderes legislativo, ejecutivo y judicial. Hitler creó la Wehrmacht y se convirtió en jefe de estado tras la muerte de Paul von Hindenburg. «Como estaba previsto», pensaba Hanussen. ¿Por qué Welldone se esmeraba en cambiar el futuro si había comprobado que era imposible? ¿Seguiría buscando algún elegido que lo lograse? Tal vez todo era un juego del maldito, para probar la estupidez humana.

Con poderes ilimitados, Hitler ilegalizó todos los partidos políticos, excepto el nacionalsocialista y prohibió el derecho a huelga; a cambio de ello, acabó con el desempleo. Los desocupados eran inscritos en campos de trabajo o alistados en el ejército; la novedad era que no estaba permitido cambiar de empleo. A Hanussen le llegaban noticias nefastas: se estaban levantando cerca de cincuenta campos de concentración y, para su horror, comprobó que la premonición que tuviera tiempo atrás se estaba haciendo realidad. Miles de personas iban a parar como prisioneros por no comulgar con las ideas del Führer, o por ser judíos, gitanos, homosexuales, comunistas, disidentes políticos, religiosos, testigos de Jehová o prostitutas. Era justamente lo que él había vislumbrado cuando tomó la decisión de separarse de Hitler. Ya antes, la noche del 10 de junio de 1933, estudiantes hitlerianos quemaron unos veinte mil libros; obras de autores como Thomas Mann, Jack London, Helen Keller, Emile Zolá, Proust y Albert Einstein quedaron convertidas en cenizas. Cualquier libro que obrase contra «el futuro alemán, la patria y las fuerzas impulsoras del pueblo» era considerado subversivo. Más adelante ocurrió una purga entre la gente del partido nacionalsocialista, en la que muchos de los amigos de Hanussen fueron asesinados o hechos prisioneros y enviados a los campos de concentración.

Mientras tanto, países como Inglaterra, Francia y Estados Unidos no daban la debida importancia a los graves acontecimientos que ocurrían en Alemania, y aunque se la hubiesen dado, Hitler actuaría como le viniera en gana. Se había apoderado de Alemania y su plan era adueñarse del resto de Europa.

Alice sólo recibía noticias generales de lo que sucedía en Alemania, y como ocurría con la mayoría de los norteamericanos, las percibía muy lejanas. Cada vez que recordaba a Adolf sentía un profundo sentimiento de frustración y no podía evitar que le invadiera la tristeza. Lo seguía amando con locura justamente por lo que él era. Por su personalidad avasalladora, por haber logrado sus propósitos, pues estaba segura de que lo hacía por el bien de su patria, como siempre decía, y también por aquella parte de él que todos desconocían: su ternura. Aunque su padre nunca le creyera.

Albert era todo lo contrario de Adolf. Su permanente buen humor le hacía un hombre muy agradable. Sus tendencias ambiguas eran disimuladas con una pátina de elegancia y don de gentes que le permitía ser encantador sin caer en estereotipos. Alice consideraba que, de no haber sido por sus inclinaciones, sería un magnífico esposo para cualquier mujer. Ella no contaba, su corazón pertenecía a otro. Se dedicó de lleno a tratar de llevar una vida normal, dentro de lo peculiar de su existencia.

Cada vez que Alice contemplaba su casa, recordaba las palabras de su padre: «Debes llevar una vida lo más sencilla posible, sin llamar demasiado la atención hacia tu persona». No obstante, Alice tenía una de las casas más sobresalientes de Williamstown, y distaba mucho de ser sencilla. Sus líneas contrastaban con el resto de las casas de la ciudad. El frente era todo en piedra, y un ventanal largo y angosto que abarcaba todos los pisos adornaba la fachada. En una esquina, un muro blanco inclinado parecía servir de apoyo, aunque sólo era una originalidad. El resto de las habitaciones también tenían una serie de ventanas angostas y alargadas. Su aspecto daba la apariencia de haber sido construida para otros fines, tales como un templo, o alguna otra institución, no para un hogar. Por el terreno atravesaba un riachuelo, que el arquitecto había convertido en cascada colocando enormes salientes irregulares de piedra, rodeado de helechos y plantas que yacían bajo enormes sauces llorones que sombreaban el paradisíaco rincón.

Para tratar de resguardar su privacidad, Alice mandó construir un alto muro que circundaba la propiedad, cuyos bordes terminaban en puntiagudas varillas de hierro forjado. Una placa de bronce de aspecto antiguo en altorelieve en el portón de hierro decía: «Rivulet House». Y sólo logró atraer más la atención. Un muro rodeando una casa era poco usual en aquella ciudad. Pronto Alice empezó a ser la comidilla de los habitantes; la imaginación de la gente tejía una serie de historias en torno a ella y algunos creían con firmeza que pertenecía a la realeza europea. Las habladurías bajaron de tono cuando contrajo matrimonio con Albert.

Alice organizó una recepción y la curiosidad de la gente quedó satisfecha al entrar en la regia casa. Su estado de gestación, que había sido motivo de murmuraciones, pasó a segundo plano, pues empezaron a preocuparse de que sus padres no estuviesen presentes en la boda. Poco después, las voces se aquietaron, y los pobladores empezaron a aceptar a Alice. La curiosidad maliciosa sucumbió ante el privilegio de que una personalidad como ella formase parte de Williamstown. Hasta el banquero Garrett finalmente dejó de lado sus aprensiones y disfrutó de la nueva faceta de su hijo.

Cuando Alice vio a su hija por primera vez, lo primero que vino a su mente fueron las palabras de su padre: «Cuida de la niña que llegará y, a su debido momento, dile la verdad». Sintió rabia de que siempre tuviese razón. ¿Por qué no tendría un padre como las demás personas? Sintió desasosiego al contemplar la carita arrugada de la pequeña criatura que tenía en sus brazos. Ella había deseado tanto que fuese un niño, que su padre por una vez se hubiese equivocado, pero al contemplar al ser indefenso que se acurrucaba en su pecho, se olvidó de sus anhelos anteriores y la amó como sólo se puede amar a una hija. Y le prometió en silencio que la protegería, que jamás sabría la verdad. No era justo.

Albert las contemplaba y de manera inevitable las comparaba. Había visto muchos recién nacidos, unos menos lindos que otros; en general casi todos eran poco agraciados al nacer, pero pensaba que aquella criatura no hacía de ningún modo justicia a la belleza de su madre, pero al ver el amor que brotaba de Alice, guardó sus reparos y evitó hacer comentario alguno que reflejase su desencanto. Decidieron llamarla Sofía, como la difunta madre de Albert.

La pequeña Sofía tenía carácter voluntarioso, y a pesar de no armar berrinches, la mayoría de las veces obtenía lo que quería. Al cumplir cinco años, Alice organizó una fiesta con payasos en el jardín de Rivulet House. Era la primera vez que celebraba una fiesta así para Sofía, con globos de colores, bambalinas, música, y también muchos niños.

Un acontecimiento social en la apacible vida de Williamstown, en el que todo el mundo lo pasó de maravilla, excepto Sofía. Parecía ser consciente de que ella no era una niña como las demás. Ella sabía que era fea. En un momento en que la fiesta cobraba vigor, se retiró al estudio de su madre y, mirando desde la ventana que daba al jardín posterior, se sintió a sus anchas, lejos de las miradas. Estaba cansada de que los adultos le dijeran linda y que no se parecía a su madre mientras sonreían de oreja a oreja, y que las niñas se burlaran de ella. Estuvo mucho rato mirando la fiesta a través de la ventana y nadie parecía echarla en falta, excepto su madre. Sintió abrirse la puerta del estudio y aspiró el suave perfume. Se dió la vuelta y la miró. Era la más hermosa de todas. Alice la acogió en sus brazos y le dio un beso.

—Sofía... vamos al jardín, es hora de apagar las velitas...

—No quiero tarta, mami, no quiero ir.

—No puedes desairar a todos los que han venido a celebrar contigo tu cumpleaños, ellos están felices por ti.

—Ellos no vinieron por mí. Todos me miran de manera muy rara, no los quiero. Yo no quería una fiesta —reclamó Sofía en tono lastimero.

—Te prometo que apenas apagues las velitas, podrás retirarte a tu habitación con las amigas que más te gusten. Le diré a Patty y a Betty que suban contigo.

—Ellas no son mis amigas.

—Yo pensé que os llevabais bien...

—El otro día, en casa de Patty todos se reían de mí. Yo me di cuenta.

—Tal vez estaban jugando, no debías molestarte por eso. Tú eres una niña maravillosa. Eres preciosa.

Sofía se quedó mirando a su madre mientras se preguntaba si también se estaba burlando de ella. Concluyó que su mamá la quería mucho. Salió al jardín llevada de su mano y apagó las velitas. Por la noche, cuando la casa quedó en silencio, acostada en la cama, la pequeña Sofía tenía los ojos muy abiertos. No podía dormir; hubiese querido disfrutar de los payasos ella sola y corretear por todos lados persiguiendo los globos de colores. Se preguntaba por qué parecía que la fiesta había sido para los demás y no para ella.

Albert llevaba una vida bastante cómoda al lado de Alice por la libertad con la que podía seguir actuando. Era una vida holgada en todos los sentidos, aun en los aspectos íntimos, ya que existía un acuerdo tácito entre ellos. Las preferencias sexuales de Albert no eran óbice para que fuera un buen marido. Días después del cumpleaños de Sofía, al salir de Rivulet House, faltó poco para que atropellara a un ciclista: un personaje atípico por aquellos lugares; cargaba una pesada mochila y parecía un joven turista extraviado. Después de trastabillar con la bicicleta, se acercó a la ventanilla del coche.

—Perdón, señor... ¿podría usted indicarme algún lugar donde conseguir hospedaje? —preguntó.

—Por supuesto —respondió Albert—. Ve directo calle abajo y te toparás en una esquina con el Hotel Greylock. Es un buen lugar. ¿Haces turismo? —preguntó Albert con curiosidad. No se veían tipos como él en Williamstown.

—Estoy de paso; vengo en bicicleta desde Nueva York. Iré hasta Canadá —explicó el muchacho, con marcado acento extranjero—, aunque mis padres desean que estudie en la Universidad de Nueva York. Fue por eso que vine a este país. Soy William Lacroix —se presentó con una sonrisa, alargando la mano.

—Mucho gusto, Will. Albert Garrett.

—¿Vives aquí? —preguntó William, tuteándolo, e indicó con un gesto la casa.

—Así es —respondió Albert.

—Es una linda casa. —Miró camino abajo achicando los ojos—. Creo que iré al hotel, me hace falta un buen descanso. Hasta pronto, Albert —dijo, y se alejó pedaleando despreocupadamente en esa dirección, hasta perderse en la esquina.

Había algo que no encajaba. Albert tenía la vaga sensación de que había estado esperando a que él saliera para acercársele. Desechó la idea pensando que eran figuraciones suyas y continuó camino del consultorio, para entonces una pequeña clínica.

A partir de aquel momento se lo encontró varias veces, un día en la farmacia, otro, en la pastelería, y por último, lo visitó en su clínica. Dijo que había sufrido una contracción muscular en la pierna e insistió en ser atendido por él.

—Hola Will, dice Grace que tienes dolor en una pierna —observó Albert.

—Creo que la forcé mucho. Me preocupa porque no podré seguir hacia Canadá, como pensaba. Por lo menos, no por ahora.

—Pensé que habías desistido. Llevas varios días por aquí.

William bajó los ojos, como si estuviese pensando lo que habría de decir. Albert pudo observarlo con mayor libertad. Vio su rostro de facciones marcadas, nariz fina y recta. Barbilla voluntariosa. Era un joven atractivo, de espaldas anchas.

—La verdad es que... deseaba hablar contigo. No tengo amigos en el pueblo, y pensé que tal vez pudiera contar con tu ayuda para establecerme aquí —levantó la vista y le miró a los ojos.

—Por supuesto, Will... no tenías necesidad de hacerte pasar por enfermo —sonrió Albert—. ¿Tus padres saben tu decisión?

—Sí, y están de acuerdo. Ellos son muy complacientes, soy hijo único —contestó Will, con suficiencia.

—¿A qué piensas dedicarte?

—Me gusta la escultura. El arte, en general —aclaró Will—. He visto que aquí puedo conseguir los materiales. Quisiera alquilar un lugar apartado, tranquilo. ¿Podrías ayudarme con eso?

—Averiguaré si hay alguna casa que puedas alquilar.

Albert observó sus manos. Eran grandes y nervudas, como todo en él.

—Albert, no quisiera comprometerte, espero no causar ningún problema.

—¿Por qué habrías de hacerlo?

—Por tu esposa, tal vez ella...

Albert lo miró con atención. Obviamente, Will deseaba algo más de él y no se atrevía a decirlo.

—Déjame tu teléfono, te llamaré si sé de algo.

—Gracias, Albert —Will se puso de pie y le extendió la mano, le dio un firme apretón y se despidió dejándole una pequeña tarjeta con el teléfono del hotel—, aunque prefiero ser yo quien te llame —agregó, antes de salir.

Una fuerte atracción creció entre ellos a partir de ese día. Albert no se explicó cómo, pero Will lo había seducido. O él a Will. Sus padres vivían en París, y según él, gozaban de buena posición económica. Alquilaron una casa cerca del lago, alejada del pueblo y en un lugar bastante discreto. Will decía ser escultor. Hasta era posible que supiera la técnica, pero a los ojos de Albert lo que esculpía dejaba mucho que desear. Parecía que Will se hubiera presentado en su vida como por arte de magia, era todo lo que podría haber deseado. Sus diecinueve años lo enloquecían. Albert descubrió que, para Will, él había sido su primer hombre. Le atraía su cuerpo juvenil y perfecto, su piel firme y su actitud. No era posesivo, comprendía que debía guardar las apariencias de estar casado con Alice. Compartía sus preocupaciones, se interesaba por Sofía; en buena medida, era el hombre ideal. Albert se dedicó a él sin descuidar su vida familiar. Will tenía un excelente sentido del humor y más que una atracción sexual, se convirtió en el amigo que nunca tuvo. A excepción de John Klein.

John había sido compañero de escuela desde primaria. Representaba todo lo que él no podía ser. Las chicas lo buscaban pese a su aspecto desgarbado; poseía un atractivo rudo. Era resistente, jugaba en el equipo de rugby y corría como nadie. Irradiaba mucha seguridad en sí mismo, y parecía mayor que él, a pesar de ser de su misma edad. Albert supo desde siempre que estaba enamorado de John. Nunca se lo dijo, pero estaba seguro de que John lo sabía, y le molestaba que a pesar de ello, él prefiriese salir con chicas. Siempre con una diferente. Pero cuando se encontraban a solas lo trataba con cariño, como si no quisiera herir sus sentimientos. Albert siempre creyó que sentía algo por él, pero que se negaba a aceptarlo. Dejaron de verse cuando se tuvo que ir a Cambridge, a seguir estudios en Harvard. Los padres de John no podían costearle la universidad.

Ambos lloraron al despedirse. Fue la primera vez que Albert creyó ver algo en sus ojos que sus labios siempre se negaron a decir. Tiempo después supo que había ingresado en la escuela de policía.

A la muerte de su madre, Albert se volvió taciturno; nunca se había entendido con su padre y salió de su casa para vivir solo. No volvió a enamorarse hasta que apareció Will en su vida, pero con los años se había vuelto cauteloso. Tenía miedo de entregar sus sentimientos, no sabía si realmente lo amaba o sólo disfrutaba de su compañía. John era comisario de la policía de Williamstown, se había casado y parecía tener un hogar feliz. La última vez que conversó largo rato con él fue al asistir a los funerales de su esposa hacía dos años.

XII - Rose Strasberg

En 1938, después de casi un año sin comunicación, Alice recibió una carta de su padre:

¿Cómo está mi nieta? ¿Eres feliz? Dime si lo eres... querida Alicia. No dejes de escribirme. Gracias a Dios, en Suiza no corremos peligro; últimamente han entrado casi cuatrocientas mil personas y ya no desean recibir más inmigrantes. Es una suerte que tú estés en un lugar a salvo de toda esta tragedia. Hitler se ha apropiado de Austria en marzo. Ya tiene el objeto que tanto deseó: su símbolo, su mayor arma, pero yo conseguiré que su triunfo no dure mucho. Ahora existen campos de concentración y exterminio en muchos lugares y a los prisioneros inocentes los asesinan.

Todo es obra de Hitler. El número doce es importante.

Recuérdalo.

Parecía estar escrita por un hombre que no estaba en sus cabales. Alice no reconocía a su padre; por un momento creyó que la carta era falsa y tuvo temor de que hubieran dado con su paradero. Él nunca mencionaba a Dios. ¿Qué le habría sucedido? Alice no sabía a qué se refería cuando mencionaba: «Ya tiene el objeto que tanto deseó». Supuso que sería Austria. Por otro lado, las noticias que llegaban de Europa, y específicamente de Alemania, eran vagas. Para los americanos, Adolf Hitler era un personaje pintoresco, y el tema de los judíos, algo que se volvía a repetir, como había ocurrido a lo largo de la historia. En la misma Williamstown se notaba cierto antisemitismo.

Alice quemó la carta después de leerla, como hacía con todas las que su padre enviaba. Albert nunca hacía preguntas acerca del apartado de correos que aún conservaba. Ella le había dicho vagamente que tenía un tío lejano que se llamaba Conrad, y él no parecía interesado en saber más, pero era evidente que estaba al tanto de que se trataba del tío que transfería los jugosos giros a la cuenta del Fleet Bank.

Concretó su proyecto de tener un atelier mientras trataba de encontrar ropa de su agrado en Nueva York. Acostumbrada a un vestuario adquirido directamente de las mejores casas de París, las piezas que le ofrecían daban cuenta del mal gusto de la moda americana. Trajes sin estilo y de colores desagradables pasaban ante sus ojos en un tedioso desfile; los acabados dejaban mucho que desear, y al tiempo que notaba puntadas fuera de sitio y botones de gusto deplorable, decidió que había llegado el momento de empezar con un atelier en Williamstown. El primer escollo fue conseguir una buena modista y Albert sugirió la idea: publicar un anuncio en un diario neoyorquino. Alice puso uno breve y conciso durante tres días; tenía previsto que las entrevistas las haría en el hotel donde algunas veces se alojaba cuando deseaba quedarse en Nueva York. Una de las mujeres que llamó se apellidaba Strasberg; su pésimo inglés de acento alemán causó en Alice cierto desasosiego al escucharla por teléfono, pero se notaba claramente que sabía mucho de costura. Fue lo que la animó a recibirla. Dejó de lado sus inquietudes al recordar que en el aviso sólo figuraba su número telefónico.

Dos leves toques en la puerta entreabierta le indicaron que la mujer que la recepción había hecho subir había llegado.

—Buenos días, señora, soy Rose Strasberg —dijo la mujer al entrar.

Era alta y muy delgada. Su aspecto indicaba que no debía tener más de cuarenta años, a pesar de que su rostro tenía arrugas prematuras.

—Buenos días, señora Strasberg —respondió Alice, evitando dar su nombre.

Le ofreció asiento en uno de los sillones de la suite y observó sus manos. Eran fuertes, acostumbradas al trabajo.

—Señora Strasberg, ¿cuánto tiempo lleva en Estados Unidos?

—No mucho. Hace seis meses tuve la fortuna de obtener el visado en Francia. Una señora para la que trabajaba, bondadosamente se ofreció a ayudarme. Por desgracia, mi hija no pudo viajar conmigo y tuvo que quedarse en París. Yo debo hacer todo lo posible para ayudarla a venir —dijo la mujer con voz trémula. Era evidente que hablar de ello le afectaba.

—¿Su hija se quedó en París? —preguntó con extrañeza Alice.

—Ella escogió quedarse, ya que sólo una de nosotras podría venir. Me dijo: «Madre, yo soy fuerte, soy joven, sé que encontrarás la manera de que vaya, yo puedo resistir aquí, prefiero que vayas tú». Después de mucho pensarlo acepté, pero ¡cómo me arrepiento! Espero que Dios me perdone algún día.

—Estoy segura de que lograrán reunirse —dijo Alice, compasiva.

—Perdone si le cuento mis problemas...

—La comprendo, señora Strasberg, y me interesa lo que dice. Pero dígame algo, ¿hay mucha gente en Europa en su misma situación? Las noticias que nos llegan de allá no son muy explícitas —preguntó

Alice, acentuando su tono francés, en un instintivo deseo de no delatar su procedencia.

—Muchos, la gente huye de Alemania. También huye de Checoslovaquia, de Polonia, de Austria, en fin... todos desean salvarse, no se imagina usted cómo están las cosas por allá. Especialmente para nosotros, los judíos... —la mujer se detuvo de improviso, pero al observar el gesto de profunda preocupación en el rostro de Alice, prosiguió—: estamos obligados a pedir refugio en cualquier país que no esté en peligro de ser blanco de la conquista de Hitler. Él nos odia, somos tratados como parias. Desde finales del año 1933, en Alemania se prohibió la venta de comestibles a los judíos, y los dueños de las tiendas que lo hacían corrían el peligro de ser castigados y sus negocios incendiados por las SA. Nuestros niños fueron expulsados de los colegios, todos los comercios y propiedades de los judíos fueron confiscados por el estado, muchos se resistieron y terminaron en campos de concentración, de donde es imposible escapar. Tengo muchos familiares que desaparecieron, y otros que terminaron asesinados —la mujer trató de contener las lágrimas—. Mi querida María, la tuve que dejar, pero era la única manera de ayudarla. ¡Dios me perdone! —Repitió—. Pero trataré de conseguir su visado americano. Por ahora está a salvo en París, ¡pero quién sabe hasta cuándo!

—¿El Führer sabe lo que está sucediendo? —preguntó Alice. Para asombro de Rose Strasberg, lo hizo en alemán.

Alice había cometido un desliz. Las noticias le habían hecho perder la compostura.

111

—¿Cómo dijo? —preguntó la mujer, como si no hubiera entendido.

El terror empezaba a dibujarse en su rostro. Sintió que había hablado demasiado. Empezó a temblar visiblemente. Hizo el gesto de ponerse de pie. Alice tomó su mano con suavidad, y procurando utilizar un tono calmado, la invitó a sentarse.

—Cuando yo vivía en Alemania, parecía ser un buen hombre, preocupado por el pueblo, claro, hace años que vivo en este país, las cosas pueden haber cambiado. En realidad, no sé mucho del señor Hitler —comentó Alice.

—Madame Garrett, me temo que he hablado demasiado, discúlpeme. —Rose Strasberg rehuía la mirada de Alice, pensaba que había obrado de manera impulsiva, notaba a las claras que ella no era judía.

—No soy judía —aclaró Alice como si supiese lo que la mujer pensaba—, pero tampoco simpatizo con los nazis. Le suplico que me cuente lo que sabe; hace años que no tengo noticias fidedignas. Cuando vine a este país se rumoreaba que el señor Hitler sería la salvación de Alemania, fue por eso que le hice la pregunta.

La mujer se atrevió a levantar los ojos y miró a Alice. Había algo en ella que le inspiraba confianza.

—Cuando el señor Hitler era jefe del Partido de los Trabajadores, sus discursos iban dirigidos al engrandecimiento de Alemania, y nosotros llegamos a pensar que el incipiente odio por los judíos que reflejaban sus palabras era únicamente eso: palabras. Pero ya desde que empezó a ganar adeptos, supimos que el asunto contra los judíos iba en serio —explicó la mujer con cautela—. Por ese motivo, salimos de Alemania los que pudimos hacerlo. Muchos infelices se quedaron y no tuvieron suerte. Fueron perseguidos sin piedad. Mi hija y yo huimos a Francia. Mi marido había fallecido en la Gran Guerra. Sí..., me temo, mi querida señora, que no hay nada en Alemania que escape a su control directo.

Alice escuchaba en silencio. En las cartas de su padre jamás había recibido noticias con tal lujo de detalles. Ése no era el Adolf que ella conocía. Poco a poco su estupor fue transformándose en resentimiento. ¿Cómo era posible que aquellas fuesen las ideas del hombre que amaba?

—Créame que estoy conmovida. No esperaba que todo estuviese tan mal. Espero que a su hija no le suceda nada.

—Yo también lo espero; felizmente está en Francia.

—¿A qué se dedicaba usted en París? —preguntó Alice dando un giro a la conversación.

—Trabajé en los talleres de confección de Madame Chanel. Ella es una diseñadora conocida, sus trajes son muy cotizados. Yo hacía patrones y también cortaba, pero, además, sé coser todo tipo de indumentarias femeninas; era la primera oficial de su taller —explicó Rose Strasberg con reprimido orgullo—. Mi hija sigue trabajando para ella.

—Sé cuál es el estilo Chanel. Me gusta; muchas piezas de mi vestuario son suyas.

—Es muy probable que yo haya cortado alguna —dijo sonriendo la mujer. Era la primera vez que lo hacía. La expresión de su rostro cambió notablemente.

—Señora Strasberg... —dijo Alice, retomando al asunto para el que la había citado— tengo la intención de abrir un taller de alta costura, un negocio pequeño para empezar, pero con el tiempo quisiera expandirme y abrir algunas tiendas. No sé nada del negocio, únicamente sé lo que favorece a las mujeres. Por otro lado, la ciudad donde vivo no es el lugar más indicado para un negocio de esa clase, pero como es donde resido y conozco a la gente, creo que me servirá para experimentar.

—Su idea es buena. Éste es un país tranquilo, la gente tiene bastante dinero para gastar.

—Señora Strasberg, ¿estaría usted dispuesta a trabajar para mí? Si nos va bien, le aseguro un futuro prometedor.

—Por supuesto, madame. Puede contar conmigo. Pondré todos mis conocimientos a su disposición —respondió Rose, dejando a un lado sus temores. Sentía que podía confiar en la mujer que tenía delante y ni siquiera sabía su nombre.

—Necesito que empiece hoy mismo.

—Trabajé hasta ayer en una fábrica, aquí en Nueva York, pero no es un empleo en el que me sentía cómoda. Soy modista, y estoy segura de que le seré útil.

—Entonces, ¿vendría conmigo a Williamstown?

—Sí, madame. Sólo déjeme recoger mis pertenencias, que están en un cuarto que tengo alquilado y partiré con usted.

—Me llamo Alice Garrett —se presentó Alice, antes de que la mujer se despidiera.

Una vez más, el señor Garrett, gerente del Fleet Bank, fue el asesor de Alice. Por su mediación, ella pudo conseguir un local de regulares proporciones en la calle principal de Williamstown y gradualmente, con la ayuda de Rose Strasberg, las vacías vidrieras se fueron llenando de vestidos hermosos. Consiguieron una costurera ayudante, y Alice ideaba y bosquejaba modelos. No deseaba copiar a diseñadores famosos. Fue lo primero que dejó en claro a Rose Strasberg; en cambio, le interesaban sus conocimientos en el corte y los finos acabados. De esa manera, aprendió que una fina cadena en el borde interno del bajo de las chaquetas garantizaba una caída perfecta, especialmente si la tela era de un tejido como la seda o el crepé; que los hombros se enfatizaban suavemente con capas de fieltro; que toda prenda debía estar tan bien terminada como si fuera a usarse por el revés, y que los ojales hechos a mano debían estar laboriosamente bordados, así como que los ojales de tela debían ser tan perfectos que más parecieran un adorno que una medida utilitaria.

Rose tenía un agudo sentido comercial. Para ella «Madame Garrett» era el calificativo perfecto con el que Alice debía ser conocida por todos; esto, unido a su acento francés, le daría glamour al negocio; además, su apariencia aristocrática, su figura alta, delgada y el buen gusto que se desprendía de ella de manera tan natural conjugaba perfectamente con el tipo de negocio que había escogido.

Pero Alice no se conformaba con un pequeño taller en Williamstown; deseaba una boutique en la Quinta Avenida de Nueva York.

XIII - Matthias Hagen

La anexión de Austria a Alemania inquietó profundamente al presidente Roosevelt; presentía que muy pronto habría una nueva confrontación mundial. Pero el congreso no le permitió inmiscuirse en los asuntos internacionales, y aprobó una serie de leyes de neutralidad, destinadas a evitar la entrada de Estados Unidos en otro conflicto mundial. En la ciudad de Nueva York, así como en el resto del país, la guerra en Europa no se veía como algo real; nadie le daba importancia. Rose Strasberg mantenía a Alice informada de lo que ocurría, pero ella dudaba de todo lo que oía. Aún guardaba un lugar en su corazón para su amado Führer. El presidente Roosevelt, recientemente reelegido, tenía otros problemas que afrontar, como el enfrentamiento con los empresarios, que consideraban que el estado estaba interviniendo demasiado en asuntos de la economía privada. Los sindicatos se habían reconocido oficialmente el año anterior y recibían amplio respaldo federal.

Mientras tanto, Hitler había logrado en Alemania la política de pleno empleo de la que tanto había hablado en sus discursos. La industria del acero generó gran cantidad de puestos de trabajo debido al rearme. Hitler violaba así los acuerdos firmados en el tratado de Versalles. Los aviones se fabricaban por miles; también barcos, submarinos y, en especial, tanques. Unos pequeños coches llamados Volkswagen o «coches del pueblo», cuyo diseño el Führer encargó a Ferdinand Porsche, empezaron a circular por las calles de las ciudades alemanas; Hitler cumplía con sus promesas: había trabajo y un nivel de vida decente. Pero lo más importante que ocurrió aquel año en la vida de Adolf Hitler fue tener a Austria en su poder. La ansiada lanza de Longino, que tantas veces había observado extasiado en el Museo de los Habsburgo, al fin pudo ser suya. Apenas entraron las tropas en Viena, Adolf se dirigió al museo y se encerró allí durante cuarenta y ocho horas. En octubre de ese mismo año, la sagrada lanza fue trasladada junto a todos los tesoros de la Casa de los Habsburgo a un depósito antibombas en Nuremberg. Supo que sería invencible y que de ahí en adelante cualquier decisión que tomase daría los resultados correctos.

Aunque a Hitler le desagradaba la idea de aliarse con la Unión Soviética, sabía que para llevar a cabo sus planes era necesario hacerlo. Después rompería cualquier trato con Stalin. A él lo que en realidad le preocupaba era que Inglaterra se mostrase tan reacia a unírsele. Si el asunto seguía así, se vería obligado a atacarla. Pensativo, frente al inmenso escritorio que tenía delante, cavilaba sobre cuál sería la mejor manera de atacar a Polonia, el primer país que sufriría todo el poder de su ejército. Deseaba imponer el terror; enviaría nubes de aviones con bombas hacia Varsovia que oscurecieran el cielo, que demolieran la ciudad. Tal vez aquélla sería la manera de intimidar a Inglaterra y hacerla su aliada. Fue interrumpido en ese momento por Eva.

—Adolf, prometiste que hoy iríamos a Berchtesgaden, ¿lo recuerdas?

—Sí, Eva. Pero sabes que no me gusta que irrumpas así en mi oficina —contestó Hitler, con fastidio.

—No te gusta que irrumpa en ningún lugar donde tú estés. Te molesta que te vean conmigo... ¿no es así?

—No es eso, es sólo que estoy muy ocupado.

—Parece que en el único lugar donde estás contento conmigo es en la cama —se quejó Eva con acritud.

—¿Lo crees realmente? —preguntó Hitler.

—Creo que es así.

—No estés tan segura —repuso él con mordacidad.

—Sé que estás detrás de la hija del fotógrafo. Es una mujerzuela.

—No empieces con tus celos, Eva —dijo Hitler, con aspereza—.

Ve a casa y espérame. Esta noche partiremos para Berchtesgaden. Pasaremos allá el fin de semana; además, espero a los Goebbels, llevarán a los niños. Heinrich Hoffman también estará allí —dijo con una sonrisa, refiriéndose a su fotógrafo oficial.

—Martha Goebbels. ¡Otra a quien no le importa engañar a su marido! —replicó indignada Eva—. ¿Es que no te soy suficiente acaso? ¿Qué puedes ver en esa mujer?

—Cállate Eva. Ve a casa y espérame allá, deja ya de decir tonterías —dijo Hitler irritado.

Eva le dio la espalda y salió del recinto. Adolf permaneció otra vez solo por largo tiempo. «¿En qué estaba? ¡Ah!, en lo de Polonia...» Aquella interrupción le trajo recuerdos lejanos. Mientras discutía con Eva había recordado a Alicia. ¿Qué sería de ella? Sus hombres pudieron dar con su paradero, pero no con el desgraciado de Hanussen. Dudaba que estuviese muerto. Sabía que Alicia vivía en Estados Unidos. Sin querer, recordó los buenos momentos a su lado; sonrió al pensar que Eva creyera que él únicamente la quería en la cama. Y Martha Goebbels, la fiel y atinada Martha, ¿cómo podía ocurrírsele a Eva que se fijaría en ella?

Él necesitaba fidelidad y buen ejemplo de su ministro de propaganda, y eso incluía a su mujer. Si hubo alguien que realmente colmó sus deseos, no había sido la hija del fotógrafo, ni la misma Eva. Había sido Alicia. Aún guardaba las pinturas que le hiciera. Ella sí apreciaba el arte; además, era increíblemente bella... y joven. Lástima que fuese judía. Pero no podía negar que, entre todas las mujeres que él había tenido, la mejor y más hermosa había sido la judía Alicia. La excitación que sentía al recordarla desnuda le recorrió el cuerpo como una ola de calor. El cuerpo perfecto de Alicia, sus caderas redondeadas, sus grandes senos... y su increíble pasión. El recuerdo de su sobrina Geli había quedado sepultado por el amor que había sentido por aquella judía. Recordó que estuvo dispuesto a contraer matrimonio con ella, pero los acontecimientos se desarrollaron de diferente manera. Después de ver las pruebas de sus orígenes, no lo dudó más y quiso arrancarla de su corazón. En cierta forma, Eva le había ayudado a olvidarla, pero... ¿realmente lo había logrado? Era la lucha que aún sostenía en contra de los sentimientos amorosos que Alicia le inspiraba y que él ofrecía como un sacrificio personal para obtener la gloria del poder. «Algo similar hacen los cristianos cuando se autoflagelan para estar más cerca de Dios», dedujo Hitler.

Sintió una fuerte punzada en el pecho al recordar el informe que le entregó Martin Bormann la semana anterior. Alicia vivía en un pequeño pueblo llamado Williamstown y tenía una hija de cinco años. En el informe estaba la fecha exacta del nacimiento de la niña, casi siete meses después de su llegada. Su nombre era Sofía. Era obvio que era su hija, ahora de cinco años; el joven agente Matthias Hagen, alias «William Lacroix», había cumplido su cometido de forma perfecta, hasta el punto de hacer de homosexual para poder acercarse al esposo de Alicia y enterarse de los pormenores del nacimiento de la niña.

Por primera vez se sintió indeciso, no sabía cómo actuar al respecto. Un sentimiento de orgullo le invadió al saber que su sangre sería perpetuada por la única descendiente que tenía hasta ese momento, porque aunque algunas mujeres dijeran que estaban embarazadas de él, sabía que era mentira. Cuando una de ellas le llegaba con la noticia, él aceptaba la paternidad, porque su virilidad, su fecundidad estaría en entredicho, pero Alicia había sido únicamente suya. Y él era un hombre con dificultades para tener descendencia, eso estaba más que comprobado, tan cierto como que Eva, a pesar de sus |intentos, no había logrado quedar embarazada durante todos los años que llevaba a su lado. Dio un suspiro largo y entrecortado, y se dirigió a la salida de la gran oficina. Deseaba estar en los Alpes, en Berchtesgaden. Allí se le olvidaban los malos deseos...

Adolf Hitler había cultivado una voluntad férrea. No permitía que sus sentimientos se interpusieran con su misión: hacer de Alemania la cuna de la civilización del mundo, donde sólo tendrían cabida los arios. Estaba convencido de ello, así como de que cualquier acto estaba justificado para llevar a buen fin el designio que la providencia le había encomendado. Él hacía uso de todas las armas que estuvieran a su alcance: símbolos cristianos como la cruz, las calaveras de la Gestapo, o su ya conocido poder hipnótico, una de las facultades esotéricas que desde joven había adoptado como religión en su vida.

Creía firmemente que mientras mayor fuese el sacrificio de sus deseos personales, más poder tendría para lograr los ambiciosos objetivos que se había trazado. Daba rienda suelta a sus apetitos sexuales, y éstos eran fácilmente aplacados por cualquier mujer dispuesta a brindársele, pero se cuidaba mucho de entregar sus sentimientos. La experiencia con su sobrina Geli confirmó que había cometido un grave error; fue en aquella época cuando las cosas no le iban muy bien y el pueblo alemán empezaba a rechazar sus tácticas terroristas. Por fortuna, o por desgracia, Geli se suicidó. Aunque muchos creían que él tuvo que ver con su muerte, no había sido así; no obstante, al desaparecer Geli, él volvió a retomar el control en sus manos. Pero después... apareció Alicia Hanussen. Separarse de ella requirió un gran sacrificio, pero le dio una fuerza descomunal. A los pocos días, le fue entregada la cancillería como un regalo en bandeja de plata y lo demás se fue dando según sus propios planes. Nunca más volvería a enamorarse, porque ya había comprobado en dos ocasiones que el amor le restaba poder.

El primer día de septiembre de 1939, Hitler invadió Polonia. Fue el comienzo de la «Guerra Relámpago». Sin previo aviso y sin declaración de guerra, miles de aviones alemanes llegaron a Varsovia descargando sus bombas; después de veintisiete días de resistencia, los polacos se rindieron ante la supremacía alemana. Como había planeado, Hitler se alió a Stalin a pesar de su aversión a los comunistas para lograr la ocupación de Polonia y, para su sorpresa, Inglaterra le declaró la guerra a Alemania. También lo hizo Francia.

Reapareció en la escena política de Inglaterra Winston Churchill, que había estado insistiendo en rearmar al ejército británico, porque preveía el peligro que significaba Hitler en Europa. Después de la declaración de guerra a Alemania, la opinión pública inglesa reclamó su retorno al Ministerio de la Marina, cargo que había ocupado en el lejano año de 1915. El 10 de mayo de 1940, Winston Churchill fue nombrado primer ministro.

XIV - La guerra mágica

En su apartado castillo de San Gotardo, Hanussen tenía contacto sólo con personas de su extrema confianza, y siempre bajo un nombre y personalidad falsos, pues se cuidaba de todos; sin embargo, tuvo un oscuro y célebre visitante, conocido tiempo atrás en su época de Berlín: Aleister Crowley, distinguido dentro de los círculos ocultistas ingleses como «el rey de los brujos»; miembro de la sociedad secreta Alba Dorada, decía ovenir de una familia de brujos.

Había nacido en Manchester y, según los rumores, actuaba como agente secreto inglés, algo que él no negaba. Y tampoco afirmaba. Había conocido a Hanussen años atrás en el Palacio del Ocultismo en Berlín, en una de las elaboradas sesiones llevadas a cabo únicamente para los magos más prominentes de Europa, y en aquella oportunidad, tuvieron una conversación que le llevó a pensar que Hanussen era algo más que un simple hablador o hipnotizador.

Esta vez, Aleister Crowley iba por encargo de Winston Churchill que, enterado de los sucesos que envolvieron el incendio del Reichstag, consideró que Hanussen podría ser un importante aliado. Churchill sabía que Alemania atacaría a Inglaterra, después de invadir Francia, pues el servicio inglés de inteligencia le proporcionaba datos fidedignos del sistemático rearme alemán. Winston Churchill era un hombre pragmático y no tenía complejos en admitir que si debía acudir a la magia para impedir que Hitler atacase Inglaterra lo haría.

Aleister Crowley, por medio de la red de brujos y ocultistas, que guardaba el secreto bajo juramento, después de una búsqueda que le llevó tiempo dio con el paradero de Hanussen, el hombre que más sabía de Hitler, y siguiendo instrucciones del primer ministro, viajó de incógnito a Suiza.

—Buenas noches, Aleister, es un honor recibirte en mi casa.

—Buenas noches, mi querido Hanussen, el honor es mío —Aleister extendió la mano y se la estrechó.

Hanussen lo llevó a su estudio, una habitación circular, a la cual se subía por una escalera de piedra que ascendía enroscada como un caracol. Desde fuera del castillo, la estancia lucía como un torreón.

—Te estarás preguntando cómo logré dar con tu paradero —dijo Aleister.

Hanussen permaneció en silencio.

—Como debes saber, después de tu desaparición, Hitler inició una cacería de brujos. Muchos de ellos fueron a dar a campos de concentración, y los que pudieron escapar juraron vengarse. Nuestra hermandad sabe que eres el único que puede derrotar a Hitler. Gracias a ellos logré dar con tu paradero. Tu secreto está a salvo conmigo —explicó Aleister.

—¿Y qué esperan de mí? Recluido como estoy, no creo ser de mucha utilidad.

—Como debes saber mejor que nadie, Hitler intenta apoderarse de Europa. Nuestros servicios de inteligencia están al tanto de sus movimientos. Sabemos que después de Francia, atacará Inglaterra, que se quedará sola contra Alemania e Italia. España se ha declarado neutral debido a sus problemas económicos después de la guerra civil, aunque Franco no oculta su afinidad con Hitler por la ayuda que le prestó. Tú eres quien más conoce a Hitler. Me envía el primer ministro de Inglaterra. Me rogó encarecidamente que te convenciera de que nos prestes tu valiosa ayuda. No desea de ti sino lo que tú sabes hacer. Por supuesto, siempre y cuando así lo desees, en nuestro oficio, sabemos que ese detalle es el más importante. A Churchill no le importa liderar una guerra mágica, si con ello puede librar a Inglaterra del ataque nazi. Tampoco le interesa si se hace público, es más, lo prefiere, porque conoce un poco la forma de pensar de Hitler, y piensa que si se entera de que nosotros actuamos con lo que él respeta, le infundirá temor.

—¿Me estás proponiendo que declaremos abiertamente la guerra a Hitler? —preguntó Hanussen con una sonrisa que mostraba incredulidad.

—La guerra mágica —aclaró Aleister con un gesto triunfal—; entre los dos seremos invencible. ¡Ah! ¡Cuánto desearía que las cosas fuesen así de simples...!, pero no temas, sabemos que el dictador aún no está muy convencido de tu muerte. Y es preferible que siga dudando. Lo que necesito saber es si estás de acuerdo en acabar con Hitler... antes de que él termine con nosotros —agregó.

—Estoy de acuerdo. Pero te advierto que no es una tarea muy fácil. En primer lugar, has de saber que él no sólo se rodea de poder, él tiene poder. Y para mala suerte, yo le enseñé a obtenerlo. En este momento está haciendo uso del que le otorgan millones de personas a las que tiene en sus manos. La fuerza del saludo, ese Heil Hitler! de las grandes manifestaciones, es un traspaso directo de voluntades. El terror de los prisioneros de los campos le da un enorme poder. Es el principal motivo del trato inhumano que se aplica en esos siniestros lugares.

Él se alimenta con eso; por otro lado, sabe la fuerza que tienen los símbolos, por eso se rodea de ellos: las cruces gamadas, las antorchas, y ahora tiene el símbolo que para él representa el poder y la supremacía total: la lanza de Longino. Me he enterado que se encuentra a buen resguardo en Nuremberg, la capital espiritual de Alemania.

—Tú le enseñaste todo. Tú puedes romper el hechizo —dijo enfáticamente Aleister.

—Siempre y cuando utilice una fórmula para quebrantar la fe ciega que él tiene en sí mismo. No creas que no he estado pensando en ello durante todo este tiempo.

—¿Y? —preguntó ansioso Crowley.

—Creo que ahora ha llegado la oportunidad. Antes no podía hacerlo debido a mi autorreclusión, pero si cuento con una gran masa de gente, creo que podré llevarlo a cabo.

—Explícate.

—Debemos utilizar un símbolo para anteponerlo a su saludo: «Heil Hitler», y éste no es otro que los dedos en forma de V, así: —Hizo el gesto con la mano—. De ese modo, nosotros estaremos influyendo en él, porque él sabe el significado de esa V.

—Es un símbolo satánico. Son los cuernos del demonio —dijo pensativo Aleister—; esperemos convencer a los británicos de ello.

—Los podrás convencer si les dices que la V significa «Victoria». Otra idea es hacerle creer que la lanza de Longino que él tiene en su poder no es la auténtica. Él siempre decía que el día que poseyera aquel adminículo sería el amo del mundo. Y es probable que así sea, porque como tú y yo sabemos, la fe mueve montañas.

—Podríamos enviar comunicaciones cifradas dentro de los mensajes que sabemos que ellos interfieren, para hacerle llegar la información.

—No creo que sea muy efectivo. Él está rodeado de badulaques que lo único que hacen es ocultarle todo lo que pueda causarle molestias. Si alguno de ellos comprende el mensaje, no se lo hará llegar.

—Debemos intentarlo. Si no surte efecto, idearemos otra cosa.

—Pues... sí —respondió Hanussen no muy convencido. Sabía que lidiar con Hitler no era un juego.

—¿Alguna otra idea? —preguntó ansioso Aleister.

—Podrían infiltrar noticias que lo afectasen. Que las profecías de Nostradamus en sus cuartetas o sextetas indiquen su debilidad. Por ejemplo, que su «reinado» terminará con su muerte, que no durará sino unos cuantos años, cosas así; aquello le pondrá furioso y empezará a minar su poder. Joseph Goebbels se vale de toda artimaña para extender su red propagandística, combatamos con sus mismas armas.

—Él debe conocer muy bien las profecías de Nostradamus —comentó Aleister dudoso.

—Por supuesto, pero sabemos que son tan ambiguas que se les puede dar la interpretación que se quiera. Si ellos las utilizan para sus propios fines, nosotros también podremos hacerlo.

—Erik, debo decirte que admiro tu trabajo. Creaste un monstruo, y veo que sabes cómo acabar con él.

—No estés tan seguro —respondió Hanussen, con expresión sombría.

XV - Huida de Hess

A finales de 1940, las ansias de dominio de Hitler eran imposibles de detener. Tenía hombres de confianza en quienes delegaba algunas funciones, mientras él se dedicaba a trazar las estrategias de guerra junto a sus generales. Así había actuado en las campañas en Polonia, el Báltico y Francia y también en las de Checoslovaquia y Austria. La Blitzkrieg, como le gustaba llamarla. Cada uno de sus hombres tenía una misión que llevar a cabo, y la hacía de manera impecable: Hermann Goering, su hombre más leal y a quien más quería el pueblo alemán después de él, era tan eficaz que ocupaba dos cargos simultáneamente: presidente del Reichstag y jefe de la Luftwaffe. Heinrich Himmler mantenía datos en su cerebro con tal lujo de detalles que únicamente una persona con una inteligencia excepcional como él podría lograrlo. Era un hombre de aterradora y macabra eficiencia, que más adelante sabría poner en práctica, frente a la reticencia de Estados Unidos a recibir inmigrantes y mucho menos, refugiados judíos, a pesar de liderar una reunión con varios países para solucionar el problema. La solución final al problema de los prisioneros vendría justamente de Himmler: cámaras de gas y exterminio en masa utilizando métodos que permitieran hacer desaparecer el mayor número posible de seres humanos con la menor cantidad de municiones. Hitler les dejaba hacer; a él le preocupaban otros asuntos.

Otro de sus hombres eficientes era su ministro de propaganda Joseph Goebbels, que manejaba la propaganda nazi con tal nivel de perfección que muchos de los logros de Hitler fueron apoyados por la masa del pueblo sin reservas, gracias a aquel hombrecillo pequeño y cojo de una pierna, que tenía tanto encanto y simpatía personales que a Hitler le hacía temer que quisiera pasarse de listo. Goebbels utilizó la psicología como principal arma para el convencimiento de las ideas nazis. Completaba el cuadro Rudolf Hess, su mejor amigo. Todos hombres muy cercanos a Hitler y quelo habían sido también de Hanussen, de quien habían aprendido las técnicas psicológicas, ocultistas y de meditación que les ayudarían más adelante a la consecución de sus planes.

124

EL LEGADO

Cada una de las estrategias creadas por Hitler fueron llevadas a cabo de manera sistemática, rodeándolo de una atmósfera de poder que llegaba a embriagarlo. El respeto, la sumisión, la adoración que le profesaba el pueblo alemán lo hacían sentirse omnipotente. Hess, sin embargo, estaba preocupado por el cariz que estaban tomando las cosas. A Hitler siempre le había interesado aliarse con Inglaterra, pero su ministro de relaciones exteriores nunca pudo obtener buenos resultados. Los ingleses se mostraban reacios, y con la presencia de Churchill como primer ministro, el asunto se veía cada vez más difícil. A Hitler no le quedó más remedio que atacar a Inglaterra en una batalla que llamó Operación León Marino, antes de que se recuperaran de la derrota sufrida por sus aliados franceses.

Un misterio que los propios hombres de Hitler nunca pudieron comprender fue su reticencia a apoderarse de Inglaterra. El Führer había dejado escapar a trescientos mil soldados ingleses en la evacuación de Dunkerque, durante la invasión de Francia, pudiendo haberlos tomado prisioneros. Él nunca dio explicaciones, pero su círculo de allegados presentía que se trataba de algún impedimento impuesto por fuerzas ocultas. Y no se equivocaban. Hanussen, en su castillo de San Gotardo, efectuaba los ritos mágicos más poderosos, de los que ni Hitler ni nadie de su entorno tenía conocimiento, haciendo de Inglaterra un terreno vedado para los alemanes. Hitler cometió el mayor error de su historia bélica al no invadir Inglaterra en el momento oportuno, y, por primera vez, Berlín fue blanco del ataque de los ingleses. Alemania devolvió el ataque bombardeando Londres, Liverpool, Coventry; las bombas cayeron incluso sobre el palacio de Buckingham, mientras Churchill defendía Inglaterra sin tapujos con misas y oraciones, insuflando fe y valor a los ingleses; con la Real Fuerza Aérea, la armada británica y con el canal de la Mancha, que actuaba como barrera a los planes de conquista de Hitler.

Hitler finalmente decidió la invasión de la Unión Soviética. En un arranque precipitado, Hess viajó a Inglaterra con la idea de entrevistarse con el duque de Hamilton; deseaba a toda costa establecer una alianza con el gobierno inglés. Presentía que la decisión de Hitler de atacar a los soviéticos era un mal presagio. Recordaba claramente haber escuchado a Hanussen advertir a Hitler acerca del peligro del «gigante rojo». Y sabía que él no se equivocaba. Hess, al igual que casi todos, presentía que Hanussen seguía con vida.

125

El 11 de mayo de 1941 Hitler recibió una carta de Rudolf Hess informándole de que en esos momentos estaba volando hacia Glasgow. Hitler se sintió traicionado. No podía creer que su mejor amigo le hubiera abandonado. Poco después se enteró por la BBC de Londres que lo habían capturado en Escocia después de arrojarse en paracaídas. A Hitler no le extrañó que los ingleses lo declarasen demente.

La huida de Hess a Inglaterra ensombreció su optimismo. Se dio cuenta de que no podía confiar absolutamente en nadie, más aún al presentir que Hess podría ser obligado a hablar bajo métodos de interrogatorio acerca de los planes de invasión de la Unión Soviética. Aquello lo sumió en un profundo pesimismo. Otro punto de conflicto lo tenía con su admirado amigo Mussolini. De no haber sido por el aprecio que le tenía hubiera roto relaciones con Italia y la hubiera ocupado como había hecho con otras naciones.

Los frentes italianos, sus aliados, sólo le traían problemas y retrasos en el calendario que tenía fijado. Precisamente el retraso en la invasión a la Unión Soviética se debía a la intervención de los alemanes en África y los Balcanes para salvar a los italianos del desastre. Los ejércitos italianos creaban tal cadena de desaciertos, que hubieran hecho posible que los griegos llegasen a Roma, de no haber sido por la ayuda de las tropas alemanas en los Balcanes. Ni hablar de África, donde los italianos se rendían casi sin combatir, «pero con un alto espíritu», como ellos mismos decían, regalando a los aliados Egipto, Somalia y Etiopía posiciones que habían actuado como centros estratégicos de abastecimiento alemán.

A partir de la deserción de Hess, Hitler se llenó de dudas; si Hess no creía en él, él mismo no creía en su invencibilidad. Pero fueron las notas cifradas las que empezaron a resquebrajar la seguridad en sí mismo. Eran las que Aleister Crowley, aconsejado por Hanussen, dictaba incansable a los codificadores ingleses, y que los descodificadores alemanes entregaban a Hitler con temor. Mensajes como: «La Sagrada lanza de Longino que permanece en Nuremberg no es la original» o «La lanza Sagrada está en Cracovia» eran interceptados por los alemanes, según las previsiones de Hanussen. Hitler presentía que el mago judío seguía vivo en alguna parte; no podía ser otro sino Hanussen el que podría idear algo así. Esperaba que, en América, el agente Hagen averiguase algo, pero aparentemente ese secreto no se encontraba a su alcance; de lo contrario ya le habría informado. Por el momento se conformaba con que no perdiera de vista a su hija Sofía.

XVI - María Strasberg

Tío Conrad, no acostumbro a pedirte favores, pero te suplico que ayudes a María Strasberg. Ella está actualmente en París, imposibilitada de venir a América. Su madre trabaja para mí y está desesperada porque sabe que corre peligro en Francia. Por favor, ayúdala; ella se encuentra en...

Alice proseguía indicándole una dirección donde podía ser ubicada la hija de Rose. Después de despedirse, la envió. Hanussen recibió la carta e inmediatamente puso a funcionar sus conexiones. Su autorreclusión no significaba que estuviese apartado de la gente importante. Él seguía moviendo fortunas y sus contactos abarcaban embajadas, la banca y especialmente la guerrilla. Desde la visita de Aleister Crowley se había apoderado de él un ánimo renovado; tenía la certeza de que las cosas terminarían mal para Hitler, tanto como para utilizar parte de su fortuna en ayudar a la resistencia. Su castillo en San Gotardo estaba situado en un lugar estratégico; le permitía mantener contacto tanto con los partisanos italianos, como con la Resistance, que no estaba de acuerdo con los afanes colaboracionistas hacia los nazis del entonces gobierno francés liderado por Petain.

Desde que madame Chanel cerrara las puertas de su taller de la calle Chambon, después de la ocupación alemana, María Strasberg vivía recluida en un cuarto que ocupaba en un barrio de París. La ciudad estaba invadida por nazis que actuaban con los judíos de la misma forma que en Alemania. Empezaban a ser reunidos para enviarlos a campos de concentración. Aterrorizada cada vez que escuchaba ruidos tras la puerta, el día que un miembro de la Resistencia se presentó ella no quiso abrir hasta escuchar con claridad las palabras: «Cinco, Gardenia, Russie». Era la clave que su madre y ella habían acordado; hacía referencia a los tres perfumes de Coco Chanel, pues su madre era una devota admiradora de la que hasta hacía poco tiempo fuera su patrona. María fue escondida en las catacumbas de París durante casi dos semanas, hasta que unos hombres lograron llevarla a la frontera Suiza. Después de

127

cruzarla por un lugar endiabladamente difícil, fue trasladada a Zurich por un anciano que le sirvió de acompañante, con instrucciones de alojarla con unas personas que trabajaban para un importante laboratorio.

—¿Qué sabes hacer? —preguntó una de las mujeres que vivía en aquella casa.

—Soy costurera —respondió María.

—Me temo que el lugar donde trabajarás no es un sitio donde haga falta la costura —dijo en tono de broma la mujer. Era una mujer joven, y también había llegado de Francia.

—Puedo hacer cualquier trabajo que me indiquen... estoy dispuesta a aprender.

—En un laboratorio no puedes hacer cualquier trabajo. Todos tenemos tareas específicas, pero podrías empezar haciendo la limpieza.

—Eso lo sé hacer —dijo María con suficiencia.

—No creas que es tan fácil. En los laboratorios, la limpieza no se hace como en otros lugares. Ya te darás cuenta de ello.

—Perdona que te haga esta pregunta, pero, ¿quién es nuestro benefactor?

—Yo ya perdí la curiosidad. No lo sabemos. Es un personaje misterioso, creo que es dueño de varios laboratorios, y nunca tiene el mismo nombre. Debemos conformarnos con saber que es la única persona que ha podido ayudarnos, y si deseamos ser agradecidas con él, es mejor que no averigüemos nada. Podríamos ponerle en peligro.

María guardó silencio y pensó que la muchacha tenía razón; era preferible conservar en incógnita el nombre de su bondadoso protector.

—¿A qué país deseas emigrar? —preguntó la joven.

—Aún no lo sé —mintió María. Había aprendido que era mejor conservar para sí sus secretos.

—Yo pienso quedarme aquí, en Suiza. Este país siempre se ha declarado neutral, nunca ha participado en guerras. ¿Tienes familia?

—No, toda mi familia murió —volvió a mentir María.

—Es una lástima... cuenta conmigo para lo que necesites...

María se sintió un poco culpable por haber mentido, pero su instinto le había enseñado desde que salió de Alemania que los enemigos estaban en todos lados. Esperaría hasta el momento en que pudiera encontrarse con su madre; mientras tanto, estaría a salvo en aquel lugar.

Rose Strasberg no sabía cómo agradecer a Alice todo lo que había hecho por su hija; al mismo tiempo guardaba un profundo temor. Todo indicaba que Alice era alemana. ¿Sería una nazi? ¿Por qué querría ayudar a una judía? Aunque ella sabía de alemanes que eran contrarios a las ideas nazis. De lo que no tenía duda era de que Alice tenía vínculos a muy alto nivel, sea en Alemania o en Europa en general, y sabía que tales conexiones únicamente provenían de gente vinculada al más alto y rancio nazismo. Según su modo de ver las cosas, no había nadie más poderoso en aquellos momentos en Europa como para haber sacado con relativa facilidad a su hija de un país ocupado por los alemanes.

Para Alice el asunto era más complicado que sólo tener parientes influyentes, pero no podía decirlo aunque presintiera que Rose luchaba en su fuero interno por no hacer demasiadas preguntas.

—Madame... perdóneme por haber sentido desconfianza de usted. Le agradezco infinitamente, no sabe cómo me siento, yo...

—Cálmate Rose, te comprendo. Me tranquiliza que tu hija al fin se encuentre segura, sólo hazme un favor: destruye la carta de tu hija, no es conveniente para nadie que caiga en manos inapropiadas.

—Madame Garrett, deseo serle sincera... creo que es lo menos que puedo hacer. A pesar de toda la ayuda que recibí de su parte, yo guardaba el temor de que usted fuera a hacer algún daño a mi hija. Al no tener otro camino, quise confiar en usted. No me explique cómo logró salvarla si no puede, pero ahora creo en usted. Perdóneme, por favor, ya no es importante para mí saberlo. Considéreme su más leal servidora.

Rose dejó escapar unas lágrimas, que secó rápidamente con un pañuelo.

—Rose, sólo tengo parientes influyentes; ellos hicieron posible que tu hija saliera de Francia —contestó Alice, al tiempo que pensaba que si le contase la verdad, Rose jamás la creería.

Sofía pasaba por la puerta de la habitación cuando oyó el llanto de Rose. Con curiosidad, se sentó a escuchar fuera del umbral.

—Mami, ¿qué parientes tenemos en Suiza? —preguntó al entrar en la alcoba después de un rato.

—Unos muy queridos, hijita —contestó Alice, tomada por sorpresa. Rose disimuló su aflicción, intuyendo que era lo mejor.

—Y, ¿por qué la hija de la señora Strasberg no viene a vivir con ella?

—Muy pronto vendrá, sólo debe arreglar algunos problemas por allá. Sofía, no es propio de las niñas intervenir en las conversaciones de los adultos.

—Alemania conquistó Francia y está en guerra contra Inglaterra. ¿Es por eso que su hija está en Suiza, señora Strasberg? —prosiguió Sofía.

Ambas mujeres se miraron.

—¿De dónde obtuviste esa información? —preguntó Alice con asombro.

—Lo dijeron en la escuela. Unos niños hablaban de eso porque son judíos. Ellos dicen que los judíos son perseguidos en Europa. El resto lo sé por vosotras.

—Así es, Sofía. En Europa hay una guerra, pero eso está muy lejos y no nos incumbe.

—¿A pesar de que la hija de la señora Strasberg se encuentre por allá? —preguntó Sofía con tozudez.

—Ella pronto estará con nosotros —cortó Alice, con brusquedad.

—Madame... será mejor que me retire ahora. Disculpe si no fui oportuna, una vez más le doy las gracias, buenas tardes. —La mujer introdujo en el sobre la carta que aún tenía en las manos y después de doblarla cuidadosamente, la puso en su bolso y se retiró.

—Recuerda lo que te dije —reconvino Alice. Rose asintió y salió.

A solas con su hija, Alice se preguntaba cuánto de la conversación habría escuchado. Sabía que Sofía era inteligente; sus notas siempre eran excelentes, pero más que eso, poseía una vivacidad poco común para una niña de su edad. Estaba llegando el momento que siempre había temido: sus preguntas. Sofía se sentó frente a su madre. Aparentaba acomodar los plisados de su falda cuidadosamente, luego se la quedó mirando como si esperase alguna explicación. Sofía no había mejorado en apariencia. Seguía siendo una criatura poco agraciada. Sus ojos grises eran demasiado grandes y no tenían expresión, y el rostro que poseía era duro, de barbilla prominente y nariz alargada. La diferencia entre madre e hija era impresionante. En la escuela no era muy popular; las demás niñas la temían porque tenía carácter belicoso. Las maestras tampoco le tenían mucha simpatía, pero dada su aplicación en los estudios, pasaban por alto su falta de atractivos.

—Mami, los niños judíos de la escuela se pasan el rato hablando de la guerra en Europa. Dicen que Hitler es un demonio y que manda matar a todos los que están en su contra. ¿Quién es Hitler? —preguntó, en vista de que su madre guardaba silencio.

—Es un personaje muy importante, Sofía, es el gobernante de Alemania.

—¿Igual que el presidente Roosevelt?

—Exactamente.

—Pero el presidente no manda matar a nadie.

—Estados Unidos no está en guerra. En las guerras siempre hay muertos, ¿comprendes? —contestó Alice, pensando haber dejado satisfecha la curiosidad de Sofía.

—Mami... ¿Tú eres alemana?

—¿Por qué lo preguntas? —inquirió con cautela Alice.

—Porque en la escuela dicen que llegaste de Alemania.

—¿Quién lo dice?

—Los niños judíos. Ellos dicen que sus padres reconocen a los alemanes.

La ironía dibujó una sonrisa en el rostro tenso de Alice.

—No. Yo vine de Suiza. Viví con mis abuelos allí hasta que murieron, entonces me trajeron mis padres.

—Ah... Y, ¿dónde están mis abuelos? Porque... tus padres son mis abuelos, ¿verdad?

—Ellos fallecieron.

—Quisiera ir a visitar sus tumbas algún día...

—Fallecieron en Sudamérica en un viaje de placer. El barco en el que viajaban, por desgracia, se hundió —dijo Alice dando un suspiro—. Sólo nos queda el tío Conrad. Algún día viajaremos a visitarlo, cuando termine la guerra. Sofía, querida, deseo recostarme un rato, ve a tu habitación, ¿has hecho tus tareas?

—Sí, mami. Puedes revisarlas si lo deseas.

—Tu papá lo hará cuando llegue, Sofía, iré a descansar. Me duele la cabeza.

—Está bien mami. ¿Cuándo tendré un hermanito?

—¿A qué viene esa pregunta ahora? —preguntó extrañada Alice.

—Quisiera tener alguien con quien jugar.

Alice abrazó a su hija y la besó en ambas mejillas. Sofía siempre daba la sensación de vivir en soledad, era una niña demasiado introvertida. La meció en un abrazo como si aún fuera un bebé. Cuando Sofía estaba en brazos de su madre era feliz, todo le parecía mejor, el mundo se transformaba y se olvidaba de las penurias pasadas en la escuela. A ella le hubiera gustado quedarse en los brazos de su madre para siempre. Sabía que su padre también la quería, pero no tanto como ella.

Albert Garrett hacía de padre paciente, respondía con calma a sus requerimientos y era el que la ayudaba en sus tareas. Albert y Alice dormían en la misma cama desde que Sofía tenía tres años para evitar suspicacias. Había tenido oportunidad de contemplar a Alice en todas sus facetas y, a pesar de la tendencia que tenía de preferir a gente de su mismo sexo, reconocía que Alice lo atraía. Con el tiempo, Albert se había habituado a la presencia de Alice en su vida y se alegraba de haberse casado con ella, por quien sentía algo parecido al amor, aunque su relación con Will seguía siendo muy fuerte.

Alice se sentía cada vez más alejada de los sentimientos que le había inspirado Hitler, no por las noticias que empezaban a llegar respecto a su maldad o lo que se hablaba de él. Era por algo más simple: el paso del tiempo. La imagen que había llevado grabada en su mente gradualmente empezó a parecer difusa, y las pocas veces que pensaba en él, no sentía nada. El ritmo de vida que tenía y las ocupaciones llenaban sus horas diurnas, y por las noches estaba tan cansada, que no le quedaba tiempo para dedicarlo a sus recuerdos. Tal como había deseado años atrás, en 1941, Alice había instalado una fábrica de ropa en Nueva York. Los iniciales deseos de cambiar el rumbo de la moda americana habían quedado supeditados a un negocio mucho más práctico y rentable. Las norteamericanas tenían una idea totalmente diferente de la moda. Comprendió que debía adaptarse a la forma de vida americana, donde todo era sencillo y, sobre todo, de bajo costo, porque aunque estuviera en un país lejos de los problemas europeos, la gente tenía buen sentido del valor del dinero.

María Strasberg, la hija de su modista principal, había logrado conseguir el visado para entrar en Estados Unidos; como en muchos otros casos, Hanussen había prestado su ayuda. El embajador americano en Suiza, Lelan Harrison, había hecho posible para muchos refugiados su entrada en Estados Unidos, y todo gracias a la relación que tenía con Erik Hanussen. María, al igual que otras tantas mujeres de nacionalidades tan diversas como polacas, checas o francesas, fueron empleadas en la fábrica de Alice Garrett. La ropa que allí se confeccionaba era sencilla, pero con el aire de elegancia propia de Alice, y se hacía en grandes cantidades. Se vendía en los establecimientos que empezaban a abrirse en aquel tiempo. Alice tenía una tienda en Nueva York, pero no era un lujoso establecimiento en la Quinta Avenida como en un principio deseó. Era un almacén de grandes proporciones, donde su ropa se exhibía en enormes vidrieras colmadas de toda clase de indumentarias femeninas. El abigarramiento logrado en aquellas vidrieras era tal, que sólo verlas provocaba entrar a revolver las estanterías y las enormes e interminables filas de vestidos colgados. Como decía Rose Strasberg, a la gente de clase media, la vista de una vidriera lujosa y exquisita, con una o dos prendas en exhibición, intimidaba sus ánimos de compra. Había que dejar que la gente revolviera y buscara por sí misma lo que deseaba adquirir, y al parecer, tenía razón. Ella tenía por Alice un cariño que rayaba en la adoración, su agradecimiento no tenía límites, y su admiración se acrecentó al saber que era ella quien fomentaba la entrada de refugiados a Estados Unidos.

Para entonces, Alice daba trabajo a cerca de doscientas personas.

Sofía contaba ocho años, cuando la llevó a visitar la fábrica por primera vez. El personal la acogió sin reservas de ninguna clase, y si en algún momento le pareció que era una niña demasiado distinta a su madre, no lo demostraron. La pequeña Sofía por primera vez se halló a sus anchas en un lugar donde había mucha gente.

Mientras Alice se hacía cargo de sus obligaciones habituales en la fábrica, dejaba a su hija al cuidado de aquellas mujeres, que gustosamente atendían sus necesidades. Sofía, de naturaleza tranquila, poco acostumbrada a las niñerías propias de su edad, se fue enterando por las preguntas que hacía y por los comentarios de las empleadas acerca del terrible destino del que habían escapado y de los odios raciales y de todo tipo creados por el tiránico dictador llamado Adolf Hitler.

Por primera vez se sentía feliz en vacaciones. Era por el calor humano de los inmigrantes. Las mujeres de la fábrica le enseñaron a coser vestidos para sus muñecas, y una de ellas le regaló un primoroso vestido que confeccionó en sus horas libres. Alice estaba satisfecha de verla feliz, y notaba los cambios positivos que se llevaban a cabo en su personalidad. Cuando las vacaciones terminaron, las cosas retomaron su ritmo normal, pero Sofía se había transformado. De la niña retraída y acomplejada por su fealdad, quedaba poco. A partir del nuevo año escolar, su actitud cambió. Empezó a frecuentar a otras compañeras de clase. Al participar en los eventos deportivos escolares, las demás alumnas empezaron a tratarla con mayor espontaneidad y su vida estudiantil empezó a mejorar.

XVII - Pearl Harbor, 1941

A finales de 1941 cayó como una bomba la noticia del ataque japonés a una estación naval norteamericana situada en la isla de Oahu, en Hawaii: Pearl Harbor. A primeras horas del 7 de diciembre, una flota de portaaviones japoneses atacó y destruyó gran parte de la armada americana estacionada en las islas. De manera inexplicable, los comandantes de la marina y del ejército de la zona cometieron «errores de juicio» según se pudo comprobar después, al no percatarse de los aviones japoneses que iban en dirección a las islas. Lo cierto es que los japoneses, también de manera inexplicable, atacaron sin previo aviso, introduciendo en el conflicto a Estados Unidos. Roosevelt declaró la guerra a Japón, y Alemania e Italia declararon la guerra a Estados Unidos. Y de manera inesperada para Hitler, Inglaterra y la Unión Soviética consiguieron un formidable aliado en los americanos. Empezó una confrontación a escala mundial.

El ataque a Pearl Harbor, sin embargo, no fue tan sorprendente como el gobierno norteamericano quiso dar a entender; ellos esperaban que se produjese en cualquier momento. La cuestión era dónde. Meses después los japoneses libraban feroces batallas en el Pacífico contra los norteamericanos. Sus fuerzas se apropiaron de Guam, las islas Filipinas, Malasia y Birmania. Cayeron sobre las posesiones coloniales holandesas, desembarcaron en las islas Aleutianas, llegaron a las fronteras de la India y amenazaron a Australia, prosiguiendo su plan expansionista.

Hasta verano de 1942, el avance alemán y japonés no parecía tener visos de detenerse, pero una serie de acontecimientos fueron dando lugar a pérdida de posiciones: Rommel empezaba una retirada forzada por los ingleses en África y los japoneses perdían Guadalcanal, después de seis batallas sucesivas contra los norteamericanos.

En Berlín, Hitler se paseaba furibundo de un lado a otro frente a los mapas que tenía encima de una enorme mesa. Soltaba improperios en contra de los japoneses, los ingleses y los soviéticos y, siguiendo su costumbre, echaba la culpa de todo a los judíos.

—¡Estoy seguro de que soy víctima de una venganza judía! —gritaba como un energúmeno—. ¡Debemos terminar con todos ellos! ¡Los judíos y los comunistas! Y ahora los japoneses me fallan cuando más los necesito en Rusia. ¡Han creado un frente innecesario! —vociferaba furioso, mientras trataba de arreglarse el mechón de cabello que le caía inflexible sobre un lado de la frente.

—Deberíamos hablar en serio con Mussolini... —dijo uno de los hombres que tenía a su lado.

—Mussolini, Mussolini, siempre él. ¿Qué puede hacer esa sarta de inútiles que tiene por soldados? Los franceses nos prestarían más ayuda que ellos —murmuró entre dientes el Führer masticando cada palabra como un perro rabioso.

—El invierno... nuestros soldados están sufriendo por el clima. Dicen que es el peor invierno que se recuerda.

—¡Siempre hay un pretexto! ¡Nosotros no podemos dejarnos vencer por el clima! ¡Somos la raza superior! ¿Acaso lo olvidan?

—No, Mein Führer, pero el equipo y la ropa que se les ha dado son inadecuados.

Hitler se volvió hacia el que había hablado y de una patada tumbó su silla, haciendo saltar al hombre.

—Ich möchte keine entschuldigungen haben! ¡Encárguense de que funcione! ¡No puedo ocuparme de todo! ¿Desean que vaya yo personalmente a llevar las tropas hasta Leningrado?

—Estados Unidos está equipando a Stalin. Ellos...

—Los americanos son una sarta de cobardes inútiles, nunca se debieron involucrar en esta guerra. ¡Los venceremos! Aún están con nosotros los japoneses, ahora con una deuda moral. Debemos recordar que Japón tiene un ejército bien disciplinado ¡Jamás ha sido vencido en tres mil años! —terminó de decir Hitler dando un puñetazo en la mesa.

Metió la mano en el bolsillo para disimular el dolor del golpe y se topó con un papel que le habían entregado aquella misma mañana—. ¿Alguno de ustedes me puede dar una explicación a esto? —continuó gritando con el mismo tono imperioso que todos le conocían, mientras agitaba el papel.

—¿Qué es eso? —preguntó Goebbels.

—¡Mírelo usted mismo! —respondió Hitler arrojando el papel sobre el escritorio.

—Con su permiso, Mein Führer, esto es basura. No existen tales cuartetas ni sextetas en las profecías de Nostradamus —aclaró Goebbels, leyendo atentamente el contenido del mensaje.

—Entonces, vaya y dígaselo a los miles de alemanes que están recibiendo estos panfletos. Su deber es hacer de la propaganda nazi la más creíble.

—Por supuesto, Mein Führer.

Goebbels se retiró presuroso. Fue a su ministerio y desde allí preparó nuevos panfletos, esta vez hechos por él, en los cuales según las profecías de Nostradamus, Hitler era el elegido para adueñarse del mundo y su poder era tan grande que saldría vencedor de todas las batallas.

Era el contraataque a la guerra mágica librada por Churchill.

Hitler miraba el mapa con señales en los lugares que para entonces le pertenecían: Polonia, Noruega, Dinamarca, Checoslovaquia, Luxemburgo, Bélgica, Holanda, Grecia, Yugoslavia, Francia, Austria... Miró con impaciencia un punto en el mapa: África, donde tenía a Rommel tratando de ayudar a las tropas de Mussolini. Al mismo tiempo pensaba en los japoneses. Los necesitaba de su lado, no librando su propia guerra. Simultáneamente pensaba en el frente ruso.

—Es imposible que no puedan tomar Stalingrado —meditó en voz alta con los brazos cruzados, mientras se acariciaba la barbilla.

—Es un frente de dos mil ochocientos kilómetros. Nuestros hombres están resistiendo como pueden, los rusos están familiarizados con su clima y conocen su terreno.

—¡Pretextos! ¡Necesito resultados! —vociferó Hitler.

El hombre que tenía enfrente no estaba muy convencido de salir victorioso. Los últimos partes de guerra resultaban desastrosos. Prefirió bajar la mirada y observar el gran mapa que tenía el Führer sobre la mesa.

—Envía una orden al frente: «No permito que retrocedan; al llegar a Stalingrado que conserven ese bastión».

—Los vehículos están inmovilizados por el frío, los rusos contraatacan. Están como unos demonios por las atrocidades cometidas por los soldados que mataron a muchos civiles y a miles de judíos, y nuestros soldados se congelan, no pueden cavar trincheras porque el suelo está solidificado por el hielo... No hay manera de impedir que regresen, creo que es mejor que retrocedan ahora a que se pierdan tantos soldados y armamentos que nos pueden servir más adelante.

—Y ahora, con los americanos en la guerra, ellos se sienten valientes. Bien, veremos quién triunfa finalmente —observó Hitler pensativo.

Le temblaba ligeramente el párpado izquierdo. Últimamente había tenido problemas gástricos debido al constante estrés. Su ración de pastillas iba en aumento. Volvió a fijar la vista en África.

Por un momento reinó el silencio en la sala donde estaban reunidos los generales de su estado mayor.

—Mein Führer, con todo respeto, creo que deberíamos prescindir de Mussolini y apoderarnos de Italia. Ellos sólo nos ocasionan problemas, dicen tener un gran ejército y ocho millones de bayonetas que aún no hemos visto...

—¡Mussolini! ¡Ocúpense de Stalin! ¡Él es nuestro enemigo!

—Perdón, Mein Führer, pero creo que los americanos son nuestro principal enemigo. Debemos actuar rápidamente, antes de que sea demasiado tarde —dijo otro.

—¡Somos el ejército más poderoso del mundo! ¡Estamos luchando contra Inglaterra, Rusia y Estados Unidos, en múltiples frentes, y no nos han derrotado ni nos derrotarán! —rugió Hitler como un león. Su rostro estaba congestionado, su párpado empezó a temblar visiblemente, parecía a punto de padecer convulsiones.

En ese momento entró un ordenanza y le entregó un mensaje. Era el peor momento para ello. Otro mensaje cifrado que había sido interceptado. «Hitler cree que tendrá el mundo en sus manos, pero no sabe que la lanza de Longino que tiene no es la original.»

Con las manos temblorosas, Adolf Hitler apenas pudo sostener el papel para leer con claridad el mensaje. Sin hacer el menor comentario, salió del recinto y pasó al lado de Rochus, su guardaespaldas, que al verlo, se cuadró ante él con el saludo distintivo.

—Busque al doctor Morell y dígale que vaya a mi habitación —ordenó.

Esperaba que Teodor Morell calmase el dolor que parecía partir su cabeza en dos. Sus milagrosas inyecciones eran infalibles.

Estados Unidos volcó los recursos de su economía y de su sociedad en la guerra. De ahí en adelante Alemania fue desmoronándose poco a poco, aunque Hitler se negase a admitirlo. Esperaba que sus armas secretas y la bomba atómica estuviesen listas pronto. Se aferraba a esa idea con desesperación. Apelaba al fanatismo de sus seguidores más que a la cordura y a la frialdad de mente que debía tener ante tantos frentes simultáneos. Sus soldados morían a la entrada de Stalingrado y pronto fueron repelidos por los rusos, batiéndose en una retirada humillante. Se perdieron enormes cantidades de vidas y armamento, lo que mermó al invencible ejército creado por él. Hitler esperaba demasiado de los japoneses. Libraban cruentas batallas en el Pacífico, eran unos soldados luchadores y tan fanáticos o más que los alemanes, haciendo difíciles las victorias americanas, pero no era suficiente.

En San Gotardo, Hanussen leía la última misiva que había recibido de Alice. Sabía que el fin de Hitler estaba cerca porque ella había dejado de amarlo. La esfera protectora que él siempre tuvo otorgada por los sentimientos de Alice se había quebrado.

XVIII - El retrato

Sofía seguía con bastante interés todo lo concerniente a la guerra en Europa, sobre todo porque su tío abuelo Conrad vivía allá. Deseaba conocerlo, quería tener parientes como sus compañeros de escuela, llegar a casa y estar rodeada de hermanos, de primos, tener una abuela... En lugar de ello, sólo tenía la soledad esparcida en cada rincón de su casa. Y las notas pegadas en un tablero de corcho que su madre acostumbraba a clavar anunciando el lugar donde se encontraba; en su boutique, o en su fábrica de Nueva York, en el almacén, a veces hasta dormía allá, y su padre trabajaba tantas horas que cuando podía verlo, era una verdadera suerte. Siempre debía atender emergencias. Sofía se asombraba de la gran cantidad de enfermos que parecía haber en Williamstown, en especial por las noches. Cuando se reunían los tres, ella era verdaderamente feliz y hubiera deseado que su tío Conrad también se uniera a la familia. Ese día, como tantos otros, su madre estaba en Nueva York y no regresaría tal vez hasta la hora de la cena. Al regresar del colegio, Sofía entró en el estudio donde desde pequeña se había sentido muy a gusto y pasaba muchas horas acompañando a su madre mientras ella escribía, llevaba sus cuentas y leía, sentada frente a un escritorio tallado cuyas patas parecían las garras de un león, con varias gavetas alineadas a uno y otro lado. Se sentó en el sillón de alto respaldo de base giratoria y giró para ver a través de uno de los tres angostos y alargados ventanales, como todos los de la casa. Se quedó mirando por un momento las pequeñas cataratas que formaban las aguas provenientes del riachuelo que atravesaba Rivulet House; daban la sensación de pertenecer a un lugar salvaje, diferente al ambiente acostumbrado en aquellos parajes, donde los parques y bosques eran más bien plácidos y tranquilos. Los gruesos vidrios amortiguaban el sonido del agua. Sofía a veces se quedaba varios minutos sin apartar los ojos de la superficie cambiante del líquido que resbalaba sobre las piedras puntiagudas.

Le gustaba hacerlo; había algo subyugante e hipnótico en ello y muchas veces, después de observar por largo rato a través de la ventana, se sentía feliz, como si hubiese regresado de lugares lejanos y aún conservase la sensación de encontrarse en ellos. Costumbre que había adquirido desde pequeña, cuando se encerraba en sí misma y no tenía capacidad para hacer amigas. Encontraba consuelo mirando a través de la larga ventana, olvidándose de todo el mundo, viajando por lugares desconocidos donde ella era una hermosa reina y los demás, sus vasallos. Sofía había crecido envuelta en la soledad de su mundo interior donde su cosmos estaba organizado de diferente manera a como lo veían las demás personas.

Aquella tarde de otoño, una vez más miraba por la ventana y disfrutaba de los colores dorados que cubrían sus otrora reinos de hadas, brujas y gnomos. Estaba decidida a encontrar la dirección de su tío Conrad, le daría una gran sorpresa cuando recibiera su carta. Esperaba que pudiera entenderla, porque según su madre él hablaba alemán, porque en Suiza se hablaba alemán. Ésa era la explicación que ella le había dado, aunque Sofía se había informado de que en Suiza se hablaba no sólo alemán, sino también italiano, francés, lengua romanche, y algunos otros dialectos dependiendo de los cantones, así que esperaba que en medio de aquel conglomerado de idiomas su tío abuelo Conrad hubiese aprendido algo de inglés.

Empezó abriendo una a una las pequeñas gavetas del sinuoso escritorio, pero el contenido de éstas no era el que estaba buscando. En una, había sobres cuidadosamente alineados, dependiendo del tamaño; en otra, hojas de papel de diversas dimensiones; también tarjetas personales de su madre. La tercera gaveta contenía un álbum de fotografías, la mayoría de ellas de cuando era pequeña. En la última página, había una fotografía de su madre vestida de novia, luciendo un hermoso traje largo, ligeramente amplio; la cola del traje estaba recogida hacia delante, extendida frente a ella y su padre. A Sofía le vino a la mente que allí faltaba algo. Parecía como si ambos hubiesen mirado a la cámara pensando en cosas ajenas al momento. Sofía leía en sus rostros total lejanía. No había más fotos, ni de sus abuelos, que según su madre murieron en Sudamérica, ni de algún otro familiar. Tratando de conseguir más retratos, de momento se había olvidado de la dirección de su tío abuelo Conrad.

De pronto, sintió debajo de un grupo de hojas de tamaño carta algo parecido a una cartulina. Pensando que era otra foto, levantó las hojas con curiosidad y encontró un dibujo. Era su madre, sin duda alguna, aunque lucía un poco diferente y se veía muy joven. La invadió una turbación desconocida al ver que su madre estaba desnuda. Se hallaba sentada al borde de una cama, con el rostro dirigido a la persona que la dibujaba; tenía una mano estirada apoyándose en el lecho, y la otra sobre el regazo. La parte de la cama que se hallaba dibujada estaba desordenada, aquello implicaba algo más que un simple dibujo. Sofía lo captó, aunque no de manera consciente. Se fijó en una esquina del dibujo: «A mi amada Alicia», la firma era: A. H. En la parte de atrás únicamente había una fecha: Berlín, septiembre, 1932. Hacía diez años.

Dejó el dibujo en el mismo lugar, después de observarlo por largo rato. No sabía por qué, pero se sentía traicionada, engañada. Su madre, dibujada por alguien que la había visto desnuda, y no precisamente por su padre. Inicialmente creyó que A era por Albert, pero ¿H? Tal vez fuese algún admirador de antes de su matrimonio. Sentía mucha rabia por el descubrimiento, hasta el punto de olvidar por completo el motivo inicial de su incursión en el lugar.

Al bajar a su dormitorio, sentía que le ardían las mejillas. En ese momento, Albert subía en dirección a ella.

—Sofía, pequeña... ¿Qué ocurre?

—Hola papi —contestó Sofía y se abrazó fuertemente a él.

—Un beso para papá —dijo Albert mientras extraía de un bolsillo de la chaqueta un chocolate en forma de corazón— y un regalo para la más linda de la casa.

—Gracias papá —respondió Sofía tomando el chocolate—. Papá... ¿cómo os conocisteis mamá y tú?

—Ella fue a mi consultorio porque... se sentía un poco mal del estómago, y me enamoré de ella. Fue amor a primera vista —enfatizó, sonriendo, mientras miraba con atención el rostro de Sofía.

—¿Y mis abuelos? ¿Conociste a mis abuelos?

—No precisamente. Tu abuelo Garrett sí los conoció. Ellos murieron...

—En Sudamérica. Ya lo sé. Nunca encontraron sus restos. Soy la única en la escuela que no tiene abuelos, ni tíos, ni nada.

—Pero tuviste a tu abuelo Garrett.

—Pero murió. Todos mueren en nuestra familia.

—Somos una familia pequeña, así es. ¿Qué te sucede? Parece que hubieras visto un fantasma —preguntó Albert. El rubor inicial de Sofía se había transformado en palidez y sus manos estaban frías—.

—Debo tomarte la temperatura, creo que pescaste un resfriado.

—No, papi, estoy muy bien; no estoy enferma, tengo hambre. ¿Puedo comerme ahora el chocolate? —preguntó Sofía tratando de disimular su malestar.

—Sabes que después de la cena. Aunque... falta un poco para ello. Sí, puedes comértelo —contestó Albert, aliviado al saber que no había nada raro con la salud de su hija.

—Gracias, papá— Sofía le dio un beso en la mejilla y continuó su camino al dormitorio. Entró, cerró la puerta y se tendió en la cama, mientras dejaba el chocolate a un lado.

Mirando el techo de la habitación, Sofía deseaba olvidar lo que acababa de ver. Pero no podía, la imagen de su madre aparecía tal como la había visto en el dibujo. ¿Quién la habría dibujado? ¿Se habrían amado? ¿Lo sabría su padre? Y, ¿quién sería A.H.? Alguien de mucha confianza, con seguridad. Recordó a su tío abuelo Conrad. Había olvidado buscar su dirección. Lo haría al día siguiente, aunque guardaba cierto temor de encontrar cosas que tal vez su madre no deseaba mostrar. Después de pensarlo un buen rato, decidió que lo mejor era preguntarle directamente quién le había hecho el dibujo.

No importaba que ella se disgustase por haber abierto las gavetas de su escritorio sin permiso. Lo cierto del caso era que no estaban bajo llave. Por lo menos tendría aquello a su favor. En la cena no quiso abordar el asunto frente a su padre. Después de levantarse de la mesa, Sofía buscó la forma de conversar con su madre. La llevó a su dormitorio y le enseñó el corazón de chocolate que su padre le había dado temprano.

—¿Te gusta? Tiene un lindo lazo rojo.

—Tu padre te quiere mucho, Sofía —comentó Alice con satisfacción.

—Mami, quiero escribir una carta a mi tío Conrad. ¿Puedes darme su dirección?

—Escríbele y yo enviaré la carta.

—No, quiero escribirle directamente. Ya no soy una niña pequeña; puedo llevarla a la oficina de correos yo misma.

—Creo que no es el mejor momento para enviarle cartas. Europa está convulsionada, no olvides que hay una guerra —respondió Alice, mientras se preguntaba por los motivos que tendría Sofía para desear algo así.

—Si no me la das, la conseguiré, de todos modos —dijo Sofía cortante.

—Espero que no. Si deseas escribirle será a través de mi, porque la dirección la tengo en mi memoria.

—¿Por qué tanto misterio?

—No es un misterio, simplemente, le he escrito tantas veces que no tengo necesidad de anotar su dirección.

—Ahora entiendo por qué no la encontré... —murmuró Sofía a propósito.

—¿Estuviste hurgando en mi escritorio?

—Mami, yo pensaba encontrar alguna carta de mi tío Conrad, pero sólo encontré unas fotos, y no de él, sino mías, ¿no guardas las cartas que él te envía?

—Nunca guardo cartas ni objetos del pasado que no sean valiosos; deshecho las cartas una vez que las leo. Guardo las fotos porque son un hermoso recuerdo; tengo muchas tuyas, guardadas en otros lugares.

—Siempre guardas cosas que son valiosas... como aquel dibujo...

—¿Qué dibujo? —preguntó Alice.

—Aquel donde estás desnuda —dijo Sofía, tratando de dar a su voz un tono natural. Alice se quedó de una pieza. No se le ocurría nada que decir.

—Es valioso para ti, supongo, lo has guardado durante tanto tiempo...

—Sí, es valioso. Es un recuerdo de cuando yo era joven y vivía en Suiza.

—¿O en Berlín? ¿Quién te dibujó? —las preguntas le salían a borbotones.

—Un profesor de arte —se le ocurrió decir a Alice.

—Que te amaba mucho. ¡Mamá! En el retrato decía: «A mi amada Alicia» —dijo Sofía alzando la voz impaciente. Por momentos pensaba que su madre parecía una niña—. No comprendo nada —dijo molesta.

—¿Qué es lo que no comprendes? Un profesor de arte me dibujó como lo hacía con otros alumnos, no hay nada que comprender. Además, no es de tu incumbencia.

Querida, debes aprender a respetar los efectos personales de los demás. Era un profesor relativamente joven, estaba enamorado de mí, pero yo vine a Estados Unidos y me casé con tu padre. ¿Estás satisfecha? —terminó diciendo Alice, fastidiada.

—¿Mi papá ha visto el dibujo?

—Sí. Y no le ha dado la importancia que tú le das.

Sofía sacó el chocolate del papel de plata y lo empezó a mordisquear, pensando que, después de todo, era cierto, aquel retrato no tenía importancia. Tal vez ella era una tonta.

—Una pregunta más: ¿cómo se llamaba tu profesor?

—No lo recuerdo, algo así como Arthur Holler, creo.

—¡Ah! —Sofía terminó de engullir el chocolate. Era una delicia.

Tenía la boca marrón y se veía como lo que era, una niña. Su madre la abrazó enternecida dando por terminado el asunto. Pero Sofía intuía que había algo que su madre ocultaba. Se prometió a sí misma que algún día lo descubriría.

La percepción de Sofía acerca de ciertas cosas había cambiado un poco. Por primera vez había sentido una extraña turbación; podría decirse que en esos escasos minutos había madurado. La visión del dibujo implicaba más de lo que se mostraba en él. Y aunque Sofía no lo entendiera, dentro de ella surgía la sensualidad implícita en el dibujo. La cama deshecha, la mirada de su madre, la presencia del hombre que la dibujaba y que, según decía su madre, la amaba. Todo el conjunto de detalles daba a entender algo más que un simple retrato de una mujer enseñando sus encantos. Para una niña como Sofía, intuitiva e imaginativa, aquel dibujo marcó un hito en su vida. Pronto cumpliría diez años, pero los deseos de crecer y ser mujer se iniciaron a partir de aquel retrato. Algo que envolvía sus instintos en una sensualidad hasta entonces desconocida se apoderó de su vida, y aunque tenía aún mente de niña, deseaba con ansias llegar a ser una mujer y parecerse siquiera un poco a la mujer del dibujo.

XIX - Erwin Rommel

Erwin Rommel comandó el cuerpo de guardia de Adolf Hitler durante la campaña a Polonia y llevó a cabo la invasión de Francia de manera impecable. En enero de 1941 fue promovido a teniente general y recibió el mando del Africakorps, con la finalidad de apoyar a los italianos contra los ingleses; sus consecutivas victorias le valieron su ascenso a mariscal. La propaganda de Goebbels había hecho de él un hombre casi sobrenatural, un ejemplo para el pueblo y el ejército alemanes. Pero lejos de la parafernalia producto de los manejos políticos de Goebbels, Erwin Rommel era un militar de carrera para quien la disciplina, la organización y el honor formaban parte de su vocabulario cotidiano; para él, era inexplicable que en los altos mandos alemanes no se tomase en cuenta la estricta necesidad de que los suministros llegasen con puntualidad.

Se encontraba con un ejército agotado, hambriento, con escasos pertrechos y la moral muy baja, que se sentía olvidado por el Führer, pese a las batallas ganadas. Con la incursión de los ejércitos angloamericanos, en una situación insostenible, se había visto obligado a retroceder hasta Túnez. Tomó la decisión de ir a hablar en persona con Hitler. Rommel dejó al general Von Armin el mando del Africakorps y se dirigió a Rastemburgo, al cuartel general de Hitler en Prusia Oriental, conocido como «La guarida del Lobo», desde donde Hitler planeaba sus estrategias.

—Heil Hitler! —saludó Rommel cuadrándose frente al Führer.

Hitler lo saludó con un leve ademán y se puso de pie detrás de su escritorio apoyándose en los nudillos. Sabía a qué había ido Rommel, pero esperó a que fuese él quien tomase la palabra.

—Mein Führer, me he visto en la obligación de venir personalmente a solicitar encarecidamente abastecimiento para nuestras tropas. Tenemos dos frentes contra los cuales luchar, y no disponemos de suficientes hombres, ni armas, ni municiones, ni provisiones. Tiene usted que tomar una decisión al respecto.

—Apreciado mariscal Rommel, comprendo absolutamente todas sus demandas, pero desafortunadamente no puedo hacer nada para ayudarle. Deberá usted hacer uso de su legendaria astucia para salir victorioso.

Rommel no podía creer lo que estaba escuchando. Al parecer, Hitler no estaba entendiendo lo que ocurría.

—Señor, nos estamos viendo obligados a replegarnos, no podemos luchar contra ingleses y norteamericanos superiores en número y pertrechos.

—¿Cuántos hombres tiene?

—Doscientos cincuenta mil, aproximadamente, pero no son suficientes... por otro lado, son doscientos cincuenta mil bocas que alimentar y...

—Tendrán que serlo. Nuestros científicos están trabajando en un arma secreta. En realidad, varias —interrumpió Hitler—. Es probable que esta guerra acabe antes de lo que todos piensan. Usted debe lograr la victoria. No me pida que le envíe ayuda, no la tenemos —Hitler iba elevando el tono—; la mayoría de nuestras fuerzas están en el frente ruso, los soviéticos tienen armas modernas, tanques livianos y municiones proporcionadas por los norteamericanos. ¡Nuestros hombres se están muriendo en el Este! Y, ¿usted me pide ayuda? —vociferó Hitler ya sin poder contenerse—. ¡Estamos luchando contra ingleses, australianos, americanos, rusos comunistas... y por último: los judíos! ¿Y usted, mariscal de campo, Herr Erwin Rommel, Zorro del desierto, me pide ayuda? ¡Yo necesito su ayuda! Si está en apuros en África no es porque yo lo haya puesto en esa situación. Resuélvalo. Lo siento, pero no puedo ayudarle. Necesito tiempo para mis armas secretas. Necesito tiempo para movilizar gente útil de los campos de concentración para que fabriquen más armas; todos los alemanes están en los frentes. Y en los malditos campos de concentración no tenemos suficiente comida, pero estamos acabando con ese problema. Ya que nadie los quiere recibir en ninguna parte, Himmler se está ocupando de la solución final para los desgraciados bastardos. Nos cuestan demasiado en esfuerzos, hombres y abastecimientos.

—Comprendo perfectamente Mein Führer —asintió Rommel, entendiendo que no obtendría ayuda. Debía regresar cuanto antes a África.

Salió del recinto abatido, dejando solo y cabizbajo a Hitler.

Al Führer le temblaba furiosamente el párpado izquierdo, mientras el brazo derecho de vez en cuando saltaba con movimientos convulsivos; no podía leer informes ni cartas sin llevar puestas sus gruesas gafas. Toda comunicación debía escribirse en máquinas especiales, cuyos caracteres eran mayores que los normales. Metió la mano en un bolsillo del pantalón y recordó el papel que le habían alcanzado antes de la llegada de Rommel. A través de los gruesos lentes de sus gafas, leyó una vez más aquellas estúpidas notas que sus descifradores se empeñaban en descodificar. Estaba seguro que Hanussen tenía algo que ver en todo eso. Pero no tenía tiempo, ni contaba con los medios para lanzarse a la búsqueda del mago judío. Los mensajes interceptados provenían de la armada inglesa; presentía que Hanussen se encontraba en Europa.

¿Dónde? Ése era el asunto. El agente Hagen no había podido averiguar si el padre de Alicia aún estaba con vida y para qué le servía. El desgraciado se había enamorado del marido de ella, pensó con mordacidad.

Una vez más, Adolf se dejó llevar por sus recuerdos, como sucedía cada vez que pensaba en Hanussen. Y sus recuerdos se remontaban invariablemente a Alicia. ¿Lo recordaría? Tal vez sí... «Ojalá que sí...», pensó, sorprendiéndose a sí mismo. ¿Cuánto tiempo había transcurrido? Habían sucedido tantas cosas que el tiempo le había pasado rozando sin darse cuenta. Los planes iniciales de traer a su hija a Alemania habían quedado postergados, la situación era cada vez más complicada. Su hija correría peligro a su lado. Estaba tranquilo porque estaba junto a su madre, y si de algo estaba seguro era de que Alice era una buena mujer, aunque fuese judía.

En Estados Unidos, la guerra cobraba tintes patrióticos y el fervor llegaba a límites insospechados. Alice observaba que tal vez Norteamérica seguiría los pasos de Alemania, mientras que el terror empezó a hacer presa entre los inmigrantes que trabajaban en su fábrica. Los dirigentes norteamericanos llamaban a los inmigrantes procedentes de Japón, Italia y Alemania la «Quinta Columna».

Los medios de comunicación ejercían constantes llamadas a exterminarlos o reunirlos a todos y encerrarlos en lugares donde no causaran daño. Fuera de sus fronteras, Argentina y Chile, aliados de Alemania, no aceptaron las demandas norteamericanas, y se negaron a deportar ciudadanos de origen japonés; no así Perú, que entregó muchos nipones y niseis que fueron llevados en barco en condiciones infrahumanas hacia el norte y encerrados en campos de reubicación, como llamaban a los campos de concentración de la Costa Oeste de Estados Unidos.

Mientras tanto, lo que sucedía con las tropas en África estaba llegando al límite. Rommel regresó al mando del Africakorps, pero no pudo resistir por más tiempo en El Alamein, y veintiocho mil soldados alemanes fueron tomados prisioneros por los aliados. Rommel se retiró desilusionado y enfermo a Alemania. Hitler estaba atravesando los momentos más difíciles desde que empezara aquella trascendente aventura bélica. Veía cómo a su alrededor se tejía una serie de sucesos que escapaban a su voluntad.

Martin Bormann en aquellos días trabajaba al lado del Führer como secretario. Y aunque él no merecía toda su confianza, le había demostrado lealtad al guardar en secreto la existencia de su hija. Una lealtad en la que el jefe de la Inteligencia Nazi, Reinhard Gehlen, no creía. Él y su grupo habían investigado a Bormann y las indagaciones dieron como resultado que era quien informaba a Moscú de los planes del estado mayor alemán, pero siempre se las arreglaba con habilidad para evitar que el rumor de las sospechas llegase hasta Hitler. Irónicamente, era el único en quien no debía confiar, pero Hitler estaba perdiendo sus facultades, el instinto, el olfato que había poseído al principio y que le había permitido llegar a ser el «Enviado de la Providencia», a quien el pueblo alemán amaba sin reservas.

Ya tarde, Gehlen aprovechó que Bormann no se encontraba en esos momentos cerca del Führer y se presentó ante él. Un ordenanza le cedió el paso después del saludo de rigor, mientras la mirada de Hitler encerraba extrañeza de verle delante. Los asuntos eran tratados primero con Bormann.

—Mein Führer —dijo Gehlen sin preámbulo—, tengo información fidedigna proveniente del consulado alemán en Ankara. Un espía llamado Cicerón nos mantiene al tanto de todos los movimientos que llegan a conocimiento del cónsul británico en esa ciudad. Hubo una reunión en Teherán a finales de noviembre de este año, donde Churchill, Stalin y Roosevelt acordaron unir fuerzas para asaltar Normandía a mediados del próximo año.

—Imposible —dijo Hitler enfático.

—Perdón, Mein Führer, las fuerzas estarán compuestas por norteamericanos, canadienses y británicos. Pero en la conferencia estuvo presente Stalin, lo cual nos hace sospechar que en Rusia harán su parte para entretener a nuestras tropas; usted sabe que están recibiendo cuantiosos abastecimientos de los americanos. Por otro lado, saben perfectamente cuáles son nuestros planes.

—¿Por qué me dice usted eso? —preguntó con extrañeza Hitler.

—Hemos investigado que desde aquí se envían informes por radio a Moscú. La persona que lo hace es Martin Bormann.

—¿Bormann? —preguntó incrédulo Hitler.

—Así es, Mein Führer.

—No es posible —dijo Hitler—. Usted se equivoca, esas emisiones de radio a Moscú son para engañarlos con falsa información. ¿Cómo llegaron a esa conclusión?

—Hemos rastreado un transmisor de radio que envía mensajes codificados. Después de descifrarlos nos dimos cuenta que son planes nuestros, enviados a Stalin. Los rastreos indican que salen precisamente de aquí.

—Yo estoy al tanto del asunto. Bormann no hace algo tan grave sin antes consultármelo. Créame, señor Gehlen, no hay de qué preocuparse: los datos enviados son falsos. Le sugiero que no interfiera, ocúpese de investigar a quienes son realmente nuestros enemigos.

¿Cuán fiable es ese Cicerón? —preguntó Hitler.

—Muy fiable, Mein Führer. Trabaja como mayordomo del embajador británico.

—Pertenece a algún organismo de inteligencia, supongo.

—No, señor, es un hombre que tiene acceso a todos los documentos que posee el embajador porque es su mayordomo.

—¿Un mayordomo sin más preparación que ser un sirviente es nuestro fiable espía? —preguntó con incredulidad Hitler mientras elevaba el tono de voz—. ¿Cuál es su verdadero nombre?

—Bueno... yo, es decir, nosotros creemos que su información es valiosa, Mein Führer, creo que nada debe desecharse, señor. Se llama Elieza Bazna. Es albanés.

—Albanés... —repitió con desprecio Hitler—. Si no trabaja para nadie, ¿cuál es el beneficio de este hombre? Déjeme ver... me imagino que su interés es puramente mercantilista, puede que tal vez sea un sucio judío, ellos son capaces de cualquier cosa por dinero.

—Nuestros informes indican que su religión es griega ortodoxa.

—Aun si ése fuera el caso, no deseo nada que tenga que ver con el tal Cicerón. Aunque... pensándolo mejor, creo que ya que desea una paga, seamos justos con él. Le pagaremos con billetes falsos, por su falsa información —terminó diciendo Hitler con una sonrisa. Hacía tiempo que no tenía motivos para hacerlo, y esta vez el asunto le parecía verdaderamente gracioso—. Dejemos que siga enviándonos información.

—¿Está sugiriendo que le paguemos con billetes falsos? —Gehlen no podía creer lo que había escuchado.

—Estoy ordenándole. Y con respecto a Bormann, tal vez no le caiga simpático, pero créame, es más fiable que algunas personas que me rodean. —Las palabras sonaron como una advertencia. Y, pensó Hitler, es el único que conoce la existencia de Sofía.

Gehlen se retiró frustrado. Consideraba que sus esfuerzos estaban resultando inútiles. En esos momentos tomó la decisión que había pospuesto. Hitler les haría perder la guerra. Ya no era capaz de seguir adelante con la tarea y era difícil razonar con él. Daba órdenes irracionales, no escuchaba sugerencias, únicamente escuchaba a las personas que le demostraban una abyecta sumisión, como Martin Bormann. Debía hablar con Von Stauffenberg. Había que matar a Hitler.

XX - Encuentro inesperado

Irritado, Albert colgó el teléfono. Will ya no era el joven alegre, de apariencia despreocupada, que conociera cinco años atrás. Empezaba a beber demasiado, las largas horas que pasaba en la casa cerca del lago no se llenaban ya con su pretendida afición por la escultura. Por momentos, parecía corroerle un silencioso resentimiento. Se había vuelto posesivo, cada vez pedía más atención, pero Albert tenía ocupaciones; su trabajo y la familia lo requerían. Mientras Will había sido una compañía agradable, todo había ido sobre ruedas, pero su cambio era notorio. Empezó a hacer insinuaciones que rayaban en la locura, y una tarde, su comportamiento errático fue la gota que colmó el vaso.

—Pensé que hoy tampoco vendrías —reclamó Will por saludo.

—Sabes que no puedo estar aquí todo el tiempo; siempre lo supiste —contestó Albert, tratando de mantener la calma.

Will tenía un vaso a medio consumir en la mano. Albert notó con disgusto que otra vez estaba ebrio. Le desagradó su apariencia descuidada, su aliento a alcohol. Giró el rostro.

—No me soportas, ¿verdad?

—No, cuando estás en ese estado —aclaró Albert con cansancio. Pensó en salir de allí. No aguantaba las discusiones.

—Albert, el distinguido médico de la importante ciudad de Williamstown... —dijo Will peyorativo, y prosiguió—: fiel esposo de una sucia judía... y que no sabe quién es el padre de su hermosa hija.

—Will, veo que estás ebrio. Llámame cuando pueda hablar contigo —Albert dio media vuelta y se dirigió a la puerta.

De manera inesperada, Will dio un salto y se interpuso en su camino.

—No, Albert. Esta vez me vas a escuchar. ¿No te preguntas cómo sé tanto? ¿Por qué crees que sé quién es el padre de Sofía?

—Si eso fuera cierto, no sería importante para mí —respondió Albert.

—¿Y qué es importante para ti? No te importa nada ni nadie.

—¿Adónde quieres llegar? —preguntó Albert impaciente. Sentía necesidad de aire fresco; presentía que no debía seguir escuchando.

—Soy nazi —dijo Will, y seguidamente tomó un largo sorbo del vaso.

El silencio tras lo dicho por Will fue prolongado. Albert no dijo nada. Después de un rato, prosiguió su camino a la puerta. La poderosa mano de Will apareció en el pomo. Albert levantó la vista y le quedó mirando directamente a los ojos. Cogió el vaso que tenía Will en la otra mano y lo arrojó contra la chimenea.

—Escúchame, Will. No he venido hasta aquí para escuchar tus tonterías. —Le dio un empujón y lo apartó con fuerza. Al salir dio un portazo.

Subió a su coche. Lo había dejado frente a la casa como algo inusual; acostumbraba a aparcarlo en el garaje, pero la llamada de Will parecía ser de urgencia. Tenía un teléfono directo en casa, lo había instalado para casos de emergencia. Era consciente de que el asunto empezaba a ser peligroso. Will no era fiable, y su afición a la bebida lo hacía menos aún. ¿Qué habría querido decir? Tal vez en lo único que diferían era en asuntos relacionados con el tema judío. Tema inevitable. Will no simpatizaba con los judíos, pero no se declaraba abiertamente antisemita. Le disgustaba hablar de la política alemana, y mucho menos que le mencionasen a Adolf Hitler. Mientras los temas de conversación no tocasen aquellos asuntos, todo iba bien con él. Una sombra siniestra empezó a oscurecer su estado de ánimo, que ya se encontraba bastante apagado. Trató de recordar lo que sabía de Will. Se dio cuenta de que era muy poco. Aunque nunca quiso saber demasiado, era la verdad. Su entusiasmo por él había dejado de lado cualquier pregunta; además, él no acostumbraba a hacerlas. Tal vez debió prestar más atención a todo lo que le rodeaba; haciendo memoria, recordaba que casi nunca mencionaba a sus padres ni a su vida en Europa, tampoco sabía de dónde obtenía el dinero que parecía gastar sin problemas. De vez en cuando había visto algunos sobres gruesos sobre su escritorio pero no les había prestado atención, como tampoco a las veces en las que Will se ausentaba. Reconocía que sus sentimientos por él no eran tan fuertes como creyó al comienzo, cuando era una novedad y Will le producía una atracción casi animal.

Llegó a la clínica y pasó el día ocupado; por momentos tenía deseos de regresar y encararse de una vez por todas con Will. Quería terminar con él y no sabía cómo. Tal vez fuese mejor dejar que las cosas se enfriasen solas. Una vez más, su espíritu cauteloso ganó y optó por la solución más sencilla: dejaría transcurrir el tiempo hasta que Will se hartase y desapareciera de su vida. En momentos como ése, pensaba en John Klein. Él habría sabido qué hacer. Le parecía ridículo acordarse de él después de tanto tiempo, pero era así, y cuanto más lo pensaba, más caía en la cuenta de que nunca lo olvidaría. Lo irónico del asunto es que sabía que para él era simplemente un amigo, como tantos otros, quizás un poco más cercano por su amistad de juventud, pero sólo eso. ¿Estaría enterado de lo suyo con Will? Después de todo, era policía. Prefería no pensar en ello. Salió temprano de la clínica; sentía que le latían las sienes.

Sofía regresó a casa una hora antes. Se había suspendido la clase de geografía debido a una indisposición de la profesora. Liberada de la escuela, no veía la hora de jugar con el cachorro de pastor alemán que le había regalado su padre. Llamó su atención un coche azul estacionado a un lado del portón principal, fuera de los muros. Sofía entró por la angosta puerta adyacente, y después de recorrer el largo camino de grava hasta la casa, abrió la puerta de servicio y se dirigió a un cuarto junto a la cocina, que era donde había colocado la canasta acolchada. Contempló arrobada al cachorro dormido. La mujer de servicio había salido después de darle el biberón de leche; tenía su día libre. El silencio se rompió por unas voces que provenían de la parte de arriba. La casa tenía cuatro niveles, había sido otra de las extravagancias del arquitecto. No eran cuatro pisos, eran cuatro niveles que hacían que aquella casa pareciese un laberinto. Sofía salió del cuarto hacia un pasillo que la llevó a la escalera que conducía a su alcoba, en el segundo nivel. No estaba acostumbrada a oír gritos ni discusiones; las voces, en un principio, la sorprendieron, y a medida que se fue acercando, su curiosidad se transformó en temor. No era la voz de su madre. Reconocía a su padre, pero la otra voz era la de un hombre, sin lugar a dudas, extranjero. Sin hacer ruido, logró entrar en la habitación contigua y se quedó escuchando. Presintió que era mejor no hacerse visible; pero por otro lado, quería saber quién era el desconocido que discutía con su padre.

—Para ti es muy sencillo dar por terminado lo nuestro. Nunca te ha importado nada —se quejó Will.

—Sí me importa. Es sólo que últimamente actúas de manera impredecible. Creo que sería bueno para ambos darnos un tiempo...

—Albert, creo que no tienes en cuenta que yo... te quiero —dijo Will bajando la voz. Se sentó en un sillón y se pasó ambas manos por el cabello, alisándolo hacia atrás, en un gesto de impotencia—. No sabes qué difícil ha sido para mí todo. Quiero decirte toda la verdad.

—¿Que eres un nazi? O inventarás otra historia... parece que necesitas mi constante atención —dijo Albert con fastidio.

—No son inventos. Quise explicártelo varias veces, pero siempre dijiste que no deseabas saber nada.

—No pusiste suficiente empeño. Y realmente no me interesa. No veo qué puede cambiar enterarme de que eres un nazi —razonó Albert—. Will, yo también te quiero, pero creo que es mejor que sigamos nuestros caminos.

—¿Y me lo dices después de casi siete años? —preguntó Will en tono de reproche.

—Eres joven, puedes encontrar a alguien que...

—Para ti es muy fácil decirlo. ¿Quieres que yo te crea que de golpe y porrazo te enamoraste de aquella alemana que te ha dado una horrible hija que ni siquiera es tuya?

—No permito que hables así de Sofía —dijo Albert cortante.

—No permito... de verdad, ¿te has acostado con Alice? ¿Te gustó más hacerlo con ella que conmigo?

—No digas más tonterías Will, Alice es una buena mujer.

—¿Qué sabes de ella? Después de tantos años de matrimonio ni siquiera sabes quién es el padre de su hija.

—No es importante para mí —repitió Albert.

—Yo sí lo sé.

—¿Quién te dio el derecho de indagar en su vida? ¿Quién eres, realmente, Will?

—Ya te lo he dicho. Soy un nazi. Fui enviado directamente por Adolf Hitler, Mein Führer, para averiguar el paradero de Alicia Hanussen. Sofía es hija de Hitler.

Albert pensó que Will podría estar demente. Era eso. Siempre había presentido que había algo extraño, pero no quiso darse cuenta. Prefirió hacerse el desentendido.

—Will, supongo que debes tener algunos problemas, no discutiré contigo. Comprendo que no desees nuestra separación, pero...

—Alicia Hanussen es hija de Erik Hanussen, el mago que llevó a Hitler al poder y al que busca para acabar con su vida. Fui enviado hace años con la finalidad de averiguar su paradero —dijo Will sin prestar atención a las palabras de Albert—; cuando informé que el Führer tenía una hija, mi misión fue cuidar de ella. Mi nombre es Matthias Hagen, y demás está decir que soy alemán. Mira este informe, si no me crees. Le entregó unas hojas que tenía en la mano. Albert miró los papeles y tuvo miedo de cogerlos. Will seguía con el brazo extendido, esperando. Albert tomó las hojas con lentitud; vio que eran copias al carbón escritas a máquina con pulcritud. Había una serie de datos que a él le parecieron pura fantasía. Las rompió convirtiéndolas en añicos.

Sofía escuchaba atónita la conversación; se había ido acercando a la puerta de la habitación como si estuviese en estado de trance.

—Puedes quedártelas si quieres, yo tengo los originales. Pero te prevengo: ella fue mujer de Hitler —recalcó Will.

Albert lo miraba en silencio, como si se tratase de un loco.

—No digas tonterías —dijo por fin—. Yo no quería que esto acabase de esta manera, pero en vista de tu proceder, creo que no tengo que darte más explicaciones. Eres cruel, Will, no debiste venir aquí, sabes que jamás permití que mi casa fuera...

—Que tu casa fuera profanada por mi presencia... ¿Es eso? Esta casa fue comprada con el dinero de un sucio judío, que se enriqueció llevando al poder a Adolf Hitler, que es, ni más ni menos, el padre de esa desagradable criatura que tienes por hijastra. Lo abandoné todo por ti, mis principios, mi lealtad al Führer. Fui tu amante. Lo engañé encubriendo el lugar donde se ocultaba el padre de encubriendo el lugar donde se ocultaba el padre de Alice; me debes demasiado, no puedes dejarme ahora de lado.

—Explícate —demandó Albert.

—Si hubiese querido habría informado de que Hanussen es el «tío Conrad Strauss».

—Will, por favor, retírate, no me obligues a sacarte por la fuerza.

—Tal vez prefieras que la policía de Williamstown se entere de todo.

—Haz lo que quieras.

—Verás de lo que soy capaz. Ya no me importa nada. Todo se sabrá.

Sofía terminó de abrir la puerta de la habitación y se quedó de pie frente a Will, dejándolo estupefacto. A Albert, una palidez mortal empezó a cubrirle el rostro. La adolescente estaba inmutable. Sofía era alta para su edad, pero no era su estatura la que dominaba la escena; eran sus ojos azules grisáceos, duros como el acero, que en aquellos instantes miraban a Will sin pestañear y con la fuerza hipnótica que únicamente podría provenir de sus ancestros especiales.

—Mi padre ha dicho que te vayas y es lo que debes hacer. Vete, si no quieres que llame a la policía. Yo sí me atreveré. —Su voz sonaba como si perteneciera a otra persona. Fría y lejana.

Para Will, era como estar viendo al propio Führer. Retiró con esfuerzo la vista de los ojos de Sofía, miró a Albert y salió de la habitación. Sus pasos apresurados se escucharon amortiguados por la alfombra, al bajar las escaleras. Tras unos instantes, se escuchó un portazo; después, un motor que arrancaba en la lejanía. El silencio volvió a la casa.

—¿Era tu amante? Él lo dijo.

—Hijita, tu no entiendes, algún día te podré explicar...

—Yo entiendo. ¿Eres homosexual? ¿Mamá lo sabe?

—Sí. Y tu mamá sí lo sabe. Siempre lo supo —contestó finalmente Albert. Estaba sorprendido de la precocidad de Sofía.

—Ah. ¿Tú eres mi papá?

—Por supuesto. Eso ni lo dudes.

—Lo que dijo ese hombre...

—Hija, él habló llevado por la rabia, y cuando alguien siente cólera no siempre piensa en lo que dice.

—Pero creo que él sabía lo que decía. Dijo que mi padre es Hitler.

—¿Cómo se te ocurre que eso pueda ser cierto? Sólo una mente delirante como la de él podría inventar esa historia —contestó Albert, sintiéndose más dueño de la situación.

—¿Tú amas a mamá?

—La amo, y te amo a ti también. Vosotras dos sois las mujeres de mi vida —dijo Albert mirándola a los ojos. Parecía tan sincero que Sofía sintió deseos de llorar. Se había reprimido todo ese tiempo, y al sentir los brazos de su padre, no pudo contenerse por más tiempo y lloró como hacen las niñas; ya no era la que hacía unos momentos se había enfrentado a Will, era simplemente una chiquilla necesitada de consuelo, a quien su padre confortaba con palabras cariñosas. Fue el día en que, por primera vez, Sofía sintió que su padre la quería, a pesar de que fue cuando empezó a sospechar que él no era su verdadero padre.

Ya tarde, durante la cena, todos guardaron un silencio inusual en la mesa. Alice no tenía apetito, tampoco lo tenía Sofía, pero por otros motivos. Después de lo que había sucedido por la tarde, estuvo encerrada en su habitación pensando en las implicaciones de lo que había escuchado. Si su padre no era su padre, entonces, ¿quién lo era? ¿Sería el hombre que dibujó a mamá?

Por su parte, Albert deseaba encontrar el momento más apropiado para decirle a Alice todo lo que había sucedido. Prefirió dejar pasar unos días, esperaría para saber la reacción de Will. Sentía que había sido utilizado por él, que todo había sido un engaño. ¿Cuánta información le habría dado sin darse cuenta? Presentía que todo lo que él había dicho era cierto, y tenía miedo que Alice lo confirmara. Se preguntaba cómo había podido confiar en Will. Por otro lado, intuía que él lo amaba de veras. Se sentía agobiado, empezó a alojarse en él un sentimiento de culpa. Tal vez Will al principio cumplía con su deber, no podía culparlo por ello, tal vez de verdad lo quisiera, pero ya nada era igual. Sentía que algo se había roto.

Cuando todos se retiraron a dormir, Sofía subió a su dormitorio la canasta con el cachorro. Miró fascinada al pequeño animal que se enrollaba como un caracol para dormir. Dejó el cesto en una esquina del cuarto y trató de conciliar el sueño, pero había sido un día difícil. Recordó el retrato de su madre desnuda y, como un rayo, llegaron a su memoria las iniciales de aquel dibujo: «A mi amada Alicia, A. H.». Giró mentalmente el dibujo, y vio claramente la fecha: 1932. A. H. podría ser, sin lugar a dudas, después de lo que había escuchado por la tarde, Adolf Hitler. Entonces era cierto que su madre había sido mujer de Hitler como dijera Will. «¿Cómo habría obtenido aquella información?» se preguntó Sofía. Si la pintura se hizo en esa fecha y ella había nacido en 1933, era muy probable que A. H. fuese su padre. ¿Dónde podría encontrar a Will? Necesitaba hablar con él. De todas las niñas que existían en el mundo, justamente tenía que ser ella la hija del hombre al que todos consideraban un demente malvado, que había provocado la Segunda Guerra Mundial y que tenía abarrotados los campos de concentración con gente inocente... Le vino a la memoria lo que dijera Will acerca de su madre: era judía. ¿Sería por eso que había llegado a América?

Albert esperaba ansioso en la cama mientras Alice se desnudaba. A los treinta y dos años, estaba en la plenitud de su belleza. Para ella se había convertido en algo natural acostarse con él; después de todo, eran esposos, por lo menos existía un documento que así lo acreditaba, pero al mismo tiempo, sabía que él no era como los demás hombres, de manera que estaba con él para satisfacer aquella parte física que su organismo le pedía. Al transcurrir los años, daba por hecho que Albert era un arma de doble filo, pero sin dar demasiada importancia al asunto. Conocía la existencia de Will, pero no únicamente como amante de su marido; estaba segura de que era un agente enviado por Adolf. También sospechaba que se había desviado de su misión, a no ser que ésta fuese cuidar de que a la hija del Führer no le ocurriese nada malo. Sonrió al pensar cómo estaba resultando todo. El agente Will se había enamorado de su marido. ¿Aquello habría formado parte de los planes de Adolf? No lo creía así, pero conociendo a sus seguidores, sabía que eran capaces de cualquier cosa para obtener resultados. Acostumbrada desde pequeña a guardar para sí sus sentimientos, no le costaba ningún esfuerzo seguir los consejos de su padre: «Es preferible que tus secretos únicamente los sepas tú. Si alguien más los sabe ejercerá poder sobre ti». Alice observaba sin perder detalle todo lo que ocurría a su alrededor sin dar a conocer a los demás que sabía algo. Era su forma de sobrevivir.

XXI - Caída y muerte

Hitler y su alto mando estaban reunidos en Rastemburgo; Bormann tenía en la mano un informe secreto llamado Overlord. Indicaba que los aliados efectuarían un desembarco gigantesco en las costas de Normandía.

—Debemos enviar a Rommel y a Blaskowitz a Normandía —dijo Hitler, recordando el informe de Cicerón. El desdichado había tenido razón.

—Yo creo que ese informe está viciado, Mein Führer. No es lógico que ataquen por allí. Creemos que lo harán por el paso de Calais. Es la ruta más corta.

—Creo que será en las playas de Normandía; son extensas y tienen más capacidad para desplegar sus fuerzas —contestó Hitler, dubitativo.

—Es un despliegue inútil. Nuestros agentes se están vendiendo a los aliados, no creemos que sea verdad —insistió otro general.

—Es posible que usted tenga razón, Calais está más cerca, y si lo que ellos desean es liberar Francia, es el camino directo... —la duda empezaba a hacer estragos en cada una de las decisiones que debía tomar el Führer, y no eran pocas.

A los aliados, la invasión les había tomado tiempo planificarla y llevarla a cabo. Más de dos millones de hombres estaban listos, esperando salir de Inglaterra el 6 de junio de 1944; el «Día D», como lo habían llamado. Miles de barcos a lo largo de novecientos sesenta kilómetros establecieron como cabezas de playa las costas de Normandía.

La elección del lugar tomó a Hitler desprevenido, pues había situado un contingente en el paso de Calais. Los alemanes no contaban con fuerzas suficientes ni con los abastecimientos adecuados, como ya era costumbre; además, estaban bajo el radio de acción de la Real Fuerza Aérea, lo que impedía la movilización de las tropas alemanas que debían defender las costas desde España hasta Holanda. El ejército de Hitler tenía sesenta divisiones comandadas por Rommel y Blaskowitz; ambas, bajo el mando del mariscal Gerd von Rundstedt.

—Las primeras veinticuatro horas de la batalla son las más importantes. Debemos situar nuestras tropas en la playa para atacar a los aliados cuando desembarquen —le sugirió Rommel.

—No. Es preferible tenerlas en la retaguardia, porque los aviones de la RAF nos avistarían e impedirían el ataque —contestó von Rundstedt.

—¿Cómo podremos atacar por la retaguardia si ellos vienen por el frente? —adujo con molestia Rommel, pensando que el hombre estaba loco.

—No podemos exponer nuestras divisiones blindadas a los ataques aéreos, debemos cuidarnos de...

—No estoy de acuerdo. Consultaré con el Führer, veremos quién tiene la última palabra.

Hitler estaba de acuerdo con Rommel, pero eran tiempos en los que sus opiniones no tenían la misma firmeza que hacía unos meses, de manera que se perdían valiosos momentos entre las discrepancias de los jefes alemanes. Finalmente, siguieron la línea ordenada por Hitler y se construyeron fortificaciones en las playas con la intención de defenderse del desembarco aliado. No fue tan fácil.

El 6 de junio, mientras Hitler esperaba en Obersalzberg, oleadas de paracaidistas cayeron sobre Francia con la misión de romper las líneas de comunicación de los alemanes. La Resistencia logró volar puentes y ferrocarriles creando una gran confusión. Esa misma noche dos mil aviones aliados atacaron las defensas, las comunicaciones y las posiciones alemanas, y al amanecer, empezó el bombardeo contra las tropas alemanas que defendían las playas. Dos mil barcos, cuatro mil lanchas y once mil aviones conformados por norteamericanos, ingleses y canadienses al mando del mariscal Montgomery, eran demasiado ejército para las desgastadas fuerzas alemanas. Por otro lado, numerosas divisiones panzer habían quedado en el paso de Calais.

Ningún contraataque alemán sería suficiente para frenarlos; aun así, cayeron cerca de ciento cincuenta mil combatientes aliados.

—Yo no confío en su alto mando, Mein Führer —dijo Goebbels con el rostro sombrío.

—Son unos incapaces, inútiles; estoy de acuerdo. Si Alemania pierde la guerra, no será porque nosotros no hicimos todo lo necesario —respondió Hitler, asomando por primera vez la idea de una posible derrota. Pero lo hacía ante Goebbels, el único en quien confiaba, y que, por desgracia, no era militar.

Al cabo de cinco días, habían desembarcado más de dos millones de soldados aliados en las costas de Francia; trescientas divisiones en total. Hitler ordenaba no ceder un metro de terreno, y Rommel esperaba con ansias que el Führer al fin se decidiera a lanzar su arma secreta.

Pero el arma secreta no se utilizó en esa batalla.

Misiles a propulsión, llamados V-1 y V-2, con un radio de acción de seiscientos kilómetros, atacaron Londres. Hitler pensaba desmoralizar a los ingleses, pero Churchill arengó a la población por la radio, mientras narraba la victoria en Normandía y predecía la próxima derrota de Alemania.

Rommel fue herido gravemente en medio de un ataque aéreo y regresó a Alemania con la pérdida de la guerra a sus espaldas.

Nada fue igual después del día D. Pese a que Hitler ordenó no ceder ni un palmo de terreno, las fuerzas aliadas hacían retroceder inevitablemente a las tropas alemanas. Los aliados eran superiores en hombres, en armas y en suministros. Los soviéticos persiguieron al depauperado ejército nazi, en tanto que los aliados llegaron a Roma. Francia fue liberada, y las tropas norteamericanas entraron triunfantes por las calles de París con el gesto de la V de la victoria, mientras en Varsovia, los polacos se rebelaban contra los alemanes recuperando la ciudad. Pero Stalin tenía sus propios planes, y el ejército soviético esperó dos meses al otro lado del Vístula dando oportunidad a que los alemanes regresaran y demolieran Varsovia.

Hitler empezaba a experimentar el amargor de la derrota. Creía firmemente que el maldito Hanussen tenía mucho que ver en todo ello, por eso se alegró al recibir noticias del agente Hagen, alias «Will». Había dicho en su último informe que Hanussen se encontraba en un castillo en San Gotardo. Envió a un grupo de soldados hacia allá con la orden de encontrarlo y llevárselo vivo o muerto. Estaba seguro de que, una vez que estuviese en sus manos, su suerte cambiaría. Necesitaba saber si la lanza de Longino que estaba en su poder era la auténtica. Era una idea que le venía persiguiendo desde que empezó a recibir los mensajes descodificados. Pero la desilusión fue terrible cuando sus hombres no encontraron sino un castillo abandonado, sin rastro de Hanussen.

—Si no fuese por mi hija Sofía habría mandado acabar con la vida del Arschficker de Hagen; maldito bastardo —masculló con rabia, Hitler.

Toda esa serie de acontecimientos lo llevaron casi al borde del colapso, al igual que el cálido verano de Rastemburgo. El calor había convertido el búnker en un horno en lugar de un sitio de resguardo. Dispuso que la reunión que tenía programada con sus generales se hiciera en una cabaña cercana, donde podrían mantener las ventanas abiertas. Estaba acompañado por el general Keitel y el coronel Von Stauffenberg, jefe del ejército de reserva de Berlín.

—Mein Führer, creo que debíamos estar en el búnker, es más seguro, sobre todo para usted... —dijo preocupado Von Stauffenberg.

La bomba que llevaba en el portafolio estaba activada y sería más efectiva si explotaba en un sitio cerrado.

—No, no soporto el calor. De todos modos tenemos vigilancia en tierra y por aire —contestó Hitler.

—Tiene usted razón —respondió Von Stauffenberg aparentando una tranquilidad que estaba muy lejos de sentir. La bomba estaba programada para estallar en unos minutos. Debía encontrar la forma de salir de allí. Dejó disimuladamente el maletín negro en el suelo, bajo el tablero donde se encontraba el mapa.

En un momento en el que la atención de todos estaba centrada sobre el mapa, aprovechó y salió de la cabaña. Hitler se inclinó sobre la mesa para ver mejor. El coronel Brandt hizo lo mismo, pero tropezó con el maletín que había dejado Stauffenberg; extrañado por el lugar tan insólito escogido por éste, lo colocó detrás de una de las gruesas patas de madera de la mesa, disponiéndose a observar con atención el punto en el mapa que en aquellos momentos era señalado por Hitler. Un pavoroso estruendo conmocionó la cabaña. En medio de la confusión y el humo, todos buscaron con la mirada al Führer. Estaba a un lado, en el suelo, cubierto de polvo como los demás, pero sus heridas eran leves, ocasionadas por los pedazos de madera que se desprendieron de la mesa. Se agarraba el brazo derecho con un ligero gesto de dolor. En el exterior, Von Stauffenberg, seguro de haber matado a Hitler, aprovechó el caos reinante y se escabulló hacia el avión que lo llevaría a Berlín.

Una hora después, ya todos sabían quién había colocado la bomba. Himmler se comunicó con Berlín para que detuviesen a Von Stauffenberg en cuanto aterrizara el avión. La Operación Valkiria, un golpe de estado que implicaba la movilización de los reservistas y la detención de los más altos jefes militares, había fracasado. Una vez más Hitler se había salvado y aquello fortaleció la creencia en él y sus colaboradores de que era un enviado mesiánico para llevarlos a la victoria, aunque, en aquellos momentos, la guerra tomaba un rumbo desastroso para Alemania, y no había marcha atrás.

Apoyando los codos sobre su escritorio y con las manos a ambos lados del rostro, Hitler se encontraba abatido. Se sentía más solo que nunca. Había perdido la confianza en sus hombres más cercanos, y el hombre que con sinceridad admiró, Erwin Rommel, tampoco escapaba a sus sospechas. Después del atentando en la Guarida del Lobo, ordenó detener y asesinar a cerca de cinco mil personas. La vida le había enseñado que no se podía confiar en nadie, y si fuese necesario, mandaría matar hasta el último hombre que le inspirase la más mínima sospecha. De lo único que se arrepentía era de haber dejado escapar a los científicos que le habrían podido ayudar a culminar la bomba atómica. «Los desgraciados están trabajando para los americanos... judíos tenían que ser», se decía a sí mismo, mientras veía que la grandeza de su amada Alemania parecía cada vez más lejana. «Sólo quise lo mejor para mi patria, salté todos los obstáculos, me entregué por completo, sacrifiqué mi vida... a cambio, he obtenido traiciones y gente que desea enriquecerse a mis espaldas.» Hitler sonrió con tristeza; la mirada que todos temían se transformó, algo que únicamente sucedía cuando se encontraba en soledad y se mostraba a sí mismo como realmente era, tal como Alicia Hanussen lo había tenido grabado en su memoria.

Pero Hitler no era ni la sombra de lo que había sido. Estaba notablemente envejecido, a esto se sumaba la cantidad de achaques que hicieron aparición en su salud. Sufría el mal de Parkinson, la tensión alta, ceguera prematura, agudos dolores de cabeza y, por momentos, fuertes mareos. Del dinámico hombre cuyas decisiones eran acatadas sin el menor resquicio de duda, no quedaban rastros visibles; únicamente en su fuero interno conservaba la férrea voluntad que le daba la fuerza necesaria para seguir al frente de una guerra que todos daban por perdida. Respiró profundamente y trató de hacer los ejercicios de meditación que hacía tiempo había dejado de lado. ¿Cuánto tiempo hacía que no sonreía? No había motivos para sonreír. Reconocía que se había aliado con los países inapropiados. Pero no se daría por vencido. El maldito mago judío le había advertido del gigante rojo y él no había hecho caso. Lucharía hasta el final, sacrificaría si fuese necesario hasta el último patriota alemán. Sabía que todos pensaban que él luchaba para seguir ostentando el poder, aquel poder sin límites que se había ganado a pulso y que le pertenecía, pero no era así. Se sentía con la conciencia tranquila, porque había hecho lo necesario por su patria.

Cada vez estaba más seguro de que la lanza de Longino que guardaba en Nuremberg le había jugado una mala pasada. ¿En qué se había equivocado? se preguntó. Había puesto todo y a todos en su justo lugar. ¿Acaso necesitaba comportarse siguiendo las hipócritas normas establecidas? Él nunca ocultó sus intenciones, las escribió en Mein Kampf con absoluta claridad. No ocultó a quién odiaba y a quién despreciaba; tampoco a quiénes admiraba. ¿Acaso no era eso lo correcto?

El 18 de octubre de 1944 ordenó el reclutamiento de todos los hombres entre los dieciséis y los sesenta años de edad. Después vendrían los niños. A pesar de tener casi todas sus fuerzas militares en pésimo estado, a principios de diciembre lanzó una ofensiva contra Luxemburgo y Bélgica y lograron rodear varias divisiones norteamericanas, pero el 23 de diciembre, en vísperas de Navidad, los aliados bombardearon sus tropas y las vías de suministro.

Durante semanas, fortalezas aéreas lanzando bombas incendiarias hicieron su recorrido en medio del inútil ulular de las sirenas de alarma, que finalmente dejaron de sonar. Al empezar el año 1945, cinco minutos después de la medianoche, Hitler dio un discurso de Año Nuevo por radio al pueblo alemán: «Mi fe en el porvenir del pueblo permanece inquebrantable...». El mensaje se escuchaba a duras penas entre el estruendo de las bombas de dos mil kilos que caían sobre Berlín, en el bombardeo más duro de la guerra. El Führer se hallaba en el búnker de la cancillería mientras hablaba a los alemanes, pero ya nadie le creía, sólo sentían frustración y desamparo. El pueblo alemán lo amaba, pero sabían que todo estaba perdido. Poco después, ése sería su sitio definitivo.

El refugio estaba construido a dieciséis metros bajo el nivel del suelo, y estaba formado por dos pisos recubiertos por defensas de hormigón armado. El piso inferior, el Führerbunker, era donde él y el estado mayor se reunían para «planear estrategias», aunque ya todos sabían que aquello era en vano. Una planta más arriba, a la que se subía por una amplia escalera de hormigón, estaba el Antebunker, donde estaba ubicado el personal burocrático y el almacén con las cosas mínimas necesarias. En el Führerbunker, había varias habitaciones; en una de ellas vivía su médico personal, en otra, la familia Goebbels. Hitler tenía varios recintos. En la pequeña sala donde solía pasar horas había un escritorio, una mesa, un sofá y tres sillones; en una pared, el retrato de Federico el Grande.

Pronto, el mundo de Adolf Hitler se redujo a un hueco debajo del suelo de su amada Alemania, pero en su mente aún guardaba delirantes esperanzas de poder salir victorioso de la guerra. Una de sus últimas salidas al exterior fue el día de su cumpleaños, el 20 de abril, en el jardín de la cancillería. Pasó revista a un batallón de niños, miembros de las juventudes hitlerianas. Acarició sus rostros con ternura mientras ellos se apretujaban a su alrededor para ver la cara del hombre por quien habían jurado morir. Aún guardaba esperanzas de que las cosas mejorasen, pues le había llegado la noticia de la muerte de Roosevelt hacía siete días. Aquello reavivaba sus expectativas. Churchill siempre se había mostrado antisoviético, mientras que Roosevelt conservaba el afán de mantener con los rusos una mejor comunicación. Hitler pensaba que podría lograr alguna alianza con Churchill en contra de los soviéticos.

Adolf no caminaba, se arrastraba penosamente desde sus habitaciones hacia las demás dependencias del búnker con los ojos inyectados en sangre y goteando saliva por las comisuras de los labios.

Hacía cinco días que había llegado Eva Braun al refugio. Cuando la vio acercarse por el largo pasillo, a pesar de su deficiente visión, pudo distinguir el cabello rubio y el cuerpo cimbreante de una mujer que venía a su encuentro abriendo los brazos. Se la quedó observando por breves instantes, mientras sentía que su corazón daba un vuelco. ¡Alicia! En aquellos momentos... ¡Cuánta falta le habría hecho! Por una fracción de segundo quiso que todo lo pasado hubiese sido una pesadilla y que la realidad fuese otra, pero al acercarse Eva, Adolf cayó en la cuenta de que, una vez más, le habían engañado. Bajó los ojos, desencantado. Eva creyó que se sentía conmovido por su llegada. Venía dispuesta a sacrificar su vida junto al hombre al que amaba. Pero él no correspondía a esos sentimientos; por Eva sentía una gran amistad. Lo que en un principio fue una fuerte atracción, se había convertido en fraternal camaradería. Era la gran diferencia entre Eva y Alicia.

El 22 de abril llegaron los rusos a los alrededores de Berlín. La gente se suicidaba, muchos se arrojaban a los ríos, especialmente las mujeres. Los rusos entraban matando, saqueando, violando. Hitler sabía que todo había acabado. No huyó de Berlín. A pesar de tener la oportunidad de hacerlo, quiso dar ejemplo a sus hombres, pero ni aun así logró vencer la última batalla: la que se libró en las orillas del río Oder. Encerrado en su búnker, pensaba con sarcasmo que los aliados que combatían contra él pronto tendrían un enemigo común mucho más maléfico y pernicioso de lo que habría significado el nazismo para el mundo: el comunismo. La escoria contra la que él había luchado toda su vida. Sonreía al pensar que tarde o temprano el mundo entero, el democrático, aquel mundo libre del que tanto se ufanaban los aliados contrarios a su Tercer Reich, lloraría lágrimas de sangre por las muertes y desgracias ocasionadas por aquellos que en esos momentos eran sus aliados necesarios. Él quiso extirparlos de raíz, pero había fallado, no comprendía cómo Inglaterra no preveía el porvenir con los comunistas. «Y qué decir de los norteamericanos — cavilaba— algún día recordarían a Adolf Hitler, y les pesaría en lo más profundo de sus obtusos cerebros no haberse sumado a sus filas en lugar de luchar contra él.» Eran los pensamientos que rondaban su mente aquellos últimos días. No tenía el más mínimo cargo de conciencia por todas las muertes en los campos de exterminio, ni siquiera por las de su propia gente.

A doscientos kilómetros de allí el séptimo ejército norteamericano había tomado la ciudad de Nuremberg, defendida por veintidós mil soldados, y algunos panzers. Después de cuatro días de lucha, la división Thunderbird ondeó la bandera de Estados Unidos sobre las ruinas de la ciudad. Diez días después, mientras las tropas norteamericanas localizaban a los últimos sobrevivientes alemanes el teniente William Horn, al mando de la compañía «C» del tercer regimiento, era el encargado de buscar el tesoro de los Habsburgo, con la orden expresa de encontrar la lanza de Longino, tarea que fue facilitada por un proyectil que destrozó una pared de ladrillo dejando a la vista la entrada de una bóveda.

El 29 de abril Adolf Hitler tomó la solemne decisión de contraer matrimonio con la mujer que le había demostrado su más abnegada y absoluta lealtad: Eva Braun. Su fiel amigo, Goebbels, salió en busca de alguien que tuviese alguna representación legal para efectuar la ceremonia. Encontró acechando la llegada de los rusos con un fusil en la mano al concejal Walter Wagner, y lo llevó a la sala de conferencias del búnker. Después de la ceremonia, Hitler dictó a una secretaria su testamento político, al mismo tiempo que culpaba una vez más a judíos y comunistas por todo lo nefasto de la guerra.

—Por favor, escriba lo siguiente:

Después de seis años de guerra no puedo abandonar la ciudad que es la capital del Reich. Por tanto, he decidido permanecer aquí y quitarme la vida en el momento en que no pueda cumplir con mis funciones como Führer y como canciller... Ahora he decidido, antes de morir, tomar por esposa a la mujer que después de tantos años de fiel amistad ha venido para compartir mi suerte. Según sus propios deseos, ella va a morir conmigo como mi esposa. Yo y mi mujer hemos escogido la muerte para escapar de la vergüenza o la capitulación. Nuestro deseo es que seamos quemados enseguida en el lugar donde he realizado la mayor parte de mi trabajo cotidiano los doce años en los que he estado al servicio de mi pueblo.

—Yo tampoco deseo seguir vivo. Si usted se mata, también lo haremos nosotros —dijo Goebbels, refiriéndose a él y a su familia.

Hitler, por toda respuesta, le entregó un pequeño estuche de cápsulas con cianuro.

Goebbels extendió la mano y tomó el estuche. De pronto vinieron a su mente las palabras que un día dijera Hanussen: «Usted recordará que Joseph Goebbels será su más fiel aliado». El judío no se había equivocado: de todos, Goebbels era el único que demostraba su lealtad, deseando acompañarlo hasta la muerte. Sujetó con fuerza su hombro.

—Deseo también dictar mis últimos deseos políticos —prosiguió Hitler dirigiéndose a la secretaria—:

Nombro como mi sucesor, para los fines referentes a la rendición, al almirante Doenitz.

Hitler se había enterado días antes que Goering, el ministro del Interior a quien él había designado como sucesor, y Himmler estaban negociando en secreto un tratado de paz con los aliados. Al recordarlo, sus centelleantes ojos volvieron a despedir el fulgor de antaño. La rabia y la impotencia hicieron presa de él. El día anterior habían colgado por los pies a Mussolini en la plaza del mercado de Milán, y luego lo habían abandonado a la suerte de lo que el pueblo quisiera hacerle. Él jamás permitiría aquello con su cuerpo. Se mandaría incinerar; todo lo había planeado cuidadosamente, tanto, como para crear la duda acerca de su muerte. Hasta el último momento, Goebbels, su ministro de propaganda, actuó como su consejero en este aspecto.

Hitler se había enterado días antes que Goering, el ministro del Interior a quien él había designado como sucesor, y Himmler estaban negociando en secreto un tratado de paz con los aliados. Al recordarlo, sus centelleantes ojos volvieron a despedir el fulgor de antaño. La rabia y la impotencia hicieron presa de él. El día anterior habían colgado por los pies a Mussolini en la plaza del mercado de Milán, y luego lo habían abandonado a la suerte de lo que el pueblo quisiera hacerle. Él jamás permitiría aquello con su cuerpo. Se mandaría incinerar; todo lo había planeado cuidadosamente, tanto, como para crear la duda acerca de su muerte. Hasta el último momento, Goebbels, su ministro de propaganda, actuó como su consejero en este aspecto.

En Nuremberg, después de volar la puerta de acero de la bóveda, el teniente Horn entró en el recinto. El polvo levantado por la explosión aún flotaba en el entorno cuando descubrió una caja de cuero. La abrió, y sobre un lecho de descolorido terciopelo negro estaba la lanza de Longino. Sintió que un aire frío penetraba en el ambiente, y a pesar de que el polvo se había asentado, por un momento él y los soldados que lo acompañaban vieron la neblina oscura que amortiguó la claridad de las linternas. Según instrucciones precisas, alargó la mano y tomó posesión de la lanza en nombre del gobierno de Estados Unidos de Norteamérica.

En ese momento, en Berlín, Adolf Hitler se quitaba la vida. La fecha: 30 de abril. La gran Alemania que el Führer había anhelado, perfecta, poderosa y pura de raza, volvía a rendirse incondicionalmente, pero, esta vez, en peores circunstancias que en la Primera Guerra Mundial. El comunismo contra el que Hitler había luchado durante toda su vida se adueñaba de la mitad de su amada patria. La lanza de Longino, ahora pertenecía a otros.

Al llegar a las afueras del búnker, los rusos encontraron dos cuerpos quemados. Dentro del mismo, la familia Goebbels yacía sin vida. La noticia de la muerte de Hitler recorrió el mundo, y a pesar de que la guerra aún continuaba porque los japoneses seguían causando estragos en el Pacífico, gran parte de la humanidad respiró en paz. Pocos meses después, el 6 de agosto, un avión bombardero norteamericano, el Enola Gay, arrojó la primera bomba atómica sobre Hiroshima. Tres días después, la ciudad de Nagasaki era arrasada por otra bomba. A finales de ese mes, Japón también se rindió incondicionalmente.

La guerra había terminado. Las potencias militares que antes dominaban el mapa mundial, Inglaterra y Francia, eran sustituidas por una potencia mucho más grande: Estados Unidos de Norteamérica.

XXII - La casa del lago

Querida Alice: El número doce ha triunfado. ¿Recuerdas que te dije que era importante? Doce años duró el reinado de Hitler. Al fin puedo decirte que podremos vernos. No es mi deseo perturbar tu apacible vida en América, así que dejaré nuestro encuentro para más adelante.

Mientras tanto recibe mi profundo cariño; ya no tenemos nada que temer, somos libres.

Tu padre,
Conrad Strauss

La pequeña misiva no decía nada más. A Alice se le llenaron los ojos de lágrimas. Después de muchos años, recibía una carta en la que firmaba como su padre. Ya no más: «tío Conrad». Como siempre, su padre hablaba de manera ambigua. Alicia recordaba el número doce, ¿quién diría que sería tan importante? Sentía una nostalgia que se le antojaba lejana; al mismo tiempo, aprensión de regresar a Europa. No deseaba resucitar recuerdos de épocas pasadas. Su padre no forzaba ni reclamaba su presencia, tal vez comprendía que a esas alturas no debía trastornar su vida.

En Williamstown la vida proseguía con la tranquilidad de los pueblos pequeños, en los que la mayoría de sus habitantes llevan existencias apacibles como sólo se consiguen en lugares donde todos creen conocerse.

Después de la desastrosa rendición alemana, Will se recluyó, y su ruptura con Albert terminó de desmoralizarlo. Hacía un mes que no sabía nada de él; no había vuelto a llamar ni a hacer ningún intento de acercamiento. Cuando sintió el motor de su coche y, poco después, el ruido de la puerta del garaje, el corazón le dio un vuelco. Sintió sus pasos inconfundibles; no se movió del lugar donde se hallaba sentado, sólo esperó.

172

Desde el umbral de la cocina, Albert vio el aspecto desolado de Will, sentado al pie de la escalera. Vaciló antes de dar el primer paso, pero presentía que él esperaba que se acercara. Se dio cuenta de que había estado llorando. Ya de pie frente a él, no sabía bien cómo comportarse. En ese momento deseó que las cosas hubiesen sido diferentes.

—Lo siento, Will, tu Führer perdió la guerra —dijo, apenado.

Will no contestó. Contenía las lágrimas. Albert se sentó a su lado, pasó un brazo por sus hombros y lo atrajo hacía él. Fue cuando Will empezó a sollozar. Bajó la cabeza sin emitir palabra.

—Tranquilo, Will, ya todo pasó... cálmate, por favor. Es fácil decirlo, pero mi mundo se ha venido abajo, mis creencias no valen nada. No tengo familia, no tengo nada, ni siquiera te tengo a ti... —dijo Will, mientras sus ojos volvían a llenarse de lágrimas.

—Claro que me tienes, Will. Sabes que te ayudaré, soy tu amigo —lo tomó de los hombros y lo miró—. Me crees, ¿verdad?

—¿Será todo como antes? —preguntó Will.

—No, Will, no será como antes. Ya nada es como antes. Puedo ayudarte a rehacer tu vida aquí, en América. ¿Crees que alguien te busca? Puedes conservar tu nombre...

—Albert, ¿es que acaso no lo entiendes? No tengo motivos para seguir viviendo —interrumpió Will.

—Dejemos pasar unos días, no digas algo de lo que después te arrepientas. Yo seguiré viniendo cuando pueda, tal vez no tan seguido como antes porque ahora Sofía te conoce. Pronto lo verás todo diferente, ya verás. —Albert lo abrazó y le dio un ligero beso en los labios—. Ahora quiero que te des un baño, te afeites y bajes a comer. He traído comida preparada y mucha fruta, la que a ti te gusta. Hoy tengo bastante tiempo.

Will se puso de pie y sonrió. Albert no supo definir si era de alegría o de tristeza; algo en él había cambiado. Le acarició la mejilla y fue a sacar la comida del coche. A partir de ese día, fueron varios los encuentros con Will; ambos evitaban tocar el tema de Hitler. Ya no tenía objeto enterarse de quién había sido el padre de Sofía o el padre de Alice. Fue espaciando sus visitas para que el fin de la relación no fuese tan brusco y Will parecía haberse resignado.

Pero quien aún intentaba enterarse de toda la verdad era Sofía. Después de la conversación que escuchó entre Will y su padre, no pudo borrar de su mente la idea de ser la hija de Adolf Hitler. La noticia de su muerte únicamente le trajo alivio, porque la idea de llegar a conocerlo algún día le producía temor. Sospechaba que su padre adoptivo se había encontrado en algunas ocasiones con Will después de aquella vez. Suponía que lo había hecho para evitar el escándalo con que el sujeto le había amenazado. Ella conocía muy bien a su padre y cuando lo veía preocupado presentía que se trataba de algo relacionado con Will. Pero no había podido investigar dónde vivía debido a que tenía que asistir a la escuela, de manera que sólo le quedaban las vacaciones para dedicarse a ello. Habían transcurrido varios meses desde el encuentro en casa, y dentro de unos días empezaría el período vacacional. Aprovecharía entonces para investigar con tiempo y tranquilidad acerca de Will. Lo único que deseaba era conversar con él, preguntarle qué sabía de su padre, o cómo había obtenido la información. Ella estaba segura de que no se la negaría, pues ya no había motivos para hacerlo.

Con esa premisa Sofía contaba los días para salir de vacaciones. Le diría a su madre que iría a la fábrica más tarde. La costumbre de llevarla a Nueva York en esos períodos había persistido desde aquella primera vez; siempre pasaban allí como mínimo una semana y se alojaban en el mismo hotel. Su madre la llevaba a recorrer la ciudad: iban al teatro, al cine, al zoológico, y su padre se les unía después.

—Querida, voy a hacer tu maleta. Pasaremos un par de días en Nueva York y después iremos a Long Island; es un lugar precioso —dijo Alice al día siguiente de haber empezado las vacaciones.

—Mamá, ¿podríamos dejarlo para más tarde? Me gustaría pasar una semana aquí. Hice planes con unas amigas de la escuela...

—¿De veras? —preguntó Alice. Sabía que su hija había cambiado, pero no se imaginaba que prefiriese pasar unos días con las amigas en lugar de ir a Nueva York.

—Sí —mintió Sofía—; después podremos ir donde tú quieras.

—Bien, siendo así... hablaré con tu padre para que postergue el viaje. Hemos comprado una hermosa casa en Long Island. Quería que la conocieras, sé que te encantará.

—Estoy segura de que sí, mami, pero dame sólo una semana, ¿sí?

—Por supuesto querida —dijo Alice, con una mirada de complicidad.

Alice le dio un beso en la mejilla, mientras observaba sus ojos raros y misteriosos. Al principio le recordaban a Adolf, pero después empezaron a cobrar vida propia. Pertenecían a su hija. La naturaleza de Sofía nunca había sido la predecible personalidad de una niña común y corriente. Alice percibía que su hija era demasiado adulta y madura para su edad. Su rostro empezaba a cobrar un atractivo diferente. A los doce años se perfilaba una adolescente de rasgos muy interesantes. El color de sus ojos contrastaba con sus oscuras cejas pobladas y bien definidas que le recordaban tanto a su padre. Sus largas pestañas suavizaban su intimidante mirada. Alice pensaba que en Sofía se había unido la legendaria belleza de su madre, «la judía Ida Popper», como la conocían los hombres, y la determinación de Adolf. Aún recordaba a su madre vagamente. Sofía tenía algo de ella, una belleza que a sus doce años era aún intangible, pero que se dibujaba como si un pintor invisible fuera creando su obra con maestría, dando una pincelada por aquí, y otra por allá, acentuando un rasgo más que otro. Pero si su madre había sido bella, su hija había heredado la fuerza interior del padre. Alice no pudo evitar sentir inquietud al pensarlo.

Sofía se alejaba afanosamente del centro de Williamstown en su bicicleta; durante dos días había recorrido el pueblo de arriba abajo tratando de encontrar alguna casa con un coche azul, pero después de mucho pensarlo, llegó a la conclusión de que si ellos se hubiesen visto en el pueblo, todo el mundo lo habría sabido. Esa deducción la llevó a pensar que lo más probable fuese que Will viviera en las afueras de Williamstown, o tal vez en otro lugar más lejano. Esta última idea la desalentó. No tenía fuerzas ni tiempo suficiente para buscar en lugares remotos a los cuales no estaba habituada; debía encontrarlo, pero, ¿dónde?

Su fuerza de voluntad era muy conocida por todos. Cuando Sofía se proponía algo era difícil disuadirla. Lo había demostrado infinidad de veces. En una de ellas cuando se convirtió en la mejor nadadora del colegio contra todos los pronósticos, ya que había empezado apenas hacía cuatro años. Pasaba horas en la piscina de casa, mejorando su estilo y tratando de ser cada vez más veloz; varias medallas y una enorme copa plateada adornaban su dormitorio. De vez en cuando nadaba en el lago. Quedaba a varios kilómetros, que generalmente hacía en bicicleta y en grupo.

Los pies de Sofía pedaleaban mientras sus pensamientos se concentraban en Will, viendo al mismo tiempo cómo pasaban ante sus ojos, como en una película, segmentos de una que otra colina verde cubierta a ratos por el espesor de los árboles; casas desperdigadas que cada vez se hacían más espaciadas en un entorno muy tranquilo. Un rato después, cayó en la cuenta de que se hallaba en las cercanías del lago. Se detuvo para descansar y paseó la mirada, como había hecho tantas veces. Detrás de unos árboles que desde su perspectiva cubrían parcialmente una casa de dos pisos, vislumbró un coche azul. Estaba bastante cerca del lago, se preguntaba por qué no lo habría visto antes. No era la primera vez que iba por allí, aunque era cierto que nunca antes había buscado el vehículo. Era el mismo coche, estaba segura. Se acercó y dejó la bicicleta oculta, apoyada en un grueso árbol. La casa era blanca, tenía una enorme chimenea de piedra, no tenía cercas, pero una tupida arboleda le daba privacidad. Sofía se acercó con sigilo. Había descubierto la casa de Will y ahora no estaba muy segura de lo que debía hacer.

Una vez delante de la puerta, aspiró hondo y adelantó la mano. Una aldaba dorada en forma de puño en la gran puerta de madera pintada de blanco, como el resto de la casa, invitaba a tocarla. La levantó y el sonido que se escuchó al caer rompió el bucólico silencio. Sintió una rara quietud; no se escuchaban voces, música, o algo que indicara que allí había alguien. Un poco desorientada al no obtener respuesta, Sofía optó por dar la vuelta y merodear por la parte de atrás. Pudo abrir la puerta sin dificultad girando la manija y, después de vacilar un momento, se atrevió a entrar. Un olor extraño inundaba el ambiente, un vaho desagradable que Sofía no sabía precisar qué era. Avanzó hacia la puerta que debía llevar al interior, la empujó con suavidad y asomó la cabeza con cuidado. El olor empezó a notarse de manera perceptible. Fetidez a carne descompuesta. Se encontraba ya en el centro del hermoso salón, y si no fuera por aquella pestilencia, se hubiera sentido muy a gusto. Un silencio lúgubre envolvía con pesadez cada rincón del lugar. Recorrió la parte baja comprobando que no había nadie. Vio la escalera alfombrada que conducía al piso superior. Su primer impulso fue subir, pero un temor indefinible se apoderó de ella. Cuando iba a dar media vuelta y a salir corriendo, recordó el motivo por el que había llegado hasta allí. «Debo subir. Debo enterarme», se dijo, con fortaleza. Y subió.

Tres puertas abiertas le permitieron echar una ojeada y verificar que estaba sola en la casa. Había una cerrada. La pestilencia provenía de esa habitación, estaba segura. La abrió despacio y un par de enormes moscas de color verde brillante salieron volando rozando su cara. Sofía se limpió la mejilla izquierda con repugnancia, tratando de eliminar la desagradable sensación. El zumbido se hizo patente al traspasar el umbral. Allí estaba Will, a pesar de no ver su rostro porque el escritorio estaba situado frente a la ventana, de espaldas a la puerta. Lo reconoció por su cabello, casi tan rubio como el de su madre, que se asomaba por un lado del sillón. Estaba sentado, con la mitad del cuerpo sobre el escritorio; enormes moscas verdes revoloteaban zumbando alrededor de su cabeza. Sofía salió de la habitación a la velocidad que le daban las piernas, bajó los escalones de tres en tres y no paró hasta llegar a la cocina. Cerró la puerta y se quedó temblando. Sintió que sus piernas no la podían sostener, se sentó en el suelo en cuclillas con la espalda en la pared y la cara en las rodillas, y estuvo así, cubriéndose la cabeza con las manos por largo rato.

Después del terror inicial, le asaltaron una serie de preguntas. Pese a sentirse asustada, se preguntaba qué podría haber sucedido. ¿Lo habrían asesinado? El hombre estaba muerto, no cabía la menor duda. Ella nunca había visto a uno pero el olor nauseabundo y las moscas le indicaban que debía estarlo. Una vez se había topado con un gato muerto y la fetidez era igual. La siguiente pregunta era: ¿Qué hacer? Ella había ido en busca de respuestas, que ya no podrían ser contestadas por nadie. Lo mejor sería irse de allí lo más pronto posible. Se puso de pie y notó que las rodillas le dolían y que tenía los pies entumecidos; para aliviarlos, dio un par de zapatazos en el suelo, y mientras lo hacía empezó a sentir rabia. Ella no estaba acostumbrada a darse por vencida, pero al mismo tiempo no sabía qué más podría hacer. Le vinieron a la mente las palabras de Will cuando su padre rompió el papel con los datos que presuntamente estaban escritos en él: «Puedes quedártelas si quieres, yo tengo los originales».

En ese momento tomó la decisión de subir y buscar cualquier indicio que le diera alguna pista o respondiese a sus preguntas. Volvió al pie de la escalera. Esta vez trató de silbar para no sentir miedo pero no le salía ningún sonido. Necesitaba escuchar algún ruido, algo que no la hiciera sentirse tan sola. Subió a grandes zancadas, haciendo ruido a pesar de la gruesa alfombra que cubría las escaleras. Infundiéndose ánimo, apretó los labios, abrió la puerta y se sumergió entre los zumbidos. La fetidez insoportable saturaba el cuarto, pero trató de ignorarla. Dio la vuelta al escritorio y observó el rostro del cadáver. La sangre sobre su cabeza estaba reseca, tenía un agujero de color marrón oscuro en la sien y en la mano aún sostenía una pistola. Del hombre que Sofía había visto antes no quedaba ni rastro; su cara tenía tonos grisáceos y estaba hinchada; todo él estaba más gordo, como el gato que se encontró hacía un tiempo. Parecía que fuese a reventar en cualquier momento. Las moscas revoloteaban zumbando sobre su cabeza y el resto de su cuerpo. De la nariz y las orejas le salían gusanos blancos. Ella se quedó mirando al muerto sin poder apartar los ojos de su cara deforme, y de sus ojos abiertos como si estuviese en estado de trance. Will había sido un hombre muy atractivo, de facciones finas y ojos azules. «Un ario, como dirían los nazis». Sofía se asombró por tener esa clase de ideas en aquel momento. Will miraba fijamente, Sofía siguió su mirada hasta un sobre que se hallaba recostado de un portarretrato. Estaba dirigido al doctor Albert Garrett. Tenía manchas de sangre reseca. Tras vencer la repugnancia, la joven alargó la mano y lo cogió con rapidez. No estaba cerrado, sacó el papel y a través de las partes manchadas pudo leer:

Amado Albert:

Creíste que no sería capaz de hacerlo, y te equivocaste una vez más. Hace años cuando nos conocimos, te demostré mi amor dejando de lado mis ideales. Pero lo más grave fue que falté a mi honor, a la promesa hecha a mi Führer. No le informé a tiempo sobre lo que había venido a investigar: el paradero de Hanussen, porque me enamoré de ti. Le había prometido que su hija nunca se nunca se enteraría de que él era su padre, y lo supo por mi propia boca. Me siento responsable por la pérdida de la guerra, porque Hanussen, en confabulación con los ingleses, efectuó ritos mágicos para que Alemania la perdiera. Sé que para ti todo esto suena extraño, pero fue así. Dijiste amarme y no era verdad. Ahora ya es demasiado tarde. Me imagino que los que encuentren esta carta te la harán llegar y entonces mi venganza estará cumplida. La mujer con la que vives no es mejor que yo; ella es una mentira. ¿Qué sabes de ella? No creíste cuando te repetí una y mil veces que ella era una judía cuyo padre fue el consejero de Adolf Hitler. Sí, sé que volverás a reír al escuchar esto, pero es así.

Dejo unos informes cuyas fechas y detalles no te harán dudar más. Pude hacer mucho daño con mis averiguaciones pero no lo hice, ya que era tu familia la que estaba en juego. Pero me traicionaste, y aunque es demasiado tarde para hacer algo en contra de tu «querida Alice», al saberse los motivos de mi muerte sabré que no podrás ser feliz con ella. El doctor Garrett, el hombre más decente y querido de Williamstown, será descubierto por su amante, Will, y se sabrá que Alice fue mujer de Hitler y que Sofía es la hija de Hitler.

He pensado mucho antes de tomar esta decisión, y aunque no lo creas,

te amo.
Matthias Hagen

Sofía leyó la carta de un tirón. Estaba escrita a mano y, a pesar de las manchas, se podía leer en su totalidad. Se sentía desorientada, como sólo se puede sentir alguien que acaba de perder su pasado. No pudo soportar más y empezó a sollozar, tratando de digerir lo que había leído. Estuvo mucho tiempo acurrucada en un rincón de aquella habitación maloliente sin sentir el zumbido de las moscas que revoloteaban sobre ella. Había perdido el miedo atávico de estar junto a un muerto. Un nudo en el pecho le hacía difícil respirar, mientras sus lágrimas salían sin poder detenerse. Tenía aún el papel manchado de sangre reseca en las manos y lo estrujó hasta convertirlo en una bola. Lo introdujo en uno de los bolsillos del pantalón. Nadie debía enterarse. Nadie. Nuevamente empezó a surgir en ella su determinación característica y empezó a trazar un plan. Debía encontrar los informes que mencionaba Will.

El sentido común le indicaba que debían encontrarse en algún lugar visible para los que encontrasen su cuerpo. Se acercó al escritorio donde yacía el muerto y, evitando tocarlo, registró con cuidado algunos sobres y papeles.

Una carpeta roja llamó su atención; no la había abierto antes porque le parecía que unos informes debían estar en un sobre menos llamativo, pero al no encontrar nada que indicase que era lo que buscaba, decidió tomarla. La abrió. Encontró fotos de ella y de su madre, muchas páginas escritas a máquina, minuciosamente fechadas desde varios años atrás. Miró muy por encima su contenido por el apremio de salir de aquel lugar. Segura de haber encontrado lo que había ido a buscar, cerró la carpeta y salió con ella de la habitación precipitadamente. Cuando estaba en mitad de las escaleras, recordó el sobre de la carta de Will. Había dejado el sobre vacío en el escritorio. Volvió sobre sus pasos una vez más, lo cogió con rapidez, echó un vistazo y acomodó el escritorio. Su mano se paralizó al notar que en el portarretratos donde había estado recostado el sobre estaba la foto de su padre. Mientras lo agarraba, pensó que tal vez en la casa existían algunas cosas que podrían relacionar a su padre con Will y supo que debía buscarlas. Después de vencer la aversión que le provocaba el lugar, abrió las gavetas del escritorio sin encontrar nada en particular e hizo lo mismo con el resto del mobiliario. En una pequeña caja de cartón consiguió algunos recortes de periódicos con noticias de la guerra. Los tomó y salió del cuarto cerrando la puerta. Entró a las otras habitaciones sin encontrar nada que pudiera implicar a su padre y bajó a la sala recorriendo cada rincón de la parte baja de la casa. En la cocina buscó en los cajones y tomó una caja de fósforos; con sorpresa, encontró colgado un delantal que tenía un dibujo estampado con las palabras: Albert y Will. Lo agarró con rabia y se lo llevó.

Dejó la puerta cerrada sin pestillo, como la había encontrado, y se encaminó a su bicicleta. Llevaba puesto un mono de gruesa tela de dril; colocó entre su camisa y el mono la carpeta, los recortes de diarios y el portarretratos; dobló cuidadosamente el delantal y lo metió en uno de los grandes bolsillos del pantalón.

Bajo el calor agobiante del mediodía, pedaleó despacio hacia el lago. Después de verificar que no había nadie, dejó la bicicleta tirada y buscó un lugar donde quemar todo lo que llevaba. El papel rápidamente prendió fuego, arrojó la bola de papel con la carta de Will; igualmente hizo con el sobre, alzándose una gran llamarada alimentada por el grueso fajo de la carpeta. Las hojas se consumieron con rapidez hasta quedar reducidas a un montón de cenizas. Sofía tomó las cenizas y las arrojó al lago esparciéndolas con una rama para no dejar rastro de ellas, hizo lo mismo con las que habían quedado en la orilla, aunque no era nada anormal que alguien hiciese alguna fogata por allí; aquello era usual entre los que iban al lago. Eran cerca de las dos de la tarde cuando regresó a casa. Subió rápidamente a su dormitorio y ocultó el delantal en lo más profundo de uno de los cajones del armario; después vería qué hacer con él. No había querido quemarlo porque hubiera tardado mucho. Colocó el portarretratos en un lado de la mesilla de noche, el lugar era tan obvio que no llamaría la atención.

—Querida, debes estar muerta de hambre. Casi no has desayunado, Mary ha preparado un delicioso pastel de carne —dijo Alice entrando en la habitación de Sofía—. ¿Qué te ha ocurrido? —preguntó sorprendida.

—Nada... hicimos una carrera en bicicleta y me caí.

—¿Te has hecho daño?

—No... pero me he ensuciado un poco —respondió Sofía mirándose la ropa. Estaba llena de tierra y sus zapatos tenían lodo seco.

—Creo que será mejor que te des un baño —la cara de Sofía estaba tan llena de tierra y manchas de tizne como su ropa; tenía el cabello húmedo por el sudor. Su madre percibió un ligero olor a humo—. ¿Hicisteis alguna fogata? —preguntó.

—Sí, asamos salchichas, pero se terminaron muy pronto —se le ocurrió decir a Sofía—. Tomaré el baño y bajaré a cenar. —Se dio media vuelta y cerró la puerta del baño tras de sí.

Alice se quedó mirando el portarretratos con la foto de Albert. Salió de la habitación y bajó al comedor.

Bajo el chorro de la ducha, Sofía trató de eliminar el hedor de muerte que llevaba impregnado, un olor que no podría olvidar en mucho tiempo. Se enjabonó varias veces para quitarse hasta el último rastro de Will, pues casi lo había tocado mientras buscaba en los cajones del escritorio. Al terminar de ducharse, dejó la ropa sucia en remojo en la bañera mientras se vestía. No deseaba dejar rastros de nada. Recordó la caja de cerillas y la rescató entre la ropa mojada; después de examinarla se dio cuenta de que era una caja de fósforos común y corriente, que bien podría ser la de su casa. De todos modos, la envolvió en papel higiénico y la guardó en un lugar seguro. Después la arrojaría a la basura. Sofía era meticulosa en todos los aspectos y no le gustaba dejar cabos sueltos; era tan obsesivamente cuidadosa que a pesar de tener compañeros de escuela con los que congeniaba, siempre guardaba para sí sus propios espacios personales, a los que únicamente ella tenía acceso. No contaba con ninguna amiga íntima, algo que a esa edad es común entre adolescentes. Era conocida como una chica inteligente pero aburrida, que volcaba toda su energía en los estudios y la natación. Cerró el grifo y bajó a cenar.

El pastel de carne que tenía delante le dio náuseas; le recordaba a Will. Tomó un poco de limonada. Alice se dio cuenta de su gesto de repugnancia.

—Querida, Mary lo ha preparado especialmente para ti.

—Mami, hoy he comido demasiadas salchichas, no me siento muy bien. Dile a Mary que me guarde el pastel para mañana.

—¿Estás segura? —inquirió Alice. Su hija solía tener excelente apetito—. Cuando llegue tu padre, le diré que te examine.

—Mamá, lo he estado pensando, y creo que me gustaría ir a Nueva York y después a conocer la nueva casa en Long Island. Casi todas las chicas del colegio se irán de vacaciones.

—¿Lo dices en serio?

—Sí. Creo que deberíamos irnos cuanto antes; me he cansado de andar por ahí con Patty y Betty; además, ellas también se irán de viaje.

—Hablaré con tu padre —respondió Alice. Había algo en su hija que la instaba a desear complacerla; a veces no entendía cómo se salía siempre con la suya, bastaba mirarla a los ojos para que le hiciera cambiar de idea fácilmente. En ocasiones le molestaba ser así con Sofía, pero eran tan pocas las veces que ella pedía algo...

Albert tocó con suavidad la puerta del dormitorio de Sofía. Deseaba auscultarla a instancias de Alice.

—Pasa, papá —dijo Sofía. No tenía sueño, aún tenía la cara de Will grabada en la memoria.

—¿Te sientes mejor? —preguntó Albert. La luz tenue de la lámpara iluminaba la habitación. Se sentó al borde de la cama.

—No estoy enferma.

—Tu madre dice que no probaste el almuerzo. Tampoco has cenado.

—Comí demasiadas salchichas. Eso es todo.

—Deja que te tome la temperatura —Albert puso el termómetro en la boca de Sofía. Tras unos momentos, lo retiró y comprobó que tenía una fiebre ligera—. Treinta y siete grados y unas décimas... tal vez las salchichas estaban en mal estado. ¿Te duele el estómago? ¿Tienes náuseas?

—No me duele nada. No tengo náuseas, ¿por qué no me crees? Sólo estuve en bicicleta todo el día, me caí, comí cinco salchichas y vine a casa.

—Me preocupa porque mañana partirás a Nueva York con tu madre. Es necesario que estés bien de salud —dijo Albert.

—Papá... ¿tú amas a mamá? —preguntó de pronto Sofía.

—Por supuesto, ¿por qué lo preguntas?

—No has vuelto a ver a tu amigo Will, ¿verdad?

Albert cruzó las piernas, tratando de encontrar las palabras más apropiadas para contestar a Sofía.

—Hija, ya te expliqué una vez que aquello quedó atrás. ¿Me crees?

—Sí. Sólo quería estar segura.

—No ocupes tu pequeña cabeza con esos pensamientos, no vale la pena —aconsejó Albert, acariciando los cabellos de Sofía—. Duerme, porque mañana debes levantarte temprano.— Dirigió su mano al interruptor de la lámpara y se detuvo. Se quedó mirando el portarretratos. Por un momento se sintió desorientado, luego, cayó en la cuenta de que esa fotografía no correspondía a la casa. Miró a Sofía; ella había seguido con la vista la reacción de su padre—. ¿De dónde cogiste esto? —preguntó con reserva, señalando la foto.

—¿Eso? ¡Ah! Lo encontré cerca del lago —respondió Sofía.

—Cerca del lago... y, ¿qué hacía allí un portarretratos con una foto mía?

—Fue lo que yo me pregunté. —Observó el rostro atribulado de su padre intentando adivinar qué le pasaba por la mente.

—Sofía, trata de dormir. Le diré a Mary que te suba una taza de té, toma esto y pasarás una noche tranquila —dejó una pequeña píldora de color verdoso en la mesilla de noche, al lado del portarretratos.

—Está bien, papá, hasta mañana —respondió Sofía.

—Hasta mañana, hija —Albert se retiró lentamente, tratando de digerir la explicación de Sofía.

Ella aguardó a que le subieran el té y, después de tomar la píldora, apagó la luz de la lámpara. La sensación experimentada hacía unos momentos le había causado cierto placer. Ver la cara de su padre, leer la interrogación en sus ojos, el temor que reflejaban había hecho nacer en ella sentimientos únicamente comparables a los que se experimentan cuando se sabe que se tiene poder. El poder de saber que la persona que está delante está envuelta en dudas porque sabe que está en desventaja. Era la primera vez que le sucedía y le había gustado. ¿Sabría su padre que Will estaba muerto?, se preguntó. Tal vez sí. O tal vez él lo hubiera matado. Esto último no era probable, pues de haberlo hecho, ni los informes ni la carta hubiesen estado allí, razonó; de lo que estaba segura era de que él se enteraría. Alguien encontraría el cuerpo de Will. Tal vez la persona que hacía la limpieza, si es que la tenía, o quizás la pestilencia inundaría toda la región hasta llegar al pueblo. O puede que Will terminase reventando como lo hizo el gato... Los párpados de Sofía se volvieron muy pesados, y poco a poco se fue sumiendo en un profundo sopor. Le invadieron fuertes deseos de dormir y, a pesar de luchar por no hacerlo porque tenía miedo de encontrarse con Will en alguna pesadilla, finalmente el sueño la venció.

Albert entró en el dormitorio y encontró a Alice aún despierta.

—Tenías razón. Sofía está muy tensa. Tal vez tuvo algún problema con los amigos de la escuela; ese repentino deseo de salir de vacaciones debe tener algún motivo.

—Lo noté cuando regresó del paseo en bicicleta, pero ya sabes cómo es. Cuando quiere guardarse algo es muy difícil convencerla de que hable. —Le he dado una pastilla para que pueda dormir.

Creo que mañana se le habrán pasado los nervios —explicó Albert.

—¿No te ha dicho nada? Contigo suele ser más comunicativa —dijo Alice escrutando su rostro.

—No... —respondió él abstraído. Apagó la luz y procuró dormir, pero las ideas rondaban su mente.

Pensó que era una suerte que ellas se fueran al día siguiente. Aprovecharía para ir al lago, tal vez se encontrase con Will. La última vez que habían hablado había sido hacía menos de un mes. ¿Por qué tiraría el portarretratos? Conociéndolo, sospechaba que podría haber sido en uno de sus ataques de rabia. En los últimos tiempos, Will se había comportado de manera imprevisible. En la última conversación, su desequilibrio era evidente. Una vez más había amenazado con suicidarse. La primera vez le había creído, pero después se había hecho costumbre que las discusiones terminasen siempre igual.

La enigmática mirada de Sofía aparecía en la oscuridad tratando de decirle algo. No deseaba creerlo, pero le había parecido entrever en ella cierto placer oculto. Desde chiquilla había sido extraña. Su comportamiento no había variado mucho, aunque en la superficie se hubiera vuelto más sociable. Al mismo tiempo pensaba en las palabras de Will. Habían quedado grabadas en su memoria, pero le parecía absurdo después de tanto tiempo empezar a indagar o preguntar a Alice acerca del padre de Sofía. Desde el principio hubo un tácito acuerdo en no hurgar en la vida del otro. La respiración acompasada de Alice le indicó que estaba profundamente dormida. Se levantó y fue a la cocina a tomar un vaso de agua; sentía un calor inusual en el cuerpo, tenía los labios resecos. En un principio no supo qué lo ocasionaba, pero poco después se dio cuenta de que sentía miedo. Miedo de que Will hubiese cumplido su palabra. Y en lo más profundo de su ser presentía que así era. Con esos pensamientos rondándole la cabeza, el sueño lo pilló de madrugada.

XXIII - Hallazgo macabro

Sofía y su madre partieron hacia Nueva York el lunes temprano. Albert sintió alivio al ver cómo se alejaban, y al quedarse solo, de inmediato fue al garaje. El día prometía ser soleado a pesar de la fina llovizna de verano con la que amaneció Williamstown. Por suerte no tenía ninguna cita importante en el consultorio. Sin perder más tiempo, se dirigió a casa de Will. El olor de la lluvia mezclado con la tierra del camino, trajo nítidos recuerdos a su memoria de su época de estudiante: revolcones en el campo de entrenamiento, risas, y John Klein. Siempre ocurría lo mismo, todo allí le recordaba a él. Siempre John, el chico flaco, de pensamiento rápido, al que nunca se le escapaba detalle pero que no hacía alarde de su inteligencia. Al ir acercándose a los predios del lago, empezó a aminorar la marcha, y un oscuro presentimiento pasó por su mente. Vio el coche de Will, y dedujo que debía estar en casa. Aparcó el coche dentro del garaje y, al salir de él, la pestilencia golpeó su rostro. Olía a carne putrefacta. Deseaba creer que era comida descompuesta.

Abrió la puerta que daba acceso a la cocina y vio que todo estaba en absoluto orden, como hubiera esperado de un hombre de naturaleza compulsiva por el aseo como Will. Al entrar en la sala, el olor era inconfundible. Olía a cadáver en descomposición y debía tener varios días, tal vez más de una semana. Supo que sus presentimientos eran ciertos. Su primera reacción fue salir de la casa y dejar todo como estaba, pero cuando empezaba a regresar a la cocina, recordó a Sofía. El portarretratos que ella había dicho encontrar en el lago...

Un pensamiento negro como un nubarrón le oscureció la mente. Por un momento estuvo dispuesto a creer que ella lo había matado. «¿Por qué?», se preguntó con estupor. Decidió enterarse por él mismo y recorrió la planta baja, más para darse valor que para encontrar algún vestigio de Will. Después de cerciorarse de abajo no había nada, subió y encontró el dormitorio vacío, al igual que las habitaciones que tenían la puerta abierta.

Se paró delante de la que estaba cerrada sin atreverse a entrar. Sentía miedo de lo que encontraría. Pero debía hacerlo, tenía que saber qué había sucedido. Giró lentamente el picaporte y abrió. El zumbido de las moscas revoloteando en el cuerpo inclinado sobre el escritorio atiborraba el ambiente, convirtiendo el hallazgo macabro en un cuadro repugnante. Albert trató de conservar la cordura. Le faltaba aire, y la atmósfera enrarecida no le permitía respirar con facilidad; en ese momento pensó que perdería el sentido. Como pudo se sentó en un sillón que halló a mano y evitó mirar el rostro de Will. No se hubiera sentido así de ser otro el muerto. Instantes después, se atrevió a levantar la vista y se acercó al escritorio, vio el arma en su mano derecha y el agujero en la cabeza, por donde había brotado el chorro de sangre, que era ya una costra reseca. Pasada la primera impresión, barrió con la mirada el escritorio esperando encontrar alguna nota, una carta o un mensaje; era lo que cabría esperar de alguien que se quita la vida. No encontró nada. A su modo de ver, había algo que parecía ilógico; conociendo a Will lo menos que podía haber dejado sería una nota, ya fuera dirigida a él, o con el deseo póstumo de que alguien se enterase del motivo de su muerte, pero no había nada.

Sospechosamente nada. Will había dejado el coche aparcado afuera. Era un mensaje. Con terror vio que faltaba el portarretratos donde solía estar. Se acercó y observó con atención el lugar donde antes estuviera su fotografía. Había una nítida línea divisoria que marcaba la zona de sangre con una parte donde no había absolutamente nada.

Claramente se notaba que ahí hubo algo que había impedido que la sangre salpicara el lugar donde había estado el portarretratos, pero, además, la línea se extendía a los lados. Como si... como si hubiera habido un sobre o algo similar recostado en el portarretratos.

Alguien estuvo antes allí. Y él sabía quién. Siguió examinando el escritorio y notó un lugar donde parecía haber estado algo del tamaño de una carpeta. Ocurría algo similar que con el portarretratos; se veía claramente que las manchas de sangre atomizada por efectos del disparo tenían un límite demasiado nítido. Si la policía encontraba el cadáver, sería más que probable que también encontrasen sospechosos aquellos signos. Albert no sabía qué hacer.

Por un momento, pensó en cargar con él y envolverlo en una alfombra, como lo había visto hacer en alguna película policíaca. Buscó entre los objetos personales de Will y encontró unas revistas del tamaño de la huella dejada por el objeto que estuviera antes en el escritorio. Escogió poner encima una que tenía mucho color rojo en la tapa.

Mientras lo hacía, su mente trabajaba febrilmente y no dejaba de pensar en Sofía. Ella había estado allí, y había tomado el portarretratos, la carta apoyada en él, y también la carpeta. ¿Qué fue a hacer ella allí? ¿Cuántas veces más habría estado en aquel lugar? ¿Habría hablado con Will? Sintió que se le erizaba la piel al pensar en la sangre fría de Sofía. El último pensamiento procuró guardarlo en la parte más profunda de su cerebro. En aquellos instantes debía pensar en cosas más urgentes.

Buscó entre los objetos que había en la habitación algo para colocar en el lugar de la carta, y recordó la pequeña escultura de una mujer recostada que había hecho Will y que coincidía en tamaño. La colocó en el lugar donde antes había estado el portarretratos. La escultura, a su vez, había dejado una huella libre de polvo en la consola. Buscó algo que tapara la huella, y puso unos libros; a nadie se le ocurriría buscar debajo de unos libros, si lo hacían, no encontrarían mayor rastro. Pero había un problema. ¿Cómo justificar el hecho de que ni las revistas ni la escultura tuvieran rastros de sangre? Albert estaba a punto de sucumbir a un colapso nervioso. Debía tranquilizarse. Su sentido común le aconsejó dejar la habitación, porque la vista del cadáver descompuesto y desfigurado de Will, el zumbido incansable de las moscas y el insoportable olor no le permitían pensar con claridad.

Necesitaba un poco de oxígeno. Fue a una de las habitaciones y se sentó exhausto en un sillón. Se pasó una mano por el cabello. Sus manos temblaban sin control y, en lugar de alisarse el pelo, lo estaba despeinando.

Era obvio que Will se había matado. No era un asesinato, pero ¿y si a algún policía demasiado quisquilloso se le ocurría ponerse a divagar acerca de que los suicidas siempre dejan mensajes? Empezaría una investigación. Pensó en John Klein. Y el mundo se le vino abajo. Notaría que la escultura no tenía rastros de sangre, y tampoco las revistas. Buscaría huellas. Y hallaría las suyas. Sus huellas estaban en toda la casa. Por supuesto que a nadie se le ocurriría compararlas con las suyas, ya que nadie sabía de su relación con Will. Por lo menos eso esperaba. También encontraría las huellas de Sofía. Hizo un esfuerzo de no pensar en ella. Y en John.

Armándose de valor, resolvió entrar una vez más al estudio de Will. Quería dejar todo en orden, cerciorarse de no haber dejado algo fuera de lugar que indicase que allí estuvo alguien después del suicidio.

Recorrió con la vista la habitación, y consideró que no tenía más que hacer allí; cerró la puerta y bajó apresuradamente por las escaleras. Pasó por la cocina, entró en el garaje, subió al coche y se agarró al volante con desesperación, lo único que lo devolvía al mundo racional. Agradeció haberle dicho a Will que mandase instalar una puerta eléctrica, así no tendía que salir del coche, que en aquellos momentos era un refugio seguro. Cuando la puerta se elevó, salió disparado como un bólido. Dio la vuelta al llegar al camino que iba hasta el lago, y enfiló en dirección contraria conduciendo a una velocidad poco usual en él. Una camioneta llena de chicas y chicos se cruzó con él. Escuchó los saludos que se perdieron en la lejanía.

—¡Doctor Garrett! ¡Doctor Garrett! —pero no obtuvieron la acostumbrada respuesta amable de Albert, que, maldiciendo el momento, sólo esperaba que nadie recordase el encuentro. Había olvidado que, en época de vacaciones, los muchachos acostumbraban a hacer picnic por los alrededores del lago. Afortunadamente, la casa de Will quedaba oculta por una vegetación frondosa. Ambos habían tenido gran cuidado de que así fuera.

De regreso, en casa, llegó justo a tiempo para contestar una llamada de su asistente.

—Doctor Garrett, pensaba que no estaba en casa... lo llamo porque hay una emergencia. El hijo de la señora Harrison se cayó y creo que se fracturó una pierna. Están aquí; el doctor Carter salió a atender un parto, debe usted venir con urgencia.

—Voy de inmediato —respondió Albert, bendiciendo al hijo de la señora Harrison.

Se lavó meticulosamente las manos, ya que las sentía sucias y pegajosas, mientras pensaba que no necesitaba ninguna justificación, porque no había cometido ningún crimen. Volvió al coche y fue a la clínica lo más rápido que pudo. «Sin embargo, me siento como si fuese un asesino», caviló.

XXIV - Promesas

El trayecto de Williamstown a Nueva York tomaba casi cuatro horas. Alice deseaba aprovechar el viaje para conversar con Sofía. Reconocía que el trabajo la absorbía demasiado y que por las noches estaba tan cansada que, durante la cena, las conversaciones alcanzaban tonos monosilábicos.

—Sofía, ¿sabes que Long Island es el lugar preferido por muchos artistas? Tal vez nos encontremos con algún personaje importante.

—¿Dónde queda la casa? —preguntó Sofía, por decir algo.

—En North Fork. Precisamente el lugar donde transcurre la famosa novela de Fitzgerald —respondió Alice con entusiasmo.

—Ah... ya veo —se limitó a contestar Sofía. No tenía idea de qué hablaba su madre. Su mente se encontraba lejos, cerca del lago.

Sofía seguía con la vista los cables que colgaban de poste a poste, en una sucesión interminable, formando ondas exactamente iguales, mientras dejaba correr sus pensamientos. Le parecía extraño que su madre, una mujer a la que aparentemente le gustaban asuntos tan superficiales como las novelas glamurosas y los artistas de cine, hubiera sido la mujer de Adolf Hitler. Observó de soslayo el delicado perfil de su madre. Nadie podría creerlo. Tal vez tenía algo, además de su belleza, que ella no acertaba a captar. Empezaba a cobrar interés por su verdadero padre. Debió tener alguna razón imperiosa para hacer todo lo que hizo. ¿Acaso tendría hermanos? ¿Y su tío abuelo Conrad? Estaba segura de que él aclararía muchas dudas, lo que al parecer su madre no tenía intención de hacer. Además, prefería dejarla a un lado. Precisamente había sustraído las pruebas de casa de Will para evitar que supiese la verdad.

—¿Cuándo podré conocer a mi tío abuelo Conrad? —preguntó de improviso.

—Últimamente no tengo mucho contacto con él —respondió Alice, evasiva.

—Mamá, creo que ya es hora de que dejes los rodeos cada vez que te hablo de él. La guerra ha terminado, los secretos que podáis tener ya no tienen razón de ser, ¿no crees?

—¿Por qué dices eso? ¿Qué tuvimos que ver nosotros con la guerra?

Sofía se la quedó mirando unos instantes y luego volvió la cara hacia la ventanilla. Era inútil. Parecía que hablar con ella era como hablar con una niña de la escuela. No deseaba ver la realidad, se refugiaba en un mundo fantasioso. Por momentos, Sofía se sentía más madura que su madre.

Los días en Nueva York transcurrieron en un abrir y cerrar de ojos. Entre compras y regalos no había mucho espacio para hablar de lo que realmente le interesaba. Un día antes de partir se topó con María Strasberg, la hija de Rose.

—¡Sofía! Me da tanto gusto verte por aquí... ¡Estás muy alta para tu edad!

—Hola, María. ¿Qué tal va todo? ¿Y Rose? —saludó sonriendo Sofía.

—Todo bien, por fortuna. Mi madre está tomando unos días de descanso; yo estoy ocupando su lugar. Te mostraré unos trajes que dejó para ti.

Sofía ocupó el viejo sillón donde Rose la sentaba en sus rodillas cuando era pequeña. Se sentía cobijada por él. María la observaba pensativa; le parecía que Sofía deseaba hablar de algo. Y no se equivocaba.

—Dime, María, ¿cómo es Suiza? ¿Por qué viviste allá?

—Tuve que hacerlo. No es que yo hubiese deseado vivir allí; las circunstancias en París estaban muy mal para nosotros, tuve suerte de que la Resistencia me llevase hasta la frontera suiza.

—¿Quiénes eran ellos?

—Amigos de nuestro benefactor. Un pariente de tu madre, creo.

—¿Y lo llegaste a conocer? Para agradecérselo, supongo...

—Desgraciadamente, no. O tal vez lo vi, pero nunca supe quién era. Yo trabajaba en un laboratorio donde se fabricaban medicinas. Casi al final, antes de venir, me enteré de que él era el dueño. ¿No lo conoces? —preguntó con curiosidad María.

—No. Pero creo que cuando termine la secundaria lo conoceré —dijo Sofía, con convicción.

—Europa es muy hermosa, aunque la guerra la ha destruido en gran parte... —comentó María suspirando nostálgica, mientras recordaba al novio muerto por los nazis—. Pero yo no regresaré. No tengo a nadie allá.

—¿Sofía? —era la voz de Alice—. Te he buscado por todas partes...

—Mamá, mira los trajes que me dejó Rose. —Sofía sabía que su madre se olvidaría de cualquier cosa que estuviese a punto de decir apenas viera la ropa.

Alice recibió con agrado la sorpresa para su hija y se enzarzó con María en una conversación acerca de telas, colores y adornos que terminaron mareando a Sofía. Se alejó despacio. Por momentos se sentía agobiada, convencida de que su madre y ella tenían intereses opuestos.

La estancia en Long Island no mejoró el ánimo de Sofía. Alice, sin embargo, rebosaba felicidad. Rodeada del esplendor que a ella le gustaba, podía lucir los elegantes trajes de verano preparados con antelación, previendo actividades sociales. Albert se les unió una semana después y terminó la aparente tranquilidad de Sofía.

Sofía era ya una adolescente de largas piernas, cuya estatura se iba equiparando a la de su madre, pero de belleza opuesta a la de su progenitora. Se adivinaba en ella, sin embargo, un atractivo salvaje. Sus ojos, como los de un halcón, penetrantes, hipnóticos. Su perfil, cortante. De la pequeña niña de rasgos ambiguos quedaba muy poco; una fisonomía que antes parecía fuera de lugar empezaba a ocupar el espacio adecuado en su lenta metamorfosis.

Hastiada del constante parloteo de las invitadas de su madre, se hallaba sentada al otro extremo de la piscina de bordes de mármol, con los pies hundidos en el agua, mirando una pequeña hoja que había puesto a flotar, cuando vio reflejada la figura de su padre en la superficie del agua. Sabía que hablaría con ella en algún momento, así que se limitó a esperar. Albert se puso en cuclillas a su lado.

—Sofía... ¿Te gusta la casa? —preguntó, aparentando tranquilidad. Le molestaba sentir esa especie de respeto o temor que la chiquilla le inspiraba.

—Sí. Es muy parecida a mi madre. ¿Verdad? —respondió Sofía, sin volverse.

—Si te refieres a la decoración, ya sabes cómo es. Siempre ha tenido muy buen gusto.

—Creo que es un poco ostentosa.

—¿Te parece? ¿Cómo te hubiera gustado que fuese?

—Creo que lo que yo opine no tiene mucha importancia —respondió con cierto deje de resentimiento en la voz, mientras miraba fijamente la hoja que flotaba cada vez más lejos.

—Para mí, sí la tiene —dijo Albert.

Sofía volvió el rostro y lo miró a los ojos.

—¿Eres mi padre? —preguntó Sofía, sobresaltándolo.

—Soy tu padre porque te vi nacer, te crié, y te amo —contestó, esquivo.

—Sólo quería una respuesta de verdad —dijo Sofía, volviendo a darle la espalda.

—Hija... —Albert se sentó en el borde de la piscina y hundió los pies en el agua al igual que ella—, creo que tú sabes muy bien quién es tu padre. Tu padre consanguíneo. Sé que estuviste en casa de Will. —Albert miró con disimulo al grupo y prosiguió—: Me imagino que te enteraste de mucho más con lo que tomaste de su casa. ¿Qué hiciste con ello?

—Lo quemé —fue la corta contestación de Sofía—. ¿Encontraron su cuerpo?

—No, por lo menos hasta el momento de venir. Yo fui a su casa porque me intrigó el portarretratos en tu cuarto. Fue entonces cuando me di cuenta de todo. ¿Cómo tuviste el valor de estar ahí?

—No fue fácil, pero debía hacerlo. No sólo por mí; lo hice por mi madre y... también por ti.

—Sofía... eres la niña más valiente que he conocido, me siento orgulloso de ser quien te trajo al mundo, sólo quiero que me sigas queriendo a pesar de todo y que me consideres tu padre, yo...

Albert no pudo seguir hablando. Pasó el brazo por los hombros de Sofía y la atrajo hacia él. Al sentir su fragilidad, al ver cuán solitaria y joven era, admiró aún más su valentía. Era su pequeña Sofía. Le dio un cariñoso beso en la frente y sintió que ella no oponía resistencia. La chiquilla también se abrazó a él como antes, como en los buenos tiempos.

—Papá... yo te amo. No pienses que enterarme que soy hija de ese hombre hace que deje de quererte, es sólo que... no me gusta que me engañes. ¿Recuerdas cuando Will estuvo en casa? Yo lo comprendí todo, tú me lo explicaste, ya no soy tan niña.

—Sí, eres una niña, eres mi niña. Yo no quiero preocuparte con mis problemas.

—¿Tus problemas? —preguntó con seriedad Sofía—. Creo que el problema es de todos.

—Sí. Pero yo tuve la culpa por involucrarme con un agente enviado por tu padre. Aunque creo que él hubiera investigado acerca de ti de todos modos.

—¿Tú crees que él sabía mi existencia?

—Por supuesto. De lo contrario habría acabado con tu madre. Will me lo repitió varias veces, me dijo muchas cosas. Desgraciadamente yo no le creí. Deduzco que no leíste los informes que dijo que tenía.

—No los leí, sólo leí la carta. Él te dejó una carta; decía que por ti había fallado a su Führer. Lo siento, no pude evitar leerla; yo había ido allí para hablar con él y obtener respuestas, pero al hallarlo muerto pensé que debía decir algo en la carta que me aclarase un poco la verdad. Cuando me enteré de que te mencionaba con nombre y apellido, decidí que la quemaría. Agarré tu retrato y una carpeta con muchas páginas acerca de su trabajo para los nazis. También tomé un delantal que decía: Albert y Will.

Albert miró con detenimiento a Sofía; no terminaría nunca de asombrarlo. Se puso de pie y le dio la mano para que hiciera lo mismo. Fueron caminando por el jardín, lejos de la gente que había en la reunión.

—Siempre pensé que mi vida al lado de tu madre era sólo un parapeto. Pero ella tiene una manera muy especial de ser, a veces me parece que es aún una niña. Por momentos siento que tú eres más madura que tu madre a pesar de todo lo vivido por ella —Albert hablaba como consigo mismo—; cuando la conocí era una joven de veintiún años, estaba embarazada de ti y yo comprendí que necesitaba a alguien a su lado. Alice nunca demostró una particular atracción por mí; además, yo intuía que ella llevaba dentro una gran decepción. Indudablemente estaba enamorada, está de más decir que de tu padre. Aunque nunca me habló de ello, lo cual era comprensible, y yo respeté su intimidad. Nos casamos, cada cual cubriendo la parte que le correspondía, y fue una especie de acuerdo o... pacto, a pesar de que nunca aclaramos los puntos. Puedes estar segura de que fuiste fruto del amor. No importa qué represente para el mundo. Él te amaba. Quiero que lo sepas.

»Siempre que Will hablaba del asunto —prosiguió—, recalcaba que tu padre no permitió que tu madre corriera peligro, porque existías tú; aparentemente la conocía bien, sabía que al lado de ella, estarías bien cuidada. En buena medida, Will actuaba como tu custodio. Si le hubiera sucedido algo a tu madre y yo no hubiera existido, con seguridad él se hubiera hecho cargo de ti. En un principio creí que Will se había enamorado de mí, pero después de un tiempo, me di cuenta de que todo había sido planeado, claro que con el tiempo, él me amó, tanto es así que se suicidó al saber que yo no deseaba seguir con él. Aunque a veces pienso que realmente se mató por otros motivos. Sofía, a pesar de que estas explicaciones no son propias para una niña de tu edad, te las estoy dando porque mereces mi respeto y sé que esperas muchas respuestas. No puedo dejar que vayas por la vida suponiendo cosas que ni tu madre sabe. Ella jamás sospechó la existencia de Will. Ella sabía que yo tenía un amigo, pero nunca me hizo preguntas; es algo que admiro de tu madre. Tal vez fue lo que hizo que empezara a quererla. Algún día, cuando seas adulta, quizás comprendas qué es lo que mueve a una persona a enamorarse de otra. Aunque lo dudo, porque ni yo mismo lo sé. Tu madre no sabe nada de lo que nosotros conocemos, y creo que es mejor que no se entere; como ves, ella vive en un mundo aparte. Dios sabe cuánto debió sufrir por verse separada de tu padre y de todo lo que él representó. Ésa es una historia que algún día conocerás; yo sólo te puedo decir la parte que conozco.

—Tú dices que mi padre me tuvo por amor, entonces, ¿por qué mi madre tuvo que separarse de él? —preguntó Sofía.

—En principio porque era la hija de un personaje al que perseguía para matar. Y, en segundo lugar, porque ella era judía. Will me dijo que él no se perdonaba haberse enamorado de una judía. Así que tal vez eliminarla lo haría sentirse menos culpable, por lo menos yo lo creo. Cuando se enteró de que tenía una hija las cosas cambiaron. Yo nunca quise creer lo que Will decía; pensaba que eran sus ideas alocadas, pero después me convencí de que todo lo que me había comentado era verdad.

—No veo por qué Hitler tenía tanto interés en mí. ¿Acaso no tenía más hijos? —preguntó extrañada Sofía.

—Al parecer, no. Según Will, nunca había podido tener hijos, y al enterarse de que tú eras su hija quiso cuidar que nada malo te ocurriera.

—¿Y por qué no quiso que supiera que era mi padre?

—Supongo que por las implicaciones futuras que tendría para ti y para las personas que te rodeaban. Recuerda quién era y cómo te hubieran tratado las personas si se hubieran enterado de que tú eras su hija. Podrías correr peligro. Posiblemente, si las cosas hubiesen resultado diferentes, hubiera esperado el momento para llevarte a su lado.

—¿Qué sentiste cuando lo supiste?

—Para mí siempre seguirás siendo mi pequeña Sofía. Tú no tienes culpa de nada.

—¿Sabes algo de mi abuelo Conrad?

—Sólo sé que vive en Suiza.

—Quisiera conocerlo. Me gustaría ir a Europa algún día.

—Creo que lo harás. Dale un poco de tiempo a tu madre y ella misma te dará su dirección. La muerte de tu padre es aún reciente y en Europa las cosas todavía deben estar de cabeza. Ten un poco de paciencia y yo mismo me encargaré de eso.

—¿Lo prometes? —preguntó Sofía con tal anhelo reflejado en el rostro que hizo que Albert se preguntase el motivo de su vehemencia.

—Lo prometo. Mientras tanto, debes terminar tus estudios y tal vez me encargue de que tu regalo de graduación sea un viaje a Europa. Para entonces serás una hermosa joven de la que tu abuelo se sentirá orgulloso —terminó de decir Albert, para tranquilizar sus ímpetus.

Sofía suspiró profundamente y se detuvo. Abrazó a su padre y le dijo:

—Te amo, papá.

XXV - La investigación

Cuando regresaron de North Fork Williamstown estaba conmocionado. Todo el mundo hablaba del cadáver de Will. La policía había sido alertada por el jardinero que iba cada quince días a la casa. Nadie dudaba de que hubiera sido un suicidio, pero la policía de Williamstown cerró el perímetro de la casa y llevó a cabo una investigación minuciosa. No quedó una sola persona en el pueblo que no deseara ser interrogada; para todos era una magnífica ocasión de figurar, y en un pueblo tranquilo como Williamstown el acontecimiento empezaba a alcanzar magnitudes insospechadas. La policía anotó cuanta evidencia consideró importante, mientras la gente aportaba datos inesperados, como que habían visto al muerto en tal o cual sitio, o que actuaba siempre de manera misteriosa. En una marmolería lo conocían por haber comprado bloques de pequeño tamaño; en una tienda de comestibles aseguraban que le encantaban las verduras frescas y que sentía predilección por los plátanos. Casi todos coincidían en que no entablaba amistad con nadie y en que tenía acento extranjero. Pero las noticias muchas veces tenían sus puntos divergentes porque algunas chicas del pueblo decían que permanecía callado, mientras que otras aseguraban que había coqueteado con ellas, y más de una decía haber salido con él.

Como comisario de la policía de Williamstown John Klein tenía a su cargo las averiguaciones. Y la información que sus subordinados reunían era mucha. Pero él les dejaba hacer; intuía que el asunto iba más allá de un simple suicidio.

El momento temido por Albert llegó cuando Grace anunció su visita.

—Hola, Albert —saludó John, entrando en su consultorio.

—Hola. Parece que hay un revuelo tremendo —comentó Albert.

199

—Un suicidio. Pero en extrañas circunstancias.

—Como todos los suicidios, ¿no? —preguntó Albert sin dar mucha importancia al acontecimiento.

John lo miraba tratando de adivinar sus pensamientos.

—Depende... ¿Cuándo llegaste?

—Anoche. —Albert se imaginaba que John sabía dónde y con quién había estado.

—Perdona que parezca que te interrogo, pero debo hacerlo con todos. ¿Y cuándo te fuiste?

—John, sabes perfectamente que estuve fuera una semana. Dices que fue un suicidio; sin embargo, actúas como si se tratase de un homicidio. ¿Deseas saber mi opinión como médico? No comprendo de qué va todo esto.

—El joven fallecido no se llamaba William Lacroix. Su verdadero nombre era Matthias Hagen. Era miembro del partido nazi. Me pregunto qué tenías en común con él para que fueseis amigos —aclaró directamente John.

—Por lo visto, como siempre, sabes mucho. Sabes más de lo que yo sé. Jamás imaginé que fuese un nazi. Pero si el hombre se mató, no veo por qué tanto interés en la muerte de un desconocido —dijo Albert sin contestar a su pregunta.

—Hay evidencia en la escena de su muerte de que alguien estuvo allí. ¿Motivos? Evidentemente para llevarse algo. Se nota claramente.

—Yo no fui. Reconozco que lo conocía, pero nada más. No sé por qué me cuentas todo eso.

—Porque te considero mi amigo. No tengo motivos para acusarte de nada, excepto de andar con un muchacho que aparentemente se mató por ti. Si tienes algo que decirme, por favor, me gustaría saberlo.

Albert guardó silencio por un rato. Se sentía incómodo, le afectaba que John supiese tanto de su relación con Will, le hacía sentirse culpable. Era un sentimiento muy extraño.

—Habíamos terminado hace tiempo. Sus motivos pudieron ser otros; la pérdida de la guerra, supongo —dijo finalmente.

—Tal vez... bien. Albert, seguiré investigando. ¿Estuviste en las cercanías del lago el 29 de julio?

—No lo creo —aseguró Albert. Demasiado rápido, para John—. ¿Por qué esa fecha en particular?

—Porque ese día unos chicos fueron a hacer camping al lago y te vieron conduciendo a gran velocidad hacia el pueblo.

—Mi secretaria lleva mi agenda de trabajo. Sería bueno preguntarle a ella dónde me encontraba ese día —contestó Albert—. ¡Grace! ¿Puedes venir un momento? —llamó Albert desde su oficina.

Grace apareció de manera instantánea. Estaba emocionada. Como todos en el pueblo, deseaba formar parte de la investigación.

—Por favor, busca en la agenda qué fue lo que hice el 29 de julio.

—A las doce y treinta del día, por favor —recalcó John.

—A ver... —dijo Grace mientras le sacaba el último vestigio de dulce a la goma de mascar—. Ya. Aquí está. Atendió al hijo de la señora Harrison; se había fracturado una pierna. El doctor Carter estaba atendiendo un parto. Todo está aquí, lo tengo meticulosamente anotado —respondió Grace con suficiencia, dando pequeños golpes con el bolígrafo en el cuaderno de notas.

—Un momento... —interrumpió Albert— ya recuerdo. Mi hija el día anterior fue en bicicleta con unos amigos por los alrededores del lago a hacer una barbacoa. Me encargó que le buscase el adorno que siempre lleva en su bici, que había perdido por esa zona. Según ella, es su amuleto de buena suerte; como Alice y ella partirían al día siguiente a Nueva York, yo le prometí que si tenía tiempo iría a buscarlo y así lo hice. Cuando regresaba me crucé por el camino con un grupo de chicos en dirección contraria. Yo conducía apurado porque me dirigía a la clínica. Sabía que ese día el doctor Carter estaba atendiendo a una parturienta.

—Eso es correcto —corroboró Grace mientras exprimía con los dientes la goma de mascar.

—Bueno, siendo así, creo que es todo —dijo John con su acostumbrada calma.

—¿Por qué tantas preguntas? Fue un suicidio, ¿no? —alegó Albert.

—Hay algo en este asunto que no huele bien, aparte del cadáver, por supuesto —aclaró John con un gesto— . Sabes que me gusta descifrar misterios. —Le dio una ligera palmada en el hombro—. ¿Lo encontraste? —preguntó.

—¿El qué? —contestó Albert pillado por sorpresa.

—El amuleto.

—Pues sí. Y fue una suerte.

La cara de rasgos marcados de John se transformaba cuando sonreía. Lo vio guiñarle un ojo antes de salir. A Albert siempre le había fascinado su sonrisa pero esta vez se sintió perturbado. Debía hablar con Sofía. Estaba seguro de que John querría corroborar la historia del amuleto. No llamaría desde su consulta; en esos momentos todos se creían investigadores a la caza de pistas, incluida Grace. Esperó un poco y se metió en su coche; primero iría a la frutería, para despistar. Se sentía ridículo. ¿Por qué no le contaba a John toda la verdad para que dejase de seguir fisgoneando?, se preguntaba. Había algo en su forma de ser que siempre le había inspirado respeto. Aun sabiendo que su condición económica y social era menor, John parecía ser superior a muchos. Notó que instintivamente trató de ocultar la verdad; sentía cierto pudor de hablarle de su relación con Will, aunque suponía que lo sabía. Tampoco deseaba que supiera lo de Alice. Pero conociéndolo, estaba seguro de que averiguaría la verdad.

—¿Qué le parece? —exclamó Grace irrumpiendo en la oficina—. ¡Un misterioso suicidio en Williamstown! ¡Ah, doctor, este pueblo se volverá famoso!

—Espero que no —murmuró Albert. Y agregó—: Estaré en casa. Vendré por la tarde. Si hay alguna emergencia, me llamas.

A pesar de la ansiedad que sentía por llegar a casa, Albert condujo despacio y se detuvo en la tienda de comestibles para comprar unas frutas. Sabía que John no le quitaba ojo, pese a estar conversando con algunas personas. Al llegar buscó a Sofía; estaba jugando con Wolf en el jardín junto a la cascada.

—Sofía, presta atención un momento. Es probable que el comisario de policía venga a casa a hacer preguntas acerca de la muerte de Will. Lo está haciendo prácticamente con todos en el pueblo. Le dije que un día antes de que os fuerais a Nueva York, fui a buscar un amuleto que acostumbrabas a llevar en el manillar de tu bici, que se había perdido por los alrededores del lago. ¿Tienes un amuleto? —preguntó con apremio.

—No. Pero lo voy a tener —respondió rápidamente Sofía—. ¿Por qué le dijiste eso?

—Porque unos muchachos me vieron cuando venía en dirección al pueblo después de dejar la casa de Will.

—Voy a buscar algo que me sirva de amuleto. Aunque no creo que ese comisario venga. ¿Qué podría querer de nosotros? —dijo Sofía, mientras se alejaba en dirección a la casa. Buscó entre la gran cantidad de adornos y bagatelas que tenía en un cajón y escogió una borla marrón. A Wolf le gustaba mordisquearla y eso le daba una apariencia gastada y algo sucia. Sería perfecta. La puso en el manillar de la bicicleta y volvió al jardín, siempre seguida por Wolf. Después del almuerzo, Albert regresó a la clínica y, a media tarde, John Klein se presentó en su casa.

La primera vez que John vio a Alice fue cuando Albert y ella se casaron. Entonces, él era uno más de los policías de Williamstown. Recordaba que había asistido a la boda con Clarise, su esposa. Era la segunda vez que entraba en esa casa y parecía que el tiempo se hubiese detenido, porque todo parecía estar como lo recordaba. Y tenía una memoria magnífica. Recordaba a Alice al lado de Albert, y pese a su estado de gravidez que ya se notaba, jamás pudo olvidar el aura que parecía rodearla. Fue uno de los motivos por los que admiró a Albert. Tener a su lado a una mujer como aquélla le hizo verlo bajo otro prisma.

Sentado en el amplio salón, un viejo sentimiento de inferioridad empezó a invadirle. Sintió unos pasos a su espalda, acompañados de un suave aroma.

—Señora Garrett... mi nombre es John Klein, comisario de de policía de Williamstown —se presentó, poniéndose de pie—.

Disculpe si le importuno con algunas preguntas, pero estoy investigando la muerte del señor Matthias Hagen, más conocido en el pueblo como William Lacroix.

Alice le invitó a sentarse, mientras ella hacía lo mismo. Cruzó las piernas sin cuidarse de cubrir sus rodillas. John lo notó, admitiendo que ese gesto lucía encantador en ella.

—Me temo, señor comisario, que no conozco a ninguno de los dos —respondió Alice con una sonrisa que desarmó a John.

—Es cuestión de rutina —dijo él devolviéndole la sonrisa—. El hombre fue encontrado muerto después de muchos días. Debo interrogar a todo el mundo.

—Comprendo, señor comisario, siéntase en libertad de preguntar lo que desee. ¿Cómo cree que murió? —indagó Alice.

—En realidad, existen evidencias de que fue un suicidio —contestó John pensando que nunca se había sentido tan ridículo—, pero —prosiguió rápidamente al notar la cara interrogante de Alice— también es posible que alguien lo haya matado. ¿Sabía usted que era alemán y no francés como él decía?

—Ya le dije que no lo conocía. Paso mucho tiempo en Nueva York, y aquí en mi boutique, vendo ropa para damas. No creo que haya sido cliente mío. Por otro lado, no me parece una razón suficiente matar a un hombre por no ser de la nacionalidad que decía ser —respondió Alice con ironía.

—¿Podría hablar con su hija Sofía? —inquirió John haciendo un esfuerzo por apartar los ojos de Alice.

—¿Con Sofía? No creo que sea correcto interrogar a mi hija por el suicidio de un hombre desconocido.

—Es sólo para corroborar lo dicho por su esposo. Lo vieron en las cercanías del lago y el difunto vivía por los alrededores.

—¿Y usted sospecha que mi esposo ayudó al difunto a suicidarse? —preguntó Alice francamente divertida.

—En ningún momento. Sólo deseaba saber qué hacía por allí. Tal vez hubiese visto algo... no sé, creo que es mejor que me retire. Tiene usted razón, le ruego que me disculpe —carraspeó John. «¡Diablos, qué mujer!», pensó.

—En ese caso, y para que se tranquilice, llamaré a mi hija —dijo Alice.

Se puso en pie y fue en busca de Sofía. John Klein la siguió con la mirada, incapaz de apartar los ojos de ella. Casi al instante, Sofía y su madre entraron juntas en el salón. Él intentó recobrar la compostura. Sentía un calor inusitado.

—Ésta es Sofía, mi hija —dijo Alice.

—Mucho gusto, señorita... Sólo deseaba saber si su padre había encontrado lo que fue a buscar al lago. Sofía hizo un gesto de incomprensión.

—Su padre dijo que había perdido algo en los alrededores del lago.

—¿Se refiere a mi amuleto? Por suerte lo encontró. ¿Desea usted verlo? —preguntó Sofía.

—No... no es necesario. Creo que eso es todo. A propósito: ¿suele usted ir a menudo por el lago?

—A veces... siempre que puedo, doy una vuelta por ahí.

—¿Sola?

—Cuando no encuentro con quién ir... sí.

—Le recomendaría que no lo hiciera muy seguido. Es peligroso; es preferible que vaya acompañada. El día que perdió el amuleto, ¿estaba sola?

—Sí —dijo Sofía, rogando para que su madre no interviniera.

—Creo que es todo. Disculpe si la he importunado señora Garrett. Me retiro, buenas tardes.

Alice lo acompañó a la salida y se quedó observando su desusado caminar desgarbado hasta que salió por la puerta principal.

Alice le parecía una diosa. Su presencia era impresionante, igual que su forma de hablar, con aquel elegante acento francés que la hacía irresistible. John sentía el rostro aún encendido. Sacudió la cabeza para alejar los pensamientos que empezaban a asomarse en su cerebro y puso el coche en marcha... aún conservaba consigo el suave aroma de su perfume.

En cuclillas, Sofía acariciaba a Wolf mientras observaba a su madre. Ella sabía que no tenía amuleto alguno en su bici; también sabía que el día que regresó del lago creía que había estado con un grupo de amigos; sin embargo, no había mostrado absolutamente ningún rasgo de asombro por las respuestas que le dio al comisario. Sofía supo que algo no encajaba. Se había mostrado tan... seductora con el inspector... «Tal vez son ideas mías y es cierto que no se ha percatado de nada», se dijo.

Alice se retocó un poco el ligero maquillaje y se dispuso a salir. Iría a la boutique. Antes de llegar a la puerta, miró escaleras arriba y se encontró con la mirada de Sofía. Impresionada, le parecía ver la mirada de Adolf. Le envió un ligero beso volado y salió.

John aparcó el coche frente a la clínica; pasó por la farmacia que estaba al lado para comprar unas píldoras para el dolor de cabeza, y entró a visitar a Albert.

—Al, estuve en tu casa. Quería decírtelo.

—Me imagino que preguntaste por el amuleto —acotó Albert—, sabía que no me creerías.

—Tienes razón. Y no te creo. Pero dejemos las cosas como están. No creo que haya un crimen en este caso. En realidad, me preocupa que el tal Will haya sido un nazi y que las investigaciones pudiesen vincular a tu familia con asuntos sórdidos. Por lo demás, descuida, trataré de no involucrarte.

—¿Te refieres a mi relación con Will?

—¿A qué, si no? —respondió John, con impaciencia—. ¿Acaso no es lo que has estado tratando de esconder? ¿Por qué un sujeto como él, venido del otro lado del mundo y con sus antecedentes, se toparía justo contigo?

—Casualidad, creo yo. No tenía motivos para buscar mi amistad.

—No existen casualidades. Tu esposa vino de Suiza. Su dinero era enviado desde allá. Pero ella no es suiza. Ella es checoslovaca, vivió en Berlín y se fue a Suiza. La trajeron los Stevenson, quienes no murieron en una tragedia como dice tu hija en el colegio. Viven en Boston. ¿Quieres que siga?

—No comprendo a dónde quieres llegar. Tampoco sé cómo sabes tanto —repuso Albert con terquedad.

—Soy detective, ¿recuerdas? Es evidente que no fuiste al lago por ningún amuleto. Querías ver a Will y lo encontraste muerto. Lo que sea que desapareció de allí debió ser algo importante. ¿Y qué podría ser más importante que algún informe, un secreto, alguna extorsión que Will estuviera ejerciendo?

Albert guardó silencio. John parecía haber estado jugando con él al gato y al ratón. Y lo sabía todo. O casi todo. Decidió confiar en él. Se lo merecía.

—Alice tuvo una relación con Hitler, cuyo resultado es Sofía. Su padre está en Suiza y es quien la ayudó al principio. Will fue enviado por Hitler para dar con el paradero de Alice. Al enterarse de que tenía una hija suya, mantuvo aquí a Will como una especie de custodio de la niña. Pero supe todo esto recientemente; yo no lo sabía cuando me lié con él. Lo juro. Alice no tiene ni idea de lo que está ocurriendo. Te suplico que no hagas que se entere. Los documentos que dejó Will involucraban a mi familia.

—¿Por eso se los llevó Sofía?

—¿Cómo lo sabes? —preguntó Albert, atónito.

—No, no lo dijo ella. Lo deduzco por la incongruencia que existe. Ella estuvo por los alrededores del lago, tú dices que con un grupo de niños, y ella afirma que estuvo sola. En todo caso, es fácil de comprobar. En la orilla del lago hay restos de papeles, no de una barbacoa o algo por el estilo. Y huellas de bicicleta; tú no vas en bicicleta desde que éramos chiquillos... Si fueras tú el que tomó los documentos, hubieses tenido el suficiente tino como para dejar la carpeta con cualquier tipo de papeles dentro, para evitar la huella que dejó la falta de sangre esparcida, así que me imagino que primero fue ella, y después tú, a tratar de cubrir sus despistes. Por otro lado, si tú regresabas apurado a la clínica viniendo del lago, cuando te cruzaste con los chicos, ¿cómo es que Grace te llamó a tu casa? El dato lo corroboré con ella. Las horas no coinciden. De lo que aún no estoy seguro es si es verdad que tu esposa no está enterada de todo.

—Ella es ajena a todo esto. Por favor, John...

—Descuida, no diré nada. Daré el asunto por cerrado; no veo qué beneficio puede aportar aclarar la muerte de Will.

John se levantó del sillón y Albert rodeó el escritorio. Se acercó a él y le dio un ligero abrazo.

—Gracias, John, eres un verdadero amigo. Deberíamos reunirnos un día de estos. ¿Cuándo fue la última vez que lo hicimos?

—Cuando falleció Clarise —contestó John.

No hubo comentarios en casa acerca del suicidio de Will. Parecía que todos evitaban tocar el tema, y con el tiempo, en el pueblo también se olvidaron aquellos memorables hechos. Las investigaciones llevadas a cabo por la policía de Williamstown no arrojaron resultados nuevos. Para desagrado de John, a pesar de que él había cerrado el caso llegaron agentes del departamento de contrainteligencia del FBI. Se llevaron el cuerpo de Will, y John se enteró después de un tiempo que un médico forense de Nueva York hizo la autopsia, y corroboró que el hombre se había quitado la vida. La guerra había terminado y todo el mundo deseaba pasar página. No importaba quién había sido el difunto, ni para quién trabajaba, o si había sido alemán, austriaco o francés. Pusieron una lápida sobre el caso.

John sabía que podrían haber sido dos los motivos del suicidio: la pérdida de la guerra con la consecuente muerte de Hitler, y el abandono de Albert. Maldijo a Albert por tener una mujer como Alice y acostarse con Will. Era o había sido su mejor amigo. En realidad, el único que tuvo, pues no volvió a intimar con nadie de esa forma. Nunca supo el motivo por el que Albert le había inspirado siempre la sensación de necesitarlo. Parecía un ser indefenso, a pesar de ser muy capaz e inteligente. Su comportamiento siempre le indujo a creer que Albert estaba enamorado de él, pero nunca se sintió preparado para afrontar la situación ni aclararla; temía perder su amistad, o tal vez parecer insensible. O estar equivocado. En aquellos días él mismo era tan inseguro, a pesar de que frente a Albert intentara disimular. Siempre pensó que con el tiempo y la madurez, él escogería el camino correcto, pero evidentemente no había sido así. Su matrimonio, por lo visto, sólo fue un parapeto o una manera de ayudar a una mujer como Alice. No lo podía culpar, él mismo, en su lugar, lo hubiera hecho. Por una mujer así, sería capaz de todo.

XXVI - El oro del Reich

Después de la guerra, Hanussen fijó su residencia definitiva en Zurich. A diferencia de su época en Berlín, vivía sin atraer la atención, dirigiendo sus negocios de manera discreta. Para grandes inversiones, hacía uso de testaferros; en la mayoría de los casos gente que le debía favores, o la vida. Conservó su identidad como Conrad Strauss, así como sus creencias ocultistas, que después de los resultados de la guerra se habían fortalecido.

La pequeña barba que exhibía entonces, pulcra y cuidada, le daba la apariencia de un interesante hombre maduro. Su mirada de ave rapaz conservaba la agudeza de antaño, pero lo que contribuía a darle el aire imponente con que suelen adornarse los que ejercen el poder era la apariencia indolente, bajo la que escondía un temperamento osado. Conrad Strauss, un alumno aplicado del señor de Welldone, había suavizado con los años la nobleza de sus facciones. La lentitud de sus movimientos y el sibaritismo de sus costumbres revelaban un conjunto de facultades que hacía de él un hombre original y atractivo. Había aprendido, sin embargo, a sopesar en su justa medida los consejos de su maestro: mujeres y sexo, sí. Amor por ellas, no. «Sólo obtendrás debilidad y pérdida del poder que te otorgué», había dicho. ¡Qué caro resultaba ver cumplidos los deseos!, se recriminaba Strauss, pero era el camino que había escogido y no había marcha atrás.

Vivía rodeado de empleados fieles a los que mayoritariamente había ayudado a sobrevivir durante la invasión nazi. También trabajaban para él algunos miembros de la Resistencia, partisanos que lo seguían considerando «El Padrone» y le facilitaban importantes contactos con la gente más insospechada. Tres años después de finalizada la guerra, su fortuna, que ya era apreciable, se incrementó de manera sorprendente.

Massimo, el cabecilla de los antiguos partisanos, dio con el paradero de un oscuro contable del extinto Reichsbank. Vivía en una pequeña aldea suiza colindante con la frontera italiana. El alemán era casi un ermitaño excepto cuando encontraba a alguien que le invitase a un par de tragos, lo que no era nada frecuente. Fue así como el ex partisano se enteró del oro del Reich, que aún se encontraba oculto en los Alpes bávaros, en Alemania. Específicamente, en las montañas bávaras cercanas a Garmisch Partenkirchen. Enterado por Massimo, Conrad Strauss se interesó en hablar con él, pensando que tal vez fuese posible que el otrora contador supiese el paradero del tesoro del Reich. Él sabía que Alemania había saqueado obras de arte de los países conquistados; oro, joyas, papel moneda y antiquísimas piezas valiosas, muchas de ellas en propiedad de Hermann Goering, que los norteamericanos habían recuperado en un vagón de tren cerca de Partenkirchen. Después de la guerra corrían muchos rumores, pero Conrad Strauss quería cerciorarse si, en efecto, el hombre era quien decía ser. Acordaron un encuentro en una cabaña de su propiedad.

Lo reconoció enseguida. Pese a su apariencia descuidada, era el mismo detallista y minucioso empleado de confianza del Banco del Reich; un hombre probo, honesto, que a la postre, ejercía de cajero, y que con seguridad sabía de qué hablaba.

—Sírvase tomar asiento, Herr Netseband —ofreció Strauss con gentileza.

—Gracias, señor —respondió el hombre, intimidado al saberse reconocido.

Netseband notaba a las claras que trataba con un hombre importante, pese a la modesta cabaña en la que lo recibía. El rostro de Strauss le traía vagos recuerdos, pero no acertó a definirlos.

—Massimo dijo que usted tenía relatos muy interesantes que contar —dijo Strauss, al retirarse el partisano.

—Tal vez.

Los ojos de Netseband, pequeños y cada uno de diferente color, rehuían la mirada de Strauss. Empezó a fijarse en los botones de su abrigo, tan raído como si lo hubiese usado sin quitárselo durante años.

—Me encanta escuchar historias... Herr Netseband. Yo viví largo tiempo en Alemania, tengo buenos recuerdos del Führer — comentó Strauss, en tono confidencial.

—Eran buenos tiempos, pero ya todo acabó —alegó el hombre con nostalgia, sin despegar la vista de uno de sus botones.

—¿Cómo es posible que alguien con su capacidad se encuentre en estas circunstancias? Massimo dijo que no tiene trabajo y tampoco vivienda fija. Con lo que sabe, podría ser millonario.

—¿A qué se refiere? —preguntó Netseband. Sus pequeños ojos se achicaron aún más hasta quedar convertidos en dos pequeñas arrugas que con dificultad podían apreciarse a través de las gafas.

—Usted sabe a qué me refiero, mein Freund... aunque no comprendo cómo no ha hecho nada para recuperar el oro que ayudó a esconder.

—Yo no escondí nada. No sé de qué habla.

Strauss sirvió un vaso de vino casi hasta el borde y se lo ofreció. Netseband parecía reacio a aceptar, pero alargó la mano temblorosa y se aferró al vaso. Tomó varios sorbos seguidos, exhaló con fuerza y puso el vaso en la mesa sin soltarlo. Arrugó la frente y oteó a través de la ventana con sus ojos bicolores un grupo de pinos nevados que se confundía con el resto del paisaje.

—Creo que sí sabe. Y yo puedo ayudarle a dar con ese oro.

—Ellos están en todos lados, jamás me atrevería a tocar un centavo. Debo cuidarme tanto de alemanes como de americanos.

Strauss se dio cuenta de que el hombre estaba aterrorizado, pero sabía mucho. ¡Por Dios! ¡Había sido el tesorero del Reichsbank!

—Si yo le garantizo su seguridad y la de su familia, porque... ¿Tiene usted familia, verdad?

—Sí, pero en Sudamérica, en Argentina. Fue el favor que pedí a cambio de mi silencio. Mi familia embarcó casi a finales de abril del cuarenta y cinco. Sólo sé de ellos por lo que me dicen en sus cartas...

Dio un profundo suspiro y calló.

—Comprendo... ¿No le gustaría reunirse con ellos? Puedo hacer que usted salga de Suiza; incluso cambiar su identidad para que no despierte sospechas.

—¿Quién es usted? —preguntó el hombre. Sus anteojos temblaban sobre su larga nariz.

—Un amigo. Sólo deseo hacer una transacción: algo que yo quiero, por algo que usted desea. Piénselo. Puede quedarse en esta cabaña el tiempo que considere necesario; hay suficiente vino y una cama limpia. La señora Bechman estará a su disposición; es ya un poco vieja, pero cocina muy bien.

Strauss se puso de pie, Netseband lo hizo también.

—Gracias, Herr... pero no es necesario. Yo puedo...

—Insisto. No deseo que enferme, este año el invierno es crudo.

—Está bien, Herr... lo pensaré. Pero usted olvida algo: es probable que los norteamericanos aún merodeen por la zona.

—Usted no se preocupe por eso. Cuando haya tomado la decisión, sólo avise a la señora Bechman y ella sabrá localizarme.

Strauss había investigado la zona. Los americanos mantenían una vigilancia muy relajada, y con pocos hombres. La fiebre del oro que se desató en el cuarenta y cinco había dado paso a la incredulidad después de haber localizado unos pocos lugares con unos cuantos lingotes. El verdadero tesoro debía permanecer oculto en algún sitio, si es que los propios alemanes no lo habían rescatado ya, lo cual parecía improbable. Y él tenía a Netseband, quien a ciencia cierta sabía cuánto, cómo y dónde estaba el oro. Hasta podría asegurar que guardaba una relación minuciosa de cada pieza. Algo típico de los nazis. Pero no era un soldado. Pensaba y actuaba como un burócrata, y a las claras se notaba que el temor aún hacía estragos en él; después de todo, llevaba encima un valioso secreto. Lo sorprendente era que estuviese vivo.

El contador Netseband se tomó su tiempo. Casi un mes después, Strauss recibió de él un dibujo con las señas precisas de la localización de los fosos donde habían sido enterrados lingotes de oro, francos suizos, libras esterlinas y gran cantidad de dólares, en simples bolsas de lona del Reichsbank de Berlín.

Se trasladaron a Partenkirchen, un pueblo pequeño rodeado de montañas, en cuyas escarpadas faldas se encontraba el lugar indicado en el croquis. Intricado, casi inaccesible, el acceso no permitía otro medio de carga que mulas, tal y como, según Netseband, se había hecho el traslado en su momento. Strauss comprendió el motivo por el que los americanos no pudieron dar con el lugar. En el lapso de dos semanas, haciendo incursiones diurnas y nocturnas, lograron dar con la fortuna. Pero el tesoro no parecía estar completo. La minuciosa lista que conservaba Netseband no concordaba con la cantidad que habían encontrado; aun así, era más de lo que Strauss esperaba: trescientos ochenta y cinco lingotes de oro puro, y treinta bolsas repletas de billetes, en hoyos de tres metros por tres, con paredes revestidas de madera. Strauss repartió gran parte del papel moneda entre los miembros de la expedición y guardó en una bóveda los lingotes, en una casa de aspecto inofensivo en Partenkirchen. Todos estuvieron conformes. Era peligroso que grupos de ex guerrilleros o cualquier persona anduviese por ahí con semejantes barras de oro. Tiempo después lograría sacar el oro en varios viajes para no levantar sospechas, camuflado en camiones de repollos.

—Herr Netseband, muchas gracias por sus servicios. Aquí tiene lo prometido, ya no tiene nada que temer —dijo Strauss alargándole un pasaporte suizo, un pasaje de barco, y un grueso sobre.

Netseband lo abrió y se fijó en su nuevo nombre. Lo único conocido era su rostro extrañamente triangular. Abrió el sobre y su contenido le hizo parpadear.

—Gracias, Herr... Jamás podré pagarle...

—Ya lo hizo. Por favor, en cuanto llegue a Buenos Aires abra una cuenta en un banco y envíe el número a esta dirección —le entregó una pequeña tarjeta—. Le haré una transferencia para que pueda iniciar un negocio, aunque le aconsejaría salir de ese país. Hay demasiados alemanes.

—Dios se lo pague, señor. Él lo puso en mi camino —Netseband llevó la mano de Strauss a sus labios y estampó un beso.

—Si necesita ayuda, cualquiera que sea, sólo escriba a esa dirección —dijo Strauss al despedirse.

BLANCA MIOSI

La inusitada fortuna le sirvió a Strauss para iniciar su primer negocio en la banca. Por lo demás, su vida seguía el ritmo que él mismo marcaba. Una vez al mes en su castillo de San Gotardo celebraba una ceremonia en compañía de un grupo selecto de discípulos, del que formaban parte hombres y mujeres prominentes de la sociedad suiza: banqueros, políticos y miembros de alto nivel de la policía y del gobierno. Sesiones donde se mezclaba lo espiritual con lo material. Los iniciados pasaban horas en profunda meditación y después se entregaban a ceremonias y rituales milenarios, en los que su búsqueda principal consistía en el acercamiento a su mundo interior para lograr obtener el dominio absoluto de sus sentidos, ya que ello les proveería, según sus más íntimas creencias, del poder para la obtención de sus deseos que, dada su naturaleza humana, consistía en la preservación de las riquezas que ya tenían, o la obtención de nuevos logros personales.

Conrad Strauss había aprendido que el poder era peligroso si se ponía al alcance de gente inadecuada; concluía que era menos peligroso que un individuo fuese rico a que obtuviese potestad sobre la gente. Pero sabía que no siempre el dinero iba muy alejado del poder, y con el tiempo, sus relaciones con personas claves en la política le dieron la razón.

Sentado frente al escritorio en su casa de Zurich, Hanussen acariciaba maquinalmente su anillo y pasaba revista mental a los acontecimientos del pasado reciente. La caída de Hitler tenía un gran significado en su vida. Más que un logro personal, la consideraba una reivindicación ante los ojos de Welldone, donde quiera que se encontrase. La lanza de Longino, objeto de adoración por parte de Hitler, no le había servido de mucho; una leve sonrisa iluminó su rostro al recordar que hizo bien en ocultarle su verdadera fuerza. A su otrora «amigo», le habría hecho falta saber que la sagrada lanza únicamente servía si se hacía el bien. La lucha por las causas justas... ¿es que acaso había alguna? Tal vez Hitler, liberado de la máscara de hipocresía, consideró su causa justa. La verdad es que la lanza pertenecía a la mayor potencia del mundo, aunque los austriacos jurasen que estaba otra vez en Viena. Conrad Strauss se preguntaba cuánto tiempo duraría la supremacía norteamericana. Welldone había sido ambiguo al decir: «La nación que la guarde tendrá hegemonía en el camino a las estrellas»... Sus predicciones fueron siempre tan

214

ambiguas, y en ocasiones tan absurdas, que no les dio verdadera importancia. De todas, la única a la que prestó más atención fue a la que se refería a su propia estirpe. Sentía profunda inquietud por el futuro de su nieta. Era necesario que aquellos vaticinios no se cumplieran; por suerte, Sofía era aún muy joven.

Lo que su hija le había contado de ella no era suficiente. Sólo noticias vagas. La única fotografía que recibió reflejaba un rostro de rasgos marcados, en nada parecidos a los de Alicia. Pero sabía que cuando se vieran cara a cara, ambos se reconocerían. Era un sentimiento que llevaba dentro y no sabía explicarlo; Strauss, seguidor de las teorías de la reencarnación, de los karmas y de las vidas anteriores, creía firmemente en elementos que para los demás no tenían una explicación lógica. Sabía que había fuerzas muy poderosas a las cuales sólo hombres como él podían acceder. Esperaba que no estuviese muy lejano el día del encuentro con su nieta, pero para eso, como para todo, debía llegar el momento apropiado y tenía la certeza de que sería su nieta quien daría los primeros pasos para ese acercamiento.

XXVII - Confesiones

Sofía se graduó con honores y, como predijera su madre tantas veces y en ocasiones Albert, se había llevado a cabo una transformación en ella. No poseía la belleza clásica de su madre, pero era una joven cuyos rasgos indicaban gran personalidad. Sus ojos grandes y grises tenían la mirada penetrante, su nariz fina y pronunciada se suavizaba con la forma de sus labios, llenos y de agradable sonrisa; su abundante cabellera castaña, que le llegaba hasta los hombros, tenía preciosos visos dorados y, recogida, le daba un aire soberbio. De su madre había heredado la estatura, y ya se columbraba que Sofía sería una mujer de físico excepcional.

Quería ser farmacéutica. En eso había influido su padre, como en casi todo. Alice, en cambio, se mantenía un poco alejada de esos temas. Aceptaba lo que su hija quisiera ser; se sentía orgullosa de ella y sabía que lograría lo que se propusiera. El único punto que ensombrecía su vida era la reciente insistencia de Sofía por conocer a su abuelo. La parte que Alice deseaba mantener en el olvido porque temía los designios de su padre. La correspondencia con él se había ido espaciando, y su última carta la había enviado hacía tres años. Ella no le había respondido y, al parecer, Strauss había tomado aquello como un distanciamiento voluntario, y no había vuelto a escribirle. Hacía años, desde que empezó a tener éxito en los negocios y a petición de ella misma, que su padre había dejado de enviarle dinero, y lo prefería así. Pero últimamente hasta Albert se había encargado de recordarle que tenía un padre que aún se encontraba vivo.

—Cuando llegué a América quise dejarlo todo atrás —respondió Alice a una pregunta de Albert.

—Nunca indagué, te acepté tal como tú me aceptaste a mí; tampoco ahora te pido que me cuentes los pormenores de tu vida en Europa, únicamente deseo saber la dirección de tu padre —dijo Albert observando su reacción—. Es una promesa que le hice a Sofía y debo cumplirla.

Alice se lo quedó mirando con un gesto de extrañeza.

—Sí. Él es mi padre —confirmó ella—: el «tío Conrad». Creo que te debo algunas explicaciones para que comprendas mi actitud. No creas que soy una hija insensible, Dios sabe cuánto me costó desapegarme de él. —Alice suspiró profundamente y con sus maneras finas, delicadas, cambió de postura en el sofá donde se hallaba recostada adoptando una posición más cómoda, propia de quien se dispone a iniciar un relato—. Mi querido Albert —prosiguió—, jamás hice alusión a mis orígenes porque quise sepultarlos para siempre, pero creo que te has ganado el derecho de saber la verdad sobre mí.

—Alice, cielo... si te causa tanta aflicción hablar de ello, es preferible que no lo hagas, yo lo único que deseo es saber la dirección...

—Decirte la verdad significa mucho más de lo que pensaba —interrumpió ella—; ahora creo que es necesario. Has demostrado que eres un verdadero amigo, un padre para mi hija; te debo esa explicación. Por favor, déjame continuar.

Albert hizo un gesto de anuencia, y se dispuso a escuchar. En realidad tenía una inmensa curiosidad.

—Mi padre nació en un pequeño barrio de Viena, en Ottakring. Su padre, mi abuelo, era un comerciante judío. Sí, se supone que soy judía, aunque nunca practiqué esa religión, del mismo modo que existen muchos católicos de nombre sólo porque están bautizados. ¿Sabes cuál era la principal ocupación de mi padre desde joven después de la Primera Guerra Mundial? Desenterraba cadáveres. Los familiares de los alemanes caídos en batalla le pagaban para ubicarlos, desenterrarlos y enviárselos a sus parientes. Por lo menos era lo que mi abuela contaba. Mi madre era una hermosa mujer llamada Ida Popper, «La bella Ida» la llamaban los hombres —enfatizó con desdén Alice—. Mi padre la abandonó cuando yo tenía cuatro años. Debido a que él viajaba constantemente, ella le era infiel; fue el motivo de su separación. Después, ella se dedicó abiertamente a la prostitución.

Los hombres entraban y salían de casa. A mi abuela no le gustaba esa situación, pero se avenía a ella porque era el único sustento que teníamos. ¿Mi padre? Simplemente desapareció de nuestras vidas. Cuando cumplí nueve años, ella empezó a hacerme partícipe de sus encuentros amorosos. A sus clientes les gustaba verme desnuda y a mi madre le convenía que ellos me manosearan porque las ganancias eran mayores. Fue una época muy dura para mí; tenía que reprimir la repugnancia que sentía por aquellos borrachos y depravados. Gracias a mi abuela, conservé mi virginidad, que mi madre había cotizado a un alto precio. Pero, ¿qué es la virginidad a fin de cuentas? ¿Acaso consiste en una simple membrana? ¿Y por qué costaba tanto? Yo sentía que mi virginidad me había sido arrebatada desde el primer momento en que violaron mi intimidad. No era para nada necesaria una penetración; yo fui tratada como un objeto sexual y eso era suficiente. Así fue hasta los doce años. Por suerte, mi madre falleció de una enfermedad que la consumió en poco tiempo. Sé que suena extraño que lo diga así, pero es como lo sentía, pues me sentí liberada. Creo que algún cliente le contagió algo; nunca supe con exactitud qué, ni me interesó. Me sentí feliz al saber que estaba muerta. Entonces mi abuela, que ya era una mujer vieja, empezó a buscar a mi padre. Se enteró de que estaba trabajando en el circo de un hombre llamado Lothar, que para entonces se hallaba en la ciudad. Desgraciadamente, cuando encontramos al tal Lothar, mi padre ya no trabajaba para él. De todos modos, y a pesar de su resistencia para recibirme, mi abuela me dejó con él con la esperanza de que en el recorrido del circo pudiéramos encontrarlo.

Albert escuchaba absorto. Las revelaciones de Alice jamás las hubiera podido imaginar. Después de una breve pausa, ella continuó:

—En efecto, casi un mes después, Lothar dio con mi padre. Debo decir en su favor, que, durante el tiempo que me tuvo en su circo, me trató con respeto; no intentó sobrepasarse conmigo, y eso es algo que yo agradecí profundamente. Hasta llegué a tenerle afecto. Era un buen hombre. Aquellos días en el circo fueron para mí las vacaciones que nunca había tenido. Todos me trataban con cariño, claro, siempre dentro de las limitaciones que suponía trabajar en un circo, pero guardo un buen recuerdo de ello.

»El día que Lothar me llevó donde estaba mi padre, faltó poco para que no me recibiera, y cuando Lothar se fue y me dejó con él, yo sentí miedo de que ese hombre desconocido pudiera comportarse conmigo como los clientes de mi madre. Pero no fue así. En aquel tiempo, mi padre se llamaba aún Hermann Steinschneider, y tenía un estudio donde leía el futuro y hacía cartas astrológicas. Todo lo que soy se lo debo a él. Me enseñó a leer y a escribir, me compró ropa decente y me trató con cariño; decía que yo era un talismán para él. Tiempo después nos trasladamos a Berlín, se cambió el nombre por el de Erik Hanussen, y yo pasé a ser Alicia Hanussen. Él decía que en Berlín nos iría muy bien, pero que no debíamos decir que éramos judíos porque había un movimiento antisemita encabezado por un ex combatiente de la Gran Guerra llamado Adolf Hitler, que por aquellos días empezaba a tener bastante aceptación entre los alemanes. El sueño de mi padre era acercarse a él para convertirlo en su principal cliente. Él creía firmemente que ese hombre llevaría al pueblo alemán hacia un brillante futuro. Fue así como nos establecimos en Berlín y empezamos a llevar una vida de ensueño. Por lo menos para mí lo era. Tuve una institutriz francesa; aprendí modales, piano, literatura, francés y el gusto por la ropa exclusiva y los perfumes finos. Conocí a Adolf Hitler a principios de 1931. Para mí, fue como habría sido ahora para cualquier muchacha encontrarse ante un actor de Hollywood. Yo estaba deslumbrada; era el hombre más admirado de Alemania, el más amado. Su retrato estaba por doquier, y he aquí que yo lo tenía delante de mí en el parque de mi casa. No recuerdo haber visto en otro hombre una mirada más tierna y al mismo tiempo que demostrase tal interés por mi persona. Parecía que se sentía encandilado por mí, a pesar de ser un personaje tan importante. Estoy segura de que no fue algo estudiado por su parte. Sé que él me amaba. Lo sé. Desde la primera vez que nos vimos, lo nuestro fue como si una corriente eléctrica nos uniera. A partir de ese momento, nunca pude dejar de pensar en él. Fueron los días más dichosos de mi vida. Pero mi padre no aprobaba esa relación, a pesar de haber sido en gran parte el propulsor del éxito de Adolf. Empezaba a tener ciertos visos de desconfianza acerca de sus verdaderas intenciones. Irónicamente, mi padre, que se supone que podía ver el futuro, no sospechó que nosotros nos veíamos en un apartamento siempre que Adolf tenía tiempo disponible. Fue así como quedé embarazada de Sofía. Pero ocurrieron unos hechos que nos hicieron huir de Alemania, y mi padre fue perseguido por los nazis porque se atrevió a divulgar la verdad de lo ocurrido con el incendio del Parlamento. Él pensaba que de esa forma podría detener a Adolf en su carrera hacia el poder, pero ya era demasiado tarde.

»Yo no le dije a mi padre mi estado de gravidez hasta que llegué a América, y el resto ya lo conoces. Él vive en Zurich y su nombre actual es Conrad Strauss. Lo que tu amigo Will te había dicho era cierto —concluyó Alice.

—¿Qué sabes tú de Will? —preguntó Albert, sorprendido.

—Siempre supe que él estaba aquí por mí —dijo Alice. Su tranquilidad asombró a Albert.

—¿Siempre supiste de Will?

—Lo vi rondando por la casa y por mi negocio en el pueblo. Muchas veces merodeaba por la escuela de Sofía. También advertí que rondaba por los almacenes en Nueva York. No podía ser una casualidad. Yo conozco la manera de comportarse de los nazis; son inconfundibles, he tratado con muchos de ellos; además, su acento francés no me engañaba. Una dependienta en Nueva York me informó de un extraño visitante que hacía preguntas. Y supe que había venido por mí. De lo que no estaba segura era de si venía para matarme o para averiguar el paradero de mi padre. Fue en esa época cuando dejé de escribirle. Si mi vida hubiese corrido peligro, ten la seguridad de que Will hubiera dejado de existir.

—¿Qué dices? —el asombro de Albert iba en aumento.

—Había mucha gente dispuesta a arriesgar su vida por mí, Albert. Algunos de los que ayudé a entrar en este país tenían contacto directo con mi padre. Pero no fue necesario. Nunca quise decirte nada para no entorpecer más las cosas, y creo que hice bien, porque Will acabó enamorándose de ti —terminó diciendo Alice con una sonrisa.

—Ahora no estoy tan seguro —repuso Albert.

—Fue por ti por lo que él se suicidó, ¿o no? Aunque también pudo ser por haber fallado a su Führer. Conozco bien a esa gente.

—La verdad, no lo sé. No encontraron nada junto al cuerpo que indicase los motivos de su muerte.

—No encontraron nada porque alguien retiró las pruebas del lugar.

—¿Sí? —preguntó Albert simulando extrañeza.

—Tú y yo sabemos que sí.

—Bueno... es posible que alguien haya retirado... no veo a quién le pueda interesar...

—Si no fuiste tú, y yo no fui la que retiró las pruebas, entonces ambos sabemos que fue Sofía. ¿No es verdad? —dedujo Alice con pasmosa sangre fría.

Un largo silencio siguió a sus palabras. Albert no se explicaba su actitud. ¿Por qué ocultó durante tanto tiempo lo que sabía? Se daba cuenta de que Alice no era la mujer débil y superficial que aparentaba ser.

—¿Cómo es que estás tan segura?

—Hace años encontré en el dormitorio de Sofía un delantal estampado con los nombres «Albert y Will». ¿Qué podría hacer ese objeto allí si no lo hubiera colocado la misma Sofía? Además, el portarretratos, tú sabes cuál, el que aún está en su mesa de noche, estoy segura de que si el comisario que vino a preguntar por el amuleto perdido hubiera hecho un análisis, con certeza hubiera encontrado rastros de la sangre de Will. Ese portarretratos jamás perteneció a esta casa.

—Y yo que creía todos estos años que eras ajena a todo... Alice, me has dejado sin palabras. Supongo que los espías de tu padre te son muy útiles —acotó Albert, con un manifiesto tono de resentimiento.

—Ellos ya no son necesarios. Regresaron a Europa después de la muerte de Will, no tenía objeto que siguieran aquí.

Albert presentía que había mucho más que Alice no le había contado, pero temía remover más el pasado. «¿Quién sería realmente Conrad Strauss?», se preguntaba.

—Alice, Sofía tiene derecho a conocer a su abuelo; yo le prometí que así sería.

—Yo misma la llevaré a conocerlo. Será mi regalo de graduación. Hace mucho, mucho tiempo que no he visto a mi padre. Será bueno para ambas.

XXVIII - El encuentro

Conrad Strauss tenía frente a él a las dos mujeres que más había ansiado ver en la vida: su hija, después de dieciocho años, y su nieta, por quien sentía un vínculo especial, únicamente comprendido por él. Era como se la había imaginado; sus rasgos denotaban fortaleza de carácter. Era lo opuesto a Alicia, quien aún conservaba en el rostro la candidez que había cautivado a Adolf. Sofía poseía una «belleza fuerte»; Strauss se regocijaba íntimamente por tan peculiar calificativo, pero no se le ocurría otro. La expresión de sus ojos semejaba una tormenta que luchaba contra las ansias de arrasarlo todo. Y el color... era exactamente igual al de los ojos de su padre. Pero más que eso, era la fuerza y determinación en su mirada. Y en buena cuenta, se veía él mismo en ella.

Se acercó a Sofía despacio, después del largo abrazo con Alicia. Strauss la comparó con un felino que no está muy seguro de ser bien recibido, esperando un movimiento del contrincante para dar el primer zarpazo. Y así era como se sentía Sofía. Reprimió un primer impulso irracional de huir. Sintió miedo. Strauss le puso ambas manos sobre los hombros y se sumergió en sus ojos grisáceos. Reconoció su mirada y Sofía lo reconoció a él.

Conrad abrazó a su nieta y percibió que sus energías se entrelazaban. La tensión de Sofía fue bajando hasta sentir una calma desconocida. Como si su abuelo le estuviese traspasando años de lucidez, conciencia e intuición, y también un sentimiento que con el tiempo generaría un lazo casi indestructible entre los dos. Supo desde ese instante que no volvería a Williamstown con su madre; sintió que pertenecía a Europa. Sus miedos habían quedado apaciguados, el contacto con su abuelo tuvo en ella un efecto narcotizante.

Aquellos primeros días en Zurich fueron de reconocimiento para ambos. Alice tenía la impresión de que la mantenían apartada; atisbaba en ellos una fuerza insondable. Sabía, no obstante, que el cariño que su padre le tenía no había variado. Seguía mirándola con la misma ternura que lo hiciera desde que era niña; a su lado volvía a tener el sentimiento de absoluta seguridad de estar protegida que le había quedado grabado desde que su padre se hiciera cargo de ella. Pero con Sofía era diferente... Alice sabía que entre ellos existía un lazo que iba mucho más allá del cariño fraternal. Era una llamada de la sangre. Presentía que Sofía no regresaría con ellos. Y sabía que Conrad Strauss tenía una tarea que cumplir.

Había transcurrido casi un mes y debían regresar a América. Contraviniendo los deseos de Albert, Sofía quería pasar el verano en Suiza, y Alice parecía estar de acuerdo.

—No me explico cómo puedes estar de acuerdo, Alice. Tuviste tantos reparos en que Sofía conociera a su abuelo, y ahora pareces ofrecérsela en bandeja de plata.

—No veo nada de malo en que ella pase el resto de las vacaciones aquí.

—Tu padre actúa como si quisiera apropiarse de Sofía. Presiento que algo no va bien.

—No digas tonterías, Albert.

Él se la quedó mirando, sabía cuándo Alice evitaba decir algo.

—Alice, legalmente soy el padre de Sofía, ella es menor de edad y si quiero, puedo oponerme; espero que me convenzas de lo contrario.

Alice miró el suelo de brillante madera veteada fuera de la alfombra, como si sus recovecos le ayudaran a aclarar sus pensamientos. Suspiró profundamente.

—Como debes haber notado, mi padre no es un hombre común y corriente. Ya te dije lo que hizo en el pasado, pero hay algunos pasajes de su vida que no conoces.

Alice empezó a relatar de manera convincente partes de la vida de su padre que a ella misma, después de tanto tiempo, se le antojaban irreales, pero a medida que avanzaba en sus explicaciones se hacía consciente de que las decisiones que tomase cualquier persona en el mundo eran decisivas. Todo estaba encadenado, no había forma de escapar, y aquello le produjo un sentimiento de total inutilidad, pues era como si todo estuviese signado desde el comienzo de los tiempos.

—¿Quieres que crea que un descendiente de Sofía traerá la desgracia al planeta? —preguntó Albert, sin salir de su asombro.

—No espero que creas nada, Albert. Te he dicho lo que mi padre me dijo. Y yo creo en él.

—Hablaré con tu padre.

—Haz como desees.

Alice se puso de pie y abandonó la biblioteca, dejando a Albert estupefacto. Justo al empezar a incorporarse, apareció Conrad Strauss, como si viniera de la nada, ¿o sería que siempre estuvo allí?, se preguntó Albert, con las palabras de Alice aún resonando en su mente. Desechó la idea. Con sus maneras suaves, Strauss tomó asiento en el sillón frente a él, invitándole con un gesto a permanecer sentado, como si su amago de levantarse hubiese sido consecuencia de un acto de cortesía. Cruzó las piernas en un ademán indolente, y apoyando los codos en los brazos del mueble, empezó a acariciar suavemente el intaglio de su anillo. Su presencia intimidaba, pero se comportaba como si no lo notase.

—Querido Albert —dijo Strauss, con su usual rostro amable—, creo que mi nieta se quedará en Suiza el resto del verano.

—¿Lo ha consultado con Sofía?

Strauss ladeó la cara y sonrió.

—Por supuesto, querido, no diría algo semejante de no haberlo pedido ella.

—Prefiero llevarla con nosotros, no está acostumbrada a permanecer fuera de casa largo tiempo.

—Estará conmigo, Albert. He deseado durante muchos años conocerla, y he esperado pacientemente que surgiera de Alice la idea de traerla. Nunca interferí en su vida ni en la vuestra; creo que me he ganado el derecho de conocer a mi nieta.

225

La sonrisa había abandonado el rostro de Strauss; sin embargo, sus facciones seguían conservando la placidez que tanto molestaba a Albert. Se adelantó en el asiento descruzando las piernas y habló en tono de intimidad.

—¿Verdad que desearías dejarla conmigo?

—Por supuesto, señor Strauss. No tengo inconveniente —respondió Albert con presteza.

—Eso supuse yo.

Conrad Strauss volvió a cruzar las piernas y retomó la estampa que quedaría grabada para siempre en la memoria de Albert.

—Excúseme, señor Strauss, debo hablar con Alice.

Strauss hizo una ligera venia con la cabeza sin moverse del asiento y miró con una sonrisa indefinible la espalda de Albert perdiéndose tras el arco de la puerta entreabierta.

Días después, Albert y Alice regresaban a Williamstown.

Mientras caminaba por el angosto sendero empedrado que conducía hacia la entrada principal del castillo de San Gotardo, Conrad Strauss veía satisfecho el rostro arrebolado de su nieta. Ella miraba maravillada el castillo; sentía que estaba adentrando en las páginas de un cuento de hadas. Nada comparable a aquello podría haberla hecho sentir de esa manera en Williamstown. Sonriente, con los ojos brillantes, se volvió hacia él.

—Nunca me habían hablado de esto. Jamás pensé entrar en un castillo de la familia.

—El castillo no siempre perteneció a nuestra familia. En 1928 lo compré a un conde venido a menos. Tu madre y yo vivíamos entonces en Alemania.

—¿Alemania? —inquirió Sofía con cautela. Presentía que se enteraría de cosas que siempre le habían estado vedadas.

—Así es. Después, cuando las cosas se pusieron difíciles para nosotros, fue cuando me recluí aquí. Aún vengo cada vez que puedo.

—Estabais huyendo de los nazis, ¿verdad? —preguntó Sofía, en espera de alguna explicación. No deseaba ser ella quien hiciera las preguntas. Quería que su abuelo le contase todo sin pedírselo.

Y ésa era la intención de Strauss. No en vano la había llevado a aquel lugar. Tras escoger cuidadosamente las palabras empezó.

Sofía se fue enterando de todo lo que siempre quiso saber. Su abuelo no escatimó en explicaciones. La trataba con el respeto que se debía a un adulto, y ella agradecía ser objeto de tales confidencias.

—De modo que eres un maestro —comentó Sofía—, ¿de qué?

—De ciencias ocultas —respondió Strauss observando el rostro impertérrito de su nieta—. La gente las vincula con fuerzas demoníacas. En algunos casos puede llegar a ser cierto, pero las ciencias ocultas encierran mucho más. ¿Sabes de dónde provienen las fuerzas que manejan el mundo? De lo oculto, de lo no declarado, de lo resguardado en lo más profundo de las mentes —prosiguió seguidamente Strauss, impidiendo que su nieta lo interrumpiese—. Lo oculto no necesariamente tiene que ser malo. Es simplemente algo que no está a la vista, como el simple significado de la palabra. Dicen muchos que aquel a quien llaman Jesús, el Mesías, era un maestro ocultista; sin él, simplemente el poder de Roma no existiría.

—¿Tu crees en Jesús? Pensaba que eras judío.

—Creo que existió un individuo llamado Jesús, que tenía tanta influencia sobre las masas, que lo consideraban el Mesías. Decían que efectuaba milagros, pero tal vez tenía poderes mentales, una gran ventaja sobre cualquier contrincante de la época. Tuvo discípulos; una sociedad secreta, ¿comprendes? Tan secreta que se basaba en misterios. Años después de su muerte se generó el movimiento religioso más importante: el cristianismo. Y después de dos mil años, su nombre aún es considerado sagrado, porque la Iglesia se ha encargado de que así sea. —Terminó diciendo Strauss como si hubiese concluido una plegaria—. ¿Ves por qué es importante el ocultismo? Otorga poder.

—Abuelo, ¿tú eres judío? —insistió Sofía—, es decir, nosotros...

—Sofía, no es importante cómo te hayan bautizado, si por el ritual judío, o por el católico. Tu serás lo que desees ser. Pero yo te puedo decir que no soy judío, aunque la palabra «judío» siga teniendo para algunos una implicación racial, lo cual es absurdo, porque existen judíos de diferentes razas.

—Entonces, ¿por qué tuviste que salir de Alemania?

—Por cuestiones políticas. Para cuando me di cuenta del error que había cometido el único camino que nos quedaba era huir de Alemania.

—Huiste de mi padre —dijo Sofía, dejando a Strauss pensativo por unos instantes.

—Así es, Sofía.

—¿Tan malo fue?

—Diría que no supo hacer uso de sus facultades adecuadamente. Equivocó el camino, confundió su misión en la Tierra, y ése es el mayor de los errores que un ser humano en su posición puede cometer. Lo tuvo todo a su favor, el poder que le otorgaron millones de alemanes, y él se dejó obnubilar por ese poder y por su odio personal hacia un grupo con el que no compartía creencias. En un principio pensé que sus motivos eran ciertos, porque según él mismo decía: «odio a los judíos por haber matado al Mesías; no se puede confiar en ellos», pero después supe que era sólo un pretexto tras el que se escudaba, porque a él en realidad no le interesaba ninguna religión. Su inicial búsqueda espiritualista o mística no era tal, pero para cuando yo me percaté del asunto era demasiado tarde. Me sentí culpable por haberlo ayudado, y debo confesarte algo: me habían prevenido, pero pudo más mi ambición, aunque me pregunto ahora: ¿se puede cambiar el destino? Y sigo creyendo que es posible. Pronto su poder se volvió en contra de mí, así que planeé mi muerte y me refugié en este castillo.

—Y mi madre en Estados Unidos.

—Lo de tu madre y Hitler fue... algo inesperado para mí. —De pronto, Strauss se daba cuenta de que durante su vida hubo muchos momentos fuera del control de sus facultades—. Ellos estaban profundamente enamorados, se veían sin yo saberlo —acabó diciendo, sintiéndose derrotado ante su nieta.

—Escuché decir en algún sitio que a veces no vemos lo que tenemos más cerca —susurró Sofía.

—Lo que dices es muy cierto —se animó Strauss—, especialmente cuando se trata de personas que ocupan tus sentimientos. Por eso en el ocultismo decimos que debemos despojarnos de sentimientos de cualquier clase, sean de odio o de amor. El desapego a ellos es el estado perfecto para actuar, ¡pero es tan difícil! Más cuando se trata de personas de tu misma sangre... Tu madre siempre fue una mujer hermosa, tu padre no pudo sustraerse a sus encantos. Ella tenía una atracción sensual a flor de piel. Lo reconozco, era muy parecida a tu abuela, aunque hacía uso de su atractivo de forma diferente.

—Lo sé —dijo Sofía, pensando en el dibujo que encontrara hacía años. Aún recordaba los sentimientos que habían despertado en ella la visión de aquel retrato.

—¿Qué sabes? —preguntó estupefacto Conrad, pensando que se refería a su abuela Ida.

—Encontré un dibujo de mamá, hecho por mi padre, Adolf Hitler —aclaró Sofía—. Ella estaba desnuda.

—Veo que comprendes a qué me refiero. Sí. Definitivamente, Alicia, tu madre, es una mujer muy especial. Y aunque no lo parezca, es muy fuerte. Más de lo que ella aparenta.

—Eso también lo sé —concluyó Sofía—. Háblame de mi padre. Jamás lo conocí, pero tengo curiosidad por saber algo que no se haya escrito en los diarios.

—Tu padre era todo un personaje. Teníamos la misma edad cuando nos conocimos. Me llamó la atención su increíble determinación. A pesar de ser un hombre de complexión media, y que no era el prototipo perfecto de la raza aria a la que él hacía constante alusión, emanaba de él una fuerza interior que subyugaba. Después de tratarlo, las personas se transfiguraban, llegaban a sentir adoración por él, poseía un magnetismo incomparable, pero no lo sabía utilizar adecuadamente. Entonces fue cuando yo me hice cargo. Él me tenía simpatía y me atrajo por sus creencias, por su afán de superación constante, por el amor a su patria y los deseos de llevarla a lo más alto. Era genuino. Es probable que yo también cayera bajo su hechizo. Le di algunas ideas para que lograse alcanzar las metas que se había propuesto, moví las piezas necesarias para infundirle la confianza que necesitaba para obtenerlas y él no defraudó mis expectativas. La gente llegó a sentir una atracción por él comparable a la que se puede experimentar por una divinidad. Pero empezó a mostrar un comportamiento claramente autocrático. No admitía que se le contradijese y mucho menos escuchaba críticas. Al alcanzar la cima del poder, no me necesitó más. Si hubiese dado otro uso a sus facultades únicas, Alemania sería ahora la gran potencia que él deseó.

—Lo que no comprendo es por qué aquella persecución a los judíos —preguntó Sofía.

—Tu padre nunca simpatizó con ellos. Las razones jamás las supe con exactitud. Creo más bien que era una cuestión de principios.

—Ya veo... Después de todo, él creía en lo que hacía, pero aquellos campos de exterminio, con crematorios...

—No es que tu padre ignorase lo que allí sucedía, pero no hizo nada por detenerlo. La solución final era deshacerse de los millones de judíos y de todas las minorías que le estorbaban y que nadie quería recibir. Por otro lado, él sabía que el sacrificio era parte importante para la obtención del poder. Ahora sé que veía a las víctimas de los campos como ofrendas.

—Pero él ya murió. Y Europa está reconstruida. Creo que ya no deseo hablar más de él. Todo eso se acabó —concluyó Sofía.

—No es así —Strauss había llegado a la parte que más temía. No sabía bien cómo reaccionaría Sofía, pero debía advertirle.

—¿A qué te refieres? —indagó ella con cuidado, presintiendo algo oscuro. La misma sensación de miedo de cuando vio a su abuelo por primera vez empezaba a apoderarse de Sofía. Giró el rostro hacia la montaña que se hallaba pegada al castillo.

—Hay algo que debes saber. Tu madre lo supo cuando ya era demasiado tarde. Pero aún estamos a tiempo para evitar males mayores.

Sofía permaneció en silencio. La tarde se había oscurecido súbitamente, al igual que sus pensamientos. Dejó de ver la montaña y vio las gárgolas que adornaban las esquinas de la parte alta del castillo, que se volvieron siniestras a la sombra de las nubes. Esperó a que su abuelo continuase.

—Se lo dije a tu madre justamente aquí donde nos encontramos ahora. Ella no me escuchó, o no tuvo otro camino que seguir adelante. Como iniciado en ciencias ocultas, he de decir que el miembro de una familia que tenga las características que tuvo tu padre no suele tener descendencia. Le es difícil fecundar a una mujer y, cuando lo logra, esa semilla será el inicio de una progenie igual o peor a él.

—No comprendo nada.

Sofía deseaba no haber escuchado.

—Sí comprendes. Pequeña, debo ser claro contigo, ocultártelo sería imperdonable. Lo ideal hubiese sido que...

—Que yo no hubiera nacido.

—No quise decir eso...

—Abuelo, ya he entendido. Lo que me tratas de decir es que no debo tener hijos, ¿verdad? Y que tal vez yo misma sea una semilla de maldad.

—¡No! ¡Tú no! —exclamó Conrad Strauss consternado—. Tú eres una joven como cualquier otra. No debes pensar siquiera que llevas la maldad dentro. Será tu hijo... si llegas a tenerlo.

—Yo creo que son tonterías —contestó Sofía, casi con fiereza.

—Debes saber, déjame explicarte... Sofía, no subestimes mis palabras.

Ella miró fijamente a su abuelo, esperando una explicación razonable. Strauss no sabía cómo hacerlo sin sentirse culpable; trataba de encontrar las palabras.

—Cuando yo aún trabajaba en un circo, cierta noche se presentó en mi carromato un hombre que dijo llamarse señor de Welldone. Yo estaba harto de la vida que había llevado hasta entonces, haciendo trucos baratos para sobrevivir; deseaba superarme, pero eran tiempos difíciles, y él se presentó justo cuando yo estaba a punto de tirarlo todo por la borda. La pobreza, mi querida Sofía, es terrible, te hace sentir inferior, te rebaja, nadie respeta tu sabiduría, y yo era joven y ambicioso... Welldone ofreció enseñarme a obtener poder y me fui con él. Durante varios años aprendí de él todo lo que sé ahora. Logré salir del hoyo, me hice cargo de tu madre y llegué a conocer a Adolf Hitler. Me convertí en su mano derecha, en su consejero, su maestro. Fue mi error. Él me utilizó, su poder iba más allá de lo que yo creía. Antes de despedirse, Welldone me dijo que tuviese cuidado en ayudar a obtener poder

poder al hombre equivocado, pues sería catastrófico para la humanidad, y que si lo hacía, una maldición sobrevendría sobre mi descendencia. «Si no cumples tu palabra, tu sangre se mezclará con quien debiste combatir. El tercero será peor», me advirtió. ¿Te imaginas? ¡Qué terrible maldición! ¿Cómo iba yo a saber que mi sangre se mezclaría con la de Hitler?

Strauss se quedó en silencio mientras observaba la reacción de su nieta. Ella lo miraba sin pestañear, su rostro no mostraba ningún tipo de sentimiento, excepto incredulidad.

—Es una pena que no me creas. Pensé que nos entendíamos mejor. No son tonterías, no podría jugar con algo así —dijo Strauss.

—Perdóname abuelo, no me estaba burlando, me es difícil aceptarlo. No entiendo por qué ese señor de Welldone tendría que maldecirte de esa forma tan absurda.

—¿Es que no comprendes acaso? El destino está tan ligado a sus maldiciones y profecías que es difícil evadirlo. Él sabía que Hitler procrearía con mi hija. Y así sucedió. Yo deseo evitar que suceda lo que él predijo. Estoy seguro de que se puede.

Sofía miró la grava, movió unas piedrecillas con la punta del zapato.

—Abuelo, ¿qué fue lo que te indujo a ayudar a mi padre a llegar al poder? Ya sabías que era el hombre equivocado. Conocías la maldición de Welldone; si creías en todo aquello, ¿por qué lo hiciste?

—Por ambición. Tu padre sabía cómo convencer a la gente ¡Vaya si lo sabía! —exclamó Strauss con pesadumbre—. Sólo bastaron unas palabras, y caí. «Si llego a la cancillería, señor Hanussen, usted será mi mano derecha.» Eran las palabras mágicas. No necesité nada más para sumergirme en un pozo profundo e ir derecho a las fauces del infierno.

Strauss no dijo más. Sofía desvió la vista hacia las montañas, buscando un horizonte; por momentos deseaba ser como las aves y perderse en las alturas.

XXIX - Abuelo y nieta

Strauss prosiguió el recorrido en silencio y se dirigieron a la entrada principal. La tomó de la mano al hacerla entrar. Sofía recobró la calma que había experimentado antes. La inundó una agradable sensación de armonía.

—Es impresionante... —dijo Sofía al ver el salón principal.

—¿Te gusta? No era así ni cuando tu madre lo conoció —recordó Strauss, recuperado de su abatimiento.

El suelo del castillo, de antiquísimas baldosas restauradas, era una obra de arte. Enormes cuadros enmarcados en exquisitas molduras labradas, alfombras persas situadas en puntos estratégicos formando espacios acogedores, arañas inmensas colgadas de lo alto del techo de arcadas talladas. Dos inmensos jarrones de dragón de un metro de alto de fina porcelana, con complicados dibujos en azul cobalto, flanqueaban la entrada de las majestuosas escaleras. Una amplia chimenea ocupaba un lugar prominente en el ala principal, rodeada de muebles tapizados en oro y azul. Un mayordomo de aspecto oriental apareció y recibió de Strauss su ligera chaqueta de cachemir, y desapareció sin hacer ruido, como si se hubiera esfumado.

—Te mostraré primero mi estudio. Ven, acompáñame —invitó Strauss.

Subieron por una escalera de piedra en forma de caracol situada en una esquina lejana al salón y llegaron a un recinto circular de paredes de piedra, rústico y acogedor.

—Lo hice renovar hace un año. Antes, lo único que había aquí eran dos sillones y una pequeña mesa —explicó Strauss señalando el escritorio provenzal y la biblioteca en forma de media luna que abarcaba la mitad de la habitación siguiendo el contorno redondeado de la pared. Dos ventanas alargadas situadas frente a frente filtraban la luz natural. Una de ellas daba hacia el frente del castillo, la otra hacia el macizo de San Gotardo.

—Abuelo, es un lugar maravilloso. Y las ventanas... me hacen recordar a las que tenemos en casa; todas las ventanas son así, alargadas.

—¿De veras?

—Sí. Es una casa bastante extraña. Diferente, sería la palabra adecuada. Parece que un arquitecto excéntrico la diseñó. ¿Ésta es la torre que se ve desde afuera?; siempre quise estar en un castillo subida en una torre...

—¿Cómo una princesa encantada? —dijo el abuelo—. No estás muy lejos de la realidad, querida. Aquí tú eres mi princesa y éste es tu castillo.

—¿Y tú eres mi hada madrina? —agregó Sofía riendo.

—Exactamente —contestó Strauss sonriendo abiertamente. Era la primera vez que Sofía lo veía sonreír así.

Su abuelo era un personaje sui generis. Elegante, educado y misterioso. Lo admiraba y le temía al mismo tiempo, pero tenía la virtud de tranquilizarla apenas la tocaba. ¿O serían ideas suyas?

—Diré a Fasfal que nos suba el té —dijo Strauss, tirando de un grueso cordón de seda que terminaba en una borla dorada—. Aún no he incluido en este lugar los aditamentos modernos como el timbre —aclaró—. En tu habitación, y en todas las estancias, encontrarás cordones como éste.

Al poco rato, el mayordomo volvió a aparecer. Era tan sigiloso como un gato. Tenía rasgos asiáticos y calzaba zapatillas bordadas; su vestimenta le pareció a Sofía decididamente extraordinaria.

—Fasfal, mi nieta y yo tomaremos el té aquí —dijo Strauss con una familiaridad que estaba muy lejos de ser la utilizada normalmente con un sirviente.

Éste hizo una profunda reverencia, luego dio media vuelta y desapareció tan sigilosamente como había llegado.

—Querida Sofía, hay muchas cosas que deseo que conozcas

y creo que no hace falta decirte que todo debe quedar entre nosotros. No son malas ni oscuras, pero antes es necesario que te prepare; de lo contrario, te estaría hablando sin ser escuchado adecuadamente —explicó Strauss, mirando a su nieta directamente a los ojos.

—Abuelo, antes tendrás que decirme cómo piensas prepararme... No entiendo muy bien de qué hablas.

—Todo tendrá su momento. Aún no.

—Si todo tiene su momento, entonces no me adelantes nada porque ya empiezo a sentirme ansiosa; sólo dime de qué se trata.

La curiosidad de Sofía satisfizo a Strauss. No esperaba menos de ella. Se daba cuenta de que era una joven inquisitiva e inteligente.

—Apenas llevas aquí tres semanas y conoces de mí mucho más que el resto de la gente. Ten un poco de paciencia; al igual que la curiosidad, es una cualidad imprescindible. ¿Alguna vez has leído, escuchado, hablado o visto algo acerca de la magia u ocultismo?

—Un poco, muy vagamente... ¿Qué hay de verdad en todo eso?

A Sofía, por momentos, le parecía estar entrando en un mundo tenebroso y no estaba muy segura de querer seguir adelante.

—Lo que el vulgo sabe acerca de los brujos, o de la magia, está distorsionado. No temas, el ocultismo es una ciencia, no una simple creencia. Se requiere estar preparado espiritualmente para ello. No todos pueden formar parte de él, por eso es necesaria una exhaustiva preparación interna y externa, y cuando termina la fase preparatoria, empieza el período de iniciación.

—Los iniciados... ¿algo así como lo que hizo el Mesías?

—Él y otros más, incluido yo mismo. Pero, para eso, necesito saber si realmente estás interesada. La sinceridad en lo que se haga es importante; la fuerza que se ponga en obtenerlo, la fe de poder lograrlo y la completa entrega, todo ello forma parte de la magia. También requerirá sacrificios, pero son privaciones que a la larga redundarán en tu propio beneficio, puesto que se trata únicamente de ser uno con la naturaleza y con la vida.

—Abuelo, yo no creo estar dispuesta a sacrificarme... En realidad no sé qué decir, los sacrificios son...

—Querida Sofía, no se trata de sacrificios humanos o sangrientos. Se trata de cosas más simples, como no embriagarte, no perjudicar a tu cuerpo con costumbres o hábitos que vayan en contra de tu salud, porque es el receptáculo de tu alma y debe estar en óptimas condiciones. El principio es tratar a tu cuerpo como lo que es: sagrado. Eso incluye evitar los sentimientos negativos como la envidia, el odio, el egoísmo, la pena, la duda. Estos sentimientos negativos pueden ser utilizados en tu contra por otros.

—En pocas palabras, abuelo: debo comportarme como una santa.

—La palabra «santa» tiene implicaciones religiosas. Te hablo de algo más concreto. Muchas de esas personas han sido santificadas por la Iglesia por razones políticas. Yo te hablo de un estado cercano a la perfección. Todo ello te llevará a la obtención de poderes primigenios, olvidados por la raza humana.

—Abuelo... desde niña he sentido que no pertenezco al mundo donde todos parecen estar a gusto. El único lugar donde me he sentido como en casa es aquí. Tal vez signifique algo. Quisiera aprender todo lo que tú me puedas enseñar. Sólo ten un poco de paciencia conmigo.

—Era todo lo que quería oírte decir, Sofía... —Strauss la tomó de los hombros y se quedó mirándola largamente. Tenía los ojos brillantes, estaba emocionado. La abrazó y le dio un beso en la frente. Había empezado su preparación.

Fasfal apareció con una bandeja con té, frutas y unos raros pastelillos amarillos. La dejó en una pequeña mesa y se retiró.

—¿Siempre es tan callado? —preguntó Sofía.

—Fasfal es mudo, una privilegiada virtud.

Sofía no atinó a decir nada. La había turbado la fría ironía de su abuelo.

—Fasfal tiene, además, otras cualidades —prosiguió como si no hubiese prestado atención al desasosiego de su nieta—. Es un magnífico instructor en meditación, movimientos corporales y defensa personal, entre otras cosas. Lo traje del Tíbet.

—¿Del Tíbet?

—Es una región al sudoeste de China. El año pasado visité a mi pequeño amigo, el Dalai Lama Tenzin Gyasto, en su monasterio en Lhassa. Le aconsejé que huyera a la India, porque los chinos invadirían el Tíbet. Él no me hizo caso en aquel momento, pero me he enterado de que este año ha salido hacia Yatung. Espero que tenga en cuenta lo que le dije y que definitivamente decida irse a la India. Fasfal es chino, pero no maoísta; se encontraba escondido en Lhassa y lo traje conmigo. Los chinos lo torturaron para hacerle hablar sin saber que era mudo. Lo encontré desangrándose amarrado a un tronco y le ayudé. Es muy culto, se comunica por escrito en varios idiomas. Aprenderás mucho de él.

—¿Cómo os entendéis?

—Sin palabras. Es la mejor manera —respondió Strauss convencido—. Ahora debemos pensar en tus estudios. Pronto empezarán las clases. En Zurich existe una buena universidad y tenemos casa en la ciudad, algo muy conveniente, ya que en esa universidad no existe alojamiento estudiantil. ¿Has pensado estudiar algo en especial? —inquirió Strauss.

—Me gustaría estudiar química. Quisiera llegar a ser investigadora. La bioquímica es una ciencia que me atrae.

—Química... —repitió Strauss saboreando la palabra con gran satisfacción. O «alquimia», pensó para sí. Definitivamente su nieta tenía talento, era una maga innata—. Creo que deberías estudiar medicina y después la especialización que prefieras, sea ésta química o bioquímica. Aquí en Suiza, en total son unos once o doce años de estudio.

—Creo que tengo tiempo, ¿verdad? Estoy segura de que lo haré —dijo con determinación Sofía.

—Tengo algo que ver con unos laboratorios... Tal vez más adelante te ayude con las prácticas... Veremos.

—Abuelo, ¿cómo pudiste llegar a tener tanto dinero?

—Eso es parte del ocultismo. Prefiero no decirlo por ahora, pero mi fortuna está íntimamente ligada a mis conocimientos. Es la parte menos importante de todo, el resultado natural de la aplicación del saber. Creo que por hoy es suficiente. Otro día te enseñaré mi lugar predilecto. Estás en tu casa querida, puedes recorrer el castillo y los alrededores sin ningún temor, ahora debo retirarme. Nos veremos a la hora de la cena. Fasfal estará a tu entera disposición; es una compañía sumamente discreta —agregó y le dio un cariñoso beso en la mejilla. Bajó por la escalera de piedra en forma de caracol y se perdió en las profundidades del castillo. Sofía no lo volvió a ver hasta la noche, a pesar de haber recorrido palmo a palmo el castillo, incluido el frío y oscuro sótano de la cocina.

La cena transcurrió en silencio. Sofía no quiso interrumpir la callada atmósfera, casi mística, que se respiraba. Una mesa frugal, bien dispuesta, con abundante fruta y donde no existían platos donde estuviera presente la carne. El vino o cualquier otra bebida era reemplazado por agua pura, de manantial, como subrayó Strauss. Fasfal, encargado de servir la mesa, como de todo lo demás en el castillo, también la compartió con ellos. Para Sofía, la acción de comer se estaba convirtiendo en un ritual.

Sofía aprendió a vivir con su abuelo. Debía ocuparse ella misma de sus propios deberes como hacer la cama, asear su dormitorio y baño y procurarse ropa limpia. Fasfal se ocupaba de la cocina, y eso, al modo de ver de Sofía, era debido a su peculiar manera de preparar los alimentos; también de mantener el resto del castillo en perfecto orden y limpieza, lo cual ya de por sí era un trabajo bastante laborioso, pero él lo ejecutaba como si se tratara de una tarea placentera. El jardín era otro de sus oficios, y el que hacía con mayor placer, aunque, en general, Fasfal realizaba las cosas con una devoción casi religiosa. Cada uno de sus movimientos tenía un determinado resultado. Sin más esfuerzo que el exactamente necesario, y sólo él sabía cuánto había que aplicar para cada cosa. Todo lo ejecutaba con eficiencia y rapidez, aunque en apariencia se moviera con calma. Sofía aprendió de Fasfal la forma de obtener resultados inmejorables con el menor esfuerzo físico posible.

Sin mediar palabra de por medio, ambos parecían haber logrado una gran comunicación. Solían ejecutar una danza con música tibetana, los mismos extraños movimientos al unísono. Horas de práctica intensa, pero que para ellos significaban una relajación total.

Fasfal tenía gran facilidad para comunicarle sus deseos, así como desenvoltura para efectuar actos de magia que para Sofía eran trucos, aunque no encontraba la manera de resolverlos. Cierto día le mostró un pabilo separándolo en varias secciones, hasta tener unos cuatro o cinco pedazos de aproximadamente veinte centímetros de largo. Luego, se los dio a ella para que comprobase que estaban rotos y totalmente separados; después, con un simple movimiento de sus gráciles manos, hizo con ellos un pequeño ovillo y, a continuación, tiró de una punta haciendo aparecer la cuerda como si nunca hubiese estado rota. Sofía, atenta a cada movimiento de Fasfal, no pudo explicarse cómo lo había hecho. Él sonreía divertido mientras dejaba a un lado el pabilo completo. Era un truco que sabía hacer muy bien, además de otros misteriosos, como dibujar en un papel los objetos que ella tenía en la mente. Para Sofía era magia.

Durante el período de vacaciones, Conrad Strauss pasó parte del tiempo en Zurich atendiendo sus negocios, y una vez por semana regresaba al castillo. Veía con satisfacción la conexión que se había creado entre Sofía y Fasfal. Pronto su nieta debía trasladarse a Zurich para empezar la universidad, y sólo tendría contadas ocasiones para visitar San Gotardo.

—Abuelo, Fasfal es un mago —dijo Sofía cuando ambos se encontraban admirando los floridos retoños de las rosas que había cultivado Fasfal.

—Ah, ¿sí?

—¿Sabías que puede unir una cuerda rota?

—Por supuesto. También sabe otros trucos.

—¿Tú sabes cómo los hace?

—Con magia —dijo Strauss.

—¡No te burles de mí!

—Es cierto. Ya te dije: con magia. Se la enseñé yo.

—¿Tú?

—No sé si te he contado que cuando era joven yo trabajaba en un circo...

—Sí, pero pensaba que eran simples trucos...

—Sofía, la magia existe, así como existe la hechicería. Todo es parte de lo mismo, pero son secretos, forman parte del ocultismo, que no es otra cosa que ocultar las cosas, pero eso fue debido a que en la Edad Media hubo, por parte de la Iglesia, una gran cacería de brujos, únicamente para condenar a gente que según ellos estaban aliados al demonio.

—¿Y eso no era cierto?

—No siempre. A la Iglesia siempre le dio temor el poder que otros podían ejercer. Deseó y sigue deseando ser la única depositaria de los secretos del mundo. Pero poco a poco sus baluartes van cayendo uno a uno; la ciencia ha avanzado de tal manera que ellos no pueden seguir sosteniendo tantas supersticiones.

—Pero cuéntame cosas de la magia. ¿Yo también podría hacerla?

—Por supuesto, y tú mejor que otros. En realidad, el truco de la cuerda que hace Fasfal es uno de los más sencillos, pero es el único que ha conseguido aprender a la perfección.

A Sofía le brillaban los ojos de ansiedad. Estaba pendiente de cada una de las palabras de su abuelo.

—¿Truco o magia?

Strauss miró fijamente a Sofía. Levantó la mano derecha y le enseñó la palma. Juntó los dedos y apareció una rosa de color amarillo, la señaló con el dedo índice de su mano izquierda y se convirtió en un ramillete de cuatro rosas de diferentes colores, que entregó a su nieta.

Sofía se quedó sin palabras.

—Esto es magia —dijo Strauss.

—Abuelo... —Sofía no salía de su asombro, hundió la nariz entre las rosas y aspiró su fragancia—. ¿Cómo pudiste hacerlo?

—¿Recuerdas el hombre del que te hablé, el señor de Welldone? De él aprendí que la magia existe, que lo que yo hacía en el circo se podía hacer sin recurrir a ningún truco. Y me enseñó mucho más, que yo después puse en práctica con gran éxito. Podría decirte que él me inició como un ávido buscador de algo más en la vida que la simpleza de engañar a las personas o de ganar dinero a cambio de trucos. Como decía siempre: «El poder está en la mente».

—No comprendo cómo un hombre así pudo haber tenido interés en un muchacho que trabajaba en un circo —dijo Sofía, dubitativa.

—He ahí el quid de la cuestión. Yo también me hice la misma pregunta. Cuando se lo pregunté, su respuesta fue: «Yo provengo del tiempo, he sido testigo de gran parte de la historia. Yo advertí a mis amigos María Antonieta y Luis XVI que huyeran de París porque los iban a guillotinar y no me hicieron caso... también predije a Napoleón su caída y se rió de mí».

—¿Cómo pudo estar presente en aquellos lugares en fechas tan lejanas?

Ella empezaba a pensar que su abuelo le estaba contando un cuento.

—No eran cuentos. Y después me arrepentí por no haber seguido sus consejos.

—Entonces... es verdad que eres un mago.

—Así es.

Sofía no tenía más preguntas. Estaba silenciosa. Una profunda admiración empezaba a alojarse en su pecho, pero, por momentos, el miedo inicial volvía a hacerse presente. Prefirió no tocar el tema que tenía en la punta de la lengua.

—Acompáñame, haremos una pequeña visita —Strauss dio el brazo a su nieta y juntos se encaminaron al castillo.

Ya dentro, en una de las paredes de la cocina, introdujo una llave en la ranura de un adorno de madera en la pared y la giró. Una puerta angosta dio paso a una escalera que se perdía en la oscuridad. Strauss apretó un interruptor y se iluminaron las gradas. Descendió por la escalera de piedra seguido por Sofía, rodeados de la luz amarillenta que emitían unos faroles que, cada cierto trecho, colgaban de pequeñas dovelas. Sofía había estado antes ahí con Fasfal, buscando comestibles. Cuando llegaron al suelo, su abuelo se dedicó a encender las otras luces, dando vivacidad al tétrico lugar. Alineados sobre los anaqueles, gran cantidad de frascos etiquetados con el nombre del contenido se exhibían como en un supermercado: mermelada de fresas, de moras, setas, alubias y tubérculos y hortalizas aguardaban en grandes canastos ser usados alguna vez. Era como una bodega donde podían encontrarse desde melocotones hasta papel higiénico.

—¿Qué te parece? —preguntó Strauss.

—Me parece... interesante. Creo que no necesitas ir de compras —respondió Sofía, preguntándose si su abuelo se estaba burlando de ella o esperaba alguna respuesta más inteligente.

—Lo que tú ves es lo mismo que hallaron los alemanes cuando vinieron a buscarme. Había menos víveres que ahora, pero básicamente es lo que encontraron: una despensa. Así que se fueron y no regresaron más por aquí. De haberlo hecho, no hubieran encontrado otra cosa.

—¿Y dónde estabas tú? —preguntó Sofía intrigada.

—Aquí —dijo sonriendo Strauss.

—¿Aquí? ¿Te refieres a que eras invisible?

—No, querida Sofía, no era invisible, aunque... hubiera podido serlo —agregó con picardía—. Yo me encontraba en mi sótano.

—Tu sótano...

—Ven, salgamos de este lugar, volvamos a la cocina.

Strauss apagó las luces, cerró la puerta del sótano y salieron de la cocina en dirección al salón principal, hasta llegar junto a la escalera de piedra en forma de caracol que llevaba al estudio de la torre. Al lado del primer escalón había una pequeña columna de piedra con intrincadas tallas. Unas hendiduras confundidas entre la cantidad de extraños diseños encajaban perfectamente con los dedos pulgar y meñique de Strauss; apretó y se situó detrás de la escalera de caracol a esperar, mirando su reloj. Al cabo de un minuto, el hermoso suelo de baldosas antiguas se corrió hacia un lado. Diez baldosas por diez. Quedó a la vista una escalera, similar a la del sótano de la cocina, tan oscura como ella. Strauss encendió la primera antorcha con un encendedor. Un olor acre, extraño, mezclado con un sutil perfume, saturó el ambiente. Con la antorcha en la mano, Strauss empezó a bajar.

—Es una composición de almizcle, aceite de sándalo y sebo —explicó viendo la expresión de su nieta—. Baja con cuidado, en el lado izquierdo no hay muro.

Dieciséis escalones abajo, Strauss colocó la antorcha en un candelero vacío y encendió la que estaba al lado. La escalera doblaba a la derecha. Prosiguieron bajando otros dieciséis escalones y otro descansillo. Un candelero vacío, donde Strauss colocó la antorcha, emitió un sonido parecido a un clic. Bajaron cuatro gradas más y llegaron al suelo del sótano. Strauss se dio a la tarea de terminar de iluminar el lugar encendiendo lámparas de gas, cuya luz, mucho más pareja, alumbró la penumbra reinante.

—Querida Sofía, las antorchas son muy importantes. Son la clave de todo esto —explicó Strauss.

Ella no contestó. No comprendía lo que su abuelo decía y en aquel momento prestaba más atención a lo que veía. Estaba maravillada. Acababa de entrar en un mundo que se le antojaba irreal y mágico. No tenía apariencia de un sótano común y corriente; los tapices que pendían de las paredes de piedra borraban la imagen de sótano tenebroso; sin ella, era posible que fuese un lugar bastante tétrico, pensó Sofía, mirando los muchos cojines sobre una hermosa y gruesa alfombra de seda retorcida. Un confort inesperado. Strauss abrió la pequeña puerta de una caja pegada a la pared donde se hallaban dos palancas. Movió una, y una ligera brisa se sintió en el pesado ambiente del sótano. Seguidamente hizo conocer a Sofía el resto del subterráneo.

En un nicho había una pileta como la de las iglesias para el agua bendita. Strauss abrió un pequeño grifo de donde salió agua bastante fría.

—Proviene directamente del glaciar —dijo Strauss. Procedió a lavarse las manos y la cara, alentando a su nieta a hacer lo mismo.

Cogió una toalla de una repisa de piedra y se secaron. A un lado había una hilera de zapatillas blancas; calzaron un par cada uno. Strauss abrió una puerta de dos hojas de madera oscura y penetró en una sala bastante amplia. Al lado derecho, un desnivel en el suelo formaba un círculo, en cuyo centro se veía un triángulo pintado de negro.

—Te estoy mostrando un lugar al que muy pocas personas han tenido acceso.

Pero Sofía no atinaba a decir palabra. Estaba ensimismada con la majestad del lugar. No existían imágenes, la roca estaba desnuda; en el suelo, únicamente el círculo con el triángulo, rodeado de trece grandes cojines. Al lado izquierdo del salón había un escritorio de madera con muchos cajones, pero sin nada a la vista. Detrás, estantes atiborrados de manuscritos, libros, y más que nada, pergaminos enrollados.

El techo de piedra situado por encima del círculo estaba formado por cuatro triángulos dispuestos en forma de pirámide.

—Abuelo... y, ¿qué es todo esto?

—El día que tú así lo desees, empezará aquí tu iniciación. El círculo que ves tiene un extraordinario poder; no debes traspasarlo si no estás preparada para ello, de lo contrario, puede provocarte graves trastornos mentales, por lo menos temporalmente. El círculo es la figura que tiene mayor poder en la creación.

—¿Por qué?

—Porque... es el inicio de la vida. ¿Nunca te has preguntado por qué los planetas tienen esa forma? ¿Y el principio de la vida? Sin embargo, el triángulo también es importante, la trilogía de la creación. Todo se sucede de tres en tres, la Luna nueva, la Luna llena y la Luna creciente... la Doncella, la Madre y la Vieja sabia... hasta la Iglesia católica adoptó la trilogía conocida como Padre, Hijo y Espíritu Santo... ¿Recuerdas lo que te dije acerca de la tercera generación?

—Sí... —Sofía volvió a sentir el temor que la acompañaba cada vez que se sabía cerca de aquel asunto.

—Mi querida niña... tal vez ahora no sea importante para ti, porque eres demasiado joven, y ves el futuro muy lejano. Estamos hablando de un hijo tuyo. ¿Quién más que yo desearía la perpetuación de mi especie? Pero no se trata de lo que yo desee, algo más trascendente para la humanidad puede estar en juego. Escucha: la sangre heredada es poderosa y sagrada. —Strauss pronunció las últimas palabras como si efectuara una oración. Su respiración se hizo jadeante, parecía estar muy afectado.

—Abuelo, si es así de importante, entonces yo te prometo no tener descendencia —dijo Sofía, esperando tranquilizar a su abuelo.

—Dejemos que el tiempo y el conocimiento te hagan tomar esa decisión conscientemente. No se trata de una decisión que debas tomar a la ligera —respondió pensativo Strauss. Esta vez lo haría todo como debía ser.

XXX - La huida

Todos los años, durante las vacaciones, Albert y Alice viajaban a visitar a Sofía. Ella siempre se mostraba reacia a regresar a Estados Unidos. Parecía encontrarse muy a gusto en Zurich, dedicándose de lleno a los estudios. La compañía de su abuelo le era más que suficiente. Sofía, como se previó desde un comienzo, se convirtió en una mujer segura de sí misma, y las características que se dibujaban en ella desde pequeña se afianzaron. Era doctora en medicina, especializada en bioquímica.

Strauss y su nieta mantenían un peculiar vínculo que iba más allá del mero amor filial; para él, ella significaba su redención. Sofía se avino con entereza a la petición de su abuelo. Lo admiraba y creía en él. Comprendió que debía poner de su parte; por otro lado, su vida dedicada a la ciencia y a la investigación la absorbía casi por completo, de manera que dejó asuntos como la maternidad en manos de mujeres para quienes aquello era la prioridad en sus vidas. Sofía fue iniciada por su abuelo en el sótano de San Gotardo; aún recordaba que dentro del círculo mágico, vestida con una túnica blanca, soportaba el agua helada que él vertía sobre ella recitando una oración en sánscrito. Una ceremonia íntima y solitaria, aunque su abuelo afirmó que cada uno de los trece cojines, aparentemente vacíos, que rodeaba el círculo estaba ocupado por la presencia de un iniciado que en alguna oportunidad estuvo en la Tierra.

Con el correr de los años, la transformación de aquella chiquilla llena de curiosidad había dado paso a una mujer que seguía unos lineamientos poco comunes para el resto de los mortales. Parca en el hablar, sin ser demasiado callada, comprendía todo de una manera más profunda que los demás. No hacía uso de la riqueza que poseía por parte de su abuelo, y se había acostumbrado a ser ella misma quien atendiese sus necesidades. Se encontraba alejada de las frivolidades.

La promesa de no traer hijos al mundo le había sido relativamente fácil de cumplir, ya que los dos únicos pretendientes que tuvo no llegaron a concretarse en nada: uno había perecido en un accidente automovilístico, y el otro simplemente un buen día no volvió a aparecer más. De ahí en adelante, Sofía se sumió en un ostracismo que le sirvió de pantalla protectora para evitar más frustraciones. No habían sido los grandes amores de su vida, pero eran los únicos que se atrevieron a acercarse a ella buscando algo más que una amistad. Nunca tuvo oportunidad de saber qué se sentía al amar. Se había envuelto en un aura de misticismo que evitaba cualquier acercamiento demasiado íntimo con algún hombre, dedicándose íntegramente a los estudios y a la investigación en uno de los laboratorios de su abuelo, que veía con complacencia los avances de Sofía, aunque en ocasiones le invadía una infinita tristeza. Le parecía injusta la vida que le había tocado en suerte a su nieta, pero sabía que no existía otro camino.

Por aquellos días, una noticia hacía furor: la píldora anticonceptiva acababa de ser descubierta, y Strauss empezó a trabajar en sus laboratorios en una fórmula que le permitiera fabricar una píldora similar. Hasta ese momento al único que se le había ocurrido hacerlo era al doctor Pincus, un norteamericano. Sofía consiguió la composición de una fórmula eficiente mezclando acetato de magestrol con mestrenol y el resultado fue un eficaz método anticonceptivo que salió a la venta con éxito. Mientras hacía el trabajo no dejaba de pensar en que tal vez sería la única forma en la que finalmente ella podría disfrutar del amor. Había conocido a un hombre que le producía sentimientos confusos. Deseaba que la tocase más que ninguna otra cosa en el mundo; su presencia la hacía feliz, y cuando pensaba en él, su corazón latía deprisa. Instintivamente se lo había ocultado a su abuelo, no deseaba que se enterase de nada. Pensaba que más adelante encontraría el momento apropiado para decírselo.

Paul Connery se encontraba en Zurich hacía poco tiempo, sustituyendo en el último momento al bioquímico que esperaba Strauss para prestar asesoría en uno de sus mayores laboratorios.

Su trabajo tenía que ver con uno de los que realizaba Sofía: los estudios avanzados sobre el posible uso de las hormonas para la prevención de las enfermedades cardíacas y de la arteriosclerosis, y en general, sobre la inevitable degeneración del organismo provocada por la vejez. Paul Connery formaba parte del equipo investigador de la Fundación Worcester para la Biología Experimental en Shrewsbury, Massachusetts, de la cual era fundador el doctor Gregory Pincus, el inventor de los anticonceptivos orales. Sorprendentemente, Paul había vivido y estudiado en el Colegio Williams, en Williamstown. Cuando vio a Sofía, le pareció reconocer un rostro familiar. Tiempo después se enteraría de que la nieta del prominente Conrad Strauss era Sofía Garrett, la hija del doctor Albert Garrett de Williamstown, el mismo al que tantas veces había acudido su familia, el único médico del pueblo, por lo menos en aquella época.

Strauss estaba contrariado, temía un acercamiento entre ellos. Y no se equivocaba. Al encuentro inicial entre Paul y Sofía había seguido una fuerte atracción. A él le fascinó aquella mujer de rasgos marcados cuya mirada parecía traspasarlo, inteligente, de hablar pausado y de cuidadosos modales. Le atraía hasta su extraña manera de vestir, tratando de no resaltar sus encantos, que los tenía, y muchos. Poco a poco Sofía empezó a ocupar su mente la mayor parte del tiempo. Su comportamiento con ella no era como el que hubiera tenido con cualquier muchacha americana, se sentía obligado a mostrar lo mejor de sí. Sofía le producía un gran respeto, tanto, que a pesar de conocerse desde hacía cerca de dos meses, el único acercamiento íntimo fue un ligero beso en los labios hacía una semana al despedirse. La sensación que le había dejado era la de haber profanado un templo. En lugar de amedrentarlo, aquello acrecentó su interés; sospechaba que bajo la extraña apariencia anacoreta de Sofía, existía una mujer parecida a un volcán a punto de entrar en erupción.

Empezaron a salir a almorzar, después los almuerzos se transformaron en cenas, y una noche Paul la llevó al alojamiento que había alquilado cerca al lago de Zurich, una vieja casa donde él ocupaba dos habitaciones en la parte alta. Era la primera vez que Sofía estaba a solas con un hombre. Se sentía un poco incómoda y, al mismo tiempo, algo ridícula. También por primera vez le daba miedo no ser atractiva. Pero Paul era paciente. Se dio cuenta de que ella, por inverosímil que pareciera, aún era virgen, y la trató con delicadeza.

—Sofía... eres hermosa, nunca imaginé que fueras tan bella... —dijo Paul admirando su desnudez, mientras veía su turbación al verse expuesta ante sus ojos—. Te amo, Sofía.

—Yo también te amo... Paul.

Aquella no fue la única vez que hicieron el amor. En los días posteriores siempre encontraron tiempo para amarse. Sofía era feliz, ya no le interesaba la búsqueda de la verdad ni los ritos de purificación que su abuelo le enseñara. Todo lo aprendido hasta entonces quedaba atrás; ella empezaba a vivir, a sentir y a entregarse como lo haría una mujer enamorada. En medio de sus deseos y ansiedades, ninguno de ellos veía el mundo que les rodeaba. Se había desatado el torbellino de pasiones que Sofía llevaba dentro, y que por derecho ancestral le pertenecía. Y en aquel marasmo creado por los sentimientos que los embargaban, no se daban cuenta de que eran vigilados. Fasfal se movía entre las sombras, enviado por Strauss. Su deber era cuidar de Sofía, vigilar que no perteneciera a nadie, tener cuidado de que se apartara de las malas compañías. Strauss creía que aún podría manejar a Sofía, que el dolor le duraría un tiempo, pero evitaría que llegado el momento faltase a su palabra. Él sabía que por amor se era capaz de cualquier cosa y esta vez no permitiría que ocurriese lo mismo que había sucedido con Alicia.

Conrad Strauss se hizo el desentendido acerca de la relación que su nieta mantenía con el americano. Sofía llegaba cada vez más tarde a casa, y eso sólo tenía una explicación. Observaba sus reacciones, y constataba que era indudable que estaba enamorada. El amor, como todo sentimiento, no se puede ocultar... pensaba con tristeza, lástima que tuviera que terminar. Esperaba que su nieta hubiese estado tomando anticonceptivos; de lo contrario, no quería ni pensar en lo que podría suceder. Sofía no le había dicho nada aún y él no iba a ser quien preguntase.

Sofía y Paul alquilaron una pequeña pieza, donde disfrutaban de momentos apasionados, pensando que de esa manera no despertarían sospechas, y aquella tarde, ella estaba como siempre, esperando anhelante el momento en el que Paul cruzara por la puerta y la tomara en sus brazos. Había decidido contárselo a su abuelo. La felicidad no le cabía en el pecho, deseaba compartirla, y lo haría con quien era su más cercano amigo y casi un padre. El día anterior, Paul le había propuesto matrimonio y ella había aceptado; esperaba que su abuelo compartiera su felicidad y esperaba también que Paul, cuando conociera la verdad de su vida, la siguiera amando. Tal vez comprendería la razón para no desear hijos... Se sirvió un vaso de agua para tranquilizarse; Paul estaba tardando un poco más de lo acostumbrado. Solía ser puntual. Pero los minutos corrían y el reloj de pared marcó las siete de la tarde. Transcurrieron otras dos horas. Presintió algo grave. Salió del apartamento y subió al coche conduciendo hasta el laboratorio.

—¿El doctor Connery aún se encuentra en el laboratorio? —preguntó en la caseta de vigilancia.

—No, doctora Garrett, salió hace... déjeme ver —el hombre se fijó en el cuaderno de entradas que tenía delante—. Se fue a las cinco menos cuarto.

—Gracias —respondió Sofía. Volvió al apartamento y vio que no había ni rastro de Paul. Un oscuro sentimiento empezó a germinar en su mente. Cerró los ojos y trató de tranquilizarse. Regresó al coche y fue a casa. En el trayecto, esperaba que Paul hubiera tenido algún contratiempo, o que tal vez estuviera con alguna chica, lo prefería, ante el miedo de que algo terrible le hubiese sucedido.

Su abuelo se encontraba en casa, estaba en la biblioteca leyendo un libro antiguo. «Otro de sus temas favoritos», pensó Sofía.

—Hola, abuelo.

—¿Qué milagro te trae tan temprano a casa? —preguntó Strauss—. ¿Te ocurre algo? Pareces nerviosa.

—No, abuelo, sólo un poco cansada —dijo Sofía y desapareció escaleras arriba. Le urgía estar a solas. Esperaba que el teléfono sonase en cualquier momento y la voz de Paul la volviera a la vida. Casi a las once de la noche llamó a su casa. Nadie contestó al teléfono. Sofía supo que algo había sucedido. Tuvo la certeza de que sus temores eran ciertos y sospechó quién era el responsable de todo. Fue directamente a la habitación de su abuelo y abrió la puerta sin llamar. Estaba furiosa. Conrad Strauss parecía esperar su llegada. Aún leía, sentado en su sillón, bajo la lámpara. Levantó la vista fijándola en el rostro atribulado de su nieta.

—¿Ocurre algo, Sofía? —volvió a preguntar.

—Sí abuelo, sí ocurre, ¿qué le has hecho a Paul? —preguntó airada. Estaba segura de que él había tenido que ver con su desaparición, al recordar algo parecido con anterioridad.

—¿Yo? ¿Al doctor Connery? No comprendo a qué viene la pregunta. En primer lugar, ¿qué tiene que ver él conmigo?

—No es contigo. Es conmigo. Tú debías saber que nos amamos; hoy te lo iba a decir, pero él ha desaparecido.

—Querida Sofía, créeme, lo siento mucho... Yo no sabía tu relación con el doctor Connery. Pero tranquilízate, tal vez haya decidido salir de viaje de improviso, tal vez no tuvo tiempo de avisarte...

—No, abuelo, no es posible. Él me lo hubiese dicho. Sé que algo malo le ha sucedido. ¡Dime que no fuiste tú, por favor! ¡Dime que no le hiciste ni dijiste nada! —Sofía sollozaba incontenible, era la primera vez que Strauss la veía tan desesperada—. ¡Abuelo, por lo que más quieras, dime que no le sucedió nada malo! ¡Por favor... abuelo!

—Sofía, pequeña, cálmate... tranquilízate —Strauss abrazó a su nieta mientras sentía que algo se le quebraba por dentro.

—Presiento que él ya no está más... ya no está más... siento que se fue... ¡Abuelo, deseo morir, no quiero seguir viviendo, si no puedo ser feliz!

—Sofía... a ti te ha tocado llevar una vida excepcional... no la eches a perder, ten confianza en ti misma, tú has venido a este mundo para algo más que sólo sufrir, recuerda todas las enseñanzas, ¿no aprendiste nada? Tranquiliza tus sentidos, no te entregues a las miserias humanas... elévate sobre el sufrimiento... todo pasará, todo, todo pasará... —dijo Strauss abrazando a su nieta mientras la mecía como si fuera un bebé.

De pronto, Sofía se separó bruscamente y fijó sus ojos en los suyos, una mirada que sobrecogió a Strauss.

—Si le hiciste algo a Paul... jamás volverás a saber de mí. Y al demonio con tus miserables creencias. Te juro que tendré tantos hijos como pueda ser capaz para asegurar mi descendencia, no importa de quién sean. Es mi última palabra y no daré marcha atrás. —Se dio media vuelta y salió de la alcoba.

Strauss se quedó inmóvil. No había calculado aquella reacción. «¿Habré cometido algún error?», se preguntó. Él sólo había deseado su bien... no quería que sufriera... ¿hasta cuándo iba a durar todo esto? Se encogió en el sillón y mientras las lágrimas pugnaban por salir y el dolor traspasaba su pecho, miró hacia arriba en un gesto de impotencia.

—¿Cuánto más debo sacrificar para borrar el mal? A cambio de todas las riquezas con las que me has colmado, me has arrebatado la felicidad... ¡Ah, cómo envidio a los indigentes, que no tienen más que preocuparse por su siguiente comida! Sé que cometí un terrible error, pero te pedí perdón tantas veces... Creí que había sido perdonado... Paul es un desgraciado que no la merece... —la mente delirante de Strauss lo llevaba por derroteros insospechados. El hombre luchaba consigo mismo para conservar la cordura, pero ésta se alojaba en sus creencias, y él era consciente de que éstas eran antagónicas con la ayuda divina.

Sofía tenía la mirada fija en el teléfono. Esperó inmóvil durante horas; se negaba a creer que Paul hubiera desaparecido de su existencia. Esa noche no durmió aguardando un signo de vida. Pero aquella llamada nunca llegó. Pasó todo el día siguiente con la angustia de no saber nada, ni un aviso, ni una llamada, nadie sabía nada de él. Sólo algo podía haberle sucedido: estaba muerto. Para Sofía estaba claro.

Casi a medianoche entró como una tromba en el dormitorio de su abuelo. Él tampoco se había acostado. Envuelto en un albornoz se hallaba de pie frente a la puerta de vidrio de la terraza oteando la oscuridad.

—Eres un asesino, un psicópata. Te odio, espero no volverte a ver más en lo que me reste de vida. ¡Ah! Y otra cosa: te prometo muchos nietos. ¿También los mandarás matar? ¿O quizá sea yo la próxima? —dijo Sofía. Su voz sonaba como un latigazo.

—¡Sofía! No... No soy un asesino. Yo sólo quiero tu bien... —Strauss estaba sobrecogido de temor. Era la primera vez que su nieta mostraba aquella faceta tan recordada por él.

—No creo en ti ni en tus malditos ritos. Ahora me doy cuenta de que fue una componenda entre mi madre y tú. ¿Deseabas mantenerme alejada del mundo para satisfacer tus estúpidas creencias? Razón tenía mi padre cuando deseó matarte. Ojalá lo hubiera hecho. ¡Hipócrita! Iros al demonio tú y tus ejercicios de paz y meditación, y ojalá te pudras en el infierno. Deseo que sufras tanto o más que yo, aunque no creo que lo hagas, porque tú no tienes alma, ni principios. Tú no tienes sentimientos...

—Tu madre nada tiene que ver con esto, no quiero que sufras... Paul no te merece...

Las últimas palabras fueron casi un susurro. Sofía había desaparecido tras la puerta. Se encerró en su habitación. «Tu madre nada tiene que ver con esto... Paul no te merece...» Aquellas palabras confirmaban sus sospechas. El infeliz de su abuelo había segado la vida de Paul. Preparó algunas pertenencias en una pequeña maleta. Compraría un billete a París. Deseaba salir cuanto antes de aquella casa, quería encontrarse lejos de Conrad Strauss.

En el umbral de la puerta se topó con Fasfal. ¿Qué hacía Fasfal en Zurich?, se preguntó Sofía. El peculiar hombrecillo de ojos rasgados se interponía entre ella y su libertad. Los ojos de Sofía parecían unos taladros. La expresión de su rostro se había transformado, no parecía la misma persona. Fasfal sintió un estremecimiento, pero no se movió de la puerta, eran órdenes de Strauss. Ella se le acercó despacio, y tal como él mismo le había enseñado, antes de que Fasfal pudiera darse cuenta de nada, con una veloz e insospechada energía, lo arrojó unos cuantos metros de la puerta. Instintivamente Fasfal se repuso e intentó atacarla, pero Sofía lo tomó de la muñeca con tal fuerza y rapidez que sorprendió al hombre.

—No te atrevas... no te atrevas, maldito... sabes que soy capaz de matarte —murmuró Sofía muy bajo, justo en su oído.

Fasfal quedó inmóvil, sin atreverse a hacer nada. Tenía el terror reflejado en el rostro. Él sabía quién había sido el padre de Sofía.

—Deja que salga.

Sofía miró hacia la escalera lanzando la misma fiera mirada a su abuelo. Sin palabras, le estaba diciendo que aquella decisión ya no dependía de él. Abrió la puerta y se perdió en la noche.

XXXI - La búsqueda

Cuando Alice colgó el teléfono sintió que su mundo perdía estabilidad. No comprendía los motivos que podía tener su hija para hacer algo semejante. Su padre no lo sabía o «no se lo había querido decir», razonó. Había percibido visos de culpabilidad en su voz. Según él, Sofía había enloquecido al desaparecer su novio, un joven llamado Paul Connery, procedente de Williamstown. Ese solo hecho ya era para Alice bastante peculiar. «Ella me insultó, me culpó de su muerte y dijo que jamás volvería a verla», fueron sus palabras, y para Alice, aquella reacción era insólita, porque sabía que su hija lo adoraba. Estaba segura de que debió suceder algo grave. Por lo pronto, lo más urgente era localizar a Sofía. Su padre había seguido su pista hasta París. En el aeropuerto le habían informado que Sofía Garrett había tomado un vuelo con destino a Nueva York.

Albert también quedó estupefacto con la noticia. No tenían idea de lo que ocurría. Y Alice deseaba encontrar a Sofía.

—John Klein —dijo Albert— es el único que nos puede ayudar.

—¿John Klein? ¿No era el comisario de policía que...?

—El mismo. Se retiró hace unos años y ahora es investigador privado —interrumpió Albert.

—No confío en los investigadores. No deseo que todo el pueblo lo sepa.

—Amor, es privado —subrayó Albert—, eso significa que se debe a su cliente. Es como un médico y su paciente: confidencial. Confío plenamente en él.

—¿Tú crees que debemos hablar con él?

—Lo creo, es más, es imperativo. No podemos quedarnos de brazos cruzados. Sofía debe andar en cualquier lugar, sola; ella no está acostumbrada, no debe haber sido fácil. Tu padre siempre me pareció demasiado extraño.

—No lo conociste bien, no puedes opinar así.

—A veces no es necesario hablar mucho con una persona. Todos estos años de separación de la única familia que tiene, su afán de hacerse cargo absoluto de Sofía... creo que somos culpables de todo esto.

—Pienso como tú, me deshice de la responsabilidad. No quise asumirla.

—¿Es que de veras crees que Sofía no debería tener hijos? Aquella historia absurda, nefasta, de tu padre, es demasiado fantasiosa. Perdóname, Alice, pero pienso que es un paranoico. No debimos permitir que nos separase de Sofía tantos años. Ya lo he decidido. Hoy mismo hablaré con John.

—Albert, nunca desafíes los conocimientos de mi padre —dijo Alice con pesadumbre—. ¿Deseas que te acompañe? —agregó.

—Prefiero ir solo.

El pequeño letrero «John Klein – Investigador Privado» lucía extraño. Por sus dimensiones parecía que deseaba pasar inadvertido. Albert hizo sonar el timbre. Tras unos instantes escuchó:

—¡Adelante! Está abierto...

—Hola, John, suerte que te encontré.

—Hola Al, qué sorpresa, tú por aquí. ¿Puedo ayudarte en algo? —preguntó John—. Siéntate. Tenía varias cajas de cartón sobre el escritorio, parecía estar acomodando revistas viejas. Retiró las cajas del escritorio y esperó.

Era una oficina de tamaño mediano, un escritorio y dos sillones para visitantes. Los muebles parecían sacados de una venta de objetos de segunda mano, donde nada combinaba; un cenicero de aluminio rebosaba de colillas.

—John... necesito tu ayuda. Se trata de Sofía, ¿recuerdas que la última vez que hablamos te dije que vivía en Suiza con su abuelo?

—Lo recuerdo.

—Sofía ha desaparecido. Aparentemente se encuentra aquí, en Estados Unidos, pero no se ha comunicado con nosotros ni creo que desee hacerlo.

—Perdona que te interrumpa, Albert, pero según mis cálculos, tu hija debe tener casi treinta años, luego, no veo cuál es el problema de que haya decidido vivir sola.

—No comprendes.

—No, si no me lo explicas.

—Su abuelo tenía unas ideas muy particulares acerca de su futuro. Ella vivió todos estos años completamente alejada del mundo real, jamás tuvo novios, era casi una ermitaña. Esto, por decisión propia —aclaró—, hasta hace poco. Se enamoró de un joven llamado Paul Connery, por coincidencia, de este pueblo. Él viajó a Suiza para trabajar en ciertas investigaciones en el laboratorio del abuelo de Sofía; la última vez que hablamos con ella me dijo que tenían pensado casarse.

—Conozco a Paul desde pequeño. Creo que es un hombre ambicioso. Su familia es sencilla. Él parece ser el más listo de los hermanos; es el único que terminó los estudios.

—El caso es que Paul desapareció de la vida de Sofía. No sé cuáles fueron los motivos, pero Sofía creyó que su abuelo lo había matado, por eso abandonó Suiza y no sabemos dónde está.

—Veamos... no entiendo por qué tu hija piensa que su abuelo mató a Paul y después ella misma desaparece. ¿No te parecen demasiadas desapariciones? ¿No será que se fugaron? ¿Cómo sabéis que Sofía cree que está muerto?

—Su abuelo dice que ella le echó la culpa de su desaparición. ¿No pensarás que Sofía tuvo algo que ver con su muerte? —sugirió Albert. Empezaba a arrepentirse de estar ahí.

—Tranquilízate, Al, no creo que ella hubiera cometido ese asesinato. Ella lo amaba. Además, era su pasaporte a una vida nueva, dices que era casi una ermitaña.

—En realidad, lo que yo deseo es encontrar a Sofía —adujo Albert interrumpiendo los pensamientos de John—, me preocupa. Si se encuentra bien y no necesita nuestra ayuda, mejor para todos.

Pero si está en malas condiciones... deseo ayudarla. Presiento que le hago falta.

—Está bien, Albert. Descuida, me haré cargo —John comprendió que a Albert no le interesaba hurgar en la supuesta muerte de Paul. Aplastó la colilla en el cenicero.

—Por el dinero no te preocupes, correré con todos los gastos que sean necesarios. Si deseas, puedo ir contigo —se ofreció Albert.

—No lo dudé en ningún momento, Al —sonrió John—. En cuanto a ir conmigo... prefiero trabajar solo. Tú me entiendes. Eres más útil como médico en Williamstown que como acompañante de detective. ¿Tienes una fotografía de Sofía? La última vez que la vi era una chiquilla.

—Sí, por supuesto —Albert hurgó en un bolsillo de la chaqueta y le entregó una foto donde aparecía en compañía de Paul—. La recibí hace quince días.

Sofía y Paul, ambos sonriendo y abrazados por la cintura frente a la cámara. John la tomó y se quedó absorto mirando el rostro de Sofía; también tomó nota de la clase de ropa que llevaba y el tipo de peinado. Había cambiado notablemente desde la última vez que la vio.

—Tu hija es una hermosa mujer. Casi tanto como su madre —aventuró John.

—Gracias... sólo espero volver a verla... ¿la encontrarás?

—Eso espero. Debo empezar mi investigación en Nueva York. Tengo algunos buenos contactos en las aerolíneas y la aduana. Debo cerciorarme que entró en el país. ¿Cuál es la profesión de tu hija?

—Ella es médica cirujano. También es bioquímica. Es muy inteligente —dijo con orgullo Albert.

—Entonces no creo que pase mayores apuros. Trataré de limitar la investigación a clínicas, hospitales, consultorios privados, laboratorios y ese tipo de lugares. Creo que será más fácil de lo que pensaba. Hasta ahora he resuelto todos mis trabajos.

—Confío en ti. Esperaré noticias tuyas; anota mis teléfonos.

—Los tengo, Albert —dijo John—, pero toma el mío. —Le alargó una tarjeta de presentación muy sencilla, como todo lo que había en aquella oficina.

Albert sacó la chequera y firmó un cheque en blanco. Se lo extendió.

—¿Qué significa esto? —preguntó extrañado John—. Ni lo pienses. Pon una cifra y después arreglamos cuentas.

—Confío plenamente en ti, John. Sé que harás lo correcto.

—Albert, no deberías confiar en nadie. Ni siquiera en mí. Coloca una cifra y asunto arreglado.

Escribió una cantidad bastante alta, y volvió a extender el cheque.

—Toma. Si necesitas más, por favor, házmelo saber. Agradezco infinitamente tu ayuda, sé que Alice se tranquilizará. La he dejado muy preocupada. Y... John, ¿a la familia de Paul no le interesará investigar su desaparición?

—Primero debo cerciorarme si ellos lo saben —razonó John.

Albert se despidió y salió. John lanzó un suspiro y se sentó tras el escritorio. Debía efectuar algunas llamadas a Nueva York. Miró la foto de Sofía y al ver a Paul volvió a tener el presentimiento de que allí había algo oscuro. Pero él se ocuparía de Sofía.

Después de hacer las llamadas, había quedado claro que Sofía Garrett llegó a Nueva York en un vuelo procedente de París y tomó otro con destino a Los Ángeles, California. «Previsible», pensó. Lo primero que haría alguien que desea escapar de su familia es ir al otro extremo del país, a la costa Oeste. California era bastante grande, tenía mucho trabajo por delante.

Camino a su casa pasó por la de la familia de Paul Connery. Una mujer vieja, de aspecto descuidado, abrió la puerta.

—Hola, comisario —saludó, como muchos seguían llamándolo—. ¿A qué debo su visita?

—Buenas tardes, señora Connery, ¿ha tenido últimamente noticias de Paul?

—¿De Paul? Ese ingrato... desde que se fue a trabajar a Shrewsbury con Pincus sé poco de él. Ahora está en Europa.

Le dijo a su hermano Nick que está de novio con una millonaria —acotó, bajando la voz—. ¿Por qué el interés?

—Un cliente me preguntó si conocía un buen químico; parece que necesita un experto en genética, y pensé en Paul.

—Sinceramente, comisario, no creo que a él le interese el trabajo. Según dijo su hermano, pronto será muy rico. Hasta le ofreció llevárselo.

—Me imagino que contraerá matrimonio con la millonaria...

—No, inspector, ¡qué va! Parece que hizo un descubrimiento que revolucionará la ciencia. Usted no conoce a Paul. Él no es de los que piensan en matrimonio. —Se acercó a Klein y le dijo en tono confidencial—: Por favor, no comente esto con nadie. Su hermano dice que es un secreto de estado.

—Descuide, señora Connery, en vista de que a Paul no le hace falta el trabajo, me alegro por él. Me imagino que usted lo extraña mucho, y ahora que está en Europa deben hablar menos seguido aún.

—Conmigo apenas habla. Siempre estuvo muy unido a Nick; justamente están hablando ahora —agregó, con un dedo sobre los labios.

—Espero que todo salga bien, bueno... Iré a pescar con mi sobrino, está aquí por unos días. Gracias, señora Connery, hasta luego.

—Gracias a usted, comisario.

John había confirmado sus sospechas. Recordó que, desde pequeño, Paul había sido un oportunista. Tenía el don de situarse en el lugar apropiado para recibir, sin dar algo a cambio. Era un muchacho bien parecido, y de los tres hermanos, el más normal. Uno de ellos era retrasado mental. Menudo partido se había llevado Sofía, pensó. Si no se convertía en millonario casándose, lo sería por algún otro medio, turbio, con certeza. Estaba con vida, era necesario que Sofía lo supiera. ¿O no? Saber que la habían dejado de lado a cambio de una oferta mejor no le haría mucho bien. Pero por lo menos sabría que su abuelo no era un asesino. Mientras conducía en dirección a su casa, Klein aún pensaba que

Albert se preocupaba demasiado por Sofía. Intuía que había alguna otra razón para buscarla. Aparcó el coche y se encaminó en dirección a su sobrino, que en esos momentos regaba el jardín.

—Mike, debo salir para California cuanto antes; es una lástima que no podamos pasar más tiempo juntos, pero es un asunto de trabajo —explicó Klein.

—¿Justo ahora? Dijiste que iríamos con los chicos a tu sitio predilecto de pesca —señaló contrariado, cerrando la llave de paso.

—Ahora no podrá ser... tú conoces el lugar, yo debo salir a una misión. Puedes llevar a tu padre, que llega esta noche.

—No será igual. Hablas como un agente secreto. Deberías dejar ese trabajo, es muy peligroso, se supone que ya no eres policía.

—Descuida, hijo, sólo se trata de encontrar a una joven extraviada... pero tiene que ser ahora.

—¿Joven extraviada? Apuesto a que se escapó con unos hippies... esos sujetos están por todos lados.

—¿Hippies? ¿De qué hablas?

—¿No lo sabías? Son muchachos que siguen lo que ellos llaman «contracultura»; están en contra de todo lo establecido, principalmente del aseo. Son barbudos, greñudos, vestidos con ropajes que son una mezcla de jeans y túnicas hindúes, collares, en fin, creo que son muy fáciles de identificar. En Boston los hay.

—Pues... no creo que la joven esté con esa gente. No. Ella es una doctora en medicina.

—En ese caso, te deseo la mejor de las suertes. Ojalá la encuentres. ¿Cuántos días crees que tardarás?

—No creo que muchos, ya te llamaré. Pero si tienes que regresar a Boston no olvides dejar desconectada la llave principal del agua, del gas, cerrar puertas y ventanas...

—No te preocupes, lo sé. —Mike conocía la rutina de memoria.

Klein reunió en un maletín sus efectos personales y se acordó de llevar su Beretta.

—Despídeme de tu padre, y dale un beso a tu madre —agregó Klein a su arenga anterior. Abrazó a su sobrino y desapareció tras la puerta con su pequeña maleta. Subió al coche y se alejó rumbo a Nueva York; tomaría el primer vuelo que encontrase con destino aLos Ángeles. Miró la hora en su reloj y vio que aún quedaba tiempo para pasar a hablar con Albert en la clínica.

—Albert, Paul está en Suiza. Fui a casa de su madre y el hermano hablaba con él por teléfono cuando llegué. Si Sofía piensa que le ocurrió una desgracia está equivocada, parece que el novio hizo algún buen negocio.

—No sé por qué presiento que Conrad Strauss está metido en esto hasta el cuello.

—¿Crees que él los ha separado?

—Por supuesto. Es un lunático —comentó Albert—. Sofía necesita saber que Paul está vivo.

No dijo nada más. John se dio cuenta de que no quería dar más explicaciones.

—La encontraré, descuida. Y se lo diré.

El calor en Los Ángeles ese verano era agobiante. Klein después se dio cuenta de que la ciudad era más extensa de lo que había supuesto; por lo menos para él, que provenía de un pueblo apacible como Williamstown, donde todo parecía estar siempre al alcance, aquella ciudad era demasiado complicada. Entrelazada por toda suerte de autopistas, el tráfico era infernal. Pronto dedujo que había muchos lugares dónde buscar. Consiguió un hotel pequeño y lo primero que hizo fue buscar en la guía telefónica. Una larga lista de clínicas, hospitales, consultorios y laboratorios se exponía ante sus ojos, además de los departamentos de investigación científica de las diferentes universidades. Sistemáticamente hizo varias listas dividiéndolas por secciones de acuerdo con el mapa que tenía frente a él. Pegó el plano extendido con cinta adhesiva tras la puerta, y empezó a marcar los lugares que empezaría a visitar tal como lo hubiera hecho de estar aún de servicio. También fue al departamento de policía de Los Ángeles llevando consigo la foto y dejó la descripción de Sofía sin esperar demasiado.

No tenía conocidos en la jefatura, y no parecieron muy impresionados con sus requerimientos, sobre todo cuando se enteraron de la edad de Sofía. Se limitaron a arquear las cejas y pasar el informe. Prometieron que distribuirían copias de la foto. Dijeron que era una época con un alto índice de desaparecidos.

Klein tuvo que proseguir la búsqueda sin ayuda.

XXXII - San Francisco, 1963

Conrad Strauss parecía haber envejecido de golpe. Fasfal observaba su postura, no era erguida como siempre. Parecía encorvado, como si llevase un peso invisible en la espalda.

—Querido Fasfal... –dijo Strauss sin girarse—, esta vez creo que fui demasiado lejos. Sofía ama a ese desdichado. Si ella supiera... Si supiera que Paul es un hombre sin escrúpulos, me lo hubiera agradecido. Pero está enamorada. No escuchará razones, prefiere creer que lo he matado. Sé que en el fondo sospecha la verdad, pero quiere aferrarse a la idea de que él la amaba, tanto, que murió por su amor. ¡Qué complicadas son las mujeres, Fasfal! —se volvió hacia él.

El chino únicamente lo observaba. Era posible que estuviese de acuerdo. Nunca lo sabría. Su rostro inmutable daba la sensación de no comprender nada, a pesar de su atenta mirada.

—Bien me dijo Welldone que todo hombre tiene su precio. Ahora debe estar regodeándose de su «buena fortuna», aquí, en Suiza. Cederle un pequeño laboratorio no me hace menos rico, pero el odio de Sofía me hace sentir miserable. No lucharé más contra el destino. Que sea como tiene que ser. Sólo me limitaré a observar. Y tú serás mis ojos, Fasfal.

Fasfal pensó en Sofía con desprecio. Su maestro era un sabio, ¿es que acaso no lo sabía? No debió juntarse con Paul, ¿cómo no se daba cuenta de que era un hombre sin escrúpulos? Haría todo lo posible para devolverle la tranquilidad a su maestro. El mundo no debía sufrir por el capricho de una mujer.

Después del largo viaje, Sofía vagaba por las calles de San Francisco. Había tratado de dormir en los vuelos pero no pudo. Imposible hacerlo, sentía un puñal atravesándole el pecho; quería dejar de pensar en Paul pero no podía, aún guardaba su olor en la piel, ¡cuánta falta le hacía su ternura! Todos sus sueños se habían hecho añicos. Un suspiro largo y entrecortado rasguñó su garganta. No tenía deseos de vivir, pero lo haría; tendría un hijo, sería su venganza. Estaba harta del mundo, de ese mundo que la rodeó desde su nacimiento, donde siempre tuvo que mentir, siempre mentir... ¿era acaso responsable de haber sido concebida por Hitler?, y a esas alturas de la vida, ¿a quién rayos le importaba? Al único que aún parecía importarle era al psicópata de su abuelo. Parecía anclado en el pasado. La guerra había quedado atrás, los problemas de la humanidad eran otros... Sus pensamientos se vieron interrumpidos por un grupo de extraños personajes que con pancartas en la mano caminaban lanzando consignas.

—¡Hagamos el amor, no la guerra!

—¡Queremos que regresen nuestros soldados de Vietnam! —gritaba otro.

—¡Abajo el podrido sistema capitalista! ¡Paz e igualdad para toda la humanidad! —clamaba un tercero, mientras el resto de sus compañeros caminaba en círculos. Todos iban vestidos de forma estrafalaria; los hombres con cabellos largos y barbas crecidas y las mujeres igualmente desgreñadas y con vestimentas que eran una mezcla de africano, indio y todas las etnias posibles. Uno de ellos se acercó a Sofía.

—Hola hermana, paz y amor —dijo, haciendo una señal con dos dedos de la mano.

—Hola —respondió Sofía tomada por sorpresa.

De buena gana podría formar parte de aquel grupo de inadaptados, porque llevaba el pelo suelto y despeinado. No había hecho uso del cepillo desde hacía casi dos días, y su vestimenta no se diferenciaba demasiado de las de aquellas chicas, ya que acostumbraba a llevar vestidos largos. De manera inconsciente se mezcló entre el bullicioso grupo, que después de dar un par de vueltas en círculo, se juntaron y siguieron todos el mismo rumbo, un camino que Sofía no sabía hacia dónde iba, ni le importaba. Sólo se dejó llevar. Los acordes de las guitarras, las voces que cantaban algo acerca de las flores, los gritos reclamando amor, paz, libertad, por momentos formaban parte de sus pensamientos, tan revueltos y reaccionarios como la gente que la rodeaba. No supo cuánto tiempo estuvo caminando con el grupo, ni supo si ella misma también gritaba, hasta que las voces se fueron apagando.

—No recuerdo haberte visto antes —dijo el joven que la había saludado, mientras caminaba a su lado.

—He llegado esta mañana —respondió Sofía.

—¿Tienes dónde quedarte?

—No. —Hasta ese momento Sofía no había pensado en ello.

—Puedes venir con nosotros, nuestra comuna está abierta para todos.

—Gracias.

—Estamos en Renacer, un poco lejos de aquí; el lugar es muy tranquilo, ¿fumas? —preguntó, ofreciéndole un cigarrillo.

—No, gracias.

—Supongo que te gustan los otros... en la comuna los tengo. Ya empezamos a recolectar la primera cosecha.

—Grandioso —dijo Sofía, por decir algo.

El joven la miró en silencio, se volvió hacia los demás.

—¡Nos vamos, pero volveremos! —gritó en tono de advertencia—. Quizás debamos ir a acampar al jardín de la Casa Blanca.

—Puede ser más efectivo —dijo, sonriendo a Sofía.

Después de un rato, se detuvieron frente a un autobús pintarrajeado con dibujos que eran una mezcla de flores, nubes, una enorme cruz egipcia, signos de paz y amor por todos lados y una pirámide. Sofía subió y se acomodó en uno de los asientos, mientras el resto hacía lo propio. Parecían estar muy satisfechos, sonrientes y deseosos de comprenderse unos a otros. Esto la incluía a ella. No la conocían pero la trataban con simpatía.

El autobús fue rodando por una autopista durante cerca de una hora, y salió por un desvío; un camino lateral bordeado de árboles. Media hora después llegaron a un terreno cercado. En la entrada, un letrero decía: «Renacer». El autobús pasó por debajo y quedó aparcado a unos veinte metros a la derecha frente a un grupo de de cabañas esparcidas en relativo orden. Todos bajaron del autobús y algunos se encaminaron a la cabaña de mayor tamaño. Sofía se quedó unos momentos de pie, observando el entorno. Frente a ella se extendía un campo de cultivo, a la derecha, había un establo con vacas. Un cacareo constante provenía de algún lugar cerca del establo, y por alguna razón, sintió que el sonido la tranquilizaba. Siguió a los que iban a la cabaña mayor, disfrutando de la nueva sensación de anonimato. Parecía haber encontrado el lugar perfecto para permanecer oculta, fuera del alcance del abuelo y de su madre.

La cabaña estaba atestada de cojines y esteras en el suelo de madera, algunos colchones yacían amontonados en una esquina, unos sobre otros, y el que había hablado con Sofía y llevaba la voz cantante, tomó la palabra después de que cada uno tomase asiento sobre un cojín.

—Tenemos una nueva hermana —dijo, dirigiéndose al grupo. Se volvió hacia Sofía y se presentó—: Mi nombre es Billy Adams, ¿cuál es el tuyo?

—Me llamo Sofía —dijo ella.

Billy pidió que cada uno de los demás se presentase a sí mismo.

—Me llamo July Shane, vengo de Virginia. Mis padres son profesores y yo no creo en los estudios, me parece que se han desviado de la verdadera tarea —recalcó con aire intelectual.

—Mi nombre es Gloria Stuard, provengo de Ontario, Canadá. Mi padre es policía y disfruta golpeando a delincuentes. Los que él llama delincuentes. Estoy en contra de toda clase de fuerza bruta. Vine para encontrar una nueva forma de vida y creo que la hallé.

—Soy Cleaver Showfern, y te damos la bienvenida Sofía; tengo a mi padre en Washington, es senador republicano. Estoy en contra del sistema, no creo en los gobiernos ni en el ejército.

Uno a uno se presentaron expresando sus más íntimos pensamientos y creencias; parecían sentirse muy satisfechos de haber encontrado el lugar ideal para iniciar una nueva era, donde únicamente reinase la paz y la hermandad entre los seres humanos.

—Soy Billy Adams, quise compartir mis tierras con personas que creyeran en un mundo mejor, lejos del materialismo, la burocracia, la violencia y la mediocridad. Amo la vida, la libertad, la naturaleza y el amor. Creo que juntos lograremos cambiar la forma de ser de este podrido mundo, contaminado por los gobiernos. No creo en los odios raciales, porque todos somos hijos de Dios, ¿estás de acuerdo con eso, Sofía?

—Sí. Creo que es justamente lo que busco. Libertad, verdad, amor y naturaleza —luego, añadió—: Mi nombre es Sofía Garrett, provengo de Williamstown, Nueva Inglaterra. Mi madre es Alice Garrett y mi padre... Adolf Hitler. —Apenas terminó de decirlo, Sofía se sintió liberada de un peso que llevaba arrastrando demasiado tiempo. El público cautivo que tenía delante no pareció darle la misma importancia que ella le había dado al asunto durante toda su vida.

—Bienvenida, Sofía Garrett, hija de Hitler —dijo Billy con una sonrisa.

—Bienvenida, Sofía —repitieron los demás, acercándose a ella y mostrándole su complacencia con efusivos abrazos.

—Gracias... gracias... —repetía Sofía, mientras las lágrimas corrían por sus mejillas. En aquel lugar se sentía libre para llorar, demostrar debilidad o extrema alegría. Empezó a considerar en serio formar parte de Renacer. Sintió los brazos de Billy alrededor de ella y apoyó la cabeza en su pecho dando rienda suelta a sus sollozos. Las palabras de consuelo de Billy la hacían sentirse aún más sensible y lloró recordando su pasado y su más reciente tragedia, lloró hasta que no le quedaron más lágrimas y luego se quedó dormida acunada por los brazos de Billy, quien delicadamente la dejó recostada sobre una de las colchonetas, y salió a cumplir junto a los demás sus deberes en la comuna.

Casi de noche, Billy la despertó con suavidad; tenía en las manos un plato de comida.

—¿Te sientes mejor ahora? —preguntó.

—Creo que sí... gracias por tu paciencia, Billy.

—Descuida. ¿Sabías que soy psiquiatra? Estoy aquí porque me cansé de escuchar los problemas de la gente que está dispuesta a pagarme doscientos dólares la hora por oír sus estúpidos conflictos.

A ti puedo escucharte gratis —añadió, con una agradable sonrisa.

Sofía, por primera vez, también sonrió. Billy le gustaba, tenía una mirada que invitaba a la calma. Tomó el plato que él le extendía y se dispuso a comer, se dio cuenta de que tenía hambre. Hacía bastante tiempo, desde antes de salir de Zurich, que no probaba bocado.

—¿Te gusta la comida vegetariana? —inquirió Billy.

—Es la única que como —respondió Sofía mientras daba cuenta del último bocado de ensalada.

—Aquí todos somos vegetarianos, cultivamos nuestras propias verduras, excepto las patatas, que las compramos en el mercado. Bueno, también tenemos gallinas; de vez en cuando preparamos unas deliciosas tortillas.

—Vas a tener que decirme cuáles son mis tareas, entiendo que aquí cada cual tiene una.

—Cada uno hace la tarea en la que se siente más cómodo. ¿Tienes alguna profesión?

—Soy doctora en medicina, también soy bioquímica.

—Vaya, vaya, he aquí una médica y un psiquiatra. De no estar hartos del mundo, podríamos abrir una clínica...

—...y curar a todos los locos que andan sueltos por ahí —dijo Sofía, haciendo reír a Billy.

—¿Puedo hacerte una pregunta?

—Sí —contestó Sofía.

—Aquello de que eres la hija de Hitler... ¿es cierto? O fue una metáfora...

—Es la estricta verdad. Una historia un poco larga para contar...

—No es necesario que me la cuentes, sólo tenía curiosidad. ¿Corres algún peligro? Pareces estar pasando por una mala racha.

—Tengo una mala racha desde que nací... estoy escapando de mi abuelo, el padre de mi madre.

Billy se dispuso a escuchar toda la historia. Estaba acostumbrado a que la gente viera en él a una persona en la que podía confiar sus secretos. Sofía le relató parte de su vida, mientras la débil luz de la bombilla de la cabaña parpadeaba debido a los cambios de voltaje. Billy le ofreció un cigarrillo y ella, que nunca había fumado en su vida, lo hizo por primera vez, mientras descargaba su alma.

Aunque para Billy era habitual escuchar a toda clase de personas, la mayoría de ellas con extraños problemas y delirios, le parecía que la historia que oía de los labios de Sofía era sencillamente original. Por lo menos era lo que le había parecido en un principio. Pero a medida que relataba detalles propios de la persona que efectivamente ha pasado por dichas experiencias, y tomando en cuenta que parecía estar en su sano juicio, empezó a cobrar verdadero interés por su paciente. Empezaba otra vez a pensar como psiquiatra. Su paciente, una mujer que acababa de conocer, y que inesperadamente había encontrado en él la ayuda para seguir manteniendo la cordura. Lejos de sentirse agobiado por ser depositario de los más recónditos pensamientos de Sofía, Billy sentía deseos de ayudarla, y lo hacía de la única manera que sabía: escuchando. Un profundo sentimiento de solidaridad hizo que Sofía confiase en él. A partir de ese momento, ella supo que su lugar estaba allí. Y se entregó a Billy, como si hacer el amor con él expiara sus penas.

Había convenido con Billy que su principal ocupación sería la de atender a los que requiriesen sus conocimientos en medicina. Algunas mujeres de la comuna estaban embarazadas, de manera que Sofía podría atenderlas en el momento del parto. Por las tardes, enseñaba relajación y meditación, tal como ella había aprendido; iba en perfecto sincronismo con las ideas de la gente de la comuna, ya que se hablaba mucho del acercamiento a lo místico. El movimiento comunal Renacer promovido por Billy Adams fue seguido de otros que nacían como hongos por Estados Unidos. La gente empezó a llamarlos «hippies».

XXXIII - Arrepentimientos

A medida que los días se sucedían, John Klein empezaba a preocuparse. No sabía qué decirle a Albert, y lo que más le molestaba era que él mismo se sentía inútil. Empezó a concebir la idea de que Sofía tal vez estuviese en otra región; era posible que hubiese querido despistar al tomar el vuelo a Los Ángeles. Por otro lado, sabía que ella no disponía de gran cantidad de dinero. Según su madre, al salir de Suiza su cuenta corriente había quedado intacta. Cada vez que llamaba y contestaba Alice Garrett, se enteraba de otro detalle. La madre de Sofía definitivamente era muy extraña. Y qué decir de la hija. Por otro lado, el abuelo parecía seguir el mismo patrón de toda la familia. Parecía que el único normal fuera Albert. Si es que lo era. Klein daba por descontado que el abuelo había sacado a Paul Connery de la vida de Sofía. Pero ésa era harina de otro costal. Le habían contratado para encontrar a la muchacha, y sería lo que haría, siempre y cuando pudiese terminar de una vez por todas de investigar cualquier rincón donde le pareciera que Sofía pudiese estar trabajando.

Una vez que investigó en clínicas y hospitales, continuó con los laboratorios fabricantes de medicinas; siguió con los destinados a efectuar análisis de sangre, de orina y de cualquier tipo de material orgánico. Por último, las facultades de medicina. Tampoco tuvo suerte. Prácticamente barrió el sur de California, llegando hasta San Diego, Tijuana y Chula Vista. Desesperado, optó por regresar a Williamstown. Klein era consciente de que cuanto más tiempo transcurriese, más difícil sería dar con Sofía. Debía hablar con Alice Garrett. Últimamente era con quien más había tratado. Le gustaba su voz suave, susurrante. Era lo que más le agradaba de todo. Pese a las circunstancias adversas, empezaba a conocerla. Misteriosa, en un principio extraña y, por momentos, lejana, como alguien que no desea intimar demasiado. Estaba seguro de que al hablar con ella en persona podría enterarse de era probable que le hubiese ocultado. Alice parecía hablar menos que el común de los mortales; en este caso, la cualidad se transformaba en defecto. Quería enterarse del porqué de tanto afán para encontrar a una mujer que parecía muy capacitada para valerse por sí misma. Y al mismo tiempo temía saber por qué él deseaba tanto complacer a Alice.

En Renacer, la vida continuaba sin muchos cambios aparentes. Sofía había atendido varios partos, y los bebés eran criados entre todas las mujeres del asentamiento como si fuesen hijos comunes, como también era común que no supieran exactamente quién era el padre de la criatura. Una de las principales banderas del hippismo era hacer el amor y no la guerra, y era tomada al pie de la letra.

Sofía también sucumbió ante esa suerte de vida liberada de prejuicios, y ella más que otras, se vio libre de todas las ataduras que había llevado a cuestas en su vida. Hizo el amor con Billy, Cleaver, John, un negro llamado Jonás y unos cuantos más. Tenía en mente la promesa hecha a su abuelo de no tener descendencia, y era precisamente lo que más deseaba; sentía que era la única forma de sentirse realmente liberada. Poco tiempo después, en la comuna empezó a consumirse, además de marihuana, drogas más fuertes como el ácido lisérgico, o LSD. «Los viajes astrales» para encontrarse con Dios, alguna otra deidad o llegar al nirvana empezaron a hacerse frecuentes en Renacer, y pronto la drogadicción, el amor libre, las orgías, el satanismo y el misticismo, además de sus protestas radicales en contra de la propiedad, el trabajo, el dinero, la competencia, la guerra, la segregación racial, las clases sociales y, por último y más importante, la represión ideológica, fueron los pretextos para consumir masivamente y sin restricciones toda clase de drogas que ayudasen a conseguir el acercamiento a lo espiritual o demoníaco. Una clase de vida que a la larga no sólo se apartaba totalmente de los cánones que ellos despectivamente denominaban «decencia» o «normalidad» para convertirse en sí mismos en otra clase de sistema. O un sistema dentro de otro sistema, como lo llamaba Sofía.

Sofía esperaba un hijo. Todos se adjudicaban la paternidad de la criatura, pero ella sabía que el padre era Billy. Y era probable que lo hubiese concebido la primera noche que estuvo con él. Sofía se había ganado su lugar y era muy apreciada en Renacer, al igual que Billy. Entre los varones, sus dotes de amante insaciable le dieron renombre, pero no era más que el resultado de la herencia genética que llevaba consigo. En la vorágine que rodeaba a su vida, dejó olvidarlo, se sumergió en un mundo irreal, donde únicamente existían destellos de dolorosa lucidez cuando no se encontraba bajo los efectos de los alucinógenos o estaba sola alguna noche en su colchón.

De regreso a Williamstown, Klein fue directamente a casa de los Garrett. Lo atendió el ama de llaves. Alice regresaría de Nueva York al día siguiente. De haberlo sabido, él la hubiera visitado allá antes de tomar rumbo a Williamstown. «Oportunidad perdida...» pensó Klein. Dando un suspiro, tomó camino de regreso y pasó por la clínica de Albert.

—Hola Al.

—¿Tienes alguna noticia? —preguntó Albert, con la ansiedad reflejada en el rostro.

—No, por desgracia. Creo que la subestimé. Tal vez ya no se encuentre en el país. Busqué a lo largo de la costa Oeste, no sé si deseas que continúe con el resto del país. —No lo sé. Ya no sé qué pensar.

—Me gustaría hablar con Alice. Tal vez sepa algo que me pueda ayudar. Sabes, Al, no comprendo por qué es tan importante encontrar a Sofía. ¿Hay algo que me estáis ocultando?

—No, John... Aunque te parezca raro, yo también me he preguntado si no sería mejor dejarla vivir su vida. Confieso que en un principio me preocupé, pero creo que ya es hora de olvidar el asunto. Sin embargo, Alice no está bien. Presiente que su vida corre peligro; no podría explicártelo, pero está muy preocupada.

—¿Por un presentimiento? —John no podía creer lo que escuchaba—. Albert, si existe algo que deba saber, y que no me hayáis dicho, no cuentes conmigo. Debo trabajar basándome en la verdad. Piénsalo y me llamas.

Albert se quedó en silencio.

—Es difícil de explicar, John, no creo ser la persona apropiada para hacerlo.

—Si Sofía huyera de vosotros no hubiese venido a América, luego, debe huir de su abuelo. ¿Es eso? ¿Por qué huir de alguien? A no ser que, como dices, su vida corra peligro.

—Preferiría no hablar de eso, John. Agradezco todo lo que has hecho.

—Enviaré el estado de cuenta —dijo John y salió.

John Klein necesitaba urgentemente darse un baño y descansar en su propia cama. Apenas terminaba de ducharse, cuando escuchó el timbre del teléfono.

—¿Señor Klein? Habla Alice Garrett.

—Buenas tardes, señora Garrett —la voz de aquella mujer era aterciopelada como el melocotón... como debía ser toda ella, pensó Klein.

—Mi esposo llamó diciendo que debía comunicarme con usted. También dijo que no sabe nada de nuestra hija.

—Precisamente deseaba hablarle de eso, señora Garrett. Hice lo que pude, pero creo que hay algunos detalles que usted no me contó. Por ejemplo, no me dijo que estaba huyendo de su abuelo —un largo silencio siguió a esas palabras—. De haberlo sabido antes, tal vez hubiera empezado por investigar qué la indujo a huir del señor Conrad Strauss —prosiguió Klein—, ¿hay algo que Sofía deba temer de su abuelo?

—Señor Klein, he estado pensando todo este tiempo que quizás sería mejor dejar que mi hija haga de su vida lo que quiera. Creo que no debería seguir investigando su paradero.

La voz de Alice se escuchaba extrañamente lejana. Un radical cambio de actitud. Klein podía captar que aquella mujer ocultaba una tristeza que le era difícil disimular. Algo así como un deseo no cumplido, una evocación dolorosa que Klein captaba en toda su profundidad. Sintió la necesidad de suavizar su actitud, algo le decía que lo que necesitaba era apoyo, no ser objeto de interrogatorios que no estaba capacitada para responder.

—Querida Alice, se hará como usted diga. Si aún me necesita puede contar conmigo, no importa en qué circunstancias; puede estar segura de que yo estaré de su parte. Si después desea que prosiga con la búsqueda, lo haré. Discúlpeme si he sido demasiado brusco con mis preguntas, pero son resabios de antiguo comisario de policía...

—Gracias, John... le agradezco todo lo que ha hecho. Sé que

puesto todo de su parte... pero hay cosas en la vida que no siempre son como uno las desearía... ¿verdad? Dejémoslo así, y que sea lo que Dios quiera —la voz de Alice parecía poder quebrarse en cualquier momento—. Buenas tardes, John.

Klein colgó el auricular conmovido. Aquella mujer, en cualquiera de sus facetas, tenía la virtud de sacudirlo. No podía dejar de pensar en ella; sentía unos enormes, descontrolados deseos de atender sus menores deseos. Él sabía que ella quería que siguiera buscando a Sofía, pero no que hurgase en la vida de su padre. Presentía que detrás de todo aquel tinglado debía ocultarse algo sórdido que Alice no deseaba sacar a la superficie. Definitivamente era una mujer misteriosa. Una razón más para captar su atención. Aceptó que estaba enamorado de Alice. No podía ser otra cosa. Cuando la vio por primera vez no pudo apartarla de su mente durante largo tiempo. Pero en esta ocasión sentía algo mucho más fuerte. «¡Ah, quién fuera Albert!», pensó Klein, mientras imaginaba el palpitante cuerpo de Alice en la cama. Presentía que era una mujer apasionada, y que tras su rostro apacible existía una hembra en celo. Klein sacudió la cabeza tratando de ahuyentar las ideas que rondaban su mente. Le ocurría cuando pensaba en Alice. Y era todo el tiempo. Estaba aprendiendo a vivir con eso.

Esa noche le era imposible dormir. Daba vueltas en la cama tratando inútilmente de encontrar una posición que le permitiera conciliar el sueño. Se sentó un rato mientras observaba las manecillas del reloj despertador, cuya luz fosforescente brillaba en medio de la noche: tres y treinta. «¡Diablos!», se dijo. Fue a la cocina y se sirvió un vaso de leche. Después de pensarlo mejor, se puso un whisky. Mientras el líquido quemaba su garganta, supo que aquella noche no dormiría más. Las palabras de Alice Garrett le habían sonado como una llamada de auxilio.

—Al demonio con el abuelo Strauss, no está en mi jurisdicción —razonó, como si aún perteneciera a la policía.

Albert tampoco podía dormir. Reconocía que Conrad Strauss teníael extraño poder de apaciguar a las personas. Él mismo había sido objeto de situaciones extrañas frente a Strauss; tenerlo cerca y desear complacerlo era automático. Mientras recordaba, pensó que podría haber sido víctima de hipnotismo sin saberlo... ¿Acaso las personas que eran hipnotizadas lo sabían? En definitiva, Strauss no le era simpático. Cuando se encontraba lejos de su alcance le era francamente antipático. No comprendía la adoración de Sofía por su abuelo. ¿Sería hipnosis? Conrad Strauss, el enigmático, en apariencia tan agradable que se sentía la tendencia a agradecer su presencia... El hecho era que Sofía estaba desaparecida y el abuelo jugaba un papel importante en ello. Albert sabía muy bien que el carácter de Sofía era fuerte, centrado. De pequeña siempre había sido madura para su edad. Y siempre se había salido con la suya. Probablemente la desaparición del novio desencadenó en ella una reacción de rebeldía, ni más ni menos que contra su abuelo. Se rebeló contra la idea de no poder amar y ser mujer, de vivir bajo la constante presión de no poder ser madre algún día por las absurdas creencias del abuelo. «Estupideces...», murmuró, hablando consigo mismo. Ojalá que donde sea que se encuentre, se halle mejor que antes. Al tiempo que pensaba que Alice sabía exactamente cómo comportarse para hacer que los hombres hicieran lo que ella quisiera. Sin reprimir una sonrisa, dedujo que tal vez su mujer poseía los dones especiales de su padre, pero los utilizaba de manera inconsciente como parte de su argucia femenina.

El sueño se apoderó de él y gradualmente fue quedándose dormido, justo cuando los primeros rayos de sol empezaban a clarear a través de las cortinas de la habitación. Así lo encontró Alice a su regreso de Nueva York. Era cerca del mediodía cuando Albert despertó y la vio de pie frente a él.

—¿Te sientes bien? —preguntó Albert. El rostro de Alice estaba pálido. Parecía haber llorado.

—John Klein no seguirá buscando a Sofía.

—Creo que es lo mejor, Alice. Olvidemos este asunto de una vez por todas. Si algo malo hubiese sucedido, con seguridad tendríamos noticias.

A partir de ese día, Alice desmejoró notablemente. El peso de la culpa parecía haberse convertido en algo sólido. Abandonó el interés por sus negocios y por la casa de Long Island, y aunque ella no había sido nunca una mujer dada a los excesos, empezaba a beber demasiado. Su conversación se había reducido al silencio. Día a día adelgazaba, la palidez daba a su piel un aspecto casi translúcido, pasaba horas encerrada en el estudio y no había manera de sacarla de su ensimismamiento. Al pasar de los meses, Alice estaba irreconocible; parecía un cadáver deambulante.

—Albert... iré yo misma y traeré a Sofía. —Había estado bebiendo. Se sujetaba fuertemente del marco de la puerta.

—Alice, querida, apenas puedes tenerte en pie, ¿qué sucede contigo? ¿No podemos conversar? Te encierras durante horas...

—No será ahora, pero mañana te juro que iré a buscarla. Sé que me necesita... es mi hija y no cumplí con ella... la abandoné —dijo Alice por contestación.

—No irás a ningún lado, Alice. Deja que ella viva su vida.

—Tiene que enterarse de que su abuelo no mató a Paul. Debe saber la verdad. Paul es un hombre sin escrúpulos... —Alice deslizó la espalda por el marco de la puerta hasta terminar sentada en el suelo. Se tapó el rostro con las manos y, por primera vez, Albert la vio sollozar—. Mi querida Sofía... te fallé, tú confiabas en mí y te fallé... —susurró.

—Alice, no te culpes, ella decidió su vida.

—¡Ella no decidió nada! ¡Nunca decidió nada! ¿Acaso no te das cuenta? Le fallamos. Ambos. —Albert percibió en su voz un tono de resentimiento.

—Tu padre es un demonio. Él se apropió de Sofía.

—Pero no es un asesino.

—No sé por qué lo defiendes.

—Porque lo amo. Fue el mejor padre del mundo. Albert, no te imaginas... no sabes qué es lo que siento; por un lado mi hija, por el otro, mi padre, y los dos alejados de mi vida para siempre... Ya no sé lo que está bien, ni lo que está mal. Y si Sofía quiere vengarse, seguro que tendrá un hijo. ¿Sabes lo que significa? He llevado una carga pesada que traspasé a mi hija; soy muy egoísta, Albert... no merezco vivir.

Cerró los ojos y recostó la cabeza en el marco. Estuvo así por largo rato; su rostro antes marcado por un rictus de angustia fue adquiriendo placidez, y su respiración, aunque acompasada, apenas se notaba. Le tomó el pulso, estaba muy débil. Trató de despertarla y no reaccionó. ¿Desde cuánto no probaba bocado? Preocupado, llamó a la asistenta para que la ayudase a llevarla al coche. Era preciso ir a la clínica.

—John... Alice está mal —dijo Albert por teléfono.

—¿Qué sucede?

—Estoy en la clínica con ella. Me temo que el exceso de alcohol y la falta de comida están haciendo estragos, pero no era sólo de eso de lo que quería hablarte. ¿Podrías venir por favor?

John trató de tomarse las cosas con calma, pero estaba alarmado. Todo lo que concernía a Alice le importaba demasiado, sentía no haber sido de gran ayuda. Minutos después se hallaba en la clínica. Alice estaba dormida en una de las habitaciones, y de no ser por la aguja pinchada en su brazo del suero que colgaba a su lado, parecía un cadáver. John contempló su rostro y la admiró una vez más. «Etérea como una diosa», pensó.

Salieron del cuarto y regresaron al consultorio. Albert cerró la puerta asegurándose de que no hubiese nadie merodeando cerca.

—John, necesitamos hacer algo. No me conformo con ver cómo Alice se está matando. No ingiere alimentos, sólo bebe, y últimamente demasiado. Es preciso encontrar a Sofía, sé que parecerá absurdo lo que voy a decir pero espero que lo tomes muy en serio.

—Te escucho —dijo John escuetamente.

—El abuelo de Sofía es un mago ocultista. Un hombre con poderes, ¿comprendes? Pero no te hablo de un simple actor de feria. Te hablo de uno de verdad —explicó Albert, mientras captaba el gesto en la cara de su amigo—. Fue quien ayudó a la caída de Hitler.

—No, Albert, creo que cometes un grave error. La caída de Hitler se debió a múltiples factores. La magia no tuvo nada que ver.

—Escúchame, ¿quieres? Debo explicarte algunas cosas para que comprendas y me lo estás poniendo difícil.

—Disculpa. Prosigue.

—Tú sabes sólo la parte del papel que jugó Will en mi vida, pero, en realidad, la misión principal de Will fue investigar el paradero de Conrad Strauss; Erik Hanussen, para Hitler. El mago del Tercer Reich. Él odiaba al padre de Alicia porque sabía demasiado. Creo que también le temía. Lo buscaba para matarlo. Hanussen escapó de Alemania y fue a vivir a San Gotardo, en Suiza. Will decía que Hitler creía firmemente que con su magia ese mago ayudaría a derrotar a los alemanes, pues Hanussen conocía tanto a Hitler que sabía cómo actuar en su contra, pero Will nunca le informó de su paradero. En buena medida creo que por eso me odiaba. Yo representaba el principal motivo del fracaso de su misión. Lo dijo tantas veces antes de...

—Lo que cuentas es muy interesante, pero no veo qué relación tiene con lo que está sucediendo con tu mujer, o con lo de Sofía —interrumpió John.

—Alice tuvo a Sofía en contra de los deseos de Strauss. Según ella, su padre estaba firmemente convencido de que su descendencia sería nefasta. Era el motivo por el cual, a pesar de ser Alicia su única hija, no deseaba que engendrase. Sé que suena estúpido y discutí con ella varias veces al respecto, pero ella cree firmemente en el poder de su padre. Me contó que él le había confiado que un hombre misterioso había cambiado su vida para siempre, y que, a cambio de la obtención de conocimientos que lo harían un hombre muy rico, debía cumplir con un juramento. El hombre era el señor de Welldone.

—Perdóname, Albert, pero no creo que estés hablando en serio —expresó John, asomando una sonrisa de incredulidad—. Lo que dices es inadmisible; estamos en pleno siglo XX, ¿realmente crees en toda esa basura?

—Te cuento lo que Alice dijo. Y no creo que sea basura. Conrad Strauss es uno de los hombres más poderosos de Europa. No se obtiene dinero y poder de la nada; convertirse en mano derecha y consejero de un hombre como Hitler para llevarlo al poder no debió ser sencillo. Pero él era tan poderoso que Hitler deseaba su muerte. Lo que importa de todo esto es que Sofía no debía tener descendencia, pues su abuelo no lo permitiría. Fue por eso por lo que compró a Paul y lo alejó de ella. Conozco a Sofía, sé cómo piensa; si desea castigar a su abuelo aún a costa de sí misma, lo hará. Lo único que se me ocurre es que se debe haber propuesto tener hijos. —Dio un fuerte suspiro y terminó—: Para serte sincero, yo ya no sé qué creer.

John guardó silencio, trataba de asimilar la información. Hubiera pensado todo de Alice, pero aquello parecía descabellado. Conocía a Albert y dudaba que estuviese inventando algo así.

—Supongamos que creo en todo lo que has dicho. ¿Qué sugieres?

—En este momento me preocupa Alice. Está desconocida, temo seriamente por su salud. Hasta temo que... temo que cometa alguna tontería... Amenazó con ir ella misma a buscar a Sofía, y no lo puedo permitir. He de ir yo. Quería pedirte que me acompañaras. Cuatro ojos ven mejor que dos. ¿Qué dices? —preguntó Albert.

A John todo le parecía demasiado enrevesado. Sin embargo, no hallaba rastros de alguna clase de fanatismo o locura en Albert. Se veía preocupado, pero era natural, Alice no estaba bien. Decidió aceptar. El asunto había despertado su curiosidad, aunque muy en el fondo sabía que lo hacía por Alice. Por otro lado, últimamente no tenía muchos encargos.

—Y... dime, Albert, una vez encontremos a Sofía, ¿qué se supone que debemos hacer? No podemos llevárnosla por la fuerza.

—Entonces, ¿aceptas? Gracias John... no esperaba menos de ti.

—Aún no he dicho que sí, sólo preguntaba para saber si valía la pena.

—Una vez que la hayamos localizado, avisaremos a Alice para que acuda donde sea que se encuentre Sofía. John, no te imaginas, el sufrimiento de esa mujer me desgarra, no puedo ver cómo se destruye.

—Está bien, Al, te ayudaré a buscarla.

John presentía que la cordura mental de Alice dependía de volver a saber de Sofía. Parecía haber tenido un pasado lleno de acontecimientos oscuros, tenebrosos, que empezaban a salir a la superficie después de haberlos retenido por largo tiempo. Sabía que cada cerebro reaccionaba de forma diferente. La Alice que él conocía no se parecía en nada a la que describía Albert. Siempre pensó que la vida daba carne a los que no tenían dientes. Si hubiese estado en el lugar de Albert, con seguridad todo sería diferente. Jamás las cosas hubiesen llegado tan lejos. Al mismo tiempo, sentía que estaba caminando por terrenos pantanosos; empezaba a embargarle la misma sensación que Albert le produjera cuando eran muchachos, una extraña necesidad de velar por su seguridad, aun a sabiendas de que él era capaz de hacerlo solo, y parecía haberlo hecho muy bien, hasta ese momento.

Pensaba con ironía que el destino lo había situado entre dos personas que significaban mucho para él. Adivinaba en la mirada de Albert una llamada de auxilio, y presentía, al mismo tiempo, que lo que sea que él hubiera sentido antes empezaba a despertar. Pero él, John Klein, amaba locamente a Alice. Extraño triángulo amoroso, donde todas las partes estaban al margen.

XXXIV - Adiós, Sofía

Dos días después, la salud de Alice se había estabilizado. La decisión de Albert de buscar a Sofía parecía influir en su recuperación; prometió alimentarse y se quedó en casa con una enfermera para asegurarse de que así sería. John se encontraba de vuelta en la costa Oeste, esta vez en compañía de Albert. Su instinto le decía que era la zona por donde debía buscar. Después de merodear por los lugares más insospechados, incluidas las comunidades hispanas, cayó en la cuenta del cambio en el aspecto de la gente. Era un estilo que abarcaba desde los peinados hasta la forma de comportarse. Las tiendas empezaban a lucir mercancía que parecía sacada de algún almacén de ropa usada, camisas de colorines, pantalones con bordados, collares y mucha gente peluda. Lo veía por todos lados; no sólo era cuestión de moda, era un tema de actitud.

Después de buscar por los alrededores de Los Ángeles, decidieron ir a San Francisco. Tomaron un autobús que los llevó por la autopista 5, bajaron en Bakersfield y en cuanto pueblo encontraron a lo largo de la ruta, y llegaron hasta Fresno y después a Oakland. Para entonces, ambos habían adoptado a su manera la moda hippie, tratando de no diferenciarse demasiado de los demás. John se había dejado crecer el cabello y la barba; su aspecto distaba mucho del que lucía en Williamstown. Albert optó por recoger su cabello crecido en una pequeña cola, pero él, dentro del cambio de imagen que proporcionaba la ropa holgada y exótica que escogió para vestir, no dejaba de ostentar una elegancia que John estaba muy lejos de igualar. Claramente era una cuestión de estilo o un don de gentes imposible de disimular. John sabía que siempre sería así. En cambio, él se veía a sí mismo más parecido a los barbudos y coloridos hippies, que cada vez eran más numerosos, a medida que se acercaban a San Francisco.

Sofía se encontraba, como solía hacerlo últimamente, sentada en un banco mirando las colinas del horizonte. Sabía que su embarazo no andaba bien; aun así estaba tratando de encontrar el valor suficiente para salir de Renacer. De pronto, sintió la presencia de Billy a sus espaldas.

—Sofía, tienes algo en mente... lo sé —dijo Billy. Cosa rara, estaba lúcido.

—Estoy cansada de todo esto. No creo que sea el mejor sitio para mi hijo. Creo que iré a probar suerte a otro lado.

—¿Qué piensas hacer? —preguntó Billy, observando su rostro demacrado.

—Aún no estoy segura, pero cualquier sitio será mejor que éste... no quiero ofenderte, Billy, sé que me acogiste con cariño, pero las cosas parece que se te fueron de las manos. No es para nada la comuna idílica y llena de ideales que nos dibujaste en un principio, aunque te lo agradezco, porque yo atravesaba por un mal momento...

—Y ahora... ¿estás en un buen momento?

—Por lo menos ahora no siento lástima de mí misma.

—Tienes razón, Sofía, pero tu estado de gestación es demasiado avanzado para que tomes la decisión de irte; podrías esperar a dar a luz.

—¿Qué sucedió Billy? ¿Por qué cambiamos tanto? Estábamos tan bien antes de que trajeras el ácido. Ahora todo parece haberse vuelto de cabeza. Es como si vivir en comunas y ser hippie fuese una máscara que sirve para solapar nuestras carencias.

—No empieces, Sofía, las cosas son como son... para mí no es tan malo, yo soy feliz conmigo mismo, hago lo que quiero de mi vida.

—Pero yo llevo un hijo en mi vientre y debo velar por él. En poco tiempo nacerá y me horroriza saber que crecerá sin oportunidades.

—¿Llamas oportunidades a vivir en un mundo lleno de hipocresía? ¿Un mundo que está siendo agredido por habitantes que dentro de poco no tendrán planeta porque habrán acabado con él? Un mundo donde tendrá que competir para vivir bajo unas normas que lo harán esclavo. No, Sofía, creo que estás equivocada. Aquí, en medio de nuestra sencillez, tenemos mucho más que dar a tu hijo que lo que el sistema le puede dar. Aprenderá a vivir libre, a ser amado por todos.

—Tú no entiendes —respondió Sofía—, yo pienso en mi hijo, no en salvar al planeta.

—Aún tienes mentalidad burguesa. El egoísmo es la perdición de la raza humana —concluyó Billy.

Sofía iba a responder cuando sintió un fuerte dolor que la obligó a encogerse hacia delante. Soportó un rato en esa posición, pero el dolor regresó e iba en aumento. Billy se acuclilló frente a ella y observó su rostro pálido. Le tomó el pulso, estaba muy débil.

—Sofía, cariño, creo que debes recostarte, ven. —La ayudó a ponerse de pie y la llevó a su colchoneta.

Sofía había arreglado prolijamente su rincón, y sobre la colchoneta a rayas había un manto de alegres colores. Al lado, una canasta con ropa para el bebé.

—¿Crees que ha llegado la hora? —preguntó Billy.

—No... todavía. Cumpliré nueve meses en cinco semanas.

—Pero tal vez se adelante... ha ocurrido antes.

—Los dolores que siento no son de parto, hace un tiempo que siento algo extraño. Billy...

—Descuida, Sofía, no te sucederá nada —musitó él, preocupado. Ella no era una mujer que se quejase por gusto. Sofía era fuerte, en el amplio sentido de la palabra.

—No te preocupes, creo que ya me siento mejor. —Sofía recuperaba el color en el rostro—. Creo que me puse nerviosa —dijo, avergonzada.

—Sofía, cuenta conmigo para todo, si no, ¿para qué somos compañeros? —la consoló Billy, abrazándola con cariño.

Sofía le despertaba ternura, era una de las pocas mujeres inteligentes con las que se había topado en la vida, una verdadera amiga. Confiaba en que con sus ejercicios de relajación lograse mejorar. No había nada mejor que el propio organismo para combatir sus deficiencias; según él, había que dejar que la naturaleza actuase.

Pero ella no estaba bien. Su cuerpo parecía hinchado, desproporcionado, y era frecuente que perdiera la noción de las cosas. A ratos su visión se nublaba y únicamente divisaba puntos negros; los dolores de cabeza cada vez eran más frecuentes, y en un par de ocasiones había perdido el conocimiento.

A medida que transcurrían los días, John y Albert se sentían más distendidos, más abiertos a ideas nuevas; incluso hicieron algunas amistades entre la gente que al principio les había parecido tan extraña. La había de todas las edades, desde adolescentes hasta cincuentones como ellos, que traían de muy atrás algunas ideas de una contracultura que antes no se habían atrevido a expresar.

Mientras buscaban a Sofía, asistieron a reuniones de meditación, a juntas con gente que abogaba por la conservación de la Tierra; también a una conferencia convocada por representantes del Dalai Lama, a sesiones de astrología, arte islámico y hasta cantaron junto a los Hare Krishna algunos mantras sagrados. Pero nadie parecía saber de ella; sin embargo, se comunicaban diariamente con Alice, tratando de infundirle esperanza, «pronto daremos con ella, falta poco, ya verás, estamos tras una pista», solían ser sus argumentos. Y se mezclaban con toda suerte de individuos, sin atreverse a descartar nada ni a nadie, y aquel mundo esotérico, irreal, a veces disparatado, en el que estaban inmersos, los llevó también a replantearse su existencia.

Mientras descansaban después de un arduo día, en el pequeño cuarto del hotel Fort Mason de la calle Mason, en el centro de la ciudad, Klein vislumbraba que en realidad aquel tipo de vida no le era del todo antipático. Hasta le estaba encontrando gusto. Pero debía encontrar a Sofía, después vería qué haría.

Todo el que se preciara de estar en la onda hippie debía conocer la esquina de Haight y Ashbury. Y ahí fueron a parar, conscientes de que, día a día, se asemejaban un poco más a aquellos personajes. Con el pelo ya francamente largo como para pasar inadvertido, una camisa con dibujos y bordados lo suficientemente ancha como para ocultar la Beretta que llevaba, y sandalias en lugar de sus acostumbrados zapatos cerrados con cordoncillos, John absorbía el nuevo sistema de valores, aunque se dijese a sí mismo que únicamente estaba por una misión y que su aspecto era para resguardar su identidad. Albert, por su parte, se sentía cómodo entre aquella gente; en realidad, él siempre se sentía cómodo en cualquier lugar. A John siempre le había atraído esa parte de su personalidad. Algunas veces se la había envidiado. A Albert, en cambio, le agradaba la forma desgarbada y casi tosca de John. Su figura flaca y angulosa, que no sabía mantener en su lugar una chaqueta sin que pareciera que perteneciera a otra persona, sus enormes manos nervudas y aquel caminar suyo, con un hombro ligeramente más bajo que el otro que Albert adjudicaba a alguna escoliosis no tratada, cobraban a su vista categoría de virtudes a las que había llegado a amar, aunque muy a pesar suyo, el íntimo acercamiento de las últimas semanas se limitaba a la convivencia obligada por las circunstancias. Albert sabía que John lo estimaba simplemente como amigo y no deseaba incomodarlo, pero su cercanía lo hacía feliz, era inevitable, pese a que el motivo principal era la búsqueda de Sofía.

Conocieron a hippies de todas las razas: negros, blancos, pelirrojos, latinos, asiáticos, de los cuales uno en especial siempre estaba merodeando por los lugares que frecuentaban. Les parecía haberlo visto anteriormente en Los Ángeles, pero le restaron importancia pensando que todos los chinos eran similares.

El chino vestía con su ropa originaria, pero en ese maremágnum nadie prestaba atención; siempre guardaba silencio y algunas veces era motivo de gran admiración por los asiduos visitantes de aquellos sitios, cuando llevaba a cabo sus inexplicables trucos de magia. Él no se sentía aludido cuando le decían que eran trucos; si lo eran, se cuidaba muy bien de hacerlos de manera tan perfecta que aquello parecía magia. El chino mago solía llevar una pequeña tabla de plástico, de aquellas que llamaban libretas mágicas, donde dibujaba algo que deseaba decir y al levantar la hoja se borraba todo. Por ese medio supieron que era mudo.

Por momentos Albert y John sentían como si estuviesen en una cruzada buscando el Santo Grial. No dejaban de enseñar la foto de Sofía, sabiendo que si se encontraba en algún sitio distaría mucho de lucir igual que en la fotografía. Aun así, sabían que su rostro poseía una extraña fuerza, y pensaba que si alguien la hubiese visto, la recordaría. Fue justo eso lo que sucedió una noche en los alrededores de la Haight y Ashbury. Un par de guitarristas tocaban en el cafetín donde solían reunirse. En el local casi todos estaban tratando de alcanzar el nirvana en medio de una música que lo hacía difícil. En el suelo de madera, el chino mago como siempre, en posición de loto, tenía los ojos cerrados y parecía estar en otro mundo. Casi como un ritual, Klein sacó la fotografía de Sofía y se la mostró a un muchacho sentado a su izquierda que no había visto antes por ahí. El muchacho observó un momento el retrato y se limitó a decir:

—Es la hija de Hitler.

—¿Qué dijiste? —gritó Klein, en medio del estridente ruido de la guitarra eléctrica que acompañaba la voz ensordecedora de Janis Joplin.

—Es la hija de Hitler —repitió el joven en voz alta.

—Háblame de ella, ¿la conoces?

—Hace tiempo la vi con Billy en Renacer. Ella es Sofía no sé qué, no recuerdo. Yo salí de allí, pronto me iré a Boston, viejo, por allá hay unas comunas interesantes. ¿Tienes un pito?

—Sí, toma —Klein se apresuró a darle un pito de marihuana y le ayudó a encenderlo. No podía creerlo, había encontrado una pista. Las noches y días de vagabundeo habían dado sus frutos.

—¿Por qué dices que es la hija de Hitler? —preguntó Albert mientras el solo de guitarra le taladraba los tímpanos.

—Ella fue quien lo dijo en su presentación al grupo, es buena onda, viejo, ¿no serás su padre, o sí? —inquirió el muchacho, con aire preocupado, mirando a John.

—¿Crees que me parezco a Hitler? —gritó él.

—No sé, uno nunca sabe... Sofía es excelente, no creo que debas interferir en su vida... ya creo que ni me acuerdo de ella —agregó, soltando una carcajada. Estaba en pleno vuelo.

—¿Dónde está Renacer? —gritó Albert, exasperado.

—Paz y amor, hermano, paz y amor... —repetía sonriente el muchacho.

—Sí, sí, paz y amor... pero, ¿dónde está Renacer? ¿Cómo podemos llegar allí? —Albert gritaba como un energúmeno, sacudiéndolo, mientras el joven no paraba de reír.

—Eh... amigo, tranquilo, viejo, qué sucede... —se acercó un conocido— traes una onda...

—¿Tú sabes dónde está Renacer? —preguntó Klein, con la ansiedad reflejada en el rostro.

—Claro que sí, hermano, todo el mundo lo sabe... pero no es para que os desesperéis, mañana será otro día, el sol volverá a elevarse en el horizonte y podréis ver sus rayos otra vez, y Renacer seguirá en el mismo lugar, ¿comprendes, hermano? Ellos os recibirán con los brazos abiertos, no te desmoralices, paz y amor, hermano... —repitió el hombre con mirada compasiva.

—Paz y amor... —respondió Albert de manera automática.

Albert y John se levantaron del rincón donde habían estado y salieron. Estaban eufóricos. Tantos días de indagar, de ir de un lado para otro y finalmente lo habían logrado. Se abrazaron riendo, sabían que estaban cerca y que muy pronto estarían con Sofía. Albert tenía los ojos brillantes. Respiró hondo tratando de calmarse, luego ambos tomaron rumbo a la pensión; era casi medianoche. El chino mago también salió sin que nadie lo notara, había escuchado cada palabra del escándalo que habían formado.

—«Tal vez se escapó con unos hippies...», fue lo que dijo mi sobrino y no le presté atención. ¿Sabes Al? Merezco una paliza. De haber prestado atención a sus palabras habría encontrado a Sofía hace meses.

—Lo importante es que mañana veremos a Sofía. Sabemos que está en Renacer, y donde sea que esté ese lugar, daremos con él. Duerme, John, mañana debemos madrugar —aconsejó Albert.

Fasfal sabía lo que tenía que hacer. Esperaría a que el niño naciera para llevárselo o acabaría con él. Strauss así lo hubiera querido. El niño podía ser nefasto. Sentía que había fallado a su amo por no llegar antes que esos dos. Pero no había tenido opción; les seguía el rastro desde Williamstown. Fue temprano a correos a enviar un telegrama con destino a Zurich.

Albert y John se enteraron de que Renacer estaba bastante alejado de San Francisco. No había línea de autobuses que llegara medianamente cerca, pues había que recorrer un largo trayecto por la autopista y luego caminar hasta la comuna. Se dispusieron a movilizarse como lo haría cualquier hippie que se preciara de serlo: hicieron autostop al borde de la Ruta Interestatal 280. Un hombre en una vieja camioneta los dejó en el camino que los llevaría a Renacer. Era ya casi mediodía cuando enfilaron rumbo a la comuna. El paisaje era bastante agradable, aunque un poco más largo de lo que habían figurado. A medida que avanzaban encontraron letreros que parecían ser el símbolo de la comuna: una cruz egipcia sobre un sol naciente. Cansados de la larga caminata, llegaron a un lugar donde se veían unas cuantas cabañas, dos remolques y un autobús pintado hasta el tope con dibujos psicodélicos, además de tierras cultivadas, vacas y un gallinero que debía estar por algún lado. A aquella hora del día, no parecía haber mucha actividad en el lugar. Entraron pasando bajo un enorme letrero que decía: «Renacer». Un hombre cabizbajo venía caminando en dirección a ellos, delgado y bastante bien parecido, pero como todo en el lugar, lucía un poco triste. Aquello llamó la atención de John. Esperaba encontrar un ambiente más optimista.

—Buenos días —saludó.

—Buen día, hermanos, paz y amor... adelante, parecéis un poco cansados.

—Gracias —contestó Klein, tocando el brazo de Albert, que hacía ademán de sacar la foto—, nos han hablado tanto de este lugar que decidimos venir.

—Bienvenidos, soy Billy. No os puedo presentar al resto porque tenemos un problema estos días —dijo Billy contrariado.

—Soy John. Él es Albert. Venimos del este. ¿Cuál es el problema?

—Una de las chicas está enferma. Creo que tiene problemas con el embarazo. ¿Por casualidad sabes algo de eso? —A pesar de saber medicina, Billy no podía soportar el dolor que tal acción envolvía.

—Bueno, yo... creo que podría ayudar —contestó Albert—. He traído a unos cuantos al mundo.

—¡Bien! —se animó Billy—. Te llevaré con Sofía, el destino te puso en este camino, hermano.

Albert y John se miraron. La afirmación no podía ser más cierta. Todos fueron hacia la cabaña grande; en una esquina, tres chicas sentadas sobre unos cojines estaban conversando al lado de una mujer que yacía en una colchoneta. Albert la reconoció de inmediato y se acercó. Sofía clavó sus ojos en él e intentó incorporarse. Tenía el rostro embotado y pálido, los labios agrietados. Albert supo que estaba mal.

—Sofía... querida, no temas, no he venido a llevarte conmigo. Sólo quiero saber si estás bien —dijo Albert, acercándose a ella.

—¿A qué has venido? —preguntó ella entre dientes, mirándolo con indiferencia.

—Tu madre se encuentra muy mal, desea saber qué sucedió contigo, Sofía, ¿por qué huiste?

—Tengo derecho a ir donde quiera. A mi madre no debería preocuparle mi vida.

—Perdón... Albert —intercedió Billy—. Sofía no está en condiciones de discutir con nadie. Necesita ayuda. Es una mujer adulta para hacer de su vida lo que quiera.

—Billy, no deseo discutir. Quisiera hablar con Sofía a solas, si es posible.

Ella miró a Billy y asintió con un gesto. Todos se retiraron. John también lo hizo.

—Sofía, Paul está vivo —los ojos de Sofía cobraron un brillo inusitado. Albert se apresuró a aclarar—: Está en Suiza, ahora tiene un importante laboratorio. Tu abuelo lo apartó de ti.

—¿Paul? —musitó ella— Él me amaba...

—Dios sabe que no deseo que sufras, pero tenía que decírtelo. Tu madre está desesperada, regresa con nosotros.

—Tengo problemas con mi embarazo, y falta muy poco para que nazca el bebé. Según mis cálculos, en cuatro semanas debo dar a luz —dijo Sofía mirando al vacío. Casi arrastraba las palabras—. Tengo eclampsia.

—¿Cómo lo sabes?

—Soy médica. Lo sé. Además, siento que el cordón umbilical está ejerciendo un fuerte tirón. Mi estado no es normal.

—Te llevaré a un hospital. ¿Por qué no fuiste antes?

—No lo sé... —dijo Sofía cerrando los ojos— ya no sé nada. —Un rictus de cansancio apareció en su rostro. Parecía haber envejecido. Albert notaba que Sofía se estaba dando por vencida.

—Pequeña, sé lo que sientes, déjame ayudarte, quiero hacer algo por ti —al contemplar la cara de Sofía, invadida por una mezcla de desesperanza y sufrimiento, Albert sintió como si algo en su interior se estuviera partiendo. No era la Sofía que él conocía. No la que tenía enfrente. Dios, ¿qué habían hecho?

—Lo siento tanto, papá... ayúdame. Ayuda a mi hijo, no dejes que el abuelo se lo lleve. De ser así, prefiero morir con él en mi vientre.

—No, Sofía, no lo permitiré. No morirás. Te llevaré a un hospital. No tengo nada que perdonarte, pequeña, tú me tienes que perdonar a mí, a nosotros.

Albert se incorporó y salió en busca de Billy.

—Necesitamos trasladarla a un hospital. Ahora.

—Por supuesto —aseguró Billy—. Gracias, Albert.

Entre John, Billy y Albert sujetaron el colchón a manera de camilla y ayudaron a instalarla dentro del autobús. También subieron unos cuantos de la comuna. Billy se puso al volante. Sofía cerró los ojos, parecía haberse quedado dormida.

—¿Qué sucede con Sofía? —preguntó John.

—Tiene eclampsia.

—¿Y qué rayos es eso?

—Es un trastorno tóxico que se desarrolla en la fase avanzada del embarazo. Pronto tendrá convulsiones más seguidas y posiblemente entre en coma. Ojalá no sea demasiado tarde.

—Creo que es muy tarde para mí... estoy en la fase final.

Sofía abrió los ojos y parpadeó tratando de enfocar la vista. No podía ver con claridad, percibía destellos de luz y veía doble. Una de las mujeres le puso un grueso trapo entre los dientes y entre todas la sujetaron.

—¿Qué sucede? —preguntó alarmado John.

—Va a empezar a convulsionar; vamos, ayúdanos a sujetarla —dijo Albert.

A una velocidad endiablada fueron conducidos por Billy por la 280 hasta llegar al Hospital Alameda, de la avenida Clinton. Paró en la puerta de emergencias. Klein bajó y dio aviso para que acudieran con ayuda. Un par de minutos después, Sofía era trasladada en una camilla rodante, mientras Billy aparcaba el vehículo. John trataba de conservar la calma para imponer tranquilidad entre los compañeros de Sofía. Billy, anonadado, se sentía culpable por no haber actuado antes. El heterogéneo grupo de estrafalarios individuos estaba en una fría sala de espera, mientras a Sofía le efectuaban los análisis y chequeos para verificar su estado. Albert aclaró que era médico y lo dejaron entrar.

—Señora Garrett, soy John Klein. Encontramos a Sofía.

—¡Oh, gracias, Dios mío! ¿Dónde está? ¡Quiero hablar con ella!

—exclamó Alice al otro extremo de la línea—. ¿Y Albert?

—Está bien, estamos a la espera. Sofía dará a luz dentro de unos momentos. Tome el primer vuelo al aeropuerto de Oakland y diríjase al Hospital Alameda.

No quiso ser más explícito, prefería que hablase con Albert. Justamente venía por el largo pasillo de luces de neón.

—Al, llamé a Alice y le dije que viniera.

—Gracias, John. —Lo miró con gesto de preocupación, y, sin decir nada, fue hacia una ventana. Se sentó en el alféizar, recogió las rodillas y apoyó su barbilla en los puños. John no quiso interrumpir su silencio. Él lo conocía, sabía que deseaba estar solo.

Lejos, un poco retirado de Billy y los suyos, John vigilaba el fino perfil de su amigo. La nobleza de sus rasgos parecía acentuarse con el sufrimiento. En esa postura distante, parecía rodeado de una barrera invisible que lo protegía de cualquier eventual intromisión.

Desde chico había sido así, y era lo que siempre había admirado en él.

Billy se le acercó.

—No hice lo indicado, John. Debí traer a Sofía a la fuerza si era necesario, pero ella parecía tan... parecía ser capaz de soportar cualquier eventualidad —dijo Billy con manifiesta preocupación.

—Ya es tarde para cualquier clase de recriminación. Dime, Billy, ¿cómo os conocisteis?

—Estábamos en una protesta en San Francisco, tú sabes, no estamos de acuerdo con lo de Vietnam. Sofía apareció en la protesta, se nos unió; después supe que pasaba por ahí y se quedó con nosotros.

—Y se fue a la comuna con vosotros.

—Estaba desorientada, emocionalmente perturbada. Sabes, John, soy psiquiatra de profesión, abandoné mi cómoda vida en Los Ángeles en busca de algo mejor. Tuve una larga conversación con Sofía y realmente su vida no fue un lecho de rosas. Siempre me produjo la impresión de que sentía que se encontraba en el mundo por equivocación.

—Tal vez tengas razón —concluyó John.

Una doctora se acercó preguntando por la persona responsable o algún familiar de Sofía Garrett. Billy y Klein se pusieron de pie al mismo tiempo. Albert se les unió.

—Lamento decirles que el diagnóstico no es muy esperanzador. Existen extensas alteraciones en los tejidos, el mecanismo básico de la toxemia eclamptogénica consiste en un espasmo arteriolar generalizado que en su grado más extremo, como el que tiene la paciente, puede tener como resultado hipoxia tisular. Tiene una avanzada necrosis hemorrágica en el hígado, el edema visible exteriormente se ha extendido al cerebro, y en la placenta puede haber un aumento de los depósitos de...

—Perdón, un momento, no entiendo —interrumpió Klein.

—Descuide, doctora, yo sí la entiendo —dijo Albert.

—Bien, en ese caso, creo que lo más conveniente sería que la paciente accediera a que se le practicase una cesárea, porque la criatura corre grave riesgo de seguir sometida a las convulsiones de la madre, que cada vez se harán más frecuentes.

—¿Se lo ha explicado todo? Ella es médica.

—Creo que es consciente de eso y es incomprensible por qué dejó que llegase todo tan lejos.

—Hablaré con Sofía —resolvió Albert.

—Creo que lo mejor será que vayamos ambos; después de todo, soy el padre de la criatura... y el psiquiatra de Sofía —aclaró Billy.

La doctora los observó, los dejó solos y se alejó mirando el cielo raso pensando que todos eran iguales. A Albert le pareció un absurdo recurso por parte de Billy. Se vio a sí mismo y comprendió que aquella doctora no encontraba ninguna diferencia entre los dos.

A pesar de tener los ojos hundidos bajo la hinchazón de los párpados, la mirada de Sofía era lo único reconocible en ella. Billy se acercó y le tomó la mano. Con ternura acomodó algunos cabellos esparcidos sobre su rostro y le dio un beso en la frente.

—Tranquila, Sofía, pronto acabará todo... —murmuró muy cerca de su oído.

—Lo sé —contestó Sofía.

—Tengo que hablar contigo, Sofía —dijo Albert.

—Amigo, no creo que sea el momento más apropiado...

—¿Y cuál es el momento apropiado? —preguntó Albert con rudeza.

—Deja que diga lo que vino a decir —intercedió Sofía— y que sea pronto, porque no sé por cuánto tiempo más permaneceré consciente. —Su cara hizo un gesto de dolor, pero de inmediato se mostró serena.

—Nos dijo la doctora que tu salud no es muy buena —empezó diciendo Albert.

—No me digas lo que sé. Sólo dime qué es tan importante.

—Tu madre me envió a buscarte. Ella desea que regreses a casa, dice que cortó los lazos con tu abuelo, que jamás volverá a verlo, que le perdones si en algún momento creíste que ella deseaba alejarte, pero que eras tú quien deseó permanecer al lado de él todos estos años.

—Si tengo a mi hijo, mi madre se lo entregará a mi abuelo.

—No lo hará. Estoy seguro.

—No deseo que él sepa que yo tendré un hijo.

—No lo sabrá, Sofía. Tu hijo se quedará en Renacer, te prometo amarlo y cuidarlo... —intercedió Billy.

—Billy, sabes bien qué pienso acerca de la comuna —dijo Sofía—; no es nada en contra de ti, pero debo proteger a mi hijo. Y no sé cómo hacerlo. No deseo que sufra.

—Sólo deja que te operen, una cesárea, es urgente y tú lo sabes. De lo contrario, ambos podéis morir —intercedió Albert; no había tiempo para discusiones.

Sofía cerró los ojos para impedir que aflorasen las lágrimas. Una profunda tristeza embargaba su alma; sabía que no le quedaba mucho tiempo y por instinto quería preservar la vida de su hijo. Fijó su mirada en Albert, hizo un gesto hacia él, éste se acercó y escuchó.

—Papá, ¿crees en algo? —preguntó Sofía.

—¿A qué te refieres?

—Sólo dime si crees en algo.

—Creo en Dios —respondió Albert, con rapidez.

—Entonces, júrame por el dios en el que crees que no dejarás que nada ni nadie atente contra la vida de mi hijo. ¡Júralo! —Suplicó Sofía.

—Lo juro... Sofía. Cuidaré de él con mi propia vida.

Albert estaba profundamente conmovido. Supo al decir esas palabras que no eran un cliché, y no se arrepentía del juramento hecho. Estaba dispuesto a todo por cumplirlo. Por el rostro de Sofía rodaron unas lágrimas postreras, a la par que sus ojos grises perdían la extraordinaria fuerza de momentos antes.

—Llama a la doctora, dile que estoy lista —y dirigiéndose una vez más a Billy—: adiós, Billy, gracias por todo.

Sin perder un segundo, John salió a buscar a la doctora. Momentos después trasladaban a Sofía al quirófano. En el trayecto miró a Albert por última vez.

—Dile a mi madre que la quiero, que no la culpo de nada, dile que yo también conocí el amor, y sobre todo... dile que vele por mi hijo. Y recuerda tu promesa, Albert Garrett. —Sofía sentía un nudo en el corazón. Se sintió más sola que nunca, tenía miedo, miedo de no volver a ver la luz del día, miedo de que su hijo cayese en manos del abuelo, miedo de terminar como Will, cubierta de gusanos y de que su cuerpo explotase como aquel gato...

Albert la vio desaparecer tras las puertas batientes de la entrada a la zona restringida, no sin antes escuchar el desgarrador sollozo que Sofía había retenido durante tanto tiempo, que indicaba que a pesar de todo, a pesar de la fuerza que parecía tener, no quería morir; que deseaba más que nada en el mundo conocer a su hijo, y saber más de aquella felicidad efímera que le había dado Paul, pero que sabía que las cartas estaban echadas desde el día de su nacimiento.

XXXV - Oliver Adams

Después de enviar el telegrama a Suiza, Fasfal merodeaba por los alrededores de la clínica. No había sido fácil pasar desapercibido, pero lo había logrado. No vestía su exótica ropa; su bata blanca lo enmascaraba de médico. Esperaba cumplir con los deseos de Conrad Strauss. Había salvado su vida, y desde ese momento ya no era más suya, le pertenecía a él. Sólo debía encontrar la manera de hacerse con la criatura. O acabar con ella. Conrad Strauss siempre decía que un hijo de Sofía sería nefasto para el mundo. Sentía gran pesar una vez más, por no haber sido lo suficientemente diligente para encontrarla antes.

Doce horas después, Alice se presentó en el hospital. El cuerpo de Sofía aguardaba inerme para ser trasladado a Williamstown para su entierro. Albert, John y Billy, en la sala de espera, cabizbajos y en silencio, aún no se recuperaban de la pérdida, cuando los pasos apresurados de Alice se detuvieron frente a ellos. Los había reconocido a pesar de su apariencia. Al verla, los tres se pusieron de pie.

—Albert... ¿dónde está Sofía? —preguntó.

—Sofía ha muerto —respondió él en voz baja.

Ella no emitió sonido. Ni un grito, ni una exclamación, ni siquiera lloró. Sólo dio media vuelta y cerró los ojos. Albert le pasó el brazo por los hombros y se la llevó caminando a un lugar apartado. Alice estaba terriblemente callada.

—¿Qué sucedió? —preguntó casi en un murmullo.

—Cuando la encontramos estaba muy enferma. Creo que no quería seguir viviendo. Sólo alcanzamos a traerla a tiempo para que no perdiera al niño.

—Un niño... —sonrió Alice con tristeza—. La vida sigue su curso. No se puede luchar en contra del destino, ¿no es cierto, Albert?

—Lo sé, Alice. Prometí a Sofía cuidar del niño. Ella te dejó un mensaje: «Dile a mi madre que la quiero, que no la culpo de nada, dile que yo también conocí el amor, y sobre todo... dile que vele por mi hijo» —dijo él, con voz apagada.

Alice bajó los ojos y, por primera vez, unas arrugas surcaron su frente. Una mirada de odio cruzó por sus ojos mientras murmuraba «maldito... maldito... mil veces, maldito». El sentimiento de culpa que llevaba desde hacía tantos años salió a la superficie; se abrazó a Albert sollozando, mientras le daba las gracias y pedía perdón.

Fueron donde se encontraba Sofía. Albert recordó, al mirarla, a la pequeña Sofía de rostro ambiguo. Dejó a Alice; sabía que quería estar a solas con su hija. Alice la abrazó sin dejar de llorar, y besó su rostro rígido y pálido.

—Sofía... tú sabes que yo te amo, perdóname si te hice sufrir. Sofía, pequeña, descansa, ahora puedes descansar en paz... perdóname, te lo suplico, donde sea que te encuentres... —musitó, y con la mirada perdida en los recuerdos del pasado, se quedó a su lado sujetando su mano exánime, fría, como si quisiera ayudarla a llegar al lugar donde pudiera ser feliz.

Albert y John caminaron en dirección a la sala de recién nacidos. Horas antes apenas habían podido ver al bebé a través del vidrio. Había nacido sano y, a pesar de ser prematuro, no necesitó incubadora. Vieron la cuna con esfuerzo a través del vidrio, pues las luces estaban apagadas. A John le pareció ver una silueta familiar deslizarse en la penumbra, y un fugaz presentimiento cruzó por su mente.

Puso un dedo sobre sus labios y miró a Albert, caminó con sigilo pegado a la pared mientras extraía de debajo de la camisa su inseparable Beretta. Abrió despacio la puerta y divisó el lugar que correspondía al bebé de Sofía. Pudo ver que dormía. Entró y miró alrededor, al no ver a nadie, pensó que todo había sido producto de su imaginación. Albert también entró, sin hacer caso del gesto de aprensión de Klein. No podía reprimir los deseos de ver al bebé de cerca, le parecía precioso. Albert esperaba que no viniese alguna enfermera; sabía que no estaba permitido entrar. Se dirigió anhelante a la criatura, cuando un brillo debajo de la cuna avisó a Klein de que algo estaba mal. Era muy tarde. Fasfal se incorporó y se abalanzó hacia la cuna. Al sentir un movimiento extraño,

Albert, instintivamente, cubrió con su cuerpo a la criatura y dos puñaladas lanzadas a una pasmosa velocidad le atravesaron la espalda.

Con igual rapidez, Fasfal tiró de la criatura de debajo del cuerpo de Albert y, en ese momento, John accionó la Beretta tres veces. Fasfal cayó al suelo, a un lado de la cuna, y el bebé, dentro, sobre Albert.

Klein empezó a gritar pidiendo ayuda mientras se acercaba al cuerpo inanimado de su amigo, retiró a la criatura que permanecía en silencio, y la puso a un lado con cuidado.

—Albert... no debiste, ¿por qué? —gritó John descontrolado. Lo tomó en sus brazos para colocarlo en el suelo, casi sobre Fasfal.

—John, escúchame... ¿quieres? Me muero. John, no permitas que el hijo de Sofía se separe de Alice.

John volvió el rostro hacia la mancha de sangre en el suelo; cada vez se hacía más grande y se confundía con la de Fasfal. Buscó la mirada de Albert en la penumbra. Vio que lo miraba con intensidad.

—No te morirás, Albert...

—Amigo mío, lo sé —dijo. Agarró con fuerza su mano—. John... cuida del bebé. Promételo, protégelo de su abuelo, y no abandones a Alice. Sé que...

Cerró los ojos. Una sonrisa quedó grabada en su rostro de nobles facciones. Un hilo de sangre escurría por la comisura de sus labios.

—Así lo haré, amigo... así lo haré —musitó John al cuerpo sin vida de Albert.

El personal de seguridad, los médicos y muchas enfermeras acudieron formando un abigarrado y confuso grupo en el que hablaban todos al mismo tiempo. Poco después, el ruido invadía el lugar. Los bebés lloraban, los adultos gritaban pidiendo ayuda, pero lo inevitable había sucedido. Albert Garrett yacía muerto y un sujeto oriental vestido con una bata de médico también.

—¡Retiren todos los bebés! —gritó Klein, haciéndose escuchar en medio del barullo. Su aspecto distaba mucho de parecerse al de un policía, pero aún conservaba el don de mando. Procuraba resguardar la escena del crimen hasta que llegase la policía.

Billy entró al cuarto donde estaba Alice aferrada a Sofía, la abrazó y la sacó al pasillo mientras murmuraba unas palabras que ella no lograba entender. Al llegar cerca de la sala de recién nacidos vio a Klein de lejos y los cuerpos de dos hombres en el suelo. Uno de ellos era Albert.

—Oh, por Dios, no... ¿Qué ha pasado?

—Parece que el chino mató a su esposo, señora, y pensaba hacer lo mismo con el bebé, pero John lo evitó.

Al verla, John se acercó.

—¿Por qué? ¿Por qué alguien querría matar a mi esposo? —un oscuro presentimiento se alojó en el pecho de Alice.

—Perdón, señora Garrett —interrumpió Klein—. Creo que Albert fue asesinado por accidente; su verdadero objetivo era el bebé.

—¿El bebé? —preguntó Alice. Su voz adquirió una extraña tonalidad.

—Así es —se limitó a decir Klein. No deseaba hacer mayor hincapié en los motivos, por lo menos por el momento. La noche había sido demasiado dura para Alice. Y para él.

El llanto de las criaturas fue acallándose entre las paredes del hospital. Alice de pie, estática, no salía de su estupor. Klein tenía el cerebro atiborrado de pensamientos, sentía que podía haber evitado la muerte de Albert, y aquello le martilleaba el cerebro; se culpaba por haber obrado con precipitación. Si le hubiese impedido la entrada, él aún estaría vivo. Pero si no hubiesen entrado, el bebé estaría muerto. «¿Quién sería el chino?» Cayó en la cuenta de que los había estado siguiendo todo el tiempo. Llegó a la conclusión de que iba en busca de Sofía, igual que ellos. Justamente estaba a su lado cuando les indicaron su paradero. Y el chino era mudo, no sordo. Aunque dudaba que realmente fuera mudo. No tocó los cadáveres esperando que llegase la policía de Alameda.

Al cabo de diez minutos, la policía invadió el hospital. Cercaron con una cinta amarilla el perímetro de la sala. Klein se les adelantó y se presentó como ex miembro de la policía. El detective a cargo de la investigación le lanzó una mirada de desconfianza, mientras tomaba notas. Billy y el grupo de hippies aguardaban.

Después de hablar unos minutos con Alice Garrett, un detective de la policía se acercó a Klein y pidió que lo acompañase.

—¿Desde cuándo se metió a hippie? —fue la primera pregunta que hizo.

—Hace unas cuantas semanas —contestó Klein, imperturbable.

—¿Acostumbra a llevar armas? Creía que ustedes estaban en contra de la violencia.

—Como usted dice, es una costumbre, y es difícil de dejar. Gracias a ella pude evitar que matasen al bebé.

—Explíqueme eso —pidió el detective.

—Yo estaba tratando de que el señor Garrett conociera a su nieto. Nos dirigimos a la sala y entramos, no había ninguna enfermera cerca para pedir permiso.

—Usted sabe que eso no está permitido.

—Trataba de ser amable; la hija del señor Garrett había fallecido hacía pocas horas.

—¿Su hija falleció? Nadie nos informó de esa muerte —comentó el policía con extrañeza.

—Murió mientras le hacían una cesárea. Tenía eclampsia —dijo con suficiencia Klein.

—Eclampsia —repitió despacio Klein—, el mecanismo básico de la toxemia eclamptogénica consiste en un espasmo arteriolar generalizado, que en su grado más extremo puede tener como resultado hipoxia tisular. Ella tenía avanzada necrosis hemorrágica en el hígado, el edema visible exteriormente se le había extendido al cerebro, ocasionándole graves pérdidas de conciencia y convulsiones.

—¿También es usted médico?

—No. Tengo muy buena memoria —respondió Klein, mientras observaba el cambio de actitud del policía.

—Bien... Ahora dígame algo que me tiene intrigado. ¿Por qué un chino disfrazado de médico desearía matar al señor Garrett?

—Creo que ya le dije que el chino trataba de acabar con la vida del bebé.

—Ah, sí... —el detective hizo como que no recordaba—. En ese caso, ¿por qué desearía matar a un bebé?

—Porque estaba loco. Eso es lo que yo pienso. A ese chino lo hemos visto durante algún tiempo merodeando por San Francisco. Pasaba el rato en Haight y Ashbury y todos pensábamos que era inofensivo. Incluso creo que era mudo, porque nunca dijo una palabra.

—No tiene documentos de identificación —dijo pensativo el detective—. Otra pregunta: ¿conocía usted a los señores Garrett?

—Sí, yo era comisario de policía en Williamstown. Por cosas del destino, encontré justo ayer a su hija en la comuna donde pensaba vivir. Ella se encontraba muy mal, la trajimos al hospital y al saber por los médicos que estaba desahuciada, pidió que viniesen sus padres para que se hicieran cargo de la criatura —mintió Klein descaradamente.

—Y dio la casualidad de que usted los conocía —dedujo el policía en voz alta, pensando que existían demasiadas coincidencias.

—Yo conozco a todos los habitantes de esa localidad. Cuando ella mencionó el apellido y el lugar, supe de inmediato de quiénes se trataba.

—¿Cómo sabe que el chino mudo era un loco?

—Pienso que tal vez lo haya sido. Es cuestión de que le hagan la autopsia.

—No creo que la locura sea detectable.

—Tal vez la mudez, sí.

—Otro hippie loco... —murmuró para sí el policía—. Perdón, no quise ofender.

—No me ofende. Para serle franco, creo que esta vida es muy dura. Estoy pensando seriamente en regresar a mi vida de civil.

—Creo que sería lo mejor para usted —convino el policía—. Hizo un buen trabajo, comisario Klein.

—Sólo hice lo que debía hacer.

—Por favor, no se vaya de la ciudad, tal vez pueda necesitarlo.

—Por supuesto. Me quedaré hasta que ustedes decidan que me puedo ir.

—Me extraña que la señora Garrett no haya mencionado la muerte de su hija —especuló el policía en voz alta.

John Klein detuvo sus pasos y regresó a su lado.

—Detective, ella está aún en estado de conmoción. Acaba de perder dos seres muy queridos —dijo.

Los cuerpos de Albert Garrett y Fasfal fueron retirados de allí. Klein suspiró profundamente, sentía que no lo había hecho desde que Albert murió. Reunió valor y se acercó a Alice; estaba muy callada. «Demasiado tranquila», pensó Klein. No apartaba la vista del suelo, una leve arruga en el entrecejo acentuaba su abstracción.

—Alice, siento que todo esto haya sucedido. Quiero que sepa que Albert era mi amigo. Su muerte...

—Lo sé, John. Lo sé. —Levantó la vista y clavó sus ojos brillantes en los de él—. Sé cuanto lo apreciaba Albert, y le agradezco que le ayudase a encontrar a mi hija. Pero parece que sucedió lo que debía suceder... ¿cree usted en el destino, John?

—Creo que lo que sucede es el resultado de nuestras acciones, para bien o para mal.

Alice volvió a bajar los ojos. John se maldijo por ser tan rudo. No había sido su intención hacerla sentir culpable. Quiso suavizar el momento.

—Espero que no le haya dicho a la policía que usted me contrató para buscar a Sofía. —Apenas habló supo que seguía siendo duro. Parecía que frente a Alice nada le salía bien.

—Hace mucho tiempo aprendí a decir únicamente lo necesario. No deseo que la investigación alcance proporciones incontrolables —dijo ella despacio.

Klein la admiró una vez más. Obviamente, ella tenía mucho que decir... y ocultar.

—¿Ha conocido usted a su nieto?

—Aún no. Deseo tranquilizarme un poco antes de verlo. También quiero ver a Albert... John, son tantas las cosas que me gustaría que supiera.

—Pierda cuidado Alice. Yo sé mucho más de lo que usted se imagina. Estas semanas al lado de Albert nos dieron tiempo de conversar mucho. En cuanto a Billy, el padre del niño, es un buen hombre; fue un psiquiatra de éxito antes de convertirse en hippie y fundar la comuna Renacer. Sé que él desea hacer algo que va en contra de sus principios, pero sabe que será importante para el hijo de Sofía. Desea darle su apellido: Adams, y tiene sentido, ya que de ese modo el niño crecerá con un apellido ajeno al de la familia. Digo esto por si al abuelo se le ocurriera enviar a otro mensajero.

—De modo que usted cree que el hombre chino fue enviado por mi padre.

—Alice, ¿por quién más si no? Es lo que está a la vista.

—Quisiera conocer a mi nieto —dijo Alice, después de unos momentos de silencio.

—Por supuesto. Venga conmigo, han trasladado a los bebés fuera del albergue.

Dejó que Alice entrase en la sala que habían acondicionado para ello, se quedó afuera y se encontró de cara con Billy, que parecía tener el don de la ubicuidad; estaba en todos lados.

—Es hermoso, un niño muy sano —dijo Billy con orgullo—. Dime algo, John, ¿cómo es que tenías una pistola? —la pregunta le venía quemando los labios.

—Albert y yo estábamos buscando a Sofía, pero eso no lo tiene que saber la policía, porque sería demasiado engorroso explicarles que ella era la hija de tú sabes quién.

—Comprendo. No hay problema, John. ¿Eso quiere decir que te irás de la comuna?

—Creo que será lo mejor. De todos modos, no tuve tiempo de acostumbrarme.

—Unas horas a tu lado equivalen a un buen viaje con ácido —dijo Bill soltando un silbido—. Yo prefiero mi vida tranquila en Renacer. Sí hermano, creo que deberías pensarlo mejor y quedarte con nosotros.

—No puedo, Bill, esto no es para mí, gracias.

—Lamento lo sucedido con Albert. Erais buenos amigos, ¿no?

—Sí. Nos conocimos en la escuela. Su muerte me parece tan... inútil. Todo esto no tiene sentido —Klein dio un golpe en la pared con el puño, en un ademán de impotencia.

—Creo comprender cómo te sientes, John. Pero lo hecho, hecho está. No tiene remedio.

—Él había jurado proteger al hijo de Sofía... y lo hizo. —John tenía los ojos brillantes. Había retenido muchas emociones que no se atrevía a sacar a flote.

—Estaba pensando que quizás Renacer sea bueno para mi hijo —comentó Billy.

—No. Sofía quiso que fuese su madre quien velase por él.

Billy se lo quedó mirando un rato. Había captado algo en su trato con Alice.

—Creo que voy entendiendo... la madre de ella te gusta.

—No digas tonterías, ¿cómo se te ocurre decir algo así en estos momentos? Albert fue mi mejor amigo.

—Sólo he pensado en voz alta, John. No me hagas caso —repuso Billy—. Deseo que mi hijo se llame Oliver —dijo, después de un momento en silencio.

—Es perfecto. Cuidaré que a tu hijo no le suceda nada malo; es la promesa que hice a Albert.

—Te lo agradezco, John. Quiero que sepas que acepto que la abuela cuide del niño únicamente porque Sofía así lo quiso —aclaró Billy— y sé que puedo confiar en ti.

A John le irritaban las implicaciones que trataba de dar Billy a todo el asunto. Sentía que estaba profanando los sentimientos que guardaba para Alice; ni siquiera él se atrevía a pensarlos con claridad. Cayó en la cuenta de que lo que realmente le disgustaba era ser tan transparente. Se preguntaba si Alice también lo habría notado.

De regreso a su vida cotidiana, de vez en cuando echaba de menos el tiempo pasado en San Francisco. Extrañaba a Albert.

Las semanas que pasaron juntos lo había sentido tan cercano como cuando estaban en secundaria. Tenía muy presente la promesa que le hiciera y pensaba cumplirla.

Los últimos días en Alameda habían sido caóticos. Se había hecho cargo del traslado de los cuerpos de Sofía y Albert a Williamstown y había tenido que declarar un par de veces más para la policía. Además, tuvo que concurrir en calidad de testigo al acto de reconocimiento ante las autoridades de la paternidad de Billy Adams.

La autopsia indicó que, en efecto, el chino indocumentado era mudo. La lengua le había sido arrancada hacía mucho tiempo, pero las investigaciones no arrojaron nada nuevo. El caso del chino hippie quedó archivado como un caso de demencia. En la comunidad del barrio chino de San Francisco absolutamente nadie logró reconocerlo, y todo quedó así. Klein no se conformó con ese resultado. Sospechaba que el chino debió de comunicarse con alguien en Suiza, y, ¿cómo lo haría un mudo? Por escrito. Podría haber sido un mensaje póstumo, por la forma en que lo arriesgó todo al tratar de matar al niño. Por suerte, conservaba la fotografía que el detective le había entregado cuando buscaban conocidos del chino. Klein se tomó el trabajo de investigar por su cuenta en la oficina de correos, para saber si efectivamente alguien lo había visto por allí, y encontró a una mujer muy agradable que le comentó al ver la foto que era probable que hubiese estado por allí. Más que la foto, la descripción de Klein hizo posible que ella lo recordara, pues le dio una cantidad de señas como la forma de caminar, la ropa que solía usar, y otros detalles que la mujer recordó. Especialmente, que no había dicho una sola palabra cuando estuvo allí y que había enviado un telegrama escrito en alemán a Suiza. Unos billetes siempre eran buenos para refrescar la memoria.

Con seguridad, Conrad Strauss debía estar enterado del nacimiento del hijo de Sofía. Se preguntaba cuál sería el siguiente paso de Strauss. De lo que estaba seguro era de que, en adelante,debía mantener los ojos bien abiertos ante cualquier forastero que merodeara por Williamstown. Por otro lado, Alice no facilitaba demasiado las cosas. Pero él ya se estaba acostumbrando al mutismo que guardaba con relación a todo lo que tuviese que ver con su padre.

En Zurich, Conrad Strauss tenía frente a sus ojos el telegrama enviado por Fasfal. Logró contener el temblor de sus manos para leer cuidadosamente el mensaje: «Sofía dará a luz. Haré lo que deba hacer. No se preocupe. Espere próximo telegrama». Pero aquel otro telegrama nunca llegó. Supo que Fasfal había muerto. Él jamás se dejaría atrapar vivo. Pero, ¿qué habría sucedido? Pasados unos días decidió llamar a Alice. Ese «Haré lo que deba hacer» le producía una certeza macabra.

—Alicia... —Strauss sintió que colgaban al otro lado de la línea. Insistió, debía saber. Volvió a llamar. Antes de escuchar la voz de Alice, habló.

—No cuelgues, Alicia, es importante que hablemos.

—Albert murió a manos de tu emisario por proteger a mi nieto. No deseo saber más de ti. Nunca más.

—Yo no mandé matar a nadie. Nunca lo hice, y lo sabes. Sólo quise encontrar a Sofía, decirle la verdad acerca de Paul. No quiero que siga pensando que soy un asesino. Alicia, por favor, créeme, yo nunca te he mentido. Sólo he deseado tu bien.

—Sofía murió al dar a luz —dijo Alice, y colgó.

—Perdóname... —musitó Strauss, sabiendo que ella ya no escuchaba.

Dejó el auricular lentamente, se desplomó anonadado en un sillón y estuvo allí inmóvil, mirando el vacío durante horas. No había deseado que todo sucediese así. Maldito Welldone. ¿Por qué no aparecía ahora? Le preguntó tantas veces por qué lo había escogido a él y siempre se había limitado a responder: «Porque está en tu destino que ese hombre aparecerá». «¿Y si aparecerá de todos modos en mi destino, para que necesitaré tus conocimientos?», había preguntado. «Porque es necesario que estés preparado para reconocerlo y tener el conocimiento suficiente para combatirlo.» Fueron las palabras de Welldone. Y él, Hanussen, lo había hecho todo mal. «Si no cumples tu palabra, tu sangre se mezclará con quien debiste combatir. El tercero será peor...» Pero aquellas palabras parecían tan lejanas, tan carentes de sentido, tan vacías en ese momento... No sólo no lo combatió; le ayudó a llegar al poder. Cuando abrió los ojos era demasiado tarde. Y seguía siendo tarde. Tarde para enderezar entuertos, tarde para dar amor, tarde para recibirlo. Tarde para todo. ¡Ah Sofía! Supiste vengarte en forma... A esas alturas, se preguntaba si valdría la pena seguir oponiéndose a lo que parecía ser un destino inexorable. Dos veces trató de hacerlo y en las dos había fracasado. Sofía estaba muerta y el marido de su hija también. Maldijo a Fasfal, a su fanatismo, y maldijo a Welldone, una vez más.

Después de un fin de semana encerrado en San Gotardo, tomó una decisión. Esperaría a que su bisnieto cumpliese el primer cuarto de siglo. Si el destino no le hubiera dado hijos hasta ese momento, se pondría en contacto con él para ofrecerle toda su fortuna a cambio de que no tuviera descendientes. «El ser humano siempre desea riqueza, y veinticinco años es una edad donde la gente suele tomar decisiones trascendentes», pensó. Pero, al mismo tiempo, sabía que no iba a vivir para siempre, y a pesar de todos los estudios que Sofía había dejado avanzados acerca de la multirreproducción celular, todo había quedado en eso, sólo en estudios. Debía redactar un testamento dirigido a su bisnieto con cláusulas específicas.

Y en cuanto a Paul Connery... haría que el dinero se esfumase en sus manos.

El pequeño Oliver Adams ejercía un irresistible encanto en John Klein, para entonces asiduo visitante de Rivulet House, donde Alice recibía con verdadero agrado su presencia. La muerte de Albert los había unido. Al principio solo hablaban del pasado. Alice empezó a conocer a Albert a través de John mejor que cuando estuvo vivo. Y John miraba extasiado su sonrisa y sus suaves modales, mientras pensaba que le hubiese gustado tener la prestancia y el porte de Albert, la elegancia que se desprendía de él sin esfuerzo y que conjugaba tan bien con la forma de ser de ella. Cada día iba acercándose más a Alice y, al mismo tiempo, sintiéndola más lejana. Creía no estar a su altura. A su lado se sentía inseguro, nunca encontraba las palabras apropiadas, le pesaba su torpeza, a la que ella no parecía prestar atención. De regreso a su casa, llevaba consigo su voz de ligero matiz afrancesado; la veía al piano, la veía mirándolo extasiada mientras él contaba sus proezas de cuando era comisario de policía, la veía recordando a Albert «¿habría hecho el amor con él?», la sentía dándole el beso en la mejilla al despedirse, cuyo roce guardaba como un tesoro en la piel...

Por momentos parecía que no le fuese tan indiferente; había instantes en los que Alice parecía disfrutar de su presencia, pero la timidez que ella le producía hacía imposible cualquier acercamiento que fuese más allá del beso en la mejilla como saludo o despedida.

El pequeño Oliver era el principal motivo de aproximación de ambos, y gracias a él, se fue creando entre ellos un vínculo afectivo que iba más allá de la mera amistad o agradecimiento. Alice, por su lado, experimentaba una sensación de seguridad que jamás sintió junto a Albert. Su instinto le decía que ella y su nieto estaban protegidos a su lado, y la percepción era tan fuerte que empezó a nacer en ella un sentimiento que hacía mucho tiempo creyó no volver a experimentar. John la atraía. Le agradaba sentir sobre ella su mirada derretida y escuchar las palabras que salían con dificultad de sus labios.

La noche en la que Alice apareció en bata mientras él daba el beso de despedida al pequeño en la cuna fue inolvidable. Al principio, John no sabía si ella se le estaba insinuando o simplemente le estaba indicando que era demasiado tarde y debía irse. Fue cuando lo tomó de la mano y lo llevó a su alcoba, cuando sintió que el corazón le latía tan fuerte que ella podría escucharlo. Alice no traía puesto nada debajo; a través de la delgada seda pudo vislumbrar su formidable belleza. Sin prisa, y sin quitarse la bata, empezó a desvestirlo, como lo haría una madre y no una amante, para comprobar que, debajo de las ropas desgarbadas que acostumbraba a vestir John, existía un hombre de músculos firmes y de varonil apariencia. Luego dejó que descubriera por sí mismo todo lo que ella le reservaba bajo su bata, y él, al tenerla delante en carne y hueso, supo que el momento tantas veces deseado había llegado.

Le invadió el pánico, temió que su virilidad se viera afectada ante la mujer que tantas veces había desnudado en sueños y que ahora sentía y podía tocar, y era más de lo que podía resistir. Pero ella hizo que se sintiera un hombre capaz de lograr en la cama proezas que únicamente había alcanzado en su imaginación de hombre enamorado. Alice era todo lo que él había deseado. Aquel rostro de muñeca finalmente cerraba los ojos a su lado, murmurando palabras que le hacían el hombre más feliz de la Tierra y ella supo que John era suyo. Un hombre que la amaba hasta la veneración, y que estaba dispuesto a dar la vida por ella y su nieto. El amor que alguna vez sintiera por Adolf y el que creyó haber sentido por Albert no se comparaba con el que sentía por John, una felicidad que se reflejó en la vida de Oliver, un niño que creció bajo los amorosos cuidados de su abuela y la incondicional protección del comisario John Klein.

XXXVI - Nueva York, 1988

Después de pasar casi dos horas inclinado sobre el plano del museo precolombino, Oliver sintió la necesidad de enderezar la espalda. Se estiró con placer, entrelazó las manos en alto y fue hacia su escritorio. Entre la correspondencia que su secretaria había dejado sobre el escritorio llamó su atención el fino material de uno de los sobres: su nombre y dirección aparecían escritos con pluma estilográfica. El sello provenía de Suiza. El remitente era un banco, el emblema, un león dentro de un círculo. Rasgó con creciente interés la cubierta y extrajo un papel estilo pergamino no más grande que una esquela.

Estimado señor Oliver Adams:

En vista de no haber recibido respuesta a nuestra correspondencia anterior, nos permitimos remitirle la presente carta a su dirección de trabajo. Es imprescindible que se comunique con nosotros con la mayor brevedad posible, para ponerle al corriente de la herencia dejada a usted por su difunto bisabuelo, el señor Conrad Strauss. Los números de teléfono y dirección son los que aparecen en la tarjeta. Esperando su pronta respuesta,

Quedamos a su disposición,

Muy atentamente,
Philip Thoman

Oliver la leyó por segunda vez. No tenía idea de quién era Conrad Strauss. Para él, su familia era su abuela Alice y su abuelo John. El apellido Strauss no lo había escuchado nombrar ni en sueños. Se fijó en la dirección de la tarjeta que acompañaba a la carta. El banco estaba en Zurich. Guardó ambas con la intención de preguntar a su abuela si había recibido alguna correspondencia parecida, al tiempo que se preguntaba por qué no habría llamado Justine.

Días antes, Oliver, junto a su equipo de trabajo, celebraban en un restaurante el éxito de su proyecto más reciente: la construcción de un museo dedicado al arte precolombino. A pesar de competir con famosos arquitectos, su firma había salido favorecida en un concurso organizado por la alcaldía de Nueva York. El aniversario de la empresa que Oliver iniciara hacía cuatro años, coincidía con su cumpleaños número veintiséis, así que celebraban tres acontecimientos.

Desde la puerta, Justine Bohdanowicz lo observaba con insistencia. Debía entrevistar a Oliver Adams, pero el momento le parecía inoportuno. Se limitó a decirle a Mike, el fotógrafo, que tratara de obtener alguna toma, mientras encontraba el momento apropiado para conseguir de él unas palabras.

Tras el pequeño discurso, como si supiera que siempre había estado allí, Oliver se dio la vuelta, observó a la mujer acompañada del fotógrafo y le sonrió. Justine, sorprendida, devolvió la sonrisa mientras sentía un suave codazo de Mike, que le indicaba que era el momento apropiado para acercarse. Avanzó hacia el bullicioso grupo y, para su sorpresa, vio que él les salía el encuentro.

—¿Puedo serte útil? —preguntó Oliver tuteándola.

—Soy Justine Bohdanowicz, de la revista Architectural Records. He venido para entrevistarlo. Traté de obtener una cita en su oficina y no fue posible...

—No te preocupes, Justine, te prometo una extensa entrevista, pero ahora estamos de celebración, ¿te apetecería acompañarnos?

—No creo que deba, yo... no estoy vestida apropiadamente... —dijo ella, mirando de soslayo a la mujer que lo acompañaba, que llevaba puesto un vestido dorado que parecía una segunda piel.

—Insisto —repuso él. Le cedió el brazo y la escoltó hasta la mesa, al tiempo que daba indicaciones a uno de los camareros para situar sillas extras. Después de invitarla gentilmente a que tomara asiento a su lado, prosiguió con la reunión.

—Justine Bohdanowicz, de la revista Architectural Records —presentó Oliver al grupo—; hará el honor de acompañarnos esta noche.

Justine lo había imaginado un poco mayor. Pensó que tal vez su apariencia juvenil se debiese a que era delgado. La ropa colgaba de su cuerpo confiriéndole elegancia, su cabello parecía evadir el peinado. No tenía nada especial, aparte de su mentón pronunciado que le daba un perfil interesante.

La cámara de Mike no cesaba de disparar. Todos supusieron que era una sorpresa que Oliver les tenía reservada. Justine se sentía incómoda. No comprendía por qué había aceptado aquella invitación estrafalaria. De pronto, Oliver se volvió hacia ella.

—Justine, prometo recibirte el martes por la tarde, a eso de las... seis, ¿te parece bien? Pero hoy, por favor, deseo que disfrutes, es mi cumpleaños. —Acercando su copa a la de ella, hizo un brindis. Justine notó que sus ojos poseían una mirada indefinible.

Los demás dejaron de prestar atención a los invitados, acostumbrados a las excentricidades de Oliver. Hacían bromas y hablaban de asuntos que sólo ellos comprendían tras años de trabajar juntos, desde cuando estaban en la universidad. Después de compartir un rato el ameno ambiente salpicado de carcajadas, brindis y palabras picantes, Justine consideró oportuno retornar a su ritmo habitual de vida. Se despidió de Oliver y salió del local, seguida por el fotógrafo, antes de que sirvieran la cena.

—Parece que has impresionado a Oliver Adams.

—Qué dices, Mike, ¿te has fijado en la mujer que estaba a su lado?

—Sí. Parecía una muñeca de plástico.

—No digas tonterías —respondió Justine—. Es obvio que es la que más has fotografiado.

—¡Ah, eso! —rió Mike divertido—. ¿Sabías que era Therese Goldstein? Una de las *socialités* más conocidas de Nueva York. En cuanto a Oliver Adams, debería estar agradecido de salir en una revista de prestigio. No veo porqué tanto misterio. Hubieras podido insistir con la secretaria.

—Lo hice, pero no fue posible. Tuve que utilizar un truco para enterarme de dónde encontrarlo. Pero, finalmente, tendremos la entrevista y asunto terminado. Raymond podrá dejarme en paz. Tengo demasiadas ocupaciones para seguir persiguiendo a Oliver Adams.

—¿Tienes hambre? La cena de Oliver me ha abierto el apetito —preguntó Mike—. Vayamos donde el chino Lung —sugirió.

—Buena idea —acordó Justine.

Esa noche, mientras viajaba a su casa en el metro, Justine no podía apartar la mente de Oliver Adams. Reconocía que la había impresionado. También Therese Goldstein, una mujer que parecía sacada de la portada de una revista. La sensación que le había dejado el encuentro era de haber rozado un mundo al que ella no tenía acceso. Los modales de Oliver, la confianza que expelía a pesar de su juventud le conferían un encanto poco común.

El ático del viejo edificio de tres pisos en Brooklyn, donde vivía Justine, no tenía el menor sentido estético. Los muebles estaban situados en los lugares más cómodos en relación con la luz que entraba por los amplios ventanales inclinados, en un ambiente carente de estilo, a pesar de contar con piezas hermosas y de buena factura. Justine no tenía afición por la decoración y todo lo que se relacionara con ella, incluido su aspecto personal, algo incomprensible, ya que su vida se centraba en el arte. Se veía a sí misma como una mujer de aspecto común. Le gustaba llevar el cabello recogido porque le parecía práctico, su figura no era muy agraciada a excepción de sus piernas, que acostumbraba a llevar cubiertas por largas faldas, de manera que jamás las veía nadie, al igual que sus senos, que según su madre era una condición hereditaria. Siempre le decía que las mujeres judías tenían buenos pechos para amamantar a sus hijos. Pero Justine jamás se había casado, y tener hijos había pasado a un lugar muy secundario en su lista de prioridades. A pesar de que sabía que Mike sentía por ella algo más que una amistad, nunca quiso dar un paso en esa dirección. Se sentía bien como estaba, libre y sin ataduras. Mike había aparecido en su vida un año atrás, contratado por la revista como fotógrafo freelance, y a partir del primer día los unió una gran simpatía. Dos matrimonios lo habían arruinado de por vida, pero, según él mismo decía, no parecía abandonar la idea de volver a caer en las redes de Cupido. Para Justine, Mike era la estampa del hombre mujeriego, enamoradizo, buen amigo y compañero. Sólo eso.

Desde joven, Justine se había aplicado con ahínco a los estudios, esperando que tal vez un día tocase a su puerta el «príncipe azul» con el que sueñan todas las chicas que no tienen la suerte de ser bonitas. Al convertirse en adulta, cayó en la cuenta de que había mucho más que hacer aparte de buscar marido. Su única experiencia amorosa no había sido muy alentadora, y a partir del día en que el hombre que había pensado que la amaba la dejó plantada justo cuando iba a presentarlo a sus padres, tomó la decisión de no hacerse más esperanzas al respecto.

Colaboraba con una fundación dedicada a la comunidad judía, gente directamente relacionada con la tragedia vivida en la Segunda Guerra Mundial. Ella contribuía a que no se olvidase el Holocausto. Su padre había sobrevivido a un campo de exterminio y, desde niña, le había contado los horrores de aquellos días. Cada vez que veía el muñón que su padre tenía por pie derecho, recordaba los experimentos médicos que habían hecho en su cuerpo. Tenía grabados en la memoria cada uno de sus espeluznantes relatos, lo que hacía que su odio por los nazis le corriese por las venas.

Aunque ya nadie prestase atención a lo ocurrido en épocas tan lejanas como la Segunda Guerra Mundial, el alma de Justine parecía estar sedienta de venganza. Su madre, nacida en Estados Unidos, no comprendía su rencor por gente que no conoció. No estuvo jamás en Europa, lo contrario de Justine, que se había dedicado a recorrer algunos campos de concentración como el de Auschwitz en Polonia, que aún se conservan como museos recordatorios. Para su progenitora era un innecesario desgaste de energía; no obstante, su padre pensaba como ella; el odio por todo lo que representaba el antisemitismo se lo había inculcado desde siempre. Pero no todo en Justine se reducía a luchas o reivindicaciones; amaba la ópera y coleccionaba discos antiguos; también tenía un amplio repertorio de música sinfónica.

El intelecto de Justine era sobresaliente, a la par que su entusiasmo esotérico; contaba con una surtida biblioteca con volúmenes de libros dedicados a las religiones antiguas. Sentía especial fascinación por las diosas y los inicios de la religiosidad en el mundo prehistórico. Estudiosa de la cábala simbólica, dentro de la nutrida y variada comunidad norteamericana, un buen día encontró un grupo de seguidores de la diosa cananita Asheráh, esposa del primer dios cananeo, al que llamaban «Él». Para Justine nada ocurría de manera casual; todo tenía un motivo, sólo había que encontrar la manera de comprenderlo, y los caminos no siempre eran claros. Llegó a creer con firmeza, según le dijo el grupo de estudiosos, que ella estaba reservada para cumplir con un acontecimiento trascendental. Pero los años pasaban y no ocurría nada extraordinario en su vida. Aunque para ella, aquello también equivalía a una señal que debía tener alguna explicación.

La revista Architectural Records se interesó por sus conocimientos de historia del arte y la contrató como asesora y articulista. Justine dejó la casa paterna de Chicago y se mudó a Nueva York. Eventualmente entrevistaba a algún personaje relacionado con la construcción. Era el motivo por el cual deseaba conversar con Oliver Adams. Su nombre empezaba a cobrar notoriedad, entre otros motivos porque estaba vinculado al de Larry Goldstein, uno de los hombres más influyentes en la economía del país.

Para Oliver Adams ese martes en particular había sido un día difícil. Si a ello sumaba la cantidad de veces que tuvo que contestar el teléfono a Therese, podría afirmar que había sido agobiante. Su secretaria entró anunciando la llegada de la señorita Justine Bohdanowicz. Oliver miró la hora y recordó la entrevista, alisó su arrugada camisa para verse un poco presentable y se pasó la mano tratando de acomodarse el pelo, pero el mechón de siempre le cayó a un lado.

Indicó a la secretaria que la hiciera pasar. Entró acompañada de Mike, tomaron asiento en dos cómodas butacas frente a su escritorio y Justine inició la entrevista pidiéndole permiso para encender la pequeña grabadora que solía llevar consigo. Pasados algunos minutos de conversación, ella se dio cuenta de que el joven que tenía delante no era un hombre común y corriente, pese a su aparente trato simpático. Su personalidad la absorbió por completo. Mike tampoco se sustrajo a su encanto, aunque tuvo que retirarse antes, pues, según él, tenía un compromiso. Para Oliver, la compañía de Justine había dejado de significar únicamente una entrevista. Encontraba su atractivo tan peculiar, que le hizo olvidar sus parámetros acerca de la belleza femenina. En lo mejor de la conversación, fueron interrumpidos por una llamada.

—Therese, querida... sí, está bien, iré sin falta... lo prometo. Sí. Adiós —respondió. Su tono indicaba un fastidio que no quería disimular. Pulsó un botón y se comunicó con su secretaria—: Por favor, no pases más llamadas. ¿Por dónde íbamos? —, preguntó con una sonrisa.

—Therese es tu novia, ¿no?

—Es una buena amiga —aclaró él.

Justine se encontró de pronto deseando ser más atractiva, tener unos kilos menos, ser un poco más joven, pero Oliver no prestaba particular interés a sus kilos de más. Él estaba fascinado con sus pequeños ojos verdes, su rebelde cabello recogido que luchaba por mantenerse en su lugar y la conversación tan agradable que era capaz de mantenerlo alerta y afilaba su buen humor.

—¿Aceptarías ir a cenar? Conozco un lugar tranquilo, donde no hay teléfonos.

—Con gusto —aceptó ella de inmediato. Por primera vez no asistiría a la reunión de los martes con los de Greenpeace. Pensó que una vez que faltase no le haría mal a la organización.

Aquella no fue una simple cena. Fue un evento memorable. Sentía la mirada penetrante de Oliver fija en ella, atenta, como si quisiera captar cada uno de sus gestos y llevárselos grabados en la memoria. Oliver tenía extraños sentimientos ante la mujer frente a él. Lo atraía, su sonrisa lo embelesaba en una especie de hechizo que no había sentido antes por nadie. Se sentía a sus anchas, y tan alegre, que la cena estuvo salpicada de constantes risas. Descubrió que con Justine había muchas cosas de qué reír.

Insistió en dejarla en su casa, a pesar de lo apartada que quedaba, y antes de retirarse, le dio un beso de despedida en la mejilla, tan prolongado, que parecía un preludio amoroso.

—Te llamaré —dijo él.

—Yo te llamaré —dijo Justine. Prefería hacerlo ella, a quedarse esperando una llamada que tal vez nunca llegase.

Justine no quería dar a aquella cena inesperada otro significado que un encuentro con un muchacho que parecía tener un brillante futuro como arquitecto. Pero no era tan simple. Creyó vislumbrar un destello de genuino interés en sus ojos. Con la emoción inundándole el alma, puso un disco de Chopin y, al compás de sus Nocturnos, trató de pensar que su vida podría ser diferente. Oliver era atractivo, y por ello justamente, fuera de su alcance; sus ánimos fluctuaban como las olas del mar, por momentos acariciaban la arena y, en otros, batían contra las piedras de un duro acantilado. Trató de tomarlo con pragmatismo.

315

Era probable que Oliver estuviese acostumbrado a impresionar a mujeres de todas las edades, y ella no sería la excepción. Sin embargo, el gusanillo de la vanidad había infectado su mente; deseaba verse atractiva, quizás sí hubiese otro encuentro con él... Buscó en el armario algo que valiera la pena usar en la próxima cita, pero no encontró nada apropiado. Vio con incredulidad que su ropa estaba casi toda vieja y pasada de moda, y al verse en el espejo, no hubo una imagen que admirar.

De regreso, Oliver se reprochó no haber sido más intrépido, pero se consolaba con la sensación que aún conservaba en los labios, de las tersas mejillas de Justine. A él no le importaba si ella era gorda, o si su vestimenta era descuidada. Sólo recordaba sus maravillosos ojos verdes y la bella sonrisa que constantemente afloraba a sus labios. Se hallaba embebido en sus pensamientos y no podía apartarlos de ella, sintiéndose feliz de saber que pronto la volvería a ver. Al llegar a su apartamento sonó el teléfono. Se lanzó al auricular pensando oír la voz de Justine. Era Therese.

Al escucharla su voz mostró desencanto.

—¿Esperabas otra llamada? —preguntó Therese.

—No... sólo me has pillado desprevenido.

—Te estoy esperando, no contestabas el móvil —le reprochó ella—. Dijiste que vendrías, me lo prometiste.

—Lo sé, cariño, pero tuve un día agotador, estoy muy cansado. Dejémoslo para mañana.

—¿Te sucede algo? ¿Te sientes bien?

—Estoy cansado, Therese, me daré un baño y me iré a la cama.

—¿Solo?

—Therese, comprende que yo trabajo. Debo cumplir con un calendario fijado, no puedo fallar —dijo con fastidio Oliver.

—Está bien, recuerda que mañana te espero. Es mi cumpleaños, en casa tienen preparada una recepción; además, mi padre desea hablar contigo.

—Allí estaré. Y por favor, no me llames al trabajo cada cinco minutos, no te podré atender —respondió Oliver, irritado. Le disgustaba que ella lo presionase con su padre. Colgó después de despedirse con sequedad.

En aquel momento no deseaba hablar ni ver a Therese. Todavía tenía el recuerdo de Justine. En realidad, no comprendía que una mujer como ella lo hubiera impresionado tanto. No era joven, ni era hermosa, pero tenía algo...

Temprano en la oficina, Oliver Adams miraba de vez en cuando el teléfono con impaciencia; esperaba que sonara y que fuese Justine. Trató de concentrarse en los planos. El teléfono sonó y se abalanzó sobre él.

—Hola. Pensaba que nunca llamarías —dijo con voz agitada.

—No pensé que me extrañaras tanto, mi amor —contestó Therese—. Te he llamado a pesar de que dijiste que no lo hiciera, porque no puedo dejar de escuchar tu voz...

—Therese... —Oliver no daba crédito a sus oídos—, en realidad esperaba otra llamada —aclaró, cortante.

—Espero que hoy sí puedas venir. Recuerda que es mi cumpleaños.

—Perdóname por olvidarlo, Therese. Feliz cumpleaños. Estaré allí sin falta, lo prometo.

—Bien, entonces te dejo trabajar. Hasta la noche, Oliver.

Esperaba que Justine diera señales de vida, pero parecía que ella no tenía mayor interés por él. Aquello era algo que no ocurría con frecuencia; debía reconocer que Justine era diferente. Se sumergió en los planos y trató de concentrarse en los cambios, sin prestar atención a su secretaria, que dejó la correspondencia sobre el escritorio.

Therese colgó el aparato y se desperezó en la cama. Presentía que Oliver la estaba evitando. Su instinto le decía que había otra mujer en su vida. Salían desde hacía meses, aunque no tenían un noviazgo formal, y las cosas habían llegado hasta donde tenían que llegar. Estaba enamorada y no quería perderlo, pero se daba cuenta de que con su insistencia empezaba a alejarlo. Decidió tomarse las cosas con calma, porque, al parecer, a él los contactos de su padre no lo impresionaban. Lo había conocido cuando su padre lo llevó a casa para celebrar un acuerdo. Y él no llevaba a cualquier persona a casa. Pero Oliver no era cualquier persona. Su inteligencia, cultura y don de gentes lo hacían especialmente atractivo. Su padre estaba encantado, era como si estuviese encandilado por él.

Deseaba casarse con Oliver, así se lo había dado a conocer a su padre, y él estuvo de acuerdo en que era una buena elección. Vestida únicamente con una pequeña túnica de seda que le llegaba justo a las nalgas, se contempló en el espejo sintiéndose satisfecha. Tenía un físico envidiable. Pasaba horas en el gimnasio tratando de preservar las liposucciones que habían modelado su cuerpo, también tenía implantes en los senos, cualidades que fueron las que Oliver vio primero. Una cirugía que respingaba ligeramente su nariz le daba la apariencia artificial que uniformaba a gran parte de las mujeres como ella, pero en Therese el conjunto era muy sugestivo, aunque después de dos meses de trato continuo, el interés que había despertado en Oliver empezaba a transformarse en tedio. No había en ella nada que despertase su curiosidad y en la cama era tan aburrida como en su conversación. Parecía como si Therese considerase que su belleza fuese más que suficiente para actuar como afrodisíaco, y no lo era, al menos para Oliver. Después de conocer hasta el último rincón de su cuerpo y también de su poco ocupado cerebro, él se convenció de que allí no había nada que buscar.

A Raymond Doodly no le había parecido buena la entrevista a Oliver Adams. Leía y releía el trabajo que había presentado Justine mientras movía negativamente la cabeza.

—No sé qué fue lo que te sucedió, querida, pero esto no es lo que esperaba. Has dedicado párrafos enteros a describir su personalidad, su gran atractivo, y cosas así, pero la revista Architectural Records no es un tabloide, es una revista cuyo principal objetivo es informar a los lectores de las novedades arquitectónicas de sus creadores. A nadie le interesa saber qué lugares le gusta frecuentar a determinado profesional, con quién sale o dónde celebró su cumpleaños. Lo que interesa es: dónde nació la idea, cómo llegó a tal o cual conclusión, o por qué prefirió tales o cuáles materiales... creo que me estoy explicando.

—No son necesarias tantas aclaraciones. Siempre he comprendido de qué se trata este trabajo, pero creo que de vez en cuando es conveniente dar un giro personal a las entrevistas. Después de todo, lo único que había para fotografiar era la maqueta del museo, recuerda que es una obra aún no empezada, entonces... se me ocurrió que tomar unas cuantas fotografías del autor no sería mala idea.

—Unas cuantas... prácticamente son una docena. Sin contar las que Mike tomó a Therese Goldman.

—Oliver Adams es un tipo con carisma, y tiene un futuro prometedor en la arquitectura americana. Eso tenlo por seguro.

—Luego, deseas convertirte en su agente ¿o qué? —preguntó Raymond.

—Creo que puedo rehacer el artículo —cortó agriamente Justine.

—Eres lo bastante inteligente para saber lo que tienes que hacer con él. Espero que lo tengas listo para mañana —Raymond dio por concluida la conversación y centró su atención en la pantalla del ordenador.

Justine se puso de pie y se encaminó a la salida, pero su retirada de mujer ofendida fue opacada al tropezarse con un sillón. Raymond sonrió divertido. La conocía lo suficiente para saber que era justamente lo que sucedería. Después de entrar en su oficina, Justine se sentó frente al escritorio y puso las manos a ambos lados de la cabeza. Sólo de pensar en rehacer el artículo le daba pereza. Lo que debía estar haciendo en aquellos momentos era elegir ropa nueva en algún almacén de la ciudad, no tenía qué ponerse para su próximo encuentro con Oliver. Si es que había alguno. Aquello la llevó a la llamada que le había prometido. Miró su reloj: faltaba poco para el mediodía. Tras revolver parte de su escritorio, logró dar con el papel donde estaba anotado el número telefónico de Oliver. Dudó un momento antes de atreverse a marcar, pero se armó de valor y lo hizo.

Oliver se fijó en la dirección de la tarjeta que acompañaba a la carta. El banco estaba en Zurich. Guardó ambas con la intención de preguntar a su abuela si había recibido alguna correspondencia similar, mientras se preguntaba por qué no habría llamado Justine. El teléfono sonó y tomó el auricular con ansiedad.

—¿Hola?

—Justine, cómo no recordarte, justamente deseaba que me llamaras.

—¿Cierto? ...te estoy llamando para agradecerte la cena, yo... ¿Para qué querías que te llamara? —preguntó Justine, sintiéndose torpe.

—Para saber de mí, por supuesto —dijo él con voz risueña.

—Ah... y, ¿cómo estás?

—Con deseos de verte, ¿aceptarías cenar conmigo mañana? Hoy tengo un compromiso.

—Sí, claro.

—Puedo pasar por ti a las ocho... ¿Te parece bien?

—Sí, claro. Por supuesto —agregó Justine, para no ser tan redundante—. Oliver... ¿Te puedo hacer unas preguntas?

—Las que tú quieras.

—¿Por qué utilizaste ese tipo de diseño para el museo? Las líneas tan atrevidas, los materiales tan vanguardistas, ¿de dónde salió la idea? ¿En qué te inspiraste?

—Vaya... son varias preguntas... ¿A qué viene eso ahora?

—Se me olvidó preguntártelo en la entrevista y necesito los datos para mi artículo.

—Ya veo... Las líneas del museo no son tan vanguardistas como parecen, son una versión ligeramente abstracta de las pirámides aztecas, por un lado, y de las monumentales y robustas construcciones incaicas. Escogí los materiales justamente para contrastar las épocas: la precolombina y la contemporánea. La piedra en su estado natural, sin más adornos que ella misma, que de por sí es bella. Y la idea, por supuesto, salió de mi mente. Tengo un poco de imaginación, ¿sabes?

—No me digas, creeré en ti —rió Justine.

—Soy un hombre afortunado, hay una mujer que cree en mí. Entonces... ¿nos vemos mañana?

—Ocho en punto. Seguro.

Ella se despidió con una alegre carcajada que llenó lo que quedaba del día de Oliver.

Justine era lo opuesto a Therese. Oliver notaba que tenía por lo menos ocho, o tal vez nueve kilos de más, que su cabellera recogida en un moño casero no tenía comparación con la de Therese, y que era probable que luchara con fuerza contra la gordura, pero ejercía una atracción casi animal en él. Le calculaba unos cuarenta años, pero era lo que menos le importaba.

XXXVII - El señor de Welldone

Camino a casa de Therese, Oliver se detuvo a comprar flores, un detalle de los muchos que había aprendido de su abuela. «Las flores —decía— son un obsequio ambiguo, y no comprometen tanto como regalar una joya. Al mismo tiempo, la persona que las recibe le dará el significado que desee.» Sólo tenía que decidir si llevar rosas rojas o amarillas. O tal vez alguna otra flor, por aquello del lenguaje de las flores. No era fácil escoger las adecuadas para los sentimientos que le inspiraba Therese. Se decidió por un ramo de Old Blush China; unas rosas de color lila, que según la vendedora, florecían una sola vez. Nada más representativo. Therese las recibió encantada, como él supuso y, de pronto, Oliver se encontró hablando a solas con su padre, en medio de una conversación que parecía una petición de mano.

—Oliver, sabes que te he tratado siempre como a un hijo, y mi mayor deseo es verte casado con Therese. Ella me dijo que ésas eran tus intenciones, no sabes cómo celebro tu elección.

—Larry, lamento decirte que no es precisamente la verdad. Nosotros somos buenos amigos, yo le tengo cariño, pero no estoy preparado aún para casarme.

—Pero ella... ¿Quieres decir que mi hija no te interesa? —reaccionó Larry Goldstein.

—No es la palabra precisa, Larry, sólo digo que aún no hemos hablado de matrimonio, porque yo tengo otras prioridades en mente, como la construcción del museo, por ejemplo...

—Siento haberte importunado, Oliver, no sabía que eran cosas de Therese. Creo que sería conveniente que lo aclarases con ella.

—Lo haré, Larry. Gracias por tu comprensión.

—Descuida. Lo he entendido muy bien. —La voz de Larry se escuchó calmada, pero Oliver se dio cuenta de que empezaba a caminar sobre vidrios muy delgados. Aquello le molestó más. No le gustaba ser manipulado, y mucho menos por una mujer. Por otro lado, sabía que el proyecto era muy importante para él. Estaba en un verdadero aprieto. Vio que Therese venía a su encuentro y no pudo evitar ser frío con ella.

—Therese, creo que has ido demasiado lejos. En ningún momento te dije que deseaba casarme contigo, no debiste mezclar a tu padre en este asunto.

—Oliver, mi amor, no lo tomes a mal, él sólo desea nuestra felicidad.

—Y cree que puede comprarlo todo. Hasta un marido para ti. Creo que me voy a retirar.

—Oliver, no... es mi cumpleaños, recuerda...

—Pues feliz cumpleaños entonces, y hasta nunca.

Dio media vuelta y salió de la casa. Therese subió a su habitación, cerró la puerta, arrojó con furia las rosas de China contra la pared, y no volvió a salir en toda la noche. Sus padres tuvieron que proseguir con la fiesta de compromiso sin el novio, para no poner en evidencia a su hija, aunque fue inútil. Larry Goldstein no pensaba perdonar a Oliver la humillación.

Oliver se había quitado un gran peso de encima. Si había algo que le desagradaba era que lo tomasen por cretino. Al diablo con Larry y con su hija. Presentía que muy pronto no tendría que depender más de préstamos ni de favores para obtener dinero. Antes de llegar a su apartamento se detuvo frente a un bar y tomó un vodka. Sentado a su derecha, un raro personaje lo observaba por el espejo frente a la barra. El tipo era extraño, no por la vestimenta que traía, que era bastante extravagante, sino por su actitud. Lo miraba sin parpadear. Su mirada era muy apacible, casi lejana. Por un momento, Oliver creyó que estaba en estado de meditación y que simplemente sus ojos estaban posados en él como pudieran estarlo en las botellas alineadas enfrente. Observó que tomaba vodka, al igual que él.

—Es agua, no es vodka.

—¿Perdón? —preguntó sorprendido Oliver.

—Me refería al contenido del vaso.

—Extraño lugar para tomar agua —comentó Oliver.

—Es el lugar apropiado. Siempre estoy en el lugar apropiado, hablando con la persona apropiada, diciendo las cosas apropiadas. Otro asunto es que los demás no hagan lo apropiado.

—Creo que no le entiendo. ¿A qué se refiere?

—¿En realidad deseas saber a qué me refiero? —preguntó el hombre girándose hacia él y mirándole de frente. Hasta ese momento habían hablado a través del espejo.

Oliver supo que la pregunta encerraba verdadera intención. Y no estaba seguro de desear saber la respuesta. Pensaba que el tipo disertaría horas acerca de la verdadera propiedad de las cosas que decía.

—Sí —se encontró respondiendo.

—Es lo que pensaba. Entonces creo que debes prestar mucha atención a lo que te diga. En este preciso momento, estoy hablando con la persona apropiada, y ésa eres tú. Estás en camino de recibir una fortuna y saber cosas del pasado que te son desconocidas. Por tanto, me limitaré a decirte lo que vendrá.

—Perdón... ¿cómo dijo que se llamaba? —preguntó desorientado Oliver.

—Soy el señor de Welldone. Y tú eres Oliver Adams.

—¿Señor de...? —Oliver no salía de su asombro. ¿Y cómo sabía quién era él? Sin poder evitarlo, se fijó en la indumentaria que llevaba el hombre. Una larga capa negra sobre un impecable cuello que sobresalía por su blancura. Sostenía el vaso con cierta afectación y, en uno de sus dedos, un anillo con una enorme piedra refulgía como un diamante.

—Señor de Welldone. Nunca un apellido tuvo peor significado —observó con pesadumbre el desconocido—. ¿Sabías que los nombres tienen una especial trascendencia en las vidas de sus propietarios? Por ejemplo: tu apellido significa primer hombre, el iniciador de una estirpe, tal como el Adán en la leyenda bíblica. Y tu nombre también tiene significado.

—No comprendo cómo sabe todo eso, ni por qué me lo dice —replicó Oliver. Empezaba a creer que alguien le estaba gastando una broma pesada.

—Es tan sencillo hacer lo correcto, Oliver. ¿Qué es lo que más deseas?

—Disculpe, pero no me interesa lo que usted pueda decir — cortó Oliver, enfático.

Dejó de mirarlo y giró su taburete hacia la barra. Vio el espejo y se fijó en que el hombre ya no estaba.

—Aún estoy aquí, Oliver.

Oliver dio un respingo. Pensó que estaba alucinando. Se volvió lentamente hacia Welldone y esta vez lo miró con cautela. Vio con disimulo que su figura se volvía a reflejar en el espejo.

—¿Quién es usted? —volvió a preguntar Oliver, esta vez con lentitud.

—Soy el que puede convertir en realidad tus deseos. Estás muy cerca de obtener una gran fortuna, más que eso: mucho poder. Pero habrá una condición para que aquello se haga realidad. ¿Deseas construir el museo? ¿No tener que pedir favores a nadie? ¿Casarte con la mujer que amas? ¿Tener descendencia? ¡Son tantas las cosas que deseas, Oliver!

—Sí, es cierto, pero no necesito su ayuda para obtenerlas.

—¿Te refieres a la herencia?

Oliver lo miró con extrañeza. ¿Quién diablos era ese tipo? ¿Cómo sabía tanto de él? Pensó en la carta de Zurich. ¿Tendría algo que ver con el individuo? Sintió temor. Tal vez no valiera la pena hacer caso de la carta.

—No te lo aconsejo.

Oliver sintió un sobresalto. El hombre parecía leerle el pensamiento.

—Caballero, hasta este momento he tratado de ser amable con usted, pero no deseo seguir esta absurda conversación. —Hizo el ademán de ponerse en pie, pero sintió que una fuerza extraña lo obligaba a permanecer en el sitio. Trató de controlar el pánico que empezaba a invadirle y miró al sujeto a los ojos.

—Tienes la mirada de tu abuelo.

Era demasiado. Oliver recorrió con la vista el establecimiento buscando alguna cámara escondida, o alguna señal de que todo fuese una broma de amigos.

—Oliver, la carta que guardas en el bolsillo no es producto de ninguna mala jugada, es real. En Suiza te espera una herencia, pero sólo podrá ser tuya si cumples con un requisito que estás muy lejos de lograr. Y yo puedo hacer que esa cláusula quede invalidada, pues fui quien la puso.

La suave voz de Welldone era persuasiva. Recostó un codo en la barra y cruzó las piernas en un gesto de afectada elegancia. Miró a Oliver con los ojos entornados y guardó silencio. A su vez, Oliver devolvió la mirada escrutando su rostro. Sintió recorrer por su cuerpo un coraje que momentos antes no existía. Eran dos voluntades en juego, ambas fuertes; como en un torneo de ajedrez, cada cual calculaba el próximo movimiento del contrario. Parecía que el hombre decía la verdad. Decidió seguirle la corriente.

—¿A cambio de qué? —preguntó—. Imagino que algún interés ha de tener usted para ser tan magnánimo conmigo.

Welldone sonrió con calidez y, por un momento, su rostro adquirió genuino regocijo.

—Querido Oliver, me recuerdas tanto a tu bisabuelo Hermann...

—No tengo ningún bisabuelo con ese nombre —rechazó Oliver con gesto triunfal. Tal como había pensado, el hombre era un farsante.

—Hermann Steinschneider, Erik Hanussen y Conrad Strauss eran la misma persona. Si lo dudas, puedes preguntarle a tu abuela Alice. Ella mejor que nadie podrá corroborar lo que digo —afirmó Welldone con suavidad.

La mente racional de Oliver no aceptaba lo que estaba sucediendo, pero su intuición le decía que el hombre podría estar diciendo la verdad. ¿Qué podría perder si lo escuchaba?

—Suponiendo que sea cierto todo lo que usted dice, aún no ha respondido a mi pregunta. ¿Cuál es el precio que habré de pagar a cambio de su ayuda?

—Uno que tú podrás cumplir. Sólo debes prestar atención a mis palabras: La mezcla con la sangre de los caídos redimirá el mal encarnado por el demonio. Reservo para tu estirpe un esplendor para el que la gloria del Sol es una sombra. Cuida de él, pues será el único, y los que gobiernen los imperios deberán ser guiados por él. Sólo debes escoger a la mujer adecuada.

—Welldone quedó en silencio, y luego agregó, clavándole la mirada—: Espero que tú sí tengas en cuenta mis palabras.

—¿Debo entender que hubo otros que no le escucharon?

—Así es —dijo el hombre con desaliento—. Muchos. Tu bisabuelo fue uno de ellos. Hicimos un... digamos, acuerdo. Yo cumplí mi parte, y él no. Las consecuencias están a la vista —explicó Welldone, adelantando ligeramente la barbilla.

—No comprendo lo que dice. ¿Qué tendría yo que ver con ese acuerdo?

—Mucho, eres descendiente de dos líneas de sangre que nunca debieron unirse. Advertí a tu bisabuelo que debía evitarlo a toda costa, pero él fue en pos de la riqueza y el poder. Las hubiera conseguido de todos modos —Welldone sonrió con tristeza—, pero el ser humano es impredecible.

—¿Qué sentido tiene que usted prediga el futuro, si sabe que no se puede cambiar? —Oliver sintió que una ráfaga de lucidez iluminaba su cerebro. Lo miró con atención—. ¿Acaso es necesario para usted?

—Vita aeterna tristis est. —Welldone suspiró—. Confío en tu sagacidad, en tu inteligencia. Quiero creer que tú serás diferente. Entonces, diré: aeternum vale.

—¿Es lo que desea a cambio? ¿Dejar de existir? —preguntó Oliver, que, extrañado, empezaba a pensar que todo no era más que una pesadilla.

—Está bien, Oliver. No insistiré. Cuando esta noche hables con tu abuela Alice, pregúntale quién fue Conrad Strauss. Pero recuerda mis palabras, pues no me volverás a ver.

—¿Cómo sabrá usted si yo acepto el trato?

—Lo sabré. Y tú también. Sólo te pido que no cometas el mismo error que los otros —añadió, con una sonrisa tan leve, que más parecía una mueca de tristeza.

Oliver posó la mirada en el fondo de su vaso, donde sólo quedaban rastros de vodka; su mente se negaba a aceptar que todo aquello estaba ocurriendo. Se giró hacia la barra. Levantó la vista para ver por el espejo a su acompañante, y no estaba. Se volvió hacia él, y esta vez había desaparecido. Sólo quedaba un vaso con restos de líquido transparente. Se acercó para oler si de verdad era agua, y, en efecto, aquello no tenía olor ni sabor, porque se atrevió a probarlo.

—Otro vodka, por favor. ¿Has visto al hombre de la capa? —preguntó al barman.

—Sí. Dijo que usted pagaría la cuenta. Sólo pidió agua mineral.

—¿Dónde está? —preguntó extrañado Oliver.

—Se fue hace quince minutos —respondió el barman, mirándole como si estuviera ebrio.

Después de beber el vodka de un solo trago, fue directamente a su apartamento. En el trayecto, las enigmáticas palabras del hombre martillaban su cerebro: «La mezcla con la sangre de los caídos redimirá el mal encarnado por el demonio. Reservo para tu estirpe un esplendor para el que la gloria del Sol es una sombra. Cuida de él, pues será el único, y los que gobiernen los imperios deberán ser guiados por él». Lo último que había dicho era: «Sólo debes escoger a la mujer adecuada». De inmediato vino a su mente Justine. ¿Sería el motivo de que la hubiera conocido? Su estirpe era, sin duda, un hijo, que sería el único, además. Parecía ser una solicitud sencilla de cumplir. Escoger a la mujer adecuada y tener un hijo. Y tendría la herencia. «Pero no necesitaba a Welldone para tenerla», razonó.

Se preguntaba si había sido real. El camarero lo había corroborado, lo había visto y le había servido un vaso de agua, luego: estuvo allí.

Una vez en casa anotó las palabras de Welldone. No quería que se le olvidase ningún detalle. Guardó la nota en su billetero y dio otra ojeada a la carta de Zurich. Decidió llamar a la abuela. Por lo menos saldría de dudas.

—Abuela, disculpa que llame a esta hora, pero acabo de llegar de casa de Therese. Hoy ha sido su cumpleaños —explicó.

—Espero que lo hayas pasado bien, querido, pero, ¿ha ocurrido algo grave?

—Abuela, ¿recibiste alguna carta proveniente de Suiza? ¿Específicamente, de un banco? —preguntó Oliver, ignorando su pregunta.

—No, que yo recuerde. ¿Por qué lo preguntas? ¿Hay algo que deba saber? —contestó Alice con un ligero temblor en la voz.

—Recibí una carta que dice que un tal Conrad Strauss, que según parece, era mi bisabuelo, me dejó una herencia. ¿Sabes algo de eso?

El momento que Alice tanto temía había llegado. Siempre lo esperó, aunque en el fondo había guardado la esperanza de que su padre hubiese olvidado aquel excéntrico afán de querer erigirse en el salvador del mundo, pero era evidente que no. El estigma de haber amado al hombre equivocado aún la perseguía. Temió por la vida de Oliver.

El silencio al otro lado de la línea preocupó a Oliver. Escuchó la respiración alterada de su abuela.

—Abuela, ¿te sucede algo?

—Creo que sería conveniente que vinieras a casa. Te diré lo que desees saber personalmente.

—¿Es algo grave? Abuela, ¿existió Conrad Strauss?

—Ya te he dicho que te lo diré todo personalmente.

—Es que... si eso es verdad, no sabes cuánto significa para mí.

Presiento que la financiación de mi proyecto está en peligro. Una herencia no me caería nada mal.

—Querido... Sí. Tenías un bisabuelo llamado Conrad Strauss.

—Otra pregunta, abuela, ¿conoces a alguien llamado Hermann Steinschneider?

—Hermann Steinschneider, Erik Hanussen y Conrad Strauss eran la misma persona —respondió Alice con voz apagada.

Exactamente las mismas palabras de Welldone. Oliver estaba anonadado.

—Gracias, abuela —atinó a decir—. Iré a visitarte el sábado. Te quiero.

Colgó el auricular con lentitud, sintiendo que empezaba a caminar por arenas movedizas, unas muy oscuras y profundas. Dedujo que el hombre de la barra había dicho la verdad. Acababa de pasar por una experiencia que no guardaba lógica alguna, y él era metódico, utilizaba el raciocinio como arma fundamental en la vida, y éste le decía que todo aquello estaba fuera del entendimiento racional. No obstante, había hablado con un hombre que sabía mucho de él, un individuo que parecía de carne y hueso pero que aparecía y desaparecía a voluntad. Y que le había hecho un vaticinio que para él en esos momentos carecía de sentido. Una cuestión aparentemente sencilla, pero con todas las implicaciones del mosaico de Penrose que tanta curiosidad había despertado en él en la universidad.

Estaba demasiado inquieto para conciliar el sueño, encendió el televisor y trató de concentrarse en lo que decía la locutora. No supo cuándo se había quedado dormido.

XXXVIII - Justine Bohdanowicz

En contra de su costumbre, Justine se miraba una vez más al espejo. Su feminidad siempre camuflada por atuendos poco atractivos cobraba visos seductores con el cambio de estilo en su vestuario; una falda hasta las pantorrillas y un suéter de profundo escote, ambos en tejido suave y sedoso, hacían la diferencia. Después de mucho tiempo, calzaba altas sandalias; su pelo liso y suelto hasta los hombros y los ojos delineados resultaban muy favorecedores. Dio una última ojeada a su imagen y se sentó a esperar a Oliver leyendo a uno de sus autores favoritos, mientras la voz de María Callas interpretando a Flora Tosca se dejaba oír trémula, demandante. Justine necesitaba tranquilizarse y sólo había dos maneras de hacerlo: escuchando música o leyendo. Esta vez optó por las dos.

Sonó el timbre de la puerta y miró su reloj de pulsera: las ocho en punto. Al dirigirse a la entrada se llevó por delante una silla que no debía estar allí. Después del encontronazo, acomodó su apariencia y abrió la puerta. Oliver se inclinó con las manos en la espalda y le dio un ligero beso en los labios, luego le entregó un pequeño ramo de rosas rojas.

—Oliver... gracias, ¿quieres pasar? —preguntó Justine, a pesar de que la idea inicial no había sido ésa. Su apartamento era un desastre.

—Gracias —dijo él. Entró en el vestíbulo y se topó con una biblioteca que ocupaba toda una pared. «Extraño lugar para una biblioteca», pensó, echando una ojeada a los estantes atestados.

—Disculpa el desorden... estaba investigando acerca de la arquitectura napoleónica, y todo aquello...

—No sabía que hablaras francés... —dijo Oliver observando un grueso libro abierto sobre una consola.

—Fue una de las asignaturas obligatorias.

—Justine, estás... hermosa.

—Gracias, tú también —se le ocurrió decir a ella. Hundió la nariz entre las flores aspirando el aroma de las rosas.

—No, tú estás bella... —rió Oliver— yo estoy muy lejos de serlo.

—¿Quieres tomar algo? Tengo scotch, vermouth, vino y cerveza... también tengo leche, té y café —agregó Justine, sonriendo suavemente.

—Una cerveza estará bien —respondió Oliver, mientras veía las pronunciadas curvas de las nalgas de Justine, que en ese momento iba en dirección a la cocina.

—¿Está muy caliente? No hace mucho que las puse en la nevera.

—Justine, no he venido a comprobar la temperatura de la cerveza. Está perfecta. ¡Salud!

Después del brindis, Oliver tomó un largo sorbo. De pronto tenía mucha sed. Justine hizo el gesto de apagar el equipo de sonido.

—No lo hagas, me gusta la ópera —dijo Oliver cerrando los ojos, mientras apoyaba la cabeza en el respaldo del sofá. Justine se sentó en un sillón diagonal al de él, un lugar inesperado, como todo lo que había allí.

—Pondré las rosas en agua...

—Déjalas así. ¿Sabías que se conservan intactas en su envoltorio de celofán?

—¿En serio? —preguntó Justine con curiosidad.

—Sí. Duran más tiempo que en un jarrón con agua.

Flotaba en el ambiente la sensación de que algo podría suceder, como si de pronto no tuviesen de qué hablar, porque las palabras estorbaban; con los ojos aún entornados, Oliver la miró con disimulo, y sin poder evitarlo, su vista recorrió el escote. Retiró la mirada azorado, y la fijó en los labios entreabiertos de Justine, tan llenos y sin maquillar. Decían: bésame. Y eso fue lo que Oliver hizo. Aquella noche no fueron a cenar. Justine Bohdanowicz tenía una desnudez artística. No era la figura de moda, de líneas delgadas, de abdomen plano y caderas estrechas. Su feminidad se desbordaba en sus pechos hermosos, llenos, maternales; su vientre era un poema de suavidad, y tenía las piernas más tersas y bonitas que Oliver recordara haber visto. Se sumergió en la voluptuosidad de aquel cuerpo hecho para ser acariciado y besó con verdadero frenesí los jugosos labios de Justine. Ella sentía que llegaba al cielo con aquel muchacho que hasta hacía unos días ni siquiera conocía, mientras Flora Tosca languidecía para dar paso al ritmo de sus respiraciones entrecortadas. Ella sabía que era sincero, que cuando él le susurraba que era hermosa, así lo sentía, y cuando finalmente le dijo: «Te amo, Justine...» supo que era cierto. Pero él no era hombre de aventuras sentimentales, había huido siempre de ellas, amaba su libertad, sabía que incluso una aventura es amor, y temía amar.

Y ahí estaba él, declarando su amor de la manera más cursi a una mujer que distaba mucho de ser su ideal femenino, y que luchaba por causas que a él no le importaban, pero que hablaba en su mismo idioma, pues cuando él mencionaba la palabra «moda», ella comprendía que hablaba de estadística, y no de lo que tendría que usar durante las siguientes dos semanas, como pensaría Therese. Pero ésa no era una aventura sentimental; era un repentino, inesperado, insospechado descubrimiento de saber que Justine era todo lo que él deseaba en la vida. También la fortuna que estaba seguro de recibir. Sí, una fortuna para ponerla a sus pies; de pronto sentía necesidad de ser su esclavo, de conceder todos sus deseos, y eso haría por Justine, la de ideas peculiares acerca de la conservación del mundo, sus especies y su flora; la que se veía envuelta en alguna manifestación a favor de los derechos humanos o en contra del aborto, o pidiendo justicia y venganza por las víctimas judías de los nazis. Consideraba que todo ello la hacía una mujer formidable, vital, interesada por el futuro de la Tierra y cuya pasión le brotaba por los poros por todas las causas por las que luchaba como abanderada, incluida la de hacer el amor con él. En efecto, una noche con Justine había bastado para que Oliver sepultase en el olvido sus anteriores aventuras y considerase seriamente hacerla su esposa. Ya no concebía vivir sin ella. En su cerebro inundado de dopamina, no había cabida para el razonamiento. Él había encontrado en ella amor, ternura, pasión y todo lo que cualquier otra no podría darle. Y Justine, con el mismo ardor con el que tomaba todo en la vida, se entregó en cuerpo y alma a Oliver, aceptando su amor sin convencionalismos. Si él deseaba amarla, estaba bien, y si no era así, también.

—Justine, quiero que conozcas a mi abuela. El sábado iré a verla, ¿vienes conmigo?

—Por supuesto, sólo espero agradarle.

—Si a mí me agradas, a ella también. Mi abuela es muy especial, ya verás.

—¿Dónde vive? —preguntó con curiosidad Justine, mientras acariciaba el pecho desnudo de Oliver.

—En Williamstown. Es una ciudad pequeña.

—Conozco Williamstown. Estudié arte en el Instituto Clark. Es un pueblo precioso, tiene uno de los museos más famosos del país.

—Mucho cuidado con decirle a mi abuela que es un pueblo. Allá todos piensan que es una ciudad, pequeña, pero una ciudad —rió Oliver.

—¿Tienes hambre? —preguntó de improviso Justine.

—Me muero de hambre.

—Espera aquí, mi amor, dentro de poco desayunarás como un rey.

Justine se puso una bata y se dirigió a la cocina. Ella era experta con el horno de microondas. Poco tiempo después, Oliver tenía delante una bandeja con trozos de cordero, ensalada con una salsa exquisita, panecillos que parecían recién salidos del horno, café recién colado y un vaso de zumo de naranjas frescas. Aquello fue definitivo para él. La pidió en matrimonio antes de terminar el desayuno.

Alice Garrett y John Klein habían llegado a la conclusión de que Oliver tenía la suficiente edad como para saber qué decisión tomar.

—Yo creo, Alice, que tu padre únicamente deseaba dejarle una herencia a Oliver. No creo que exista algo más. Me tranquiliza saber que falleció, no tuvo oportunidad de mortificar la vida de Oliver con secretos siniestros.

—¿Y si le dejó alguna carta contándole todo?

—¿Qué ganaría con eso? Está muerto. Por otro lado, creo que deberíamos dejar que Oliver tome su propia decisión. Él ya sabe que tu padre existió. Afortunadamente para todos, nos dejó tranquilos durante veintiséis años.

—Yo recibí una carta dirigida a Oliver el año pasado y me deshice de ella en cuanto vi su procedencia.

—Hiciste mal, mi amor. Ya ves, dieron con el paradero de Oliver, si es que no lo supieron siempre. Creo que es lo mejor, él tiene derecho a recibir su herencia, que no debe ser poca —subrayó Klein.

—John, presiento algo oscuro. No puedo explicarlo, sólo lo siento; desearía que Oliver olvidase esa herencia.

—Creo que será imposible.

—Me dijo que vendría con su novia. Es la primera vez que usa esa palabra, debe ser algo serio esta vez.

—¿Es Therese?

—No. Dijo que no se entendían. A mí me parecía que aquello no duraría mucho —comentó Alice—. John, temo por la vida de Oliver —dijo Alice de improviso. Su mirada angustiada preocupó a John Klein.

—No te preocupes, querida. Han pasado muchos años... creo que debemos cerrar el capítulo nefasto de la tercera generación. ¿Es lo que te atormenta, no? Oliver es un chico increíble, ya ves que no es ningún ente maligno o cosa por el estilo.

Alice se sintió aliviada al escucharlo. Era cierto, su nieto era lo mejor que había podido sucederles.

El sábado temprano, Oliver y Justine iban rumbo a Williamstown. Un recorrido de más o menos tres horas, que empezó por la Taconic Parkway, una ruta rápida flanqueada a todo lo largo por frondosos árboles. Después de llegar a la Ruta 43 Este, dieron con la Take 7 Norte, hasta el corazón de Williamstown. Pasaron por el centro de la ciudad, y, después de un kilómetro, avistaron Rivulet House.

—¿Sabes que cuando estudiaba aquí, siempre quise entrar en esa mansión? —dijo Justine.

—¿En Rivulet House? Tu deseo será concedido —dijo con solemnidad Oliver. Condujo directamente hasta el portón principal y esperó a que se abriera, mientras advertía con disimulo la cara de asombro de Justine.

—Creo que ya han llegado —Klein se puso de pie, y juntos se acercaron a la puerta principal. El Alfa Romeo negro de Oliver acababa de aparcar.

—¡Abuela! —exclamó Oliver saliendo del coche. Le dio un largo abrazo y muchos besos—. Ella es mi prometida, Justine Bohdanowicz.

—Bienvenida, Justine.

Alice se acercó a Justine y le dio un beso en la mejilla. Su presencia le trajo vagas sensaciones, en un instante fugaz.

—Abuelo, ella es mi novia —repitió Oliver, mientras Justine los miraba con una leve sonrisa. Pocas veces se había sentido tan indecisa. Alice apabullaba con su presencia.

A pesar de sus años, Alice conservaba el encanto que cautivara a Klein. Sus facciones aniñadas y su acento afrancesado completaban la magia que la rodeaba como una aureola. Justine comprendió de dónde provenía el aire sofisticado que se desprendía de Oliver, y le parecía increíble que un hombre criado por una mujer como Alice se hubiese fijado en ella.

—¿Cuál es el misterio, abuela? —preguntó Oliver en el estudio.

—No hay ningún misterio, querido. Conrad Strauss era mi padre, o sea, tu bisabuelo. Hace muchos años tuvimos una diferencia de ideas y nos mantuvimos alejados. No sabía que había fallecido. Como nunca te había hablado de su existencia, consideré inapropiado hacerlo a estas alturas, pero ya que estás interesado en recibir la herencia, no veo que haya impedimentos para que sepas de él —explicó Alice, con su habitual serenidad.

Justine se había quedado abajo, en compañía de John Klein. A través de una de las angostas ventanas, Oliver veía cómo su abuelo le mostraba el jardín donde estaba la cascada.

—Eso se nota. ¿No es un poco madura para ti?

—Abuela, yo podría esperar ese comentario de cualquiera, menos de ti —dijo Oliver.

—Hijo, si la amas, es suficiente. Olvida lo que he dicho.

—Es mayor que yo, pero nos comprendemos. Justine es muy inteligente, es interesante, es hermosa...

—Eso está a la vista. Es una mujer atractiva y parece muy inteligente —convino Alice.

—...y la amo. Terminó de decir Oliver.

—Mi querido, lo sé; nunca te había visto tan entusiasmado. Sabes que si eres feliz yo también lo soy.

Alice tomó su mano como cuando era niño, y la acarició con dulzura.

—Abuela, necesito el dinero. Esa herencia no ha podido llegar en mejor momento. ¿Tú crees que será mucho?

—Hasta donde yo sé, creo que sí. Pero si se trata de dinero, yo puedo ayudarte. Sabes que todo lo mío es tuyo.

—Estamos hablando de millones, abuela; además, no deseo tu dinero, siempre te lo he dicho.

—La venta de las fábricas no me dejó mal... yo creo que deberías considerarlo.

—Abuela, ¿por qué siento que tienes miedo de que yo vaya a Suiza? —inquirió Oliver.

—Oliver. Prométeme que únicamente te limitarás a recibir la herencia. Y si ves que hay algún impedimento, renunciarás a ella y regresarás.

—No veo qué otra cosa podría hacer... —dijo Oliver, recordando a Welldone.

Prefirió guardar silencio al respecto. No quería preocuparla, todo aquello parecía afectarla.

—Oliver... no te lo quería decir, pero tu abuelo era un hombre un poco desquiciado, tenía unas ideas raras... No me gustaría que te involucrases demasiado en la parte sombría de su vida. Fue uno de los motivos por los que me alejé de él.

—No te preocupes, abuela; si es lo que te inquieta, tranquilízate. Prepararé mi viaje para dentro de un mes más o menos, porque aparte del proyecto del museo tengo otros trabajos que debo adelantar. Creo que viajaré con Justine.

—¿Cuánto tiempo hace que la conoces? —preguntó Alice, con curiosidad.

—Una semana.

Ante la inesperada respuesta, prefirió no hacer ningún comentario. Oliver agradeció el silencio.

—Os he preparado tu habitación. Os quedaréis a dormir, supongo.

—Gracias, abuela. —Oliver le dio un beso.

XXXIX - Amenazas

Philip Thoman hacía de albacea siguiendo las instrucciones de Conrad Strauss al pie de la letra, y al pie de la letra quería decir investigar y llegar a dar con el paradero de Oliver Adams.

Oliver se comunicó con él según rezaba en la escueta nota, y acordó la fecha de su viaje en el lapso de un mes. Era difícil hacerlo antes, pues había compromisos que debía dejar encaminados, proyectos entre los que estaban la construcción de un parque en terrenos recuperados en Harlem y una urbanización privada en Nueva Jersey. Y la construcción del museo, que el padre de Therese ya no iba a financiar. La herencia había llegado en el momento preciso. Para él, ese museo significaba más que una construcción un reconocimiento a su carrera. Había competido para ganar, y estaba acostumbrado a hacerlo desde que era un estudiante aventajado en la universidad y siempre ocupaba el primer lugar. Oliver intuyó desde un comienzo que la financiación había estado condicionada a su relación con Therese, pero creyó que podría arreglárselas llegado el momento. Lo que no había calculado era conocer a Justine. Después de ella, no tenía ojos para nadie más, y en el pequeño espacio de un mes, ya vivían juntos en el dúplex que él tenía alquilado en Manhattan.

Faltaban dos noches para viajar a Europa, y Oliver se despedía una vez más de Justine, cuando escucharon el timbre de la puerta. Él no quiso abrir. Le irritaba que no se anunciaran en la entrada y, más que eso, odiaba ser interrumpido. El sentido práctico de Justine ganó y decidió ir ella misma. Miró a través del visor y vio con sorpresa que era Therese. Abrió, y antes de que pudiese emitir palabra alguna, entró la alta figura de Therese como si estuviese en su casa. Se quedó de pie en medio del salón, miró la bata que traía puesta Justine, y le ordenó que llamase a Oliver.

—¿A quién debo anunciar? —preguntó Justine, impertérrita, como si la presencia de Therese no tuviera nada que ver con ella. Ni siquiera trató de cubrirse el cruce de la bata que mostraba parte de sus impresionantes pechos.

—Therese Goldstein.

Justine dio media vuelta y subió a llamar a Oliver. Therese la observó con la minuciosidad que sólo podría hacerlo una rival.

—Tu querida amiga Therese está abajo, parece que desea hablar contigo —dijo Justine mientras volvía a entrar a la cama—. Creo que será mejor que bajes y la atiendas, parece estar furiosa.

—No deseo hablar con ella.

—Tendrás que decírselo tú mismo.

Oliver hizo un gesto de impotencia. Se calzó las zapatillas, y bajó anudándose el albornoz mientras descendía.

—¿A qué se debe esta tardía visita?

—Siempre supe que habías dejado de amarme por otra, pero jamás imaginé que me hubieses dejado por esa... vieja gorda —dijo con rabia Therese.

—Therese, yo nunca dije que te amaba. Y esa mujer tiene nombre. Se llama Justine y es la mujer que yo amo.

—¿Qué clase de nombre es Justine? —preguntó Therese con sarcasmo—. ¿Estás ciego? Puede ser tu madre.

—Pero no es así. Y la quiero tal como es: justamente mi tipo de mujer.

—¡Te juro que no dejaré que seas feliz con esa bruja!

—No veo qué puedes hacer para impedirlo. Por favor, vete y déjanos en paz. Nunca quise que esto terminara así; me veo obligado a exigir que te vayas.

—¡Hablaré con tu abuela! No creo que ella permita esa relación. Eres un degenerado y ella ¡es otra degenerada! —gritó, dirigiendo la voz hacia arriba—. ¡Mi padre no te dará un centavo! No obtendrás ni un miserable préstamo en ningún banco.

—¡Therese! —Por primera vez Oliver levantó la voz—. ¡Lárgate!

Y no vuelvas a buscarme. —Abrió la puerta y la tomó del brazo arrastrándola hasta dejarla fuera—. Adiós —dijo, y cerró la puerta.

Arriba, Justine escuchaba los gritos destemplados de Therese refiriéndose a ella con epítetos, que sabía, no estaban muy lejos de la realidad. Jamás podría compararse con ella. Sintió deseos de llorar. Sería la desgracia de Oliver.

—Querida, no le hagas caso. Therese es una niña malcriada, es inmadura —dijo Oliver—. No tengas en cuenta sus palabras, porque no vale la pena.

—Tal vez, pero sus amenazas pueden ser ciertas. Nadie querrá financiar tus obras.

—Eso ya lo sé. Hice el intento y fue en vano, pero no pienses ni por un momento que te voy a dejar por ella ni por nadie. Quiero que nos casemos, que seas la madre de mis hijos, ¿comprendes? Te amo, Justine —Oliver la besó en los labios y se envolvió en la pasión que ella le inspiraba.

No la cambiaría por nada del mundo. Además, estaba seguro de que pronto sería un hombre muy rico. Le hizo el amor como un loco.

—Justine, quiero que viajes conmigo a Zurich. No quiero alejarme de ti.

—Ya lo hemos hablado, Oliver. Aunque odio la idea de no verte, creo que lo prudente es que resuelvas tus asuntos tú solo. Por otro lado, no puedo dejar mi trabajo de un momento a otro —adujo ella, mientras le acomodaba el húmedo mechón que caía sobre su frente sudorosa.

Oliver se la quedó mirando, pensativo. A Justine aquella mirada la desarmaba. Era dulce, tierna, le parecía estar viendo a un niño desvalido. Lo atrajo otra vez hacia ella haciéndole sentir la calidez de su pecho; por momentos se alojaba en ella un sentimiento de culpa por amar a aquel joven que, como había dicho Therese, casi podría ser su hijo.

—Entonces quiero que te quedes aquí mientras yo esté en Suiza

—dijo Oliver mientras la acariciaba y volvía a recuperar el ritmo cardiaco. Justine lo enloquecía, podría hacer el amor con ella todo el tiempo.

—Creo que tengo mi apartamento muy abandonado... además, Therese podría presentarse por aquí y no quiero ni pensar en lo que podría ocurrir.

—Este lugar queda más cerca de tu trabajo —argumentó él.

—Es un buen punto. Pero tomaré una decisión salomónica: estaré aquí y allá.

—Como tú quieras, mi amor. Todo lo que haces es para mí perfecto —sus caricias despertaron, una vez más, la pasión de sus juveniles veintiséis años y encontraron una total receptividad en Justine. Volvió a hundirse en ella olvidándose de sus múltiples proyectos pendientes, de Therese y de su padre, mientras recordaba a ráfagas la fortuna que estaba seguro de conseguir muy pronto.

XL - Zurich, 1988

Dos días después, Oliver Adams y John Klein surcaban los cielos en el vuelo 668 de la Swissair. Oliver aceptó casi a regañadientes que lo acompañara su abuelo, aunque en el fondo la idea empezó a parecerle buena. Seguía siendo un hombre lúcido a pesar de su edad, y se había tomado el viaje como toda una expedición. «En una misión, uno debe tener en todo momento un plan B», había dicho. Y parecía que la cosa iba en serio. Los cuentos que le relataba de pequeño acerca de cómo había resuelto uno que otro caso cuando él era policía, y después, como investigador privado, volvían a su mente, mientras contaba los minutos para llegar a Zurich.

—Antes que nada —dijo Klein—: no nos alojaremos en el hotel que ellos han reservado para nosotros, ni nos pondremos en contacto con el sujeto que nos recibirá en el aeropuerto. Tomaremos un taxi y buscaremos un hotel por nuestra cuenta.

—No me parece buena idea, ellos dicen que corre por cuenta del banco, y según parece, es un hotel de cinco estrellas.

—Mayor razón para desconfiar. ¿Dónde has visto tú que los suizos te brinden algo gratis?

—Supongo que es porque mi bisabuelo era un personaje importante.

—Y probablemente dueño del hotel.

—Entonces, a fin de cuentas, nos hospedaríamos en un hotel que será mío.

—Si es que lo heredas.

—No comprendo por qué tienes tanta desconfianza. ¿Conociste a Conrad Strauss?

—Sé lo suficiente de él para guardar mis reservas —aseveró Klein.

—Está bien, abuelo. Iremos al primer hotel que encontremos; de todas maneras, no tenemos mucho tiempo —acordó Oliver. Le consolaba la idea de que sus problemas acabarían pronto.

John Klein no iba a permitir que Oliver viajase solo, mucho menos que lo hiciera con Justine, quien sólo serviría de estorbo en caso de alguna emergencia y, por otro lado, no pensaba faltar a la promesa póstuma hecha a Albert. Su apariencia distaba mucho de la que normalmente luciría en la apacible Williamstown. Otro punto con el que Oliver no estuvo de acuerdo. Klein viajaba como si fuese un inofensivo anciano. De físico delgado, la vestimenta que había escogido le hacía parecer enclenque. Su alta y larguirucha figura cobraba tintes casi famélicos con aquella ropa de una talla mayor. Y no era sólo la apariencia física; era la actitud, que Oliver consideraba poco apropiada. Él deseaba que los banqueros conocieran lo mejor de su abuelo, y en lugar de eso, se toparían con un anciano cuyo aire beatífico distaba mucho de su verdadera personalidad. En realidad, aquel disfraz, además de darle la apariencia que él deseaba, ocultaba su mejor arma secreta: la Beretta que conservaba siempre bien limpia y engrasada. Viajaba con él en un estuche especial en forma de Biblia con páginas y todo, a prueba de rayos X dentro del equipaje.

Los hombres del banco dijeron que esperarían en la terminal 1. Oliver y su abuelo caminaban en busca de la terminal 2, perdidos en la marea de pasajeros que llegaba de varios vuelos. Consiguieron un taxi que los llevó directamente al centro de Zurich por la autopista A20. Los dejó en la puerta del Hotel Glärnischhof, en la Claridenstrasse, un hotel sobrio que lucía tres banderas encima de un letrero iluminado con dos letras G dándose la espalda. Tomaron dos habitaciones sencillas, que al cambio, resultaban bastante económicas: cuarenta y siete francos suizos, incluidos impuestos, desayunos y servicios.

Las habitaciones eran cómodas, de techos con un enlucido irregular de aspecto rústico. Frente a la amplia ventana que daba a la calle, dos sillones tapizados en pana azul estaban separados por una pequeña mesa con un jarrón con flores de campo. Era más de lo que podían haber esperado por ese precio. Sabor y confort al viejo estilo europeo.

Oliver sugirió cenar y Klein eligió bajar por las curvadas escaleras, sujetándose de la baranda de fina madera pulida como si fuese a caer en cualquier momento, mientras Oliver le seguía el juego, divertido. Después de negarse a ocupar las mesas que ofrecía el maître, Klein señaló la que él había escogido en una esquina, cerca de una ventana, un lugar donde podían ver mejor que ser vistos, según él. Para Oliver, aquello estaba tomando aires de verdadera aventura, y a medida que pasaban los minutos, su entusiasmo se iba transformando en euforia.

—Mañana iremos al banco a primera hora. Cualquier taxi podrá dar con la dirección. Sé que ellos no esperaban que llegases conmigo, así que trataré de mantenerme al margen de todo lo que ocurra, únicamente seré tu acompañante —planeó Klein.

—Creo que es así, ¿o no? —rió Oliver.

—Tú sabes bien que viajo como agente secreto, mi misión será sacarte millonario y con vida de este país —dijo Klein en el mismo tono de broma.

—¿Es necesario que actúes siempre así? En este hotel nadie te conoce ni sabe a qué hemos venido.

—Cuando uno está de incógnito en una misión, debe asumir una personalidad desde el principio hasta el final. Así me verás hasta que regresemos sanos y salvos a Williamstown. Y si alguien, por los motivos que sean, nos está espiando, tendrá una idea equivocada acerca de cómo soy en realidad.

—No sé a qué le tienes tanto miedo. Creo que todo es más simple de lo que tú piensas, abuelo.

—Oliver, confía en mí. En ningún momento me descubras, tal vez de ello dependa tu vida, ¿has comprendido? —preguntó Klein, mirándolo con seriedad.

—Creo que lo he comprendido.

Un alto muro de ladrillos de terracota pulida que abarcaba una larga pared en una bocacalle fue donde los dejó el taxi. El edificio debía tener tres pisos; imposible saberlo con exactitud, pues carecía de ventanas. Sin las características tradicionales de una entidad financiera, como las que suelen verse en cualquier país del mundo, lo único que interrumpía la visión monótona del enorme muro de ladrillos era una puerta negra de hierro forjado, bajo un dintel de unos cincuenta centímetros, en la que se exhibía una placa con el mismo logotipo del sobre: la cabeza de un león encerrado en un círculo, de tamaño discreto. Oliver apretó el botón del intercomunicador situado a la derecha; una cámara empotrada en el muro apuntaba encima de ellos.

—Guten Morgen, was koennen Wir machen um Ihnen zu Helfen?

—preguntó una voz femenina.

—Buenos días. Soy Oliver Adams, nieto de Conrad Strauss, recibí una carta...

—Bienvenido, señor Adams, adelante por favor —interrumpió la voz en inglés.

Después de un zumbido, la puerta de hierro se abrió y ambos penetraron por un pasadizo de paredes y techo de vidrio a través del cual se podía apreciar un jardín a cada lado. El pasillo los llevó directamente a una puerta que se abrió a su paso y desembocaron en un salón de regulares dimensiones donde había un escritorio y, frente a él, cuatro confortables sillones alineados a lo largo de la pared. La mujer detrás del escritorio se apresuró a saludarlos y les invitó a que tomasen asiento, mientras se comunicaba con alguien por teléfono. Ambos se miraron. Era evidente que aquello parecía cualquier cosa, menos un banco. Al cabo de unos segundos, apareció un hombre delgado de mediana estatura, vestido con un pulcro traje azul oscuro. Fue directo hacia Oliver.

—Señor Oliver Adams, encantado de conocerle. Soy Philip Thoman. Es un honor para nosotros recibir al bisnieto del doctor Conrad Strauss —saludó en inglés, sin hacer ninguna mención al asunto del aeropuerto y la reserva en el hotel.

Philip Thoman los miró indistintamente a través de sus gruesas gafas de carey, apoyados sobre su larga nariz. Su rostro casi triangular apenas tenía barbilla. Llevaba un extravagante peinado, una raya en medio que parecía trazada con una regla.

—Buenos días, señor Thoman. Él es mi abuelo, el señor John Klein.

El hombre le dio la mano y, haciendo un ademán, los invitó a seguirlo hasta un vestíbulo con dos ascensores. Entraron en uno de ellos, el de la puerta más angosta. El elevador se detuvo en el tercer piso. Salieron a un corredor y entraron a una sala. Oliver admiró un impresionante bargueño florentino realizado en ébano, con paneles de pietre dure, molduras de bronce dorado y pilastras de mármol rojo. Contrastaba con las sobrias sillas estilo regencia, cuyo tapizado dejaba entrever elegantes rayas casi imperceptibles. De inmediato pensó en Justine. A ella le hubiera encantado ver algo así. Parecían ser auténticas antigüedades. El lugar no tenía aspecto de oficina, ni existía escritorio alguno. Era un pequeño salón exquisitamente decorado.

Philip Thoman les invitó a tomar asiento y él hizo lo propio en una de las sillas.

—Soy uno de los apoderados del banco y abogado de su difunto bisabuelo, el doctor Strauss. ¿Me permite su pasaporte por favor? Disculpe usted, pero son las estrictas reglas del banco.

—Por supuesto. También traje conmigo mi permiso de conducir y fotos de Alice Garrett, mi abuela.

—Magnífico —aprobó Philip Thoman satisfecho—. El doctor Conrad Strauss dejó para usted una llave que le dará acceso a una caja de seguridad. En ella encontrará las instrucciones necesarias para tomar posesión de su herencia.

Le entregó un sobre lacrado, donde se leía en fina caligrafía:

«Para mi bisnieto Oliver Adams».

—¿Puedo? —preguntó Oliver haciendo el ademán de abrir el sobre.

—Por favor.. Es imprescindible.

Oliver rompió el sello grabado con el emblema de la entidad; abrió el sobre y encontró una llave que tenía en el borde superior una serie de puntos de colores en altorrelieve que se hundía al apretarlos. Junto a la llave había una nota con cifras y letras.

—Usted es la única persona que tiene acceso a la caja de seguridad, por medio de la clave que aparece en la nota. Síganme por favor.

Philip Thoman los encaminó hacia otro cuarto. Estaba vacío, excepto por una mesa cuadrada. Una pequeña puerta de metal del tamaño de una caja de seguridad en la pared, al lado de lo que parecía un cajero automático, hacía suponer que se abriría al insertar la llave en la ranura.

—Los dejaré solos. Cuando lo crean conveniente, sólo presionen este timbre.

Oliver estaba impaciente por saber qué encontraría en la caja.

—Oliver... te esperaré afuera.

—No es necesario, abuelo. Quiero que estés conmigo.

—Oliver, te esperaré afuera —repitió Klein, retirándose penosamente, mientras le invadía un acceso de tos.

—Creo que es lo más indicado —convino Philip Thoman.

Oliver estaba tan impaciente que accedió sin insistir más. Metió la llave en la ranura y luego pulsó los números y letras indicados en la nota. Escuchó una serie de zumbidos y, momentos después, la pequeña puerta de metal se deslizó hacia un lado mostrando una pequeña caja de metal. Un poco desilusionado por su tamaño, la levantó y sintió que, aparte de su propio peso, no parecía contener gran cosa. La depositó en la mesa, y observó que tenía una ranura similar a la de la pared, así que introdujo la llave y la tapa se levantó con facilidad. En el fondo del tapiz rojo del pequeño cofre había un sobre.

—Y parece que no hay nada más —musitó.

El sobre también estaba sellado. Después de romperlo procedió a extraer la hoja que estaba dentro. Era de fino papel pergamino, escrito a mano, en inglés.

Querido Oliver:

Aunque no tuve la dicha de conocerte, te declaro único heredero de toda, absolutamente toda, mi fortuna. Mis abogados te pondrán al corriente de los pormenores de la herencia que tengo a bien dejar en tus manos. Antes, es primordial que sigas las indicaciones que te doy a continuación: Has de dirigirte a mi castillo, en San Gotardo. El señor Philip Thoman, o el que lo sustituya en caso de su muerte, tiene indicaciones precisas de hacerte llegar allá.

Una vez que estés en el castillo, debes buscar una escalera de piedra tallada que tiene forma de caracol. Es la que sube a mi estudio en la torre. Al pie de la escalera, al lado del primer escalón, hay una pequeña columna; dentro del intrincado tallado de piedra, existen unas hendiduras confundidas entre los diseños; tienes que encontrarlas porque en ellas encajará perfectamente los dedos pulgar y meñique de un adulto. Haz una fuerte presión en las hendiduras. Al cabo de treinta segundos exactamente, el piso se abrirá, dejando a la vista una escalera. Son dos tramos de dieciséis escalones. Bajarás los primeros dieciséis escalones y tendrás en cuenta la antorcha. Luego hay otros dieciséis escalones. Ambas antorchas te servirán de guía. Por último, hay un tramo de cuatro escalones. Cuando hayas llegado al sótano, busca una puerta de madera oscura de dos hojas, en cuyo frente está tallado un círculo. Es imprescindible que entres a ese lugar después de haberte aseado en el grifo de la entrada y calzado unas zapatillas. No entres con tus zapatos, porque es un lugar sagrado. Allí encontrarás en perfecto orden sobre un escritorio todo lo que deseo que sepas antes de recibir mi herencia. Espero que cumplas paso a paso lo indicado, y mucho antes de lo que piensas serás un hombre muy rico. La única condición para ello es que cumplas con mi último deseo, expresado en los documentos que encontrarás en mi sótano secreto.

Tu bisabuelo, con amor,
Conrad Strauss

En la caja no había nada más. Oliver presionó el timbre para que abrieran la puerta del recinto. Unos segundos más tarde Philip Thoman los condujo de regreso a su oficina. Una vez instalados frente al escritorio, dirigiéndose todo el tiempo a Oliver, el apoderado empezó a leer una larga lista de propiedades inmobiliarias en varios países, acciones, bonos, empresas farmacéuticas, hoteles, cuentas corrientes y el propio banco. La fortuna era impresionante. Tal como había dicho Conrad Strauss en la nota, pronto sería un hombre muy rico. Y eso, sin contar con las obras de arte, joyas y lingotes de oro que permanecían protegidos en cajas de seguridad, como aseveró Philip Thoman.

—Su difunto bisabuelo quería que le fuese leída la lista completa de lo que le corresponde como único heredero antes de que fuese usted a San Gotardo. Puso mucho énfasis en ello —dijo al finalizar. Una fila de dientes pequeños y mal alineados se asomó tras sus labios, tan delgados, que parecían sólo una línea. Su sonrisa agudizó las innumerables arrugas que cubrían su rostro.

—Se lo agradezco. Estoy asombrado, no pensé que fuese tanto —comentó Oliver.

Su cerebro era un remolino y el corazón le latía apresuradamente. Klein había quedado mudo. Jamás imaginó una fortuna de tal envergadura. Por la forma como era ignorado por el apoderado del banco, sentía que su presencia en ese lugar no era bienvenida. Presentía que había algo oscuro en toda aquella especie de protocolo secreto. San Gotardo... Demasiado dinero, demasiado. La premura en la voz de Oliver lo sacó de sus cavilaciones.

—Abuelo, debemos partir para San Gotardo.

—El chofer les dejará en el camino más cercano; luego, habrán de ir a caballo para llegar hasta el castillo. Espero que sepan montar.

—Por supuesto —respondió enseguida Oliver. Por la cara de contrariedad de Klein se dio cuenta de que él no compartía la misma opinión—. No te preocupes, abuelo. Sólo tienes que dejarte guiar. Iremos despacio, yo iré adelante.

Klein no pudo evitar percibir algo extraño en la mirada de Thoman. Y no era sólo porque sus ojos eran de diferente color. Seguía pensando que se avecinaba una tempestad. Apeló a su disfraz una vez más: se sintió mal; de repente le sobrevino una gran debilidad mientras sentía que el mundo le daba vueltas. Manifestó su necesidad urgente de recostarse.

—¿Te sientes bien, abuelo? Estás muy pálido.

—Creo que será mejor que vayas solo, yo te esperaré en el hotel.

—Deseo que vayamos juntos, te prometo cuidar de que no te caigas del caballo, si es eso lo que te asusta —aseguró Oliver.

—Definitivamente no. Ve tú solo, creo que es necesario que te concentres en lo que tengas que hacer allí.

—Me temo que su abuelo tiene razón. Es conveniente que vaya usted solo, señor Adams —intervino Philip Thoman.

—Está bien. Como prefieras. —Oliver estaba impaciente por llegar al castillo—. Te dejaremos en el hotel.

Un ascensor los bajó hasta el estacionamiento en el sótano, donde un discreto Opel negro los esperaba para llevarlos. Salieron por una calle diferente de la que entraron.

—¿Estás seguro de que no deseas venir conmigo? —preguntó Oliver.

—No me siento muy bien, prefiero esperarte en el hotel. Cuando haya descansado, aprovecharé para dar una vuelta. Nunca he estado en Zurich —respondió Klein.

—Entonces te acompañaré hasta la habitación. ¿Podría esperar un momento? —indicó al chofer.

—Por supuesto, señor Adams.

Oliver subió a la habitación y, apenas entraron, sacó la nota que tenía en uno de los bolsillos.

—Abuelo, presta atención, ¿tienes algo en qué anotar? —y, seguidamente dijo— escribe esto por si me ocurre algo: Una vez que estés en el castillo, debes buscar una escalera de piedra tallada que tiene forma de caracol. Es la que sube a mi estudio en la torre. Al pie de la escalera, al lado del primer escalón, hay una pequeña columna; dentro del intrincado tallado de piedra, existen unas hendiduras escondidas; tienes que encontrarlas porque en ellas encajan perfectamente los dedos pulgar y meñique de un adulto. Haz una fuerte presión en las hendiduras. Al cabo de treinta segundos exactamente, el piso se abrirá, dejando a la vista una escalera.

—¿Es todo? —inquirió Klein. Era un experto taquígrafo. Además, seguía poseyendo una excelente memoria.

—Sí —afirmó Oliver, obviando el resto de la nota—. Creo que es buena idea que aguardes aquí. Abuelo, eres el plan B. Trataré de regresar lo más pronto posible, pero si no es así, creo que sabes lo que debes hacer.

—Presiento que hay algo turbio en todo esto.

—No creas que yo no siento temor, pero esa fortuna bien vale la pena. ¿No lo crees?

—No. Yo te quiero sano y salvo. No me importa la fortuna de tu abuelo.

—Bisabuelo —aclaró Oliver, dándole un rápido beso en la mejilla—. No te preocupes, todo saldrá bien.

—Creo que te acompañaré abajo. Vayamos por el ascensor —dijo Klein.

Apenas Oliver subió al coche, Klein salió y tomó un taxi que en ese momento pasaba por la puerta del hotel. Mostrándole dos billetes de cien dólares, pidió al conductor, en pésimo francés, que siguiese al Opel negro.

—Discreción y eficiencia es mi lema, jefe —dijo el conductor en inglés, para sorpresa de Klein—. Sé lo que usted desea.

Al cabo de hora y media vieron detenerse al Opel a una distancia de treinta metros, aproximadamente. Era una carretera bastante transitada, y por los indicadores, Klein dedujo que conducía a Italia.

—Deténgase. Aquí me quedo —dijo Klein.

—Amigo... tal vez no encuentre cómo regresar. Por esta vía pasan únicamente camiones de carga. No creo que sea buena idea.

—No se preocupe por mí... aunque pensándolo bien, ¿puede regresar mañana a las diez? Le prometo una buena paga. Es importante su absoluta discreción.

—Por supuesto, aquí estaré a las diez horas. ¿Está seguro de que desea quedarse?

—Sí. ¿Tiene usted una linterna?

El conductor buscó en la guantera y se la extendió.

—Gracias, lo veré mañana —dijo Klein—. Trate de alejarse lo más rápido que pueda. —Le entregó los dos billetes y se despidió.

XLI - El sótano de San Gotardo

El Opel negro permanecía aparcado a un lado de la carretera, sobre un cantizal donde empezaba un camino escabroso. Oliver y el chófer esperaron hasta que llegó un hombre a caballo, tras él otro caballo le seguía dócilmente. Tan pronto como Oliver montó, enfilaron despacio en dirección al macizo de San Gotardo; no había necesidad de guiarlos, pues los animales conocían la ruta, un sendero accidentado que se internaba en el macizo pegado a los ásperos montes que terminaban en elevados picos; una senda que a medida que avanzaban se iba estrechando. Casi una hora después, tras rodear la base de una escarpada cumbre, el paisaje sufrió un cambio radical. A Oliver le parecía haber entrado en un mundo diferente. Frente a ellos se erguía, pegado al macizo, el viejo castillo de Conrad Strauss. Pinos y matorrales resistentes al clima del lugar daban un aspecto acogedor a la antigua construcción de piedra cubierta de hiedra en su mayor parte. De los jardines de la época de Strauss sólo quedaban rastros. Estaba infestado de maleza y de flores silvestres, y a pesar de ser comienzos de primavera, el frío era penetrante. Siguieron por una vereda de grava hasta la puerta principal del castillo. Un hombre bajo y fornido se apresuró a salirles al encuentro haciéndose cargo de los caballos. Oliver y su acompañante caminaron en dirección a la entrada y la enorme puerta de madera tallada se abrió silenciosamente para sorpresa de Oliver, que estaba preparado para escuchar un chirrido.

—Buenas tardes, señor Adams. Soy Francesco Scolano, el administrador —saludó un hombre de cabello escaso, vestido de oscuro.

—Buenas tardes, señor Scolano —contestó Oliver. Era evidente que todo el mundo sabía quién era.

—Puedo acompañarle a visitar el castillo, si desea —se ofreció Scolano, solícito.

—Me encantaría —respondió Oliver entusiasmado. Era la primera vez que entraba en un castillo, y tenía especial interés en conocer los detalles de la vetusta construcción.

Francesco Scolano lo guió por la planta baja, donde estaban los salones, el amplio comedor, una estancia que hacía de sala de música, la zona de servicio, la cocina, que aún conservaba el fogón de carbón a pesar de contar con aparatos modernos y las habitaciones aledañas, mientras le señalaba uno y otro espacio indicándole como si se tratase de un museo, para qué se utilizaba tal o cual lugar. Oliver una vez más pensó en Justine. A ella le hubiera encantado caminar por esos pasillos de piedra y ver las obras de arte que se exhibían por doquier.

A medida que el recorrido se llevaba a cabo, iba tomando conciencia de que aquello prácticamente era de su propiedad y le invadió una desconocida sensación de dominio. Pronto sería el dueño de todo. Por un momento dejó volar su imaginación mientras escuchaba la voz de Francesco Scolano perdiéndose en la lejanía.

—¿Desea que bajemos al sótano? —preguntó Scolano por segunda vez.

—¿Al sótano? ¿Usted sabe cómo entrar?

—Claro, abriendo la puerta —replicó Scolano haciendo sonar el manojo de llaves que tenía en la mano.

—¿Esta puerta? —preguntó Oliver desconcertado.

—Justamente —el hombre giró la llave en un pequeño adorno de piedra y la puerta se abrió. Encendió el conmutador y bajaron por una escalera, donde cada cierto trecho había unas lámparas que tenían forma de antorchas antiguas.

—Curioso —dijo Oliver, para sí.

—Antes había antorchas de verdad —explicó Scolano—. Éste es un lugar perfecto para la despensa, especialmente para guardar conservas. Y para las hortalizas y tubérculos es ideal.

—Hace un poco de frío aquí...

—Estamos pegados a los Alpes. A pesar de que se acerca el verano, aquí abajo siempre hace frío.

—Pensé que existía otro sótano.

—Existe. Pero el único que conocía la forma de entrar en él, era el señor Strauss, que en paz descanse. Fue un secreto muy bien guardado.

—Comprendo —dijo Oliver. Debía encontrar la manera de bajar al otro sótano.

—Le mostraré la planta alta del castillo.

Retomaron las escaleras y salieron de la cocina por la puerta que daba al jardín posterior. Scolano escogió el sendero del jardín que llevaba a una entrada lateral del salón principal del castillo y al entrar, enfiló directamente a la escalera de caracol que llevaba a la torre.

Oliver observó la pequeña columna de piedra. A partir de ese momento terminó con impaciencia el recorrido del resto del castillo. Conoció la torre, luego fueron hasta el salón principal, subieron por una de las dos preciosas escaleras talladas hasta los aposentos de la parte alta. Todo se encontraba en tal estado de limpieza, que parecía que el tiempo se hubiera quedado detenido y en cualquier momento Conrad Strauss se presentaría por algún recoveco de los muchos que tenía el castillo. Oliver echó un vistazo con impaciencia a todas las habitaciones de la planta alta, descubriendo con agradable sorpresa que en aquel antiguo lugar existían baños de estilo moderno, con bañeras, agua caliente, jacuzzi, y también una sala de sauna.

—Supongo que tienen una planta de energía.

—Ciertamente. A pesar de que este lugar está relativamente cercano a los túneles, el señor Strauss prefería mantener el anonimato. Instaló su propia planta de energía.

—¿Túneles?

—El macizo tiene el túnel más largo del mundo: dieciséis kilómetros de longitud. Pasa por debajo del puerto de San Gotardo. Hay otro túnel para vías de ferrocarril, y también una carretera que lo atraviesa comunicando Suiza con Italia. Como puede ver, no estamos tan aislados del mundo, pero la ubicación del castillo es idónea. Difícilmente se puede dar con él si no se conoce la ruta exacta.

—Ya veo —observó Oliver.

—Se quedará a dormir, supongo —dijo el administrador—. Podría mandar a preparar la habitación principal que era la que ocupaba el señor Strauss.

—Preferiría cualquier otra —dijo Oliver, mientras pensaba que debía llamar a su abuelo y ponerle al corriente—. ¿Dónde hay un teléfono? —preguntó.

—Aquí no hay teléfono. Pero tenemos un equipo de radio.

—Necesito avisar a mi abuelo que pasaré la noche aquí. No deseo que se inquiete.

—Por supuesto. Venga conmigo y podrá enviar el mensaje usted mismo. La persona que lo reciba llamará a su abuelo al hotel y le dará el recado.

Fue lo que hizo Oliver.

Justine no prestaba mucha atención a las palabras de su jefe. Veía desde su ventana los rascacielos neoyorquinos mientras pensaba en Oliver y en el malestar que sentía desde hacía días. Empezó a sentir náuseas otra vez. Siempre había sido tan irregular que no tomaba en cuenta la fecha de su menstruación. Hizo memoria y sacó la cuenta. El corazón le dio un vuelco. Hacía casi dos meses que había empezado a tener sexo con Oliver y no había menstruado durante todo ese tiempo. Nunca se había atrasado tanto. Su corazón empezó a latir violentamente. Se encontraba al borde de la histeria. No estaba en sus planes tener un hijo. Hacía un par de semanas que sentía hinchazón en los senos y cierta desgana. Estaba inapetente, por las mañanas tenía mucho sueño... ¿Cómo demonios no se dio cuenta de que podría estar embarazada? Desde que empezó a acostarse con Oliver había empezado a tomar precauciones, pero cuando lo hicieron la primera vez no estaba tomando nada.

—Mira el bosquejo de la portada del número de este mes, Justine, ¿no te parece genial? —preguntó Raymond.

Justine la miró y luego fijó la vista en su jefe; de inmediato hizo una mueca extraña y salió de la oficina. Fue al baño y vomitó todo el contenido de su estómago. Esa misma tarde se hizo un análisis de sangre y el resultado dio positivo. Ya no le quedaban dudas. Esperaba un hijo de Oliver.

La lenta penumbra vespertina propia de la época, empezó a invadir San Gotardo. Oliver y el administrador cenaban en el comedor principal, cuya larga mesa obligaba a caminar al mayordomo de un extremo al otro. Oliver no se sentía muy cómodo sentado en la cabecera de una mesa tan vacía de invitados, excepto por la presencia de Francesco Scolano. Pero recordar que pronto sería el dueño de esa y otras propiedades ayudó a mejorar su ánimo. Hans, el mayordomo, hacía juego con el castillo; era casi tan viejo como él. Atendía en silencio la mesa, y al final, Scolano le dijo que podía retirarse. Oliver sólo tenía en mente la manera de entrar en el sótano secreto.

—¿En serio existe un sótano secreto? —preguntó, tanteando a Scolano.

—Eso dicen. Cuando el señor Strauss estaba vivo, solía desaparecer misteriosamente. Por eso todos pensaban que existía un lugar oculto en algún rincón del castillo.

—Y nadie sabe dónde puede estar.

—Así es. Creo que su bisabuelo lo usó como escondite durante la guerra. Parece que un día vinieron a buscarlo y no encontraron a nadie. Destruyeron todo lo que pudieron y se fueron.

—Ya veo...

Oliver se quedó pensativo con la respuesta. Aquellos eventos quedaban demasiado lejanos para tenerlos en cuenta. Sólo había oído algo de esa guerra en las clases de Historia.

—Si no me necesita, me retiraré a mis habitaciones; ya sabe que puede llamar al mayordomo con el cordón que le indiqué en su dormitorio —dijo Scolano.

—¿Usted vive aquí, en el castillo? —preguntó Oliver.

—No. Los empleados tenemos unas estancias adyacentes. Es donde está mi oficina. Si no me necesita ahora, me tendrá usted de vuelta mañana a primera hora. Hasta mañana, señor Adams. —El hombre hizo una ligera reverencia y se retiró.

—Hasta mañana... —Oliver dejó la mesa y fue directamente al pie de la escalera de caracol que conducía a la torre.

Se detuvo justo al empezar la escalera. Encendió todas las luces cercanas para estudiar bien las intrincadas tallas de la pequeña columna, la tocó minuciosamente esperando encontrar los sitios donde sus dedos encajaran tal como describía la nota. La revisó una vez más. Pulgar y meñique eran los dedos... difíciles para ejercer presión. Después de largo rato, Oliver cayó en la cuenta de que había tratado de encajar los dedos juntos, y tal vez los dedos debían situarse en el bajorrelieve tal como entrarían si los tuviera en la postura natural, o sea, separados. Intentó comprobar si era cierto al encontrar las hendiduras apropiadas. Presionó y sintió que la superficie de piedra de la pequeña columna se hundía justo bajo los dos dedos. Sintió que le palpitaban las sienes, trató de calmarse mientras fijaba la vista en su reloj de muñeca. Al medio minuto exacto, el suelo detrás de la escalera de caracol se corrió hacia un lado dejando al descubierto una escalera. Sin pensarlo demasiado, Oliver empezó a bajar por ella, y a medida que descendía, la oscuridad lo fue envolviendo. Se volvió hacia arriba y vio un conmutador justo en la entrada. Regresó sobre sus pasos y encendió la luz. Volvió a bajar, esta vez con mayor comodidad.

Después de los primeros dieciséis escalones, llegó al primer descanso. Vio una antorcha antigua y no le prestó atención, pues no era necesaria. De pronto sintió que la abertura de arriba empezaba a cerrarse hasta quedar sellada. El temor se alojó en su pecho. Un presentimiento cruzó por su mente, pero sólo fue un fugaz presagio. Dándose ánimos, concluyó que a su bisabuelo nunca se le hubiera ocurrido mandarlo buscar únicamente para encerrarlo en un sótano. ¿Qué objeto tendría? No tenía sentido. Posiblemente aquella abertura lo dejaría salir cuando tuviese que hacerlo. En aquel momento, sus intereses eran otros.

Bajó los siguientes dieciséis escalones y se topó con un lugar que debía contener una antorcha, pero estaba vacío. A su lado había otra antorcha. Se preguntó para qué existían si había luz eléctrica. «Las antorchas te servirán de guía...», leyó. ¿Guía de qué? Allí no hacían falta, pues había luz eléctrica. Bajó otros cuatro escalones más. El aire estaba enrarecido como si el lugar no hubiese sido pisado por nadie durante muchos años. Al contrario que el resto del castillo, donde todo se mostraba reluciente y limpio, allí todo estaba cubierto por el polvo de los años. Si existe polvo, debe haber alguna entrada de aire, pensó. El silencio dejaba oír el ronroneo lejano de un motor. La fuente de energía, recordó. A medida que recorría el sótano, presionaba los conmutadores. Había luces por doquier. Miró las desnudas paredes de roca en la que sobresalía una caja de madera pegada a la pared. La abrió y encontró dos palancas. Se atrevió a mover una de ellas y, al poco tiempo, sintió que el aire fresco rozaba su cara. Al mismo tiempo se escuchó un zumbido que se agregaba al primero. Las telas de araña se movían con el aire renovado. Un sistema de ventilación. ¿Para qué sería la otra palanca? Prefirió no tocarla y siguió recorriendo el lugar. Todo estaba como para pasar una larga temporada. Había un dormitorio, un baño con ducha, una pequeña cocina, pero todo vacío, abandonado. El ambiente era tétrico a pesar de la iluminación. Buscó la puerta de madera de dos hojas con el círculo, y ahí estaba. Se quitó los zapatos y se calzó un par de zapatillas que estaban en un hueco en la pared. Las tuvo que sacudir porque estaban cubiertas de polvo, como todo. «Mis zapatos están más limpios que estas babuchas», murmuró, pero deseoso de seguir al pie de la letra las instrucciones, prosiguió adelante. Se lavó las manos y la cara con el agua del lavamanos en forma de pileta bautismal. El agua estaba helada. Para no ensuciarse, secó sus manos con la parte interna de una toalla doblada que encontró al lado de la pileta y se acercó a la puerta. Antes de que hiciera el gesto de empujarla, la puerta se abrió. «Por el peso de mi cuerpo», dedujo.

Ante sus ojos apareció la sala que se suponía que era sagrada. Encendió el conmutador y una pálida luz emergió del techo. Para Oliver, aquello semejaba una pista de circo; alrededor del círculo central había trece cojines. En el centro de la pista: un círculo con un triángulo pintado de negro y, encima de él, el techo tenía forma piramidal. A la izquierda, en una esquina de la estancia, una biblioteca repleta de libros antiquísimos y manuscritos. Oliver tomó uno y lo hojeó. Se trataba de antiguos textos en latín. No pudo evitar que se partiera una hoja. Lo dejó con sumo cuidado en su lugar. Encendió una lámpara situada sobre el escritorio y un haz de luz recayó sobre un legajo. Estaba dirigido a él. Se sentó y rompió el sello de cera, igual al de las cartas anteriores. Sacudió el polvo y empezó a leer.

Querido Oliver:

No tengo motivos para ocultarte nada. Mi deseo es que sepas todo acerca de tus antepasados por una razón que encontrarás necesaria a medida que te enteres. Mi verdadero nombre es Hermann Steinschneider...

Y proseguía. Había partes escritas a mano y otras a máquina, indistintamente. No existía razón específica para ello. Parecía que Conrad Strauss hubiera escrito en el lugar en el que se sintió inspirado. Era un relato en orden cronológico y detallado desde que Hermann se dedicara junto a su padre a encontrar los cadáveres reclamados por sus parientes alemanes después de la Gran Guerra. «Hermann Steinschneider, Erik Hanussen y Conrad Strauss son la misma persona...», recordó Oliver. Repentinamente sintió un vacío en el estómago. Parecía entrar en un mundo misterioso, y, a medida que recorría las páginas, se adentraba cada vez más en el mundo oscuro y al mismo tiempo fascinante de Erik Hanussen, o como quiera que su bisabuelo prefiriese llamarse. La admiración por los alcances de sus poderes durante los años anteriores a la Segunda Guerra Mundial, y su activa participación en la creación del hombre llamado Adolf Hitler, odiado por muchos, excepto por Alicia Hanussen, su abuela, quien lo había amado de verdad, empezaba a germinar en su interior, especialmente al enterarse de que era descendiente directo de aquellos dos personajes carismáticos.

Pero su bisabuelo no sólo se había limitado a relatar su pasado y sus vínculos con lo oculto, sino que, en muchas páginas, le decía punto por punto cómo debía proceder en tal o cual circunstancia, cómo hacer para utilizar las emociones de los demás para beneficio propio y obtener lo que deseaba, al mismo tiempo que le recomendaba no contar absolutamente a nadie aquellos secretos íntimos, recónditos, llenos de sabiduría, que le habían ayudado tanto a sobrevivir como a acumular la riqueza que evidenciaba.

A medida que iba pasando de una página a otra, Oliver tenía la sensación de ir penetrando en un mundo desconocido, hermético y ajeno a él. Era como leer una novela escrita en primera persona, un monólogo que dejaba a un lado, en un lugar muy lejano, la percepción que tenía de sí mismo. Un mundo en el que su abuela era la única mujer que engendró una hija de Hitler, y en el que su madre fue desdichada. Oliver siempre pensó que sus padres habían sido unos hippies que murieron felices en un viaje de ácido. Su mundo se puso de cabeza, toda su vida era una mentira. ¿Quién rayos era entonces su abuelo John Klein? ¿Y Albert Garrett? ¿Un gay enamorado de su idolatrada abuela? ¿Cómo supo su bisabuelo tantos detalles? Casi al final, los nombres empezaron a ser familiares. Sentía que conocía a cada uno, incluidos el mudo Fasfal y el desgraciado de Paul Connery, el gran amor de Sofía, su madre, y que terminó en un hospital psiquiátrico en Zurich, junto a un hermano. Leyó de un solo tirón durante toda la noche, y casi al final, las hojas tomaban forma de álbum familiar. Fotos de Conrad Strauss, de su madre, Sofía; de su abuela, Alicia. Hizo un alto y la contempló con admiración. Su madre, en cambio, tenía una belleza sombría. Oliver sintió una opresión en el pecho, sus ojos parecían expresar una callada llamada de auxilio. Por último, había una foto, la única, donde ella se mostraba feliz. Era en la que aparecía al lado de Paul Connery. En la página siguiente, la caligrafía hierática de su bisabuelo, con la que ya se había habituado, proseguía:

Después de haber conocido toda la verdad y de saber cuáles fueron los motivos para impedir que la hija de Hitler, mi amada nieta, tuviese hijos por la trascendental implicación que ello tendría en el futuro de la humanidad, la decisión más sabia te corresponde a ti, mi querido Oliver. Ya te he explicado por qué la tercera generación es nefasta. Espero que lo hayas comprendido en toda su magnitud. Si lo hiciste, convendrás conmigo que tener hijos no es lo que tú desearías, por lo tanto, el único requisito que te pido es que te comprometas a no tener descendencia, para lo cual, firmarás un documento en el que aceptarás tal condición.

Tu bisabuelo,
Conrad Strauss

P.D. Es necesario que entregues estos documentos a mis abogados del banco para que sean verificados por ellos y se haga efectivo el testamento.

Oliver estaba anonadado. Por un lado estaba a un paso de ser millonario; por el otro, tal vez de perder a la mujer de su vida. No podría tener hijos... ¿De qué le serviría toda aquella fortuna si no tenía a quién dejársela? ¿Acaso la razón de existir del ser humano no era la perpetuación de su especie? Recordó las palabras de su abuela y le dio la razón. Aunque, en aquellos momentos, tenía una imagen completamente diferente de su bisabuelo de la que tenía al principio. Había empezado a admirarlo. Y a pesar de todo lo que sabía de su abuelo Adolf Hitler, al leer lo que había involucrado en su lucha por el poder, una insensata fascinación se empezaba a apoderar de él. También estaba más abierto a admitir que existían conocimientos que iban más allá de los que él había aceptado como válidos hasta ese momento. Debía pensar, necesitaba meditar; pero no podía hacerlo en ese lugar, un sitio hecho precisamente para eso, y aún no sabía cómo salir de allí. Sintió un sobresalto. Su instinto de supervivencia empezó a hacer estragos. ¿Y si la idea había sido dejarlo encerrado? Empezó a desconfiar de todo. ¿Por qué el banquero Philip Thoman había insistido en leerle los bienes antes de enviarlo al castillo? Conrad Strauss debía saber que la ambición era un sentimiento tan fuerte como para hacerle cometer cualquier desatino. Su abuelo John... debía estar enterado a esas alturas que él se quedaría a dormir en el castillo. ¿Le habrían dado el mensaje? Su cabeza daba vueltas, empezaba a sentir miedo. Dejó el escritorio del salón del círculo y salió a mojarse la cara en la pila bautismal. Necesitaba estar despierto, debía encontrar la forma de salir de aquel maldito lugar. Volvió a por los documentos, los cogió, y de pronto, se detuvo.

El señor de Welldone. El misterioso hombre de la barra era el mismo que había iniciado a Conrad Strauss, por tanto, lo que dijo debía tener sentido. Oliver trajo a su memoria las palabras de esa noche: «La mezcla con la sangre de los caídos redimirá el mal encarnado por el demonio. Reservo para tu estirpe un esplendor para el que la gloria del Sol es una sombra. Cuida de él, pues será el único, y los que gobiernen los imperios serán guiados por él. Sólo debes escoger a la mujer adecuada».

Su bisabuelo no había cumplido la palabra dada a Welldone y durante toda su vida trató de luchar contra la adversidad. Él no haría lo mismo. Conrad Strauss estuvo equivocado, la ambición por el poder le llevó a ayudar al hombre equivocado. Pero Oliver lo tenía claro, Welldone se le había presentado por algún motivo, y su profecía no parecía ser nefasta. «La mezcla con la sangre de los caídos había redimido el mal encarnado por el demonio: Hitler». Su abuela era judía. La sangre de los caídos... en ningún momento habló de que no debería tener descendientes. «Cuida de él, pues será el único...» ¿Estaría esperando Justine un hijo suyo? Claramente sería el único. «Sólo debes escoger a la mujer adecuada».

Estaba seguro de que la mujer era Justine: sensata, honesta, inteligente, judía... aunque Therese también lo era, pero él no la amaba. La lógica indicaba que no era ella. Por lo menos esperaba que hubiese algo de lógica en todo aquello. Retomó lo que estaba haciendo, terminó de agarrar el legajo y, con renovadas esperanzas, salió del recinto. «¿Habría alguna forma de evitar el pacto con Welldone?», pensó, mientras se calzaba. Él tenía una fortuna en sus manos, no lo necesitaba, a no ser que...

Recorrió el camino de regreso, subió el tramo de cuatro escalones. Volvió a observar el lugar vacío de la antorcha al lado de la otra. Su mente metódica le indicaba que debía haber un motivo para que faltase una antorcha. Siguió subiendo y se detuvo en el descansillo de los últimos dieciséis escalones. Otra antorcha. El sótano se había cerrado justo al llegar él a ese sitio. Tomó la antorcha y la volvió a colocar en su sitio. Saltó, apretó, tanteó el piso, pero no sucedió nada. No sentía ruido alguno que le indicara que estaba surtiendo efecto. Subió los iniciales dieciséis escalones y se topó con la piedra que cerraba la entrada. La larga pared de roca que iba hacia abajo era una obra de arte, tallada en toda su extensión hasta el último escalón. Figuras grecorromanas, egipcias y orientales se confundían en un amalgamado e intrincado laberinto de altos y bajorrelieves. Empezó a acariciar el muro tratando inútilmente de encontrar entre sus recovecos algún lugar donde pudiera encajar sus dedos. Lo hizo también debajo de las antorchas. Inaudito. Había caído en una trampa como un bobo. Se preguntaba hasta qué punto estaba involucrado Francesco Scolano. Y el hombre del banco... ¿Sabría el verdadero deseo de su bisabuelo?

No había manera de salir. Su desesperación estaba llegando al límite, cuando vio parpadear las luces de la escalera. Corrió escaleras arriba y apagó las luces. Hacía rato que había dejado de escuchar el ruido lejano del motor y apenas ahora se daba cuenta. No debía gastar la energía acumulada. Empezó a apagar la mayoría de las luces que había dejado encendidas tantas horas. Se maldijo por imbécil. Buscó entre los rincones el lugar de donde provenía la corriente de aire. Aparentemente era otra fuente de energía diferente a la de las luces, porque seguía escuchando un lejano zumbido en el silencio que reinaba en el lóbrego lugar. Siguiendo la corriente que le daba en el rostro se metió por un angosto pasillo que se iba estrechando a medida que el zumbido se hacía patente.

En efecto, había una abertura de unos ochenta centímetros de diámetro con una hélice. Pudo apreciar a través de las aspas que lo que había al otro lado era una pared de roca. Si aquel sótano tenía otra salida no sería por ahí.

Bajó la palanca del ventilador. Debía ahorrar toda la energía que pudiese. Además, aquel lugar estaba suficientemente ventilado. Vio la otra palanca y se volvió a preguntar para qué sería. La levantó y sintió un sonido sordo. Rápidamente regresó a la escalera, pero la salida seguía sellada. Buscó desenfrenado el motivo del ruido, pero, en la penumbra, sólo pudo vislumbrar las paredes que lo rodeaban, que parecían más cercanas que antes. Creyó que el terror le estaba jugando una mala pasada, pero era cierto, el lugar donde se hallaba había empezado a encogerse. Desesperado, regresó hasta la palanca y la bajó. El ruido sordo cesó, y el alma le volvió al cuerpo. Decididamente, su bisabuelo había sido el propio demonio. Hizo el intento de razonar. Su reloj marcaba las cinco y cuarenta y cinco de la mañana. Y él seguía encerrado como un animal enjaulado. Peor que eso. A medidaque el tiempo transcurría, Oliver se convencía más de que aquella era su herencia. La muerte en el sótano de un castillo perdido. Nadie lo encontraría jamás, porque nadie sabía cómo entrar. Excepto su abuelo John Klein. Pero él se hallaba en Zurich, y no tenía ni idea de dónde quedaba el castillo.

Con los documentos aferrados al pecho, se quedó a oscuras. Las luces no volvieron a encenderse. El ruido sordo que había creído detener al bajar la palanca, volvió. Esta vez, Oliver supo que el sótano y todo su contenido, quedaría aplastado por la roca. Las paredes recorrían un tramo y paraban; después de unos minutos empezaba el ruido, y no había manera de salir de esa fosa oscura. El aire que anteriormente se respiraba con facilidad empezó a hacerse escaso. Avanzó a tientas guiándose por su sentido de orientación hasta el pie de la escalera. Un pavor hasta ese momento desconocido hizo presa en él, mientras esperaba el próximo sonido macabro. Encontró el primer peldaño y, aferrando desesperado el legajo contra el pecho, empezó a subir, sabiendo que la escalera sería el último lugar que quedaría sepultado, cuando sintió que parte de los documentos se le resbalaban y se esparcían por la escalera. Maldiciendo su suerte, se agachó y empezó a manotear en todas direcciones para no perder ni uno solo de aquellos papeles. Sin querer, tocó el ángulo de un peldaño.

Era una ranura. Era probable que una vez que las paredes llegasen a las gradas, éstas se insertaran unas dentro de otras y entonces sería el fin. De pronto, recordó las antorchas, pero, «¿dónde encontrar una cerilla?», pensó desesperado. No había manera de regresar a las habitaciones, los muros lo impedían... Y los papeles... ¿cómo saber si los recogía todos? No veía nada. Se abrió la camisa y metió los papeles que aún tenía en las manos, luego se agachó y empezó a arrastrarse por las gradas buscando las hojas diseminadas. El muro hizo de nuevo un ruido. Su cerebro trabajaba a toda máquina y, en medio de su agitación, recordó a Welldone.

Vencido, elevó la mirada.

—Está bien, Welldone, ¡dijiste que sabría cuál sería el momento! Tú ganas.

Algo en su mente se encendió como si fuese una luz. La antorcha. La antorcha era la clave... «las antorchas te servirán de guía», estaba escrito en la nota. ¿Por qué, si no, había un lugar vacío junto a la antorcha del segundo tramo de escaleras? ¡Estaba claro! La antorcha debía tener algo que ver con la salida... Al pisar los primeros dieciséis escalones, la entrada se había cerrado. Debió tomar la antorcha y colocarla en el espacio vacío que estaba más abajo... Estaba seguro de que ésa era su salvación, y estaba decidido a comprobarlo; no pensaba morir en ese sótano. Cuando iba por la primera antorcha una luz se filtró en la oscuridad, treinta y seis escalones arriba.

Un hombre con una linterna bajaba de manera extraña, como si estuviese efectuando una danza acompasada. Parecía ser Hans, el mayordomo. Oliver se debatió entre subir corriendo como un condenado o terminar de recoger los documentos: optó por lo segundo; sabía que si no lo hacía, aquello no habría valido la pena. Retrocedió unos escalones y recogió unas hojas. Cuando Hans llegó donde él se encontraba, la salida volvió a cerrarse.

—¡Ayúdeme a recoger los papeles! —exclamó Oliver.

Hans se puso la linterna en la boca y le alcanzó varias hojas diseminadas, mientras Oliver revisaba minuciosamente el suelo. Se volvió a escuchar el ruido.

—¡Debemos subir ya, señor Adams! —gritó Hans, corriendo hacia arriba.

Oliver dio un último vistazo al suelo y a las escaleras. Estaban vacíos. Alcanzó a Hans a grandes zancadas escaleras arriba.

XLII - La trampa

John Klein vio pasar el Opel negro desde su escondite, un promontorio de piedras al lado del camino. Después de perderlo de vista, salió de entre unas altas rocas y se encaminó hacia la bifurcación por donde Oliver había desaparecido. Supuso que debía seguir el rastro del único sendero. A medida que caminaba, ya sin la renquera de antes, se dio cuenta de la necesidad de utilizar caballos. Era un camino angosto y accidentado. Subidas y bajadas, curvas y precipicios, eran parte de los peligros de una vía que se iba volviendo tan poco definida que tuvo que retomarla en varias oportunidades porque terminaba en un camino sin salida. La vegetación cada vez más pobre y el aire frío era otro ingrediente que agregar a la misión en la que estaba embarcado. Le vino a la memoria la búsqueda de Sofía. Y recordó a Albert y recordó San Francisco. Intuyó desde el principio que su cercanía con Alice lo llevaría por caminos poco transitados, pero no sabía entonces que veintiséis años después se encontraría en los Alpes siguiendo un rastro perdido. Por su mente pasaban mil y una ideas, y a medida que le invadía el cansancio, su único pensamiento consistió en recostarse un buen rato en alguna parte. Ya no era tan resistente como antaño, necesitaba tomar un descanso y consideró que no tenía que esperar a llegar al dichoso castillo. Se sentó allí mismo, con la espalda apoyada en una piedra plana, a recuperar fuerzas para cuando las necesitase.

El intenso frío nocturno lo despertó. Klein empezó a maldecir, saltando de un lado a otro para entrar en calor. «¿Cómo pude dormir tantas horas?», se recriminó. A pesar de ser abril, el frío era intenso. Se arrebujó el anorak y empezó a caminar. La luz de la linterna dio visos fantasmagóricos a las rocas que asomaban por todos lados; de pronto, las nubes dejaron colar la luz de la luna menguante y el claro cielo alpino ayudó a vislumbrar el entorno. Siguió caminando y a duras penas pudo continuar la ruta. Sintió que había enterrado el pie en algo suave; se agachó para ver de qué se trataba: era estiércol, probablemente de caballo. «Voy con buen pie», se dijo, sonriendo. Arrastró el zapato para quitarse los restos y luego prosiguió bordeando el monte siguiendo la curva. Avizoró unas luces lejanas, que debían estar por lo menos a un kilómetro, según calculó, mientras apresuraba el paso. Tenía hambre. No había comido nada desde el desayuno y ya había quedado lejos la hora de la cena. Su reloj marcaba las cuatro y treinta de la mañana. Llamaron su atención las luces encendidas a esa hora. Tal vez Oliver estuviese despierto.

Y no se equivocaba. Oliver estaba en el sótano terminando de conocer la vida de sus antepasados. Jamás imaginó que las luces del castillo que había dejado encendidas actuarían como faro en la oscuridad para su abuelo. Klein, más tranquilo, al ver que aparentemente las cosas eran normales, se relajó, y caminando a buen paso, llegó al castillo. En la puerta principal hizo sonar la aldaba y no hubo respuesta. Repitió la operación con el mismo resultado. ¡Demonios! Tenía frío y se moría de hambre. Rodeó la edificación de piedra y advirtió que las ventanas estaban bastante altas. Siguió avanzando hasta encontrar unas ventanas más accesibles. Allí encontró una larga puerta de hierro con vitrales, que era la que llevaba al pequeño comedor donde alguna vez estuvieran Alicia Hanussen y su padre.

Por fortuna, llevaba consigo una navaja Victorinox. Metió la hoja más larga por la ranura de la cerradura hasta dar con el pestillo, lo levantó y abrió, agradeciendo al divino suizo que inventara tan milagroso artilugio. Una vez dentro, cerró la puerta y, al ver que no había nadie, recorrió todo el castillo tratando de dar con Oliver, pero ni en la parte de arriba, ni en la planta baja había rastros de él. Una vez en la cocina, abrió la nevera y comió un trozo de pollo que encontró en un envase de plástico. Se sirvió un vaso de leche y calmó el hambre que lo atormentaba. Dejó todo en orden y salió de la cocina. Curiosamente no sentía estar violando un espacio ajeno, pues se suponía que el dueño del castillo era Oliver. Pero, ¿dónde diablos se habría metido? Lo más probable era que estuviese en el sótano secreto. Volvió sobre sus pasos hasta el pie de la escalera de piedra que llevaba a la torre. El lugar justo. Vio la pequeña columna tallada. Si Oliver estaba abajo, era probable que deseara estar a solas, de lo contrario ya hubiera salido. Más calmado, se dedicó a apagar las luces del castillo y tomó asiento en un cómodo diván fuera de la vista de cualquiera que entrase por la cocina o por la entrada principal. En aquel oscuro rincón, le pareció escuchar un sonido que se repetía cada cierto tiempo. Era extraño, y en la quietud de la noche creyó sentir que el suelo vibraba imperceptiblemente cada vez que se oía el ruido. Lo adjudicó a los túneles que atravesaban el macizo. El taxista había hecho de guía turístico y había sido muy explícito en cuanto a los túneles.

No pasó mucho tiempo cuando, con precisión suiza, el mayordomo entró por la puerta de servicio a las seis de la mañana. El silencio era tal que Klein escuchó los ruidos provenientes de la cocina. Se puso en guardia y salió por la puerta principal. Una vez ahí tocó la enorme aldaba de hierro y esperó. Al cabo de un rato, la puerta se abrió.

—Guten Morgen. Was koennen Wir machen um Ihnen zu Helfen? —preguntó el mayordomo, mientras recorría con la vista al desgarbado personaje que tenía enfrente.

Klein recordaba haber escuchado palabras análogas en la puerta del banco. Supuso que era un saludo o una bienvenida.

—Buenos días. Vengo en busca de mi nieto Oliver Adams.

—¿Oliver Adams? —preguntó el mayordomo, que parecía que era lo único que había entendido.

—Mi nombre es John Klein. Oliver Adams es mi nieto. ¿Podría llamarlo, por favor? —Klein habló despacio esta vez.

El hombre decidió consultar con el administrador.

—Pase, por favor. Tome asiento y sírvase esperar un momento —dijo, arrastrando las erres. Fue a la cocina y salió hacia la dependencia del administrador. Al poco tiempo, Francesco Scolano apareció en el vestíbulo donde había quedado Klein.

—Buenos días, señor Klein. ¿Recibió usted el mensaje? —preguntó Scolano, observando con disimulo la desastrosa apariencia de Klein.

—Me temo que no. No estuve en el hotel. Supuse que era mejor venir personalmente a ver a mi nieto.

—Sólo por curiosidad, ¿en qué hotel estaban ustedes alojados?

—En el Glärnischhof. Comprendo su desconfianza, pero no pude esperar para venir. ¿Podría llamar a mi nieto? —insistió.

—Supongo que debe estar aún en su habitación. ¿Quisieras despertarlo y decirle que su abuelo se encuentra aquí? —ordenó Scolano al mayordomo—. Disculpe, señor Klein, pero no esperábamos su visita tan temprano. Puede subir y asearse si lo desea, tal vez consiga alguna ropa de su talla... —Se ofreció Scolano mirándole los zapatos, especialmente el que tenía aún con restos de bosta.

—Se lo agradezco, pero creo que así estoy bien. En realidad me preocupa mi nieto —repuso Klein. Sabía que Oliver no estaba en ninguna de las habitaciones del castillo.

—El señor Adams no durmió anoche en su alcoba —dijo el mayordomo desde las escaleras con aire de contrariedad.

—¿Ve usted a qué me refiero? Siempre he dicho que cuando no se conoce el lugar es mejor ir acompañado. ¿Qué se supone que le ha sucedido a mi nieto? —preguntó Klein doblando la cintura y sujetándosela con una mano.

—La verdad... no lo sé —respondió Scolano, preocupado por el giro que iba tomando el asunto.

—¿No recuerda algo que le haya dicho antes de despedirse? Algo de lo que hayan conversado, quizás...

—Creo que sí. Estábamos hablando acerca del sótano secreto.

—¿Usted cree que sea posible que haya dado con el sótano?

—Ahora que lo dice... tal vez, pero, ¿por qué no ha salido aún?

—Tal vez porque no pueda. Tal vez sea una trampa... —sugirió Klein mirándolo inquisitivamente.

—Oiga... señor Klein, no pensará que yo tengo algo que ver con la desaparición de su nieto.

—No he dicho eso. Pero, ¿me ayudaría a encontrarlo?

—¡Por supuesto! No me perdonaría si algo le hubiera ocurrido —exclamó Scolano.

—Bien. Entonces vayamos en su busca.

—Pero, ¿adónde? —inquirió Scolano, sorprendido.

—Creo que puedo dar con el lugar. Necesito ir a unas escaleras de caracol que llevan a una torre —explicó Klein como si no hubiera estado allí. Su instinto le decía que Oliver estaba en serios apuros.

—Creo que sé a qué lugar se refiere. Venga conmigo.

Scolano, el mayordomo y Klein enfilaron hacia la torre. Al pie de la escalera estaba la pequeña columna. Klein la estudió minuciosamente y empezó a tantearla. Cerrando los ojos recordó lo que decía la nota: «los dedos pulgar y meñique debían encajar, se hace una presión y se esperan treinta segundos». Scolano y el mayordomo se miraron sin comprender exactamente qué hacía el anciano abrazando la columna por todos lados; presionando, buscando, siguiendo los intrincados contornos esculpidos en ella. Pasado un rato y cuando Klein ya empezaba a darse por vencido, llegó a la misma conclusión que Oliver. Los dedos debían estar extendidos para encajar en el lugar exacto. Ubicó el sitio e hizo presión. Luego esperó. Al cabo de medio minuto exacto, el suelo se deslizó suavemente hacia un lado y apareció una escalera.

—Ahora, señor Scolano, uno de ustedes tendrá que bajar. Mi nieto debe estar en algún lugar allá abajo. Yo debo quedarme para cuidar que la escalera quede al descubierto.

—No. Yo no puedo bajar, sufro claustrofobia, lo siento —dijo Scolano, haciendo que los ojos del mayordomo se agrandaran de asombro—. Baja tú, Hans.

—Creo que sería bueno que llevase una linterna —aconsejó Klein, entregándole la suya.

—Tiene usted razón —contestó presuroso el mayordomo.

—¿Cómo sabía usted que el secreto estaba en la columna? —preguntó con curiosidad Scolano.

—Yo era muy amigo de Conrad Strauss —mintió Klein con descaro, viendo cómo crecía ante los ojos del administrador—. Ahora, Hans —dijo dirigiéndose al mayordomo—, escucha con atención; baja a este ritmo: uno, dos, tres, cuatro, ¿ok? —Mientras, hacía sonar los dedos, como si diera ritmo a alguna música—. De manera que yo aquí arriba siga la cuenta con el mismo ritmo. Al subir no os detengáis ¿me has entendido? ¡Ahora!

—Creo que entiendo... Mein Herr —masculló Hans y se sumergió en el sótano.

Al poco tiempo, el suelo se cerró. Ambos hombres quedaron consternados. Klein esperaba que el suelo se volviese a abrir al presionar la columna otra vez.

—¿Qué decía el señor Strauss en estos casos? —preguntó angustiado, Scolano.

—Decía que había que volver a apretar la columna —respondió Klein, tratando de dar veracidad a sus palabras para su propia tranquilidad, mientras contaba mentalmente.

En realidad, estaba aterrado. Esperó unos momentos—. Creo que ya es el momento de abrir el sótano. Ahí voy otra vez.

Repitió la operación y, con un suspiro de alivio, contempló otra vez las escaleras. También estaban a la vista Hans y Oliver, unos cuantos escalones más abajo.

—¡Oliver!¡Sal deprisa de ese lugar! —exclamó desesperado—. ¡Es el escalón dieciséis, en cuanto lo hayáis pisado, el sótano no tardará en cerrarse!

Apenas terminaron de salir, el suelo se volvió a correr y el sitio quedó sellado.

—Pensé que jamás saldría de ahí. No era sólo el escalón dieciséis... la clave era la antorcha —dijo Oliver casi en un murmullo. Sacó de su camisa con aire triunfal el legajo de documentos de su bisabuelo Conrad Strauss. Lo demás no importaba. Estaba a salvo y obtendría la herencia.

Scolano y Hans, que empezaban a recuperar el aliento, los miraban satisfechos de haber podido servir de ayuda. Después de todo, el joven era el nuevo patrón.

—Oliver, sólo para probar, trataré de abrir el sótano una vez más —dijo Klein.

Se puso en posición otra vez y presionó los dedos en el lugar indicado. Esperó mirando su reloj y tras un minuto no hubo el más leve movimiento del suelo. Se le erizó el vello. Aquello era una trampa mortal. El mayordomo sintió que las piernas se le aflojaban y se tambaleó de la impresión. Los ojos de Scolano estaban desorbitados.

—Señor Adams, señor Klein, les ruego que me disculpen, yo no estaba al tanto del peligro que...

—Por favor, señor Scolano, nadie lo culpa de nada. Le agradezco haber confiado en mí —se apresuró a responder Klein—, aunque debo admitir que por un momento dudé que el sótano se abriera. Ahora... ¿Alguien podría invitarme a un trago? Creo que me hace falta. —Le temblaban las piernas.

Mientras tomaban una copa de armañac, en el suelo del castillo se sintió una vibración, tan fuerte y constante, que parecía un temblor de tierra. Si se escuchaba con cuidado, se podía percibir con cierta claridad un golpeteo, como si treinta y seis escalones se fuesen fundiendo en uno solo. Poco después, todo quedó en calma; Oliver sabía qué había sido, pero prefirió callar. Klein lo miró y terminó de apurar su trago en silencio.

Oliver y su abuelo estaban de pie en la carretera esperando que apareciera el taxi que debía llegar a por ellos. Esta vez, Klein había regresado a caballo. Y se había limpiado los zapatos. En general, la apariencia de ambos era más presentable. Haciendo honor a su palabra, el taxista apareció a la hora prevista.

—Y ahora, jefe... ¿Adónde lo llevo? —preguntó mirando por el espejo retrovisor.

—Llévenos al hotel Glärnischhof.

—¿Se quedarán allí? —preguntó el chofer desilusionado.

—Pensándolo bien... creo que sería buena idea que nos fuese a recoger dos horas más tarde.

—Excelente —opinó el taxista.

—Gracias por la linterna —Klein se la devolvió.

—Está incluida en la tarifa —dijo el chofer mostrando una sonrisa a través del retrovisor.

No dijeron una palabra más hasta llegar al hotel y subir a la habitación de Oliver.

—Abuelo... quiero agradecerte que hayas venido conmigo —
le dio un abrazo y le besó en la mejilla.

—Te dije que era necesario un plan B —dijo Klein tratando de
ocultar la emoción. Hizo un gesto con el puño y lo acercó al rostro
de Oliver, jugando con él como cuando era niño—. Este viejo aún
es útil. Aunque creo que sin mi ayuda también lo hubieses logrado.
Oliver reconoció en silencio que su abuelo estaba en lo cierto. Pero
no quiso restarle méritos.

—No, abuelo. Tú lo hiciste posible.

—Antes de ir al banco debemos asearnos y cambiarnos de ropa.
Yo lo haré después de que lo hayas hecho tú. Me quedaré aquí
guardando estos documentos —sugirió Klein.

—¿Tú crees que aún corremos peligro? —A Oliver no le hacía
gracia dejar los documentos en manos de su abuelo.

—Yo ya no sé qué creer. Sólo sé que tu futuro depende de que
te mantengas con vida y que estos documentos no se extravíen.

—Está bien —respondió Oliver. La percepción que tenía de
su abuelo había cambiado radicalmente—. ¿Dónde conseguiste el
taxista? —preguntó de improviso.

—En la puerta del hotel. ¿Puedes creer que es de Brooklyn?

Mientras Oliver se duchaba, Klein permaneció en el cuarto.
Después de un momento, sintió urgentes deseos de ir al baño y no
precisamente a orinar. Tomó los documentos, salió al pasillo y se
dirigió a su habitación. Entró al baño con todo. Tras unos instantes,
salió y regresó al cuarto de Oliver. De pronto, todos sus músculos
se pusieron en tensión. Había algo en el cuarto que no encajaba.
Recordaba haber visto la billetera de Oliver en la pequeña mesa
entre los dos sillones azules. Estaba ahí, pero no en la posición en
la que él la había dejado. La puerta del baño estaba entreabierta.

Lentamente, sacó la Beretta de dentro de su holgada chaqueta
y se dispuso a enfrentar la situación. Entró al baño recibiendo el
vapor en la cara. Un hombre canoso, corpulento y de baja estatura
apuntaba con un arma a Oliver a través de la puerta corredera de la
ducha. Klein no lo pensó dos veces y le puso el cañón de la pistola
en la nuca.

—Despacio... deme el arma —susurró en su oreja— y no abra la boca. —Tan pronto como el hombre le entregó el arma con la punta de los dedos, Klein la agarró y la guardó en un bolsillo de la chaqueta.

Empujó al hombre fuera del baño y cerró la puerta. Sin dejar de apuntarlo en la nuca, sacó unas esposas de otro bolsillo y, rápidamente, con movimientos precisos, las colocó en las muñecas del viejo. Lo obligó a sentarse en una silla que estaba en una esquina, mientras se quitaba el cinturón y lo ataba con él fuertemente al respaldo. Buscó entre la ropa de Oliver y consiguió una corbata. Le amarró los pies.

—Ahora, explíqueme de qué se trata todo esto —dijo con voz fría y calmada.

El hombre lo miraba con infinito asombro. Le habían dicho que el abuelo era un anciano decrépito.

—Yo no sé nada, signore. Únicamente me dijeron que debía secuestrar al señor Oliver Adams. Es un trabajo, yo nunca pregunto el motivo. —Hablaba en inglés con fuerte acento italiano.

—Le aconsejo afinar la memoria. No crea que me importa utilizar esto —dijo refiriéndose al arma—; supongo que la policía suiza considerará normal encontrar a un hombre con sus credenciales, y con su propia arma, muerto en cualquier parte.

—Le digo que no sé nada.

—¿Quién lo contrató?

El individuo no parecía dispuesto a hablar.

—Veamos qué le parece si ejercemos un poco de presión. — Klein se acercó al sujeto y le puso una mano en el cuello, mientras con la otra le tiraba el escaso pelo hacia atrás. Apretó el cuello hasta que el hombre se puso lívido y parecía que los ojos le iban a saltar en cualquier momento de las órbitas. Siguió apretando; en realidad, en aquel momento, no le importaba matarlo, deseaba llegar hasta el final del embrollo. El hombre intentó patalear; gimió algo ininteligible. Klein, implacable, siguió apretando. Justo antes de que perdiera el sentido, aflojó. La cara del hombre reflejaba el terror mortal que sentía.

—Fueron órdenes... —dijo entre estertores.

—Creo que seguiré apretando.

—¡No! —gimoteó el sujeto con dificultad—. Le he dicho la verdad...

—Dígame quién dio la orden —Klein empezaba a impacientarse.

—La organización. Órdenes de matarlo. Debía cumplir, les debo mi vida... —explicó el hombre con dificultad— de lo contrario...

—De lo contrario... ¿qué?

—Alguien me mataría. Y yo sé que ellos cumplirán su palabra.

—Antes me dijo que fue contratado para secuestrar a mi nieto.

—Le mentí. Tenía órdenes de matarlo. Es la verdad —terminó diciendo el hombre, abatido.

—Necesito que me explique qué rayos sucede aquí. ¿De qué organización habla? ¿Quiénes son «ellos»?

—Durante la Segunda Guerra, los partisanos corrimos riesgos. Yo era muy joven. Muchos de nosotros fuimos apresados por las fuerzas de Mussolini. La organización tenía poder, estaba infiltrada en el ejército del Duce, y a mí me salvaron, junto a otros más, de ser fusilados. Nos mantuvieron un tiempo en las catacumbas y después nos ayudaron a salir de Italia a mí y a mi familia. Nunca conocí el nombre real de nuestro benefactor, sólo sé que se referían a él como la organización; algunos le decían il padrone. Pensé que ya todo había pasado, cuando hace poco recibí un mensaje. Quedaba claro que debía cumplir mi parte.

—¿Esperó tantos años para cumplir su parte? —preguntó incrédulo Klein.

—Señor, si usted tuviese una deuda de gratitud como la mía, la hubiese cumplido. Y no soy el único, somos muchos los que hemos jurado cumplir nuestra parte. Créame, hay gente de todas las clases sociales y profesiones, ellos nunca olvidan. Yo fallé. No sé qué será de mí.

Hacía rato que Oliver se encontraba fuera del baño. Envuelto en una bata, escuchaba con atención lo que el viejo decía. Supo que la organización de la que hablaba era obra de Conrad Strauss.

Una forma de garantizarse el poder. Dejó que su abuelo siguiese interrogándolo.

—Lo lamento, pero debo entregarlo a la policía. Ellos lo comprenderán si usted se lo explica, yo no puedo hacer nada. —El viejo lo miró como si estuviese loco.

—Veo que no saben con quién se enfrentan. Si no hago el trabajo, vendrá cualquier otro a terminarlo. No creo que la policía pueda hacer mucho por ustedes.

Oliver se acercó. Klein quien sorprendido, se hizo a un lado.

—Me parece que es usted quien no sabe con quién está tratando.

La organización soy yo. Amicus certus in res cernitur. Vaya y dígaselo a quien lo envió por mí. Suéltalo, abuelo —ordenó Oliver. Al escucharlo, el viejo lo miró como si estuviese viendo una aparición.

—Il padrone... ¡perdón, signore yo no sabía! —exclamó el hombre.

—¿Cuándo debió efectuar «el trabajo»?

—Ayer. Pero usted no estaba en la dirección que me dieron —explicó el viejo.

—Oliver, creo que no es seguro, lo mejor será avisar a la policía —opinó Klein.

—No ocurrirá nada. Te lo garantizo.

Klein se vio impelido a seguir la orden. Algo estaba sucediendo y no sabía con exactitud qué. Oliver estaba cambiado, y estaba seguro de que algo en el sótano había tenido que ver.

—Sólo diga que el bisnieto de il padrone así lo dijo.

Tras ser liberado de las esposas y las ataduras, el hombre quedó indeciso. Su rostro reflejaba asombro; hizo una profunda reverencia a Oliver, tomó sus manos, las besó y salió del cuarto.

—¿Tú eres la organización? ¿Qué fue lo que le dijiste?

—«Al amigo auténtico se le encuentra en el momento de más incertidumbre», una frase de Cicerón, en latín, eran las palabras clave que usaban los partigianos para comunicarse entre ellos y en los mensajes enviados por el padrone. Mi bisabuelo tenía contactos con la resistencia francesa y con los partisanos italianos durante la guerra, y también después de ella. Debo averiguar ahora quién envió la orden de atentar contra mi vida.

—Tu propio bisabuelo. ¿Quién más? Se supone que tú eres la generación que no debería existir; probablemente lo haya hecho a través de sus secuaces.

Oliver miró a su abuelo preguntándose cuánto más sabría él de todo aquello.

—No tiene sentido. Alguien más debe estar detrás de todo esto. Alguien cuya ambición lo llevó a hacerse pasar por el padrone.

—Hijo, creo que nuestro viaje sólo ha servido para remover viejos recuerdos. Este ambiente es siniestro. Dentro de treinta minutos vendrá el taxi. ¿Aún deseas ir al banco?

—Absolutamente, abuelo. ¿Tú crees que he pasado por todo para irme con las manos vacías? Estos documentos demuestran que estuve en el sótano. Conrad Strauss dejó indicaciones para que la herencia me sea entregada cuando yo, a mi vez, entregue los documentos al abogado Thoman. Supongo que alguien no contaba con que yo saldría vivo de todo esto. Me muero por ver la cara de Thoman —dijo Oliver con una sonrisa sarcástica.

—Está bien. Tomaré una ducha. Ojo con los papeles —previno Klein.

—Descuida, no correrán peligro.

Ambos se dirigieron a la habitación de Klein y Oliver aseguró la puerta. Después de diez minutos, Klein ya se encontraba cambiándose de ropa.

—¿Por qué esos documentos son tan importantes? —preguntó mientras se terminaba de vestir.

—Se supone que son la prueba de mi estancia en el sótano.

—Lo que no entiendo son las dificultades para obtenerlos.

—Tal vez se trate de una prueba de astucia. ¿No crees?

—¿Sabes algo? Quiero largarme de este lugar cuanto antes. ¿No te parece raro todo esto? Ahora resulta que tú eres la organización —se lamentó Klein, mientras se anudaba los cordones de los zapatos.

—Abuelo, no creo que debas tomarlo a broma. Mucha gente debía su vida a mi bisabuelo; aún ahora pueden serme de gran utilidad.

—Estoy listo. Bajemos, el taxi debe estar al llegar —dijo, sin hacer ningún comentario.

—¿Es necesario que sigas vistiendo de ese modo?

—Hijo, cuando uno adopta una personalidad, debe hacerlo hasta terminar con la misión. Además, no he traído otro tipo de ropa —contestó Klein con estoicismo.

Oliver sonrió levemente y salió con el legajo debajo del brazo; seguía disfrutando de aquella faceta desconocida de su abuelo.

XLIII - La profecía

Una vez más estaban ante la puerta del banco. El chófer del taxi tenía instrucciones de aguardar hasta que salieran. La consabida voz femenina en el intercomunicador no se hizo esperar, y tras los saludos, Oliver y su abuelo se encontraban otra vez en la recepción del banco.

—¡Señor Adams! Qué gusto verlo otra vez por aquí... —saludó Philip Thoman.

—Buenas tardes. Disculpe la hora, pero ocurrieron algunos contratiempos —aclaró Oliver.

—Señor Klein, ¿le dieron el mensaje?

—A decir verdad, no lo sé. No estaba en el hotel.

—Lo importante es que están aquí. Por favor, les ruego que vengan conmigo —dijo Philip Thoman, con gran amabilidad.

Después de situarse detrás de su escritorio, se dirigió a Oliver.

—Veo que trae unos documentos.

—Así es, con la indicación de entregárselos.

Oliver le alargó el legajo y lo retuvo en sus manos. Thoman levantó la vista y lo miró a través de sus gruesos lentes.

—¿Sucede algo? —se animó a decir.

—¿Por qué envió al partigiano? —preguntó Oliver directamente.

—Le suplico que me perdone, señor Adams, si ocurrió algún contratiempo. Pero ahora es urgente que hable con usted. ¿Puede venir conmigo? —Thoman parecía estar excesivamente ansioso. Tenía los ojos brillantes, el rostro rubicundo. Se puso en pie y, con un ademán, le invitó a seguirlo.

Klein hizo el gesto de acompañarlos, pero Oliver le hizo una ligera seña para que aguardase.

Después de entrar en una oficina contigua, Thoman se detuvo delante de Oliver y tomó sus manos en un gesto inesperado. El hombre estaba temblando, las palabras empezaron a salirle atropelladas.

—Señor Adams, anoche ocurrió un suceso extraordinario. Permítame explicarle. Su bisabuelo tenía serias dudas de dejarle su fortuna, pues sabía que ella iría acompañada de un legado maldito. Por lo que leyó usted en los manuscritos, debe saber a qué me refiero; trabajé al lado del señor Strauss muchos años, y todas las cartas que usted ha leído las redactó dejándome una copia. Yo era de su entera confianza; hace diecisiete años, antes de morir, dijo que se iba con el pesar de haber dejado un legado al mundo que pudo haber evitado, pero recalcó que sólo un acontecimiento extraordinario podría cambiar el rumbo del destino. Señor Adams, anoche ocurrió ese suceso extraordinario. Leí una vez más la copia de la carta que ahora tiene en sus manos —señaló el sobre con las mismas características de los anteriores—, y encontré escritas unas palabras que jamás estuvieron allí. Por favor, lea usted el contenido. —La voz de Philip Thoman temblaba, al igual que su mano.

Oliver rasgó el sello y leyó en voz alta:

Querido Oliver, La mezcla con la sangre de los caídos redimirá el mal encarnado por el demonio. Reservo para tu estirpe un esplendor para el que la gloria del Sol es una sombra. Cuida de él, pues será el único, y los que gobiernen los imperios deberán ser guiados por él. Sólo debes escoger a la mujer adecuada.

Ya sabes toda la verdad que rodea tu existencia, y todos los secretos que te permitirán lograr lo que desees. Así pues, mi querido bisnieto, te nombro heredero universal y único, de absolutamente toda mi fortuna, en especial del legajo de documentos que rescataste del castillo de San Gotardo, pues en él encontrarás la ayuda que has de necesitar en el futuro.

Para ello, el señor Philip Thoman o quien lo represente, es el encargado de hacer efectivos los requerimientos legales a que haya lugar para que todo quede en perfecto orden. También te hago entrega de una lista de personas importantes, cuyos secretos te otorgarán más poder que cualquier fortuna.

Tu bisabuelo,
Conrad Strauss

El viejo Thoman no pudo permanecer de pie. Se sentó en un sillón y puso las manos entre las rodillas. Se veía desvalido, asustado. Habló mirando a un punto indefinido en el suelo.

—Ese primer párrafo nunca estuvo allí. Es exactamente igual al que tengo en mi copia. ¿Comprende usted? ¿Sabe lo que esto significa? Usted puede recibir la herencia sin la condición expresa del señor Strauss de no tener descendencia...

—Por supuesto, señor Thoman. Yo ya lo sabía —contestó Oliver sin dar más explicaciones.

Los ojos bicolores de Thoman, agrandados por el grosor de los lentes, lucían más extraños que nunca. Oliver tomó de la mano al anciano.

—No sabe cómo agradezco tanta lealtad hacia mi bisabuelo. Espero ese mismo trato conmigo.

—Juré al señor Strauss servirle hasta mi último día. —Thoman agregó en tono íntimo: A su bisabuelo debo mi tranquilidad y la de mi familia. He cuidado de su fortuna mejor que si fuese mía. Tenga la seguridad de que así será con usted.

Oliver empezó a captar la veneración que la gente sentía por su bisabuelo. Un sentimiento de creciente admiración insufló su ánimo.

Regresaron a la oficina. Thoman volvió a revestirse con la apariencia de banquero, una mezcla de amabilidad e indiferencia. Retomó su sitio tras el escritorio, y Oliver ocupó el suyo. Klein no acertaba a adivinar qué sucedía, pero su olfato le indicaba que algo había cambiado.

—Así es, señor Adams... Permítame decirle que es un gran honor y un privilegio tener delante de mí a un representante de la dinastía Hanussen. Conocí a su madre, Sofía, y puedo decirle que fue una científica brillante —dijo Thoman como si prosiguiese una conversación—. Usted será un digno sucesor de su bisabuelo.

—Agradezco sus palabras. Yo tengo mi vida en Estados Unidos, y deseo seguir allá como hasta ahora.

—¿Estados Unidos? —En los ojos de Philip Thoman se reflejó un brillo de satisfacción—. Justamente. La ubicación ideal. La nación más poderosa del mundo. Del resto, no se preocupe, todas sus necesidades serán cubiertas, recuerde que usted es propietario de una cuantiosa fortuna.

—En cuanto a eso... creo que deberíamos empezar a hacerla efectiva, ¿no le parece? —intercedió Klein. Notó la mirada de desagrado de Oliver.

—Por supuesto, señor Klein, usted actuará como testigo, y me he permitido hacerle partícipe debido a que es usted el custodio del señor Oliver Adams desde el día de su nacimiento.

Klein únicamente hizo un gesto de asentimiento con la cabeza. Por el momento no le salían más palabras. Philip Thoman parecía estar al tanto de todos los pormenores que rodearon el nacimiento de Oliver. Empezó a sentirse ridículo con su atuendo de anciano venerable.

En el vuelo de regreso a Estados Unidos, John Klein disfrutaba finalmente de un ambiente en el que se sentía cómodo, pensando que por fortuna, quedaban atrás los momentos vividos en la extraordinaria expedición. Observó a Oliver, que dormía en el asiento de al lado. A una semana de los acontecimientos, era indudable el cambio operado en su actitud, que no era el de saberse millonario, estaba seguro. Era su proceder, una transformación que empezó después de salir del sótano maldito. Si no fuese tan escéptico, y dudaba que aún lo fuese después de todo lo ocurrido, juraría que ahí abajo ocurrió un hecho trascendental, como si enterarse de su procedencia hubiese removido hondamente los cimientos en los que hasta ese día había edificado su vida. Y su cambio se había acentuado al tener merodeando a Philip Thoman a su alrededor, dirigiéndose a él como si se tratase del mismísimo Strauss.

Oliver se había vuelto menos transparente; su habitual jovialidad se había trastocado en un lenguaje mudo y taciturno, salpicado de humor negro, como si empezara a sentir la gravedad de saberse portador de un destino especial que le pesaba tanto como llevar cargado un bulto sobre sus espaldas con el que apenas podía lidiar, pero con el que parecía sentirse a gusto. No había vuelto a comentar lo que sucedió en el sótano. Y él no había querido insistir, si Oliver no deseaba hablar, tendría sus motivos.

La última semana en Zurich se perdió de vista durante días

enteros. ¿Qué secretos o conversaciones tuvo con Thoman? Al parecer, nunca lo sabría. A pesar de que su trato seguía siendo afable, como siempre, sentía un aire de fría lejanía que no le había conocido. Examinó el rostro de Oliver como pocas veces tuvo oportunidad de hacerlo. Seguía con los ojos cerrados. Se sorprendió al reconocer el parecido que tenía con las fotos que había visto de su abuelo, Hitler. Si le colocaba el pequeño bigote que solía llevar aquél era posible que fuesen casi idénticos. El mechón de cabello que siempre le caía a un lado de la frente le daba el toque de autenticidad. No obstante, también guardaba gran parecido con la imagen de Strauss, a quien finalmente había conocido por las fotografías que le enseñara Oliver. Una mezcla de personajes extraordinarios.

Oliver abrió los ojos y se quedó mirándolo fijamente. Aquello lo sobresaltó. Su nieto sonrió tratando de suavizar el momento, pero a Klein le pareció que, en definitiva, no era el mismo de siempre.

Oliver no dormía. Era consciente de que ya nada volvería a ser como antes y que su abuelo lo notaba. Philip Thoman había efectuado una impresionante transferencia de dinero a su cuenta en un banco de Nueva York, en el que era presidente un hombre que curiosamente se apellidaba Scolano. No hizo preguntas, pues intuía las respuestas; era una red mucho más compleja y complicada que la de la elemental araña. Philip Thoman seguiría ejerciendo de administrador de su fortuna y de los negocios que quedaban en Suiza. Le parecía increíble que su bisabuelo hubiera llegado a acumular tanto poder, no sólo en Suiza; se extendía a cada continente. El poder que se escondía tras los grandes secretos del mundo iba más allá de resguardar Santos Griales o los inicios de alguna religión. Se trataba de la supremacía, cuyas raíces eran tan profundas que abarcaba a los líderes mundiales de uno y otro bando. Más que eso, a los que hacían posible que ellos ocupasen su sitial. Incluido el sucesor de san Pedro. Su bisabuelo había sabido sacar provecho de ser depositario de muchos secretos y de la concesión de favores. Tenía razón cuando decía que el ocultismo era la mayor fuerza existente: «Cuanto más sepas de tus semejantes, más poder ejercerás sobre ellos, y cuanto más poder tengan ellos, más razones tendrán para ocultarlos». Una de las tácticas milenarias que había ejercido la Iglesia. El secreto de la confesión. Sí. También ellos sabían mucho. Y también pagaban mucho para que los secretos se mantuviesen ocultos. Una fuente inagotable de riqueza y de poder. Oliver repasó mentalmente la lista de personajes que le debían respeto. Sabía que tenía el poder de quitar o poner gobiernos.

Veía el mundo bajo otra perspectiva. Sabía que su abuelo John Klein sospechaba algo, pues era un hombre deductivo, pero estaba seguro de que no le preguntaría nada, y sería lo mejor.

Oliver mantuvo los ojos cerrados y vino a su mente Justine. Recordó sus ojos verdes que casi desaparecían cuando reía, su personalidad, que era lo que más le había atraído, y su manera de amarlo. Sin ataduras ni promesas futuras. Justine era la mujer que él necesitaba en su vida. Sabía que le lloverían oportunidades, y tal vez muchas se preguntarían qué era lo que él veía en una mujer cuarentona entrada en carnes... sonrió pensando en lo equivocadas que estaban las mujeres al creer que hombres como él se interesaban sólo por la juventud o por la belleza, con frecuencia acrecentada por el bisturí. El cuerpo suave y lleno de Justine le hacía recordar los sensuales desnudos de Correggio. Era cálido, acogedor, complaciente. ¿Sería Justine la madre de su vástago? «Ojalá que sí...», pensó con nostalgia. La extrañaba. Todos esos días en Suiza, en los que iba conociendo su fortuna, los únicos momentos en los que su mente se escapaba era cuando pensaba en Justine; sólo deseaba estar a su lado para probarle cuánto la amaba, comprándole los obsequios que ella quisiera. La llenaría de regalos, pese a que sabía que Justine no era de las que le gustaban las cosas materiales. Aunque, como decía su bisabuelo Strauss, todos desean poseer algo, siempre, siempre. ¿Qué sería lo que querría Justine? ¿Obras de arte? ¿Su propia revista? Oliver inhaló con fuerza como si le faltase el aire.

XLIV - El legado

Al observar las facciones relajadas de Oliver recostado sobre la almohada, Justine trataba de dilucidar cuál era el cambio que había captado en él. Hicieron el amor como locos; sin embargo, ella sentía una rara percepción que no podía definir.

—Soy inmensamente rico —había dicho. Trajo un grueso fajo de papeles que parecía tener mucha importancia y los guardó en la caja fuerte de su estudio como quien intenta ocultar algo—. Viejos documentos de mi bisabuelo. —Fue su explicación.

Eran casi las once de la mañana cuando Oliver abrió los ojos. Sentía que se recuperaba después de tantas emociones en Suiza. Buscó con la mirada a Justine y pensó que estaba en la cocina, pero no escuchaba ruido alguno. Extrañado de que no hubiese dejado alguna nota, llamó a la revista.

—Hola, Raymond —saludó Oliver.

—¿Qué tal, Oliver? ¿Cómo te fue en Suiza?

—Muy bien, Raymond ¿Podrías comunicarme con Justine?

—Pensé que estaba contigo.

—Estuvo, pero salió temprano. Creí que estaría allí.

—Probablemente haya ido al médico.

Oliver se quedó unos segundos en silencio.

—No sabía que estuviera enferma...

—Perdón, Oliver... pensé que te lo había dicho.

—No me ha dicho nada. Si sabes algo, te agradecería que me informaras.

—Creo que es mejor que te lo diga ella misma —alegó Raymond después de pensarlo.

—Por favor, Raymond, si es algo grave dímelo tú, acabo de llegar de viaje con magníficas noticias, no comprendo nada...

—No es nada grave, Oliver, pero es mejor que la sorpresa te la dé Justine. Estoy seguro de que se pondrá en contacto contigo; si viene por aquí le diré que te llame.

Ya no le quedaban dudas. Justine esperaba, con seguridad, un hijo suyo. ¿Por qué no le diría nada? Se emocionó. Welldone lo había predicho, y esta vez no sería él, Oliver, quien cometiera errores.

—Debo cuidar de mi hijo, no tendré otro. ¡Ah, Justine, cómo te amo! —dijo en voz alta.

Justine miraba a través de la ventana la gran cantidad de gente que pasaba apresurada. Esperaba que Mike apareciese en cualquier momento, y desde su rincón favorito, una mesa al lado de la ventana en el entrepiso del café restaurante donde tantas veces se había reunido con su gente, oteaba la calle. El local quedaba a pocas calles de la sede de las Naciones Unidas, frente a cuyo edificio había marchado tantas veces protestando por los derechos humanos de la gente de África, los derechos de los animales y también de los nonatos en peligro de aborto. Precisamente, el local se parecía a la ONU: el dueño era el chino Lung, el cocinero un negro, y podría apostar sin equivocarse a que los camareros eran hondureños y peruanos.

Vio la corpulenta figura de Mike entrar en el establecimiento y escuchó retumbar en la madera el sonido de sus pasos al subir de dos en dos por la escalera.

—Hola, Justine. ¿Ha sucedido algo?

—¿Qué tal Mike?. Disculpa que te llamara tan temprano. No tenía ganas de ir hoy a la oficina. ¿Raymond ha preguntado por mí?

—Pensó que habías ido al médico, llamó Oliver y le dijo eso.

—Oliver no sabe que espero un hijo suyo.

—Ya veo que no tuvisteis tiempo para hablar.

Justine no se dio por aludida.

—Oliver es un hombre rico. Parece que la herencia de su bis-abuelo era más de la que él esperaba. Y yo temo decirle que estoy embarazada. No quiero que piense que deseo atraparlo. Oliver está un poco cambiado...

—El dinero cambia a las personas, Justine.

—Detesto que piense que deseo atraparlo con un hijo —repitió Justine—. Nunca fue ésa mi intención.

—Lo sé. Te conozco, y no creo que él piense eso.

—Mike, eres la persona en quien más confío. Quiero que seas franco conmigo. ¿Crees que hago bien en estar con un hombre tan joven? Dieciocho años de diferencia nos separan; me temo que cuando se nos acabe la pasión no tendremos nada en común.

Él se la quedó viendo sin atreverse a decir lo que realmente pensaba. Trató de guardarse la rabia de saber que Justine amaba a ese jovenzuelo con aires de mandamás. Oliver nunca le cayó bien, y ahora que era millonario, menos. Le parecía increíble que una mujer tan centrada como Justine hubiese caído bajo su encanto, que lo tenía, no podía negarlo, admitió con disgusto. El tipo tenía carisma, pero de ahí a...

—Mike...

—Perdona, Justine —respondió Mike—, no creo que la dife-rencia de edades importe mucho. En todas las épocas se han dado parejas disparejas. Lo importante es que os entendáis, y os queráis, naturalmente, porque como bien dices, el juego amoroso acaba, luego viene la convivencia llana y simple. Te lo digo yo, que estu-ve casado.

—No me digas lo que ya sé. Te hablo de mí, Mike.

—Para serte franco, me disgusta Oliver. Y nunca me agradó que te enredaras con él. Pero claro, mi opinión puede ser sesgada. Si quieres que sea franco, un hombre tan joven y tan rico no creo que sea el que te depare un futuro feliz.

—Gracias, Mike. Sólo quería saber tu opinión. —Miró la avenida. Dos personas discutían por un taxi.

Justine sabía que estaba siendo injusta. Mike no podía ser imparcial, pero ella lo necesitaba a su lado. Sintió la mano de él sobre la suya y dejó de ver la calle.

—Justine... sabes que puedes contar conmigo.

—Lo sé, Mike.

Sintió su calidez, Mike siempre le daba una sensación de paz, de seguridad. Ambos se pusieron de pie y bajaron del entrepiso.

—Dile a Raymond que mañana estaré en la oficina. —Se empinó para darle un beso en la mejilla.

—Cuídate —dijo Mike, acariciándole con suavidad el rostro.

Oliver pasó por su oficina; después de enterarse de las novedades, fue directo al banco del que ahora era accionista mayoritario. Esta vez fue atendido con tanta solicitud que le divirtió la comparación con las veces anteriores.

—Señor Scolano, necesito saberlo todo sobre Larry Goldstein.

El presidente del banco lo miró sin parpadear.

—Es uno de nuestros clientes más importantes.

—Lo sé. Dígame algo que no sepa. Cuáles son sus inversiones, cuántos proyectos tiene, cuáles son los otros bancos con los que trabaja, a cuánto ascienden sus deudas, con quién se acuesta, aparte de su mujer.

El banquero empezó a parpadear. Demasiado seguido, para el gusto de Oliver.

—Tiene inversiones en el ramo inmobiliario, también en la bolsa y con el petróleo. Posee una flota de transporte pesado, de combustible, específicamente —Scolano vaciló un momento—. Tenía interés en financiar al ganador del proyecto del museo precolombino... que es usted.

—Terminó de decir, revolviéndose en su mullido sillón giratorio.

—Me gusta la gente que dice las cosas claras. Aunque usted, al igual que todos, debe saber que ya no habrá tal financiación.

—Así es. Pero él cree que usted acudirá a él. Ha hecho pactos con otros bancos para que le sea negado cualquier crédito.

—Comprenderá entonces por qué deseo saber cuál es su punto débil. Dígame cuál es la inversión más fuerte que tiene, y las probabilidades de que pueda perder.

—Tiene pensado instalar una de las plantas de refino de petróleo más importantes en la India. Ha apostado casi todo su capital en ello. Nuestro banco es el principal financiador del proyecto.

—Desde ahora el proyecto es mío. No se le prestará ni un centavo.

—Pero... Hay otros bancos, nosotros no somos los únicos que... El banquero guardó silencio al ver la mirada de Oliver. Sus ojos parecían dos dardos de acero.

—Usted haga lo que le digo; descuide, los otros bancos «desearán» cooperar. Creo que no hace falta que le recuerde que esta conversación queda entre nosotros. Haga lo necesario y hable con el presidente de la India si es necesario. Tenemos inversiones allá, supongo.

Para Scolano, aquello era más que una advertencia. Se limitó a sonreír asintiendo. Philip Thoman no le había prevenido acerca de la clase de hombre que era Oliver Adams. Scolano sabía muchos de los manejos de Larry Goldstein. La vida real en los bancos era mucho más que reuniones banales donde todos se daban la mano y se bebían unos tragos. Se robaban secretos unos a otros, se organizaban combinaciones ilegales para aumentar los precios o cortar los suministros, y finalmente, si los asuntos no funcionaban como hubieran deseado, movían influencias ante cualquier gobierno para obtener ayuda. Y algunos, como Larry, tenían negocios sucios que incluían comisiones fraudulentas.

Oliver estaba decidido a arruinar a Larry Goldstein y se regocijaba con la idea de verlo a él y a su hija pidiendo misericordia. Empezó a disfrutar de su nueva posición, y al paso de las semanas, fue conociendo que su intrincada red de informantes, asesores y negociantes abarcaba todos las esferas. Siempre había alguien que deseaba ocultar algo, en cualquier terreno, incluidos pederastas, o ninfómanas, como la mujer del senador que se había beneficiado hasta al jardinero de su casa. Sí, no había mejor forma de conocer los secretos de los hombres de negocios que recurriendo a alguien fiable de la plana mayor de un banco. Y él era usufructuario de todos los secretos, y disfrutaba con ello. El maldito judío Goldstein se las vería negras. La imagen de Therese pasó por su cerebro, difusa como una sombra buscando la oscuridad.

Su boda con Justine fue muy sencilla. Apenas unos días antes de la ceremonia conoció a sus padres, un par de judíos ancianos con aires de víctimas eternas. Aunque Oliver nunca consideró la idea del antisemitismo como algo que lo afectase, para él existían dos clases de judíos: los que se hacían ricos a costa de lo que fuese, y los que sufrían como almas irredentas. El padre de Justine pertenecía a estos últimos. La ceremonia había sido únicamente por lo civil para eludir problemas religiosos y, para evitar los financieros, firmaron un convenio prematrimonial a petición de la propia Justine.

La decisión de casarse había sido complicada. A Justine no le impresionaba ser dueña de una fortuna; hubo un momento en el que Oliver creyó que ella no lo amaba, y que sólo lo hacía porque esperaba un hijo suyo. «Sólo dime que me amas — le había dicho— y seré feliz.»

Vivían en el dúplex que Oliver ocupaba en el bajo Manhattan, un apartamento tan grande y cómodo que él se negaba a abandonar, hasta que la casa que estaba proyectando estuviese construida. Justine se adaptó a las comodidades de su nueva vida; sin embargo, no era afecta al boato, disfrutaba de la vida sencilla y sin ostentación, cualidades de ella que tanto amaba Oliver. Sin embargo, Justine extrañaba los primeros meses con Oliver, cuando su única preocupación era la negativa de los bancos para otorgarle un préstamo.

Consciente del peligro de un embarazo a la edad de Justine, Oliver evitaba en lo posible cualquier contacto sexual con ella; no obstante, la maternidad la había embellecido, su rostro lucía sereno, y su cuerpo lleno cobijaba con disimulo el vientre que empezaba a cobrar importancia. Él deseaba ese hijo con verdadera ansiedad, era el heredero, el que haría posible todo lo que Welldone había predicho, y no cometería errores. Justine era tratada como si pudiera romperse con cualquier tropiezo, y era propensa a ellos. Oliver puso a su disposición un coche con chófer, pues no pudo convencerla de dejar el trabajo. Ella sabía que la abstinencia sexual a la que estaba sometida se debía a su a su estado, aunque de vez en cuando la incertidumbre poblaba su mente. Él ya no reía con la misma facilidad de antes con sus ocurrencias, lo veía poco y, cuando los fines de semana, se encerraba en su estudio, las dudas invadían su alma. Oliver había cambiado demasiado. Ese sábado quería pasarlo con él. Lo alejaría de su estudio, le propondría visitar Rivulet House... De pronto escuchó el teléfono de Oliver.

Poco después, Justine lo vio pasar y despedirse de ella como una exhalación. La noticia no parecía ser mala, pues su actitud era de regocijo.

—Larry se acordará de mí por mucho tiempo. Tendrá que tragarse sus palabras —dijo sonriendo. Le dio un ligero beso y salió.

Justine pensó que Oliver se tomaba demasiado en serio lo de Larry Goldstein. La maternidad le había dado otra perspectiva. Tenía la mente lejos de pequeñas venganzas y no le guardaba rencor a Therese. Al pasar por la puerta del estudio de Oliver, notó que sólo estaba ajustada y entró. No acostumbraba a hacerlo, pues respetaba su espacio, pero era una de esas mañanas soleadas que la llenaban de energía, y que la hacían sentirse menos propensa a acatar ciertas normas. Por otro lado, deseaba estar en el lugar donde su marido pasaba tantas horas. Traspasó el umbral con la rara sensación de violar un templo. Todo estaba en orden, como esperaba de una persona como él; recorrió con la vista la estancia. Era sobria, los muebles de cuero de color hueso hacían juego con las cortinas, que en ese momento estaban ligeramente descorridas. La luz entraba a raudales. Llamó su atención la litografía de una joven mujer de aspecto antiguo, sentada desnuda en una cama. No recordaba haberla visto antes, aunque no podría asegurarlo, pues esa pared estaba casi cubierta por fotos, diplomas, grabados y medallas. Su rostro le trajo un vago recuerdo, aunque no supo ubicarlo. No parecía ser valiosa; los trazos eran más bien torpes; aun así, la mujer era hermosa. Miró la firma tratando de reconocer algún autor, pero sólo había dos iniciales: A.H. Volvió la vista al cuadro y reconoció a la abuela de Oliver.

Se sentó en el sillón detrás del escritorio y miró su vientre. El bebé empezó a patalear con fuerza, puso su mano sobre él y trató de calmarlo acariciándolo a través de su piel. Frente al amplio escritorio, se sentía como una niña pequeña que en cualquier momento sería pillada in fraganti. La situación le divertía, pues le recordaba la vez que estuvo en la oficina de su padre y revolvió tanto su escritorio que mereció una regañina. Esta vez no había nada que desarreglar, el escritorio estaba vacío, tan ordenado e impecable como se suponía lo debía tener Oliver, excepto por un cajón que parecía mal cerrado. Tal vez producto del apuro. Sólo para cerciorarse, Justine tiró de la cartulina que sobresalía de la gaveta y se abrió deslizándose suavemente. Intentó acomodar los papeles lo mejor que pudo, para volver a cerrar, y se fijó que estaban escritos a mano. Una escritura hierática, elegante, sobre papel de pergamino, aunque también había escritos hechos sobre vitela. Con la curiosidad propia de su profesión, Justine sacó el grueso legajo, lo puso sobre el escritorio y empezó a leer.

Las órdenes de Oliver eran no perderla de vista para evitar cualquier accidente. El chófer, contrariado, la había dejado en la cafetería del chino Lung. Justine le dijo que fuese a por ella en una hora, y entró en el establecimiento. Mientras esperaba sentada frente a la ventana, sentía un frío intenso; no podía creer que fuese ella precisamente la que llevase en el vientre la sangre del monstruo. Al cabo de un rato, vio la inconfundible figura de Mike entrando en el local, y en aquella apacible hora vespertina de sábado, sintió sus pasos subiendo al entrepiso.

—Tienes cara de haber visto un fantasma —dijo él, de entrada.

—Mike, algo sucede con Oliver.

—Eso lo sé. Todos saben que el nuevo rey de las finanzas es tu famoso arquitecto, el que puso de rodillas a Larry Goldstein —comentó él.

—No lo sabía; en todo caso no me refería a eso. He visto los documentos que trajo de Suiza. ¿Recuerdas que te mencioné su extraña actitud al respecto? Son manuscritos de su bisabuelo, el que le hizo el legado de su fortuna. Por salir apresurado no los guardó en la caja fuerte. Estuve leyéndolos y creo que hay algo siniestro en todo eso. Para él, es necesario que yo tenga este hijo. Será la única vez que él pueda procrear; es el motivo de tanto cuidado.

—Justine, explícame bien de qué se trata, ¿qué quieres decir?

—Que mi hijo es el legado de un cruce maldito. El padre de su abuela Alice era un mago ocultista, y ella engendró una hija de Adolf Hitler llamada Sofía, madre de Oliver. ¿Comprendes lo que eso significa?

—Exactamente, no.

—¿Acaso no comprendes? Llevo en mi vientre a un descendiente de Hitler, yo, que odio a los nazis y que he luchado toda mi vida para que...

—Creo que esto te está afectando más de lo debido. Justine, no veo qué interés pueda tener en la actualidad ni a quién le puede importar. Además, ¿quién lo sabrá? A no ser que alguien lo publique, nadie.

—Por Dios, Mike, ¡lo sé yo! ¡Es a mí a quien me importa! Pero eso no sería lo peor...

—Justine, no te exaltes, tal vez no sean sino suposiciones. Habla con él, es posible que ocultase los documentos porque sabía que te afectarían.

—Quisiera pensar que es así, pero él tiene necesidad de tener este hijo para que se cumpla la profecía de un extraño hombre llamado Welldone. —Justine lo miró en silencio—. ¿No me crees, verdad?

—Te creo, Justine, sabes que sí. En lo que no creo es en profecías. ¿Cómo sabes que todo lo que leíste es verdad? —dijo Mike mirándola con atención—. ¿Qué necesidad tendría Oliver de algo así?

—No comprendes, todo está mal. Oliver ha cambiado, él no me ama, se casó conmigo porque espero un hijo suyo. Lo que él ansía es el poder, como su abuelo Hitler, y sabe que lo conseguirá a través de su descendiente. Yo no quiero que mi hijo sea manipulado, prefiero evitarle un destino que lo hará infeliz. Siempre quise para él un hogar normal como el que tuve yo, no que sea alguien que se apodere del mundo o que gobierne imperios. Hay algo demasiado oscuro en todo esto. Su bisabuelo tuvo bien claro que la tercera generación de Hitler, o sea mi hijo, traería desgracia a la humanidad.

—Oliver es un buen sujeto, creo que puede ser un magnífico padre —arguyó Mike intentando calmarla.

Proviniendo de él, a Justine le parecieron palabras extrañas. Sabía que Mike odiaba a Oliver. Lo observó con atención, se veía más elegante que de costumbre. Vio el Cartier en su muñeca, algo inusitado, pues solía ser sencillo en sus accesorios, tanto, que ella misma le había regalado en su cumpleaños un reloj Casio con muchas funciones, que él había recibido con algarabía. Guardó silencio. ¿Cómo sabía lo de Larry Goldstein? Apenas ese día Oliver había salido corriendo, murmurando algo relacionado con él y su hija. El frío que le inundaba el cuerpo arreció, y era pleno verano. Supo que no podía confiar en nadie. ¿Acaso debía luchar contra el destino? Nadie había hecho caso del tal Welldone, pues lo que debía suceder inexorablemente se cumplía. Miró a Mike y se preguntó cuál habría sido su precio.

—Deseo estar sola, Mike. Necesito pensar, disculpa que te haya hecho venir.

—No me iré, te llevaré a casa.

—El chófer me llevará, no te preocupes; está dando vueltas, lo he visto pasar ya un par de veces.

—Está bien, Justine, cálmate, todo tiene una explicación. — Mike se incorporó y no quiso seguir insistiendo. La miró de manera extraña y bajó a la calle.

En cuanto Mike se perdió de vista, Justine salió del café y tomó un taxi. Se quedó en la Franklin Roosevelt Drive, mirando las aguas oscuras del East River, que se movían agitadas por la corriente. Caminó encogida a lo largo del bulevar reteniendo con fuerza su alma abatida que pugnaba por salir. Las lágrimas rodaban por sus mejillas mientras una voz taladraba su cabeza: «No lo hagas, Justine, no lo hagas...», restándole fuerzas para llevar a cabo lo que había decidido. Y, sin embargo, no se sentía derrotada, no ella. ¿Cómo pudo pensar que un hombre como Oliver la amaba? No era más que una mujer entrada en carnes, que servía de madre sustituta. Su vientre era utilizado por el hombre que creyó que la amaba. La vergüenza, el dolor lacerante doblaba su pecho, y sus pasos la guiaban con inercia hacia su verdadero destino. El que ella escogería. No habría un Welldone diciéndole lo que debía hacer. No sería ella quien facilitaría las cosas al destino, no Justine Bohdanowicz.

Adelantó unos pasos y, cerrando los ojos, se dejó caer.

Siempre había temido al agua, pero esta vez sería su liberación, y mientras la corriente la arrastraba, tuvo la certeza de que había burlado al destino, y que era cierto que la diosa Asherá le tenía reservado un trascendental papel en el mundo. ¡Ah, claro que sí! El agua purificadora entraba por su boca, por su nariz, inundando sus pulmones, y Justine sólo se dejó llevar; las luces que reflejaban el agua se alejaban con rapidez asombrosa. «Adiós, Oliver, adiós amor mío, sólo quise ser feliz...» Luego la oscuridad lo cubrió todo.

¿Por qué unos nacían con la suerte marcada en la frente?, se preguntó Mike, mientras caminaba por las calles sombrías de Manhattan. Y esa tarde había visto la muerte en los ojos de Justine y no había hecho nada para ahuyentarla. Era su venganza, y no le importaba si Oliver en verdad la amaba. Él no la merecía. Mike siempre lo supo. Lo confirmó el día de la boda, cuando Oliver le dijo que debía cuidar de ella, y supo que la había perdido para siempre.

Sumido en la oscuridad, Oliver veía desde las amplias ventanas de su piso las luces de la ciudad de Nueva York. Acababa de enterarse de la muerte de Justine. El imbécil de Mike la había visto arrojarse al East River y, según él, no pudo hacer nada. «Pensé que quería pasear y despejar la mente.» Lo pagaría caro. Antes de descolgar el teléfono lo sabía con certeza, ¿cómo no saberlo, si conocía a Justine más que a su vida? Una mujer sin precio. El legajo esparcido sobre el escritorio le hablaba, le decía que se lo había contado todo a Justine. Maldecía su hado, «elegir a la mujer adecuada...». Recordó las palabras de Welldone: «nadie hacía lo apropiado». ¿Acaso él había fallado? ¿De qué servía saber el porvenir si éste era ineludible? «La mezcla con la sangre de los caídos redimirá el mal...» Oliver dejó de respirar. Esta vez, Welldone se había salido con la suya. Soltó el aire retenido, junto con una imprecación. Nunca hubo nada de cierto en todo aquello. Detestó la palabra destino, símbolo de una impotencia y una resignación que asesinan el concepto de libertad. ¿Acaso su bisabuelo Strauss no había sido esclavo del destino?

La mujer correcta había sido Justine. Claro que sí, pero para los deseos de Welldone. Él sabía que ella no se dejaría comprar. En dos oportunidades había mencionado en latín que estaba harto de vivir eternamente. Necesitaba alguien que siguiera al pie de la letra sus designios. La ambigüedad de sus palabras había producido efecto.

—Y ahora, ¿dónde estás, maldito Welldone? —rugió con rabia Oliver—. ¡Esta vez no dijiste la verdad ¡Y yo creí en ti! ¿Era yo el que redimió el mal encarnado por el demonio? ¿La tercera generación era yo? ¡Me debes tu palabra, Welldone! ¡No te saldrás con la tuya!

Frente a él, los manuscritos yacían revueltos sobre el escritorio. ¿Por qué, Justine? El poder y la fortuna no servían de nada si no tenía a quién dejárselos. Prefería seguir siendo el de hacía menos de un año atrás, cuando vivía tranquilo y pensaba que todo iba bien. Una corriente de aire frío le pegó en la nuca. Sin embargo, las ventanas seguían herméticamente cerradas. ¿Era el llanto de Justine el que escuchaba? Salió a la terraza y el viento gélido agitó sus cabellos. Justine... Él la amó, la amó como a nadie, sin ella su vida no tenía sentido, pero el destino le jugó una mala pasada, el hijo ansiado jamás vendría, y Justine se había ido. Miró el vacío, luces de coches perdidos en la avenida tragados por la oscuridad reinante, una boca de lobo cuyas fauces se abrían dándole la bienvenida. Le pareció oír una risa lejana, luego una voz como un murmullo repitiendo Aeternum vale... en un eco infinito. Y supo quién era.

El viento frío se mezcló con el aire tibio del verano ardiente formando remolinos. Abajo, las fauces oscuras cada vez más abiertas le recordaron al sótano de San Gotardo. «Un hombre resignado es un hombre derrotado antes de luchar, y yo quiero morir vivo». Un odio feroz empezó a enraizarse en sus entrañas. No volvería a amar, pues nadie era digno de ser amado. De pronto supo lo que tenía que hacer.

Welldone jamás se saldría con la suya. Él había mentido. ¿Quiso evitar la maldad? Una sonrisa se dibujó en su rostro. El mundo conocería la maldad. Oliver bajó el primer escalón; esta vez sabía que el secreto estaba en las antorchas, y haría uso de ellas.

Adentro, en su estudio, el teléfono sonaba incansable. Alice se había enterado de la muerte de Justine, y mientras Oliver sentía que debía aferrarse a la vida sujetándose del filo de una daga, como el sonido agónico del timbre que cortaba el silencio de la noche, su sonrisa se acentuó al escuchar el grito desgarrador que se perdía en el espacio.

—Hola, ¿abuela? Sí, lo sé. Todo estará bien. Sí, todo estará bien. Lo prometo.

Erik Hanussen, el vidente del Tercer Reich

Erik Hanussen fue un misterioso personaje. Nació en Viena alrededor del año 1880. De origen judío, su verdadero nombre era Harschel Steinschneider. En su juventud trabajó en circos ambulantes y recorrió el centro de Europa hasta que abrió un pequeño consultorio de orientación y videncia en Praga. A mediados de los años veinte, Hanussen se vio obligado a huir de Praga y se trasladó a Berlín.

En Berlín se asoció con Hans Einz Ewers, un extraño conferenciante que pronto intuyó que su relación con Hanussen podía ser provechosa para ambos. Fue él quien, una tarde, le presentó al joven Adolf Hitler. Según parece sólo conocerlo le vaticinó que en unos años «la nación germana estaría a su merced». Desde ese momento Hitler y sus más cercanos colaboradores se convirtieron en asiduos clientes de Hanussen, frecuentando su recién estrenado Palacio del Ocultismo. En una sesión especial, Hanussen, valiéndose de la auto hipnosis, predijo el incendio del Reichstag. Al cabo de dos días el mítico edificio fue presa de las llamas. Señalado como sospechoso, el Palacio del Ocultismo fue clausurado y se prohibieron sus reuniones y conferencias. En abril de 1933, un cuerpo acribillado a balazos fue encontrado a las afueras de Berlín. Siempre se sospechó que podía pertenecer a Erik Hanussen.

Si te gustó esta novela…
Puedes buscar mis otras obras en Amazon:

LA BÚSQUEDA, El niño que se enfrentó a los nazis, La vida de Waldek Grodek, un niño católico que de boy scout pasó a la resistencia, fue a parar a Auschwitz y después de la guerra vivió en Alemania Oriental, atravesó las barricadas del muro de Berlín y llegó a América. Una vida de altibajos y aventuras en la que su pasado anti-nazi lo persigue.

EL CÓNDOR DE LA PLUMA DORADA, una historia de amor que dio inicio al secreto mejor guardado de los incas. El imperio incaico, su vida, guerras e intrigas… Absolutamente documentada. Finalista del Premio Novela Yo Escribo.

EL MANUSCRITO I El secreto, La novela que batió todos los récords de venta en Amazon y actualmente a la venta en todas las tiendas digitales, en los primeros lugares. Ahora bajo el sello B de Books de Ediciones B. y también en formato impreso.

EL MANUSCRITO II El coleccionista, Una saga en la que lo único que permanece es el manuscrito. ¿Qué ocultó Giulio Clovio, el último gran iluminador del siglo XVI, dentro de un diminuto reloj? Casi quinientos años después es encontrado en Manhattan por un coleccionista y desata una historia de aventura, acción y pasiones.

DIMITRI GALUNOV, Es un niño que encerraron en un psiquiátrico porque pensaron que estaba demente. ¿Quién es Dimitri? Best seller en ciencia ficción, una historia que podría ocurrir ahora en cualquier lugar.

LA ÚLTIMA PORTADA, relata la historia de Parvati, la hermafrodita. Hombres y mujeres la adoraban. El abandono de la espiritualidad frente a la decadencia de Occidente. Apasionante historia de amor. Bajo el sello B de Books de Ediciones B.

EL PISO DE LA CALLE RYDEN, y otros cuentos de misterio. Relatos cortos de no más de tres páginas, intensos, oscuros, misteriosos…

EL GIGOLÓ, Qué puede ocurrir cuando un joven de veinte se enamora de una mujer de ochenta?

AMANDA es decididamente poco atractiva y hasta entrada en carnes. Sin embargo su poder sobre los hombres radicaba en otras artes.

Muchas gracias por leerme, si deseas comunicarte conmigo puedes escribirme a:
blancamiosi@gmail.com
Página web http://www.bmiosi.com/
O puedes visitar mi página de autor en Amazon:
http://www.amazon.com/Blanca-Miosi/e/B005C7603C/
Mi blog: http://blancamiosiysumundo.blogspot.com/

Made in the USA
Lexington, KY
26 December 2016